SCIENCE FICTION

Herausgegeben
von Wolfgang Jeschke

Von **John Barnes** erschien in der Reihe
HEYNE SCIENCE FICTION & FANTASY:

Eine Million offener Tore · 0605421
Die Mutter aller Stürme · 0605422
Orbitale Resonanz · 0605423
Das kaleidoskopische Jahrhundert · 0605424

JOHN BARNES

EINE MILLION OFFENER TORE

Roman

Aus dem Englischen übersetzt
von
HILDE LINNERT

Deutsche Erstausgabe

WILHELM HEYNE VERLAG
MÜNCHEN

HEYNE SCIENCE FICTION & FANTASY
Band 0605421

Titel der amerikanischen Originalausgabe
A MILLION OPEN DOORS
Deutsche Übersetzung von Hilde Linnert
Das Umschlagbild malte Paul Lehr

Umwelthinweis:
Dieses Buch wurde auf
chlor- und säurefreiem Papier gedruckt

Redaktion: Wolfgang Jeschke

Erstveröffentlichung by TOR Books/
Tom Doherty Associates, Inc., New York
Mit freundlicher Genehmigung des Autors und
Ashley Grayson, Literary Agency, San Pedro, Cal.

Technische Betreuung: M. Spinola
Satz: Schaber Satz- und Datentechnik, Wels
Druck und Bindung: Presse-Druck, Augsburg

ISBN 3-453-09467-0

INHALT

VERZEICHNIS UND ÜBERSETZUNG DER OKZITANISCHEN AUSDRÜCKE

ages ad infernam	Geh zur Hölle!
anc nun vis bellazor	Ich habe nie etwas Schöneres gesehen
atz dos	zu zweit
atz sang	bis aufs Blut
avetz vos occitans?	Sprichst du Okzitanisch?
bo	gut
bo die, donz	Guten Tag, mein Herr
companhona	meine Dame, meine Freundin
comprentz?	Verstehst du?
coup de merce	Gnadenstoß
deu	Gott
deu sait	weiß Gott
donz de mon cor	Mann meines Herzens
donzelha	Mädchen
enseingnamen	Mut, männliche Haltung
entendedora	Geliebte
fin'amor	Minne, höfische Liebe
gratz'deu	Gott sei Dank
malvolensa	Abneigung
manjadorita d'oecon	Finanzministerin (?)
m'es vis, companho	Ich finde, mein Freund …
midons	mein Fräulein
modo atz Caledon	Mode aus Kaledonien
ne gens	ungehörig
non sai	Weiß ich nicht
patz a te	Friede sei mit dir
patz marves	Ruhe, Frieden

per que voletz	Wie du willst
que merce	Wie liebenswürdig
qestora	Untersuchungsbeamtin
que valor	welcher Mut
semosta	Nachricht, Anliegen
statz-sursum	Entertainer
te salut	Ich grüße dich
t'es bella, trop bella, hodi	Du bist heute besonders schön
tostemz-jovent	jemand, der nie erwachsen wird
toszet	junger Mann
trobadora	Sängerin
tropa mal	zu schade, zu schlecht
venetz	Komm!
ver, pensi tropa zenza	Wirklich, du bist zu schön
verai	richtig, wahr

ERSTER TEIL

CANSO DE FIS DE JOVENT

1

Wir saßen in Pertz' Taverne auf den Hügeln oberhalb von Noupeitau mit den üblichen Leuten zusammen, hatten angeblich vor, in Terraust zu wandern, und tranken in Wirklichkeit auf Aimerics Kosten. Da die Brände in einigen Wochen fällig waren, nahmen wir an, daß wir vielleicht die ersten Herden von Aurocs-de-mer sehen würden, die zu den Ufern des Großen Polaren Flusses zogen, um die 1700 km zum Meer zu schwimmen. Aimeric hatte es nie gesehen und konnte es nicht erwarten aufzubrechen. Für uns bestand das Vergnügen darin, daß wir seine Aufregung beobachteten – sie war wie seine Glatze immer vorhanden und man konnte Witze darüber reißen – und den in Strömen fließenden Rotwein genossen, während er uns jedes Wort glaubte.

»Vielleicht können wir am letzten Tag einen Sprung zur Bo Merce Bay machen und zusehen, wie die ersten in das Meer hinausschwimmen. Das ist angeblich *wirklich* einmalig. Es ist für zwölf Standardjahre die letzte Gelegenheit und wir sollten sie nicht versäumen, *m'es vis, companho.**« Aimeric lachte und schaute in seinen Wein hinunter. Die Glatze war größer denn je zuvor. Es machte mir Spaß, ihn zu bemitleiden.

Aimeric legte Bieris, seiner derzeitigen *entendedora** den Arm um die Schultern und zog sie näher zu sich. Sie hob eine Augenbraue, sah mich an und bat mich offensichtlich, ihn nicht zu ermutigen.

---

* Siehe jeweils das Verzeichnis und die Übersetzung der okzitanischen Ausdrücke am Anfang des Bandes. Das Okzitanische ist eine romanische Sprache, die früher in Südfrankreich gesprochen wurde (Langue d'oc). – *Anm. d. Übers.*

Garsenda, die meine *entendedora* war, drückte meinen Arm und flüsterte mir ins Ohr: »Ich glaube, er will wirklich dorthin. Tust du es?«

»Wenn ihr es wünscht, *midons*. Mein Vater hat mich mitgenommen, als ich neun war. Ich hätte nichts dagegen, es noch einmal zu sehen.«

»Giraut hat es gesehen«, sagte Garsenda sehr laut. »Giraut kann euch alles darüber erzählen.«

Alle hörten auf zu sprechen und sahen uns an. Wenn Garsenda nicht langes, dichtes, blauschwarzes Haar, leuchtend blaue Augen, große, schwere, weiche Brüste und einen straffen Bauch gehabt hätte, wäre sie nie meine *entendedora* geworden – ich hatte sie bestimmt nicht wegen ihrer Persönlichkeit gewählt. Manchmal dachte ich daran, sie loszuwerden, aber sie beeindruckte meinen *companho* so sehr, daß es wert war, ihre vielen Entgleisungen hinzunehmen. Ich bedauerte nur, daß die Gesetze des *fin'amor* verlangten, ich solle sie für vollkommen halten.

Sie kicherte, als sie merkte, daß die anderen mich anstarrten, und rieb unter dem Tisch meinen Schenkel mit einer ausholenden Bewegung. »Wir haben doch davon gesprochen, zum Südpol zu wandern?« fragte sie. »Ihr wißt ja, um zu sehen, wie die Aurocs-de-mer ihre Beine in Flossen verwandeln oder was immer sie tun.«

»Ja, wir sprachen davon«, bestätigte Raimbaut grinsend. Er genoß es, daß meine *entendedora* mich in Verlegenheit brachte.

Ich grinste zurück. Da er keine *entendedora* hatte, besaß ich die Trumpfkarte, falls er ausfallend wurde.

»Hast du es tatsächlich gesehen?« fragte Aimeric.

Bieris schlug ihn auf die Schulter und sah ihn mit dem ›Ermutige Garsenda nicht‹-Blick an.

»Ja, Aimeric, ein Jahr bevor du hierher kamst, nahm mich mein Vater mit.« Ich griff nach der Karaffe und schenkte mir ein weiteres Glas Wein ein; Aimeric winkte dem alten Pertz, der hinter der Bar schon die nächste Karaffe füllte. Ich hatte die Übersicht verloren, was mir egal war. »Was wirklich geschieht, ist, daß sie so etwas wie Taschen haben, in die sich ihre Beine und Flossen falten. Sie nehmen einfach das, was sie gerade nicht verwenden, auseinander und stecken es hinein. Der *toszet,* der sie entworfen hat, muß ein echtes Genie gewesen sein – daß er nicht nur die Organe erfand, sondern auch instinktiv auf die richtige Lösung kam, ist wirklich großartig.« Ich trank wieder einen Schluck und stellte fest, daß alle mir ihre Aufmerksamkeit zuwandten – vielleicht wollten sie tatsächlich dorthin wandern. »Marschieren wir einfach hin und sehen wir zu, wie sie in den Fluß waten. Das Hinausschwimmen ins offene Meer gibt nicht viel her – nur eine Menge großer, graubrauner Rücken im Wasser. Wesentlich weniger beeindruckend als die Leviathane, die man von Bisbat Head aus sehen kann.«

»Du wärst imstande, Giraut, einen Sommerfädentanz auf den Wolken so zu schildern, als würdest du auf einen Sprung fortgehen, um deine Wäsche in die Wäscherei zu bringen«, sagte Aimeric. Raimbaut und Marcabru lachten wesentlich mehr, als es wert war – sie waren genauso betrunken wie ich.

Marcabru, der die Stadt nur dann verließ, wenn es sein mußte, bemerkte: »Aber ich möchte das Ganze sehen – wie Aimeric sagte, erst nach zwölf Jahren ...«

Raimbaut nickte heftig und füllte neuerlich sein Glas.

Aimeric strahlte sie an. »Die allgemeine Meinung ist gegen dich, Alter Waldläufer.« Das war der Spitzname, den er mir bei den vielen Familienreisen gegeben hatte, auf die mein Vater ihn mitgenommen hatte, als ich zwölf und Aimeric auf dem Planeten ein Neuling war. »Wir sollten einige Tage länger bleiben.«

Ich zuckte die Achseln. »Das ist etwas gefährlicher. Während wir dort sind, werde ich euch einige Friedhöfe zeigen. Die Aurocs-de-mer schlagen bei dem Wettlauf zum Fluß die Brände nur *für gewöhnlich.* Jedes Jahr verbrennen einige – manchmal sehr viele von ihnen – und die Kadaver türmen sich haufenweise in engen Cañons oder am Fuß von Felswänden. Die Schneefelder entstehen, und wenn sie wieder schmelzen, werden die verkohlten Aurocs-de-mer von den Flüssen mitgerissen und in meterdicken Schichten aus weißen Knochen und schwarzer Kohle auf den Flußufern aufgehäuft. Man sollte den Anblick nicht versäumen – aber ich möchte nicht, daß einer von uns zu einem seiner Dauerbestandteile wird.«

Marcabru lächelte mich an. »Sehr vorsichtig von dir, Giraut. Du wirst alt. He, Garsenda, möchtest du einen frischen, jungen *toszet*, wenn Opa Giraut müde wird?«

Natürlich war es nicht ernst gemeint – ein neckisches Geplänkel zwischen alten Freunden –, aber dann brüllte ein großer, muskulöser Interstellar, der sechzehn oder siebzehn und stockbetrunken war, vom Nebentisch: »Du bist ein Feigling.«

In Pertz' Taverne wurde es sofort an allen Tischen still.

Gutmütiges Verulken unter Freunden geht in Ordnung, aber in Nou Occitan ist *enseingnamen* wesentlich. Ich schob mich von Garsenda weg. »Es wird nicht lang dauern, *midons*.«

»Du bist ein Feigling, Redsleeves«, wiederholte der junge Flegel. An seiner Stimme erriet ich, daß er aufgestanden war. Ich warf Marcabru einen Blick zu, um sicher zu gehen, daß der Scheißkerl nicht im Begriff war, mir einen Genickschlag zu versetzen, während ich aufstand; der Trick war bei den Interstellaren wie alles Gemeine, Schmutzige oder *ne gens* sehr beliebt.

Marcabru hob und senkte den Zeigefinger langsam, worauf ich die Bank scharf nach hinten trat und an die Stelle wirbelte, an der sie gestanden hatte. Neben mir rollte sich Marcabrus Degen mit einem lauten Knall auf und wurde starr; seine Neuroducer-Spitze befand sich dicht vor dem Gesicht des jungen Clowns. Angesichts des Neuroducers und der gegen seine Schienbeine prallenden Bank zog sich der junge Mann mit einem großen Sprung nach hinten zurück und gab uns damit einen Augenblick Zeit, die Situation zu beurteilen.

Sie sah nicht gut aus. Fünf junge Interstellare, die alle nach dem Vorbild der Erde blau und schwarz gemusterte bürokratische Uniformen trugen, grinsten uns vier höhnisch an. Alle waren groß und muskulös und keiner hielt sich im Hintergrund. Vermutlich hatten alle eine Berserker-Droge intus.

Es wäre klug gewesen, wenn möglich einen Kampf zu vermeiden.

Andererseits verabscheute ich Interstellare – Verräter ihrer Kultur, Nachahmer des Scheußlichsten, das von den Inneren Welten kam, schlechte Kopien der Erde, die den gesamten Reichtum ihres okzitanischen Erbes verschleuderten. Ihre Kunst war Sadoporno, ihre Musik roher Lärm und ihre Höflichkeit nicht vorhanden – Mut und Stil waren alles. Wenn nichts auf dem Spiel steht, kann jeder angeben. Es war ein echter Test des *enseingnamen*.

Wo immer man in den Tausend Kulturen hinkommt – überall spricht jeder terstad, das aber nicht über die machtvolle, komprimierte Bildsprache des Okzitanischen verfügt, deshalb beschimpfte ich ihn auf okzitanisch; ein paar musikalische, grollende Silben genügten, um darauf hinzuweisen, daß sein Vater den besten Teil seines Sohnes auf den Toilettenboden getropft hatte und daß er sich den Gestank seiner Schwester, die eine billige Hure war, vom Gesicht waschen solle. Für eine spontane, halb betrunkene Herausforderung war es eine reife Leistung.

Aimeric und Raimbout standen auf, applaudierten und lachten rauh und gehässig, um klarzumachen, daß sich alle am Kampf beteiligten.

»Sprich terstad. Ich verstehe keine Schulsprache.«

Das war nicht wahr, denn nach dem vierten Jahr wird

der gesamte Unterricht auf okzitanisch abgehalten, aber für Insterstellare war es Ehrensache, nur terstad zu sprechen, weil sie ihre gesamte Kultur und Tradition entschlossen ablehnten.

»Ich hätte darauf gefaßt sein müssen«, antwortete ich. »Ihr *seht* dumm aus. Also gut, ich übersetze – bitte sagt es mir, wenn ich zu schnell spreche. Dein Vater (das ist einer der Säufer, die deine Mutter als ›Kunden‹ bezeichnete, obwohl nur Gott weiß, *welcher* es war), tropfte deinen besten Teil ...«

»Es ist mir scheißegal, was das Okgerede bedeutet. Ich will nur gegen dich kämpfen.«

Sein Degen schoß pfeilgerade heraus und zeigte auf mich. Mein Degen antwortete. Darauf knallte es wild, weil alle Beteiligten ihre Degen verlängerten, und überall krachte und krabbelte es, weil alle Übrigen in der Taverne versuchten, uns aus dem Weg zu gehen.

Der Junge grinste und warf Garsenda einen Blick zu. »Nachdem wir mit euch fertig sind, werden ich und meine Unterjungs uns mit deiner Hure beschäftigen.«

Es war ein dummer Trick von Jugendlichen, der wahrscheinlich bei dummen Jugendlichen gut funktionierte. Ich holte scharf Luft und ließ meinen Degen um Haaresbreite sinken, als hätte mein Gegner tatsächlich meine Konzentration durchbrochen. Er machte einen Ausfall – direkt auf die Spitze meines Degens, der seine ungeschützte Kehle antippte und sich infolge des Aufpralls wie eine Angelrute bog.

Er fiel gurgelnd auf den Boden und griff sich an den Hals. Der Neuroducer hatte ihn voll berührt; Beruhigungsmittel sowie einige Tage langsamer Wiederbelebung würden erforderlich sein, um ihn davon zu überzeugen, daß es in seinem Hals kein Loch gab, aus dem Blut strömte. Alle beobachteten ihn, als er sich rasch tot halluzinierte und ins Koma fiel.

Ich hoffte beinahe, daß ich ihn durch den heftigen Schlag tatsächlich verwundet hatte, aber auch das ließ sich in Ordnung bringen. Andererseits kann ein wirklich guter Schlag mit einem Neuroducer nur durch die Zeit gelöscht werden, deshalb würde sich seine Kehle wahrscheinlich noch ein Jahrzehnt lang von Zeit zu Zeit verkrampfen, so daß er beinahe erstickte.

Soweit es mich betraf, war die Situation befriedigend. »Eine Entschuldigung im Namen eures Freundes würde die Angelegenheit erledigen«, sagte ich.

»Wir würden es sehr gern tun«, antwortete der Größte von ihnen, »aber dann müßten wir der Reihe nach gegen ihn kämpfen, sobald er aus dem Krankenhaus entlassen wird – noch dazu mit den Fäusten. Gwim ist mit seinen Unterjungs sehr streng.«

Es gab noch zwei Dinge, die ich an den Interstellaren haßte – sie erteilten einander Befehle und befolgten sie, und sie zogen schöne alte okzitanische Namen wie Guilhem zu häßlichem Gegrunze wie Gwim zusammen. »Dann machen wir weiter«, sagte ich. »Die Chancen sind jetzt ehrenhaft.«

Die beiden Interstellaren im Hintergrund schluckten krampfhaft, aber ich muß anerkennen, daß alle nickten. Vielleicht hatten sie trotz der Kleidung noch ein wenig *enseingnamen* in sich.

»Erledigen wir es auf der Straße«, fügte ich hinzu. »Pertz braucht nicht noch mehr zerbrochene Möbel, und ein verirrter Schlag kann einen Vu auslöschen.«

Ich warf einen Blick auf die Ehrenwand, auf der Pertz' tote Kunden verewigt sind, und alle Vus lächelten und nickten, als hätten sie mich gehört. Es wirkte unheimlich, aber im nächsten Augenblick war der Einklang wieder vorbei.

Als ich mich umsah, nickten die Interstellaren, genau wie meine Sekundanten. Auf Aimerics Gesicht lag, wie jedesmal vor einem besonders intensiven Vergnügen, der übliche träge, gelangweilte Ausdruck. Marcabru, unser bester Kämpfer nach mir, war absolut bereit und ausgewogen, sein Gesicht war beinahe ausdruckslos –

er befand sich bereits in dem Zustand, in dem Gedanke und Aktion identisch sind, ein Zustand, in den ich mich mit jedem Atemzug tiefer sinken ließ.

Raimbauts Augen glänzten irr, er schaukelte auf den Füßen vor und zurück und sprang dabei beinahe hoch – ich kenne niemanden, der eine Schlägerei oder ein wildes Abenteuer mehr liebte. Sein Gesicht war an einem Dutzend Stellen verzerrt, seine linke Schulter und der rechte Knöchel waren steif, weil er diese Muskeln nicht davon überzeugen konnte, daß sie nicht narbenbedeckt waren; außerdem mußten auch innere Verletzungen vorhanden sein.

Hätte ich nachgedacht, so hätte ich vielleicht die Dinge nicht so laufen lassen, wie es kam, aber natürlich waren er und ich zweiundzwanzig Jahre alt. Da kommt sich jeder unsterblich vor. Außerdem erzählte mir Raimbaut später, daß er nicht darüber unglücklich war, wie er starb, sondern nur darüber, wann.

Er nickte kurz und heftig, um mir zu signalisieren, daß ich weitermachen solle. »Also auf die Straße, Gentlemen«, begann ich. »Bis sich der erste ergibt, bis der erste stirbt, oder ohne Limit?«

»Bis der erste stirbt?« quäkte jemand im Hintergrund, und der kräftige blonde Junge, der jetzt anscheinend ihr Anführer war, nickte.

»Um Gwim zufriedenzustellen werden wir es wohl so halten müssen.«

»Also gut, auf die Straße, *atz dos*«, sagte ich.

Wir gingen paarweise Seite an Seite auf die Straße hinaus, jeweils einer von ihnen und einer von uns – so gehört es sich für ehrenwerte Leute. Angesichts der Tatsache, daß sie Interstellare waren, hätte es riskant sein können, aber seitdem ihr vulgärer Anführer erledigt war, hatten sie echtes *enseingnamen* bewiesen, deshalb akzeptierte ich es aus Höflichkeit.

Die Straße war leer – alle waren auf dem nächtlichen Fest unten in Noupeitau. Von weit unten hörten wir das

Gerassel von einem Dutzend Bläserkapellen, die an verschiedenen Stellen der Stadt spielten und durch die Entfernung miteinander verschmolzen.

Die Rotziegel-Villen hier oben hatten im warm leuchtenden Sonnenuntergang die Farbe von Herzblut; der kleine rote Punkt des Arcturus, ein blutiger Schlußpunkt, sank im Westen ins Totzmeer, und die Brandung war schnell und hoch. Die Wellenreiter, die hereinkamen (an der Westküste von Nou Occitan kann man die Wellen bis zu einer Entfernung von 200 Kilometern von der Küste reiten), schalteten gerade die Positionslampen ein, und einige kreuzten und setzten Segel, um sich aufs Meer hinauszukämpfen, damit sie am nächsten Morgen wieder starten konnten. Die letzten Wochen vor der Dunkelheit, wenn der Himmel noch immer dunkelrot ist und die langen Abende noch immer warm sind, huschten immer zu rasch vorbei.

Es war eine gute Nacht, um am Leben zu sein, und eine schöne Kulisse für eine Schlägerei.

»Machen wir weiter.« Es fiel mir zu, dies zu sagen, denn ich war zwar ursprünglich der Herausforderer gewesen, jedoch dadurch, daß die Jungs den Streit ihres Freundes fortsetzten, zum Herausgeforderten geworden. Deshalb mußte ich über den Zeitpunkt und das Protokoll entscheiden. Ich hätte auch entscheiden können, bis zu welchem Punkt wir kämpfen wollten, aber um nicht feig zu wirken, hatte ich vorgezogen, sie herauszufordern, indem ich die Wahl ihnen überließ. Als ich sah, wie jung und verängstigt ihre Gesichter in den scharfen, schwarz geränderten Schatten der roten Straße aussahen, dachte ich daran, es auf den ersten, der sich ergibt, abzuschwächen – aber nein, ihr *ne gens* Verhalten hatte dazu geführt.

Sie mußten die Folgen tragen.

Ich sprach die traditionellen Worte: *»Atz fis prim. Non que malvolensa, que per ilh tensa sola.«* Es bedeutete »bis der erste stirbt« – um jeden daran zu erinnern, wann wir aufhören mußten – und »nicht aus Haß, sondern nur um des Streites willen« – um uns daran zu erinnern, daß es keine Blutfehde war und nicht zu einer werden würde, daß dieser Kampf alle Fragen endgültig und für immer bereinigen würde.

Dann hob ich meinen Degen zum Gruß, der Junge mir gegenüber tat es ebenfalls, und alle Sekundanten grüßten gleichzeitig. Ihre Degen waren kaum zur Bereit-Position zurückgekehrt, als der Junge mich angriff.

Unsere Degen waren nicht öfter als zehnmal zusammengeprallt – ich hatte noch keinen Eindruck von ihm gewonnen – als Aimeric *»Patz marves!«* rief, um den Kampf zu beenden.

Alle Sicherungen klickten, die Degen rollten in den Griff zurück und die Stichblätter falteten sich als letzte zusammen. Ich ließ meinen Degen automatisch in meine Tasche fallen, während ich nachsah, wer gestorben war. Raimbaut lag regungslos auf dem Boden.

Zuerst war es etwas, das wir schon oft gesehen hatten – wir wollten ihn in das Hinterzimmer von Pertz zum jungen Clown legen, der den ganzen Wirbel ausgelöst hatte, damit sie am nächsten Morgen abgeholt werden konnten. Es war sogar logisch, daß es Raimbaut war; er liebte es zwar zu kämpfen, war jedoch langsam und ließ sich leicht hereinlegen. Ich hatte dreimal erlebt, daß er tot war, und es war schon früher oft geschehen, als ich noch nicht dabeigewesen war.

Dann erstarrte unser Blut beim Todessignal der Rettung. Raimbauts medizinischer Responder hatte sich ausgelöst.

Wir legten ihn auf die Straße, traten zurück und hatten nicht mehr als zwölf Schritte gemacht, als die Rettung direkt über uns mit umgepolten Impellern herunterkam; sie senkte die automatische Kiste über ihn und beförderte ihn in den Notfallraum. Die Impeller schalteten klirrend und jaulend auf Propeller um, und der kleine Roboter, der wie ein zylindrischer Tank oberhalb eines Sarges aussah, stieg langsam empor und flog davon. An der Stelle, an der er aufgesetzt hatte, befand sich eine rechteckige, zwei Meter lange, einen Meter breite und einen Zentimeter tiefe Vertiefung im Pflaster.

Kaum waren wir wieder drin, riefen wir das Infocom der Klinik auf. Am Ende des Berichts, unterhalb der kurzen Notizen der KI* über Leber- und Nierenschäden und einer hysterischen Verzerrung des Herzens hatte jemand Menschlicher geschrieben ›ein Schock zuviel‹.

Das Begräbnis dauerte ewig. Seine Eltern tauchten nicht auf, und das war das Beste, was geschah.

Raimbaut plapperte auch noch während seines Begräbnisses. In seinem Testament war ich als Empfänger genannt, deshalb hatte ich gemeinsam mit Marcabru, Aimeric, David, Johanne und Rufeu seine Leiche mühsam den Berg hinaufgetragen, wobei mir die frische, schmerzende Narbe Schwierigkeiten bereitete; Raimbauts Psychespeicher war mir im Nacken implantiert worden.

Raimbaut sah durch meine Augen zu, während wir seinen nackten Körper in das Bett aus Rosen am Boden des Grabes senkten, das der Superbagger in den harten Granit von Montanha Valor gehauen hatte.

Jede anwesende *donzelha* kletterte hinunter und küßte die Leiche, wobei sie ihr Gesicht an das seine rieb, um ihn mit ihren Tränen zu salben. Es gab eine Menge *donzelhas* – was Raimbaut so überraschte, daß er nicht aufhören konnte, in meinem Kopf darüber zu reden.

Garsenda machte aus ihrem Kummer eine wirklich spektakuläre Show, obwohl sie Raimbaut nur durch mich gekannt und noch dazu nicht gut gekannt hatte. Raimbaut genoß es, aber ich war verlegen.

Bieris, die ihn am längsten von den *donzelhas* gekannt hatte, war im Grab seltsam ruhig und zurückhaltend, aber als sie herauskletterte, war ihr Gesicht tränennaß.

---

* Künstliche Intelligenz

Als sich dann jeder der Jungen in den Daumen schnitt, um Blut auf Raimbauts Leiche zu tropfen, sang Aimeric den *Canso de Fis de Jovent,* vielleicht das größte Meisterwerk der Nou Occitan-Dichtung. Guilhem-Arnaud Montanier hatte es 2611 geschrieben. Es wurde ein Jahr später bei seinem Begräbnis zum ersten Mal gesungen und war zwei Jahrhunderte lang die Melodie, zu der wir unsere jungen, tapferen und schönen Männer begruben – unter normalen Umständen trieb sie mir Tränen in die Augen, und jetzt zerriß sie mein Herz wie eine Klaue.

Guilhem-Arnaut hatte gesagt, daß alle vier möglichen Bedeutungen (*fis* bedeutet entweder Tod oder Ende und *jovent* entweder einen jungen Mann oder die Zeit der ersten Mannhaftigkeit) Absicht waren, und im Lied ist nichts enthalten, das uns bei der Wahl hilft; mein Geist wechselte wild von einer Möglichkeit zur nächsten, während Raimbaut über die Mengen an Rosen und Mädchen staunte.

Als es endlich vorbei war, gingen wir die sechs Kilometer schweigend zurück. Sogar Raimbaut schwieg.

Es war mühsam und schwer gewesen, die Leiche hinaufzutragen, aber das war schlimmer.

»Bist du noch hier?« fragte ich Raimbaut tonlos.

»Noch hier.« Seine Stimme war müder und mechanischer als vorher und mein Herz wurde schwer, weil ich wußte, was es bedeutete, aber er sagte: »Begräbnis war schön. Ihr seid alle sehr freundlich. Danke.«

»Raimbaut dankt euch allen«, sagte ich. Jeder wandte sich mir zu und verbeugte sich ernst, damit Raimbout es durch meine Augen sehen konnte.

»Wo bin ich? Ich muß tot sein!« schrie seine Stimme in meinem Kopf. »*Deu, deu,* das ist der Montanha Valor, aber ich kann mich nicht an das Begräbnis erinnern! Waren wir dort, Giraut?«

»*Ja, ja,* Raimbaut, wir waren dort.« Ich sprach so mühsam lautlos, daß Garsenda neben mir das Grunzen in meinem Hals hörte und mich anstarrte, bis Bieris sie wegzog. »Greife nach dem Gedächtnisblock, versuche, es durch mich zu fühlen«, sagte ich ihm. »Deine Erinnerung wird sich in dem Gedächtnisblock befinden.«

Es hatte weder damals noch später einen Sinn. Nur ein besonderer Verstand kann weitermachen, nachdem er seinen Körper verloren hat. Wie die meisten konnte er weder den Kontakt mit dem Gedächtnisblock aufrechterhalten, der ihm das Kurzzeitgedächtnis geben würde, noch mit dem Gefühlsblock, der ihm Gefühle vermitteln würde, obwohl jeder der beiden knapp einen Zentimeter von der Stelle entfernt war, an der er in seinem Psychespeicher an meiner Schädelbasis hockte.

Die Tage vergingen, und er vergaß seinen Tod, und dann, daß wir in Pertz' Taverne gewesen war, denn er konnte das, was er abschaltete, nicht zurückholen.

Und als meine Gefühle sich wieder von den seinen trennten und er zunehmend unfähig war, seinen Gefühlsblock zu erreichen, fühlte er sich in meinem Geist immer kälter an. Sein Flüssiges-Helium-Geflüster ging endlos weiter, versuchte, sich selbst zu erinnern, versuchte, aus dem schlechten Traum zu erwachen, in dem es sich wähnte.

Nach zwei weiteren Wochen sagten sie, daß es hoffnungslos sei, und nahmen mir den Psychespeicher, den Gefühlsblock und den Gedächtnisblock weg. Raimbaut schläft jetzt wie so viele andere in der Ewigkeitshalle in Nou Occitan und wartet auf einen Fortschritt der Technologie, der sein Bewußtsein, seine Erinnerungen und Gefühle wieder zusammenführt.

Der Abschied hatte so lang gedauert, und an seinem Ende war so wenig von Raimbaut übrig, daß ich nichts empfand, als sie ihn entfernten.

2

Marcabru und Yseut hatten eine Verabredung, mit der sie sehr geheimnisvoll taten, deshalb reisten nur Aimeric, Bieris, Garsenda und ich an diesem Tag zum Südpol. Weil es so spät im Sommer war, wurde es nur ein Tagesausflug; wir sprangen sofort nach dem Frühstück dorthin und gingen die sechs Kilometer zum Beobachtungspunkt. Zu dieser Jahreszeit stand Arcturus sehr tief am Himmel, während er den Horizont umkreiste; sein rot-orangefarbenes Licht spiegelte sich in den riesigen Pipelines, die bis zu den fernen Gebirgsgletschern verliefen und sie speisten; die Gletscher speisten ihrerseits den Großen Polaren Fluß.

»Das muß für einen Maler wirklich sehr ärgerlich sein«, erklärte ich Bieris. »Man kann die Landschaft nicht so malen, wie sie wirklich aussieht, weil sie noch nicht fertig ist, und man kann nicht einmal erkennen, wie sie gerade jetzt aussieht, weil alle diese Rohre im Weg stehen.«

Sie seufzte. »Ich weiß. Und sie erwarten, daß es mindestens weitere hundert Jahre dauern wird, bis das Totzmeer so warm ist, daß hier genügend Regen fällt. Ganz zu schweigen davon, daß etliche Bambussorten und die einjährigen Weiden, die sie in das Flußbett pflanzen wollen, noch im Entwurf-Stadium stecken, so daß ich nur über ›das Konzept des Künstlers‹ verfüge. Und da der ›Künstler‹ ein KI ist, sind seine Konzepte banal und langweilig. Aber eigentlich will jeder nur sehen, wie Wilson aussehen wird, wenn es fertig ist. Und wenn es endlich wirklich so aussieht, wird es für die Menschen schon langweilig sein.«

Es war eine seltsame Bemerkung, vor allem für einen

Künstler, aber es war überhaupt eine seltsame Reise. Ich war aus einem einzigen gewichtigen Grund mitgekommen, und zwar damit Raimbaut es sehen konnte, aber sie hatten ihn mir zwei Tage zuvor entfernt, und warum sollte er es sehen, selbst wenn er es konnte, wenn er ohnehin kein Gedächtnis hatte?

Doch inzwischen hatte Aimeric Garsenda und vielleicht sogar Bieris mit der Idee angesteckt, also mußte ich mitkommen. Bieris verstand vom Busch genauso viel wie ich, wir hatten die meisten Reisen gemeinsam unternommen, aber sie würden natürlich nie auf eine *donzelha* hören, und zu dieser Jahreszeit war es zu gefährlich, wenn sie in Terraust saßen und niemanden hatten, der ihnen in einem Notfall erklärte, was sie tun mußten.

Der Turm am Beobachtungspunkt war eine Kopie einer alten Burg, bei der kein Mörtel die Spalten zwischen den Granitblöcken ausfüllte. Wahrscheinlich waren sie im Innern mit Bolzen befestigt, sonst hätten sie nicht mehrere Wiesenbrände, Frostperioden, Schneewehen, Überschwemmungen und Tauwetter überstanden.

Natürlich war ich schlecht aufgelegt, weil Bieris mich mit ihrer Gewohnheit angesteckt hatte, sich ständig zu fragen, wie all das erzeugt worden war, statt einfach seine Schönheit zu genießen.

Wir stiegen die Steinstufen hinauf, und ich war darüber erstaunt, wie heiß sich der Turm anfühlte. Aimeric zuckte zusammen, als seine Schulter die Steine streifte. »Wahrscheinlich sind sechs Jahre ununterbrochener Sonne dafür verantwortlich«, meinte er. »Stell dir vor, wie es sein wird, wenn die Sonne zum ersten Mal aufgeht!«

»Du kannst es selbst herausfinden«, antwortete ich, »und dann kannst du mir schreiben und mir davon erzählen.«

Er lachte. »Vergiß nicht, daß ich in Kaledonien aufgewachsen bin. Ich weiß alles über Kälte – etwas anderes haben sie auf Nansen nicht.«

Es war nur eine flüchtige Bemerkung, aber sie erschütterte mich; Aimeric sprach so selten über seinen Ursprung und beinahe nie über die Kultur bei sich zu Hause. Das und sein Alter waren Themen, über die er nie reden wollte.

Als wir den höchsten Punkt erreichten und in das Flußtal hinunterblickten, stand die Sonne beinahe direkt hinter uns. Felsen unterbrachen in unregelmäßigen Abständen die breiten Stufen des Hangs; das trockene Gras schimmerte im Sonnenlicht braun. Arcturus war ein dunkelkastanienbraunes Klümpchen im dünnen Blut des Himmels, denn in vielen Teilen von Terraust brannten die Feuer bereits. Rechts von uns funkelten die Pipelines und die Gletscher; links von uns reichte die Ebene bis ins Tal und bildete uns gegenüber eine Steilwand.

Wir setzten Ferngläser auf und stellten sie ein. »Dort«, sagte Aimeric, »bei der scharfen Biegung …«

Ich regulierte das Fernglas. Tief unter uns wateten einige hundert Aurocs-de-mer vom Ufer in den Fluß.

Während ich sie beobachtete, ließen sie sich plötzlich ins Wasser fallen; ihre Körper gingen beinahe unter, während ihre Beine zusammenklappten: dann breiteten sich ihre Flossen aus und sie schwammen kräftig und geschmeidig weiter. Da so viele ins Wasser drängten, schwoll der Fluß beinahe zu seiner normalen Tiefe während dieser Jahreszeit an.

Aber er stieg keineswegs stark genug. »Sieh stromabwärts«, flüsterte Garsenda.

An einer breiten, seichten Stelle zappelten mindestens tausend Tiere. Die am Rand hatten mehr Glück, streckten ihre Beine aus und liefen flußabwärts zu tieferen Abschnitten; die in der Mitte saßen hoffnungslos fest, einige waren bereits ertrunken und bildeten ein unüberwindliches Hindernis.

»Was wird aus ihnen werden?« fragte Garsenda flüsternd.

»Diejenigen, die Glück haben, werden ertrinken. Die schwachen werden verhungern. Und spätestens in zwei Wochen werden die Brände den Rest besorgen.« Ihre Frage war dumm gewesen, denn der Himmel war bereits rotbraun vor Rauch.

»Ich hätte diesen Teil lieber nicht gesehen.«

Mir ging es genauso, und ich legte ihr den Arm um die Schultern; es tat mir leid, daß meine Antwort so grausam gewesen war. Ihre Haare waren hinter die Ohren gekämmt, und ich bemerkte dort einige merkwürdige Narben. Ich wollte sie danach fragen, aber dann erregten Aimeric und Bieris meine Aufmerksamkeit.

Sie standen unbeweglich wie Statuen hinter den Masken ihrer Ferngläser und beobachteten ebenfalls die zum Tod verurteilte Herde. Eine dünne Rußschicht bedeckte die Wangen der beiden; blasse Tränenspuren durchzogen sie.

Ich schaute von ihnen zu der Ebene und dann wieder ins Tal, spürte Garsendas warmen Körper an dem meinen – unsere winzigen Leben inmitten des alljährlichen Todes eines Kontinents – und wollte ein Lied darüber machen, wie großartig und entsetzlich all das war, als alle plötzlich zusammenzuckten, weil hinter uns lautes Hupen einsetzte.

Auf dem ebenen Boden hinter dem Beobachtungsturm landete gerade ein Retriever. Irgendwo in der Bürokratie hatte eine KI festgestellt, daß wir in Begriff waren, uns allzusehr in Gefahr zu begeben, und den Retriever losgeschickt.

Wir liefen vom Turm hinunter – die eigene Rettung zu verzögern ist sehr ungehörig und außerdem ein Vergehen –, und während wir zum Retriever rannten, sahen wir am Horizont Flammen und Rauch. Die gestrandeten Aurocs-de-mer unterhalb von uns würden nicht verhungern, sondern verbrennen.

Wir traten aus dem Retriever in den Springer und sprangen in den riesigen, kalten, hallenden Empfangsraum der Zentralen Rettung.

Angesichts der vielen Leute in Wanderkleidung schloß ich, daß sich das Feuer an diesem Tag wild über ganz Terraust ausgebreitet hatte. Einige Leute in Kletterausrüstung, ein zitterndes Paar in Badesachen und ein äußerst verärgert wirkender Taucher vervollständigten die Menge im beinahe leeren Empfangsraum.

»Erstaunlich«, stellte ich sarkastisch fest. Ich hätte die Brände wirklich gern wenigstens kurz gesehen, bevor uns die KI herausriß, und wenn ich mich beschwerte, würden sie mir zweifellos als Ausgleich einen Geldbetrag geben – aber sie konnten mir nicht den Anblick der Brände verschaffen. »Nachdem wir Springer bekommen hatten, wurde dieses Gebäude in nur sechs Jahren errichtet und ist bereits das häßlichste Bauwerk auf Wilson.«

Garsenda kicherte, bückte sich und hob etwas auf; es war ein seltsamer, fremder Gegenstand, eine kleine Metallkugel, aus der spitze Dorne in verschiedenen Größen ragten.

»Was ist das?« fragte ich.

»Nur ein Ohrring.« Sie ließ ihn mir in die Hand fallen; er stach mich mit seinen kleinen, nadelscharfen Dornen.

Er wirkte irgendwie seltsam. Ich hatte nie jemanden mit durchbohrten Ohren kennengelernt. Außerdem war es merkwürdig, daß sie es mir nicht erzählt hatte. Eine *entendedora* sollte einem alles erzählen. Und das winzige Ding, das in meiner Hand leuchtete, sah eher wie eine winzige Waffe oder ein Folterinstrument aus und paßte in keinen der anerkannten traditionellen Stile. Primitiv, sogar brutal ...

»Seht dorthin«, sagte Aimeric. »Der Springer zur Hauptstation im Quartier des Jovents geht in sechs Minuten ab.« Er zeigte auf die Tafel. »Dort steht, daß wir von Eingang E-7 springen. Wo ist das?«

Bieris sah auf einer der Karten nach und schnaubte. »Natürlich am anderen Ende der Halle. Wir sollten laufen.«

Wir schafften es knapp. Nach allem, was geschehen war, wollte ich, daß Garsenda mit mir in meine Wohnung kam, aber sie sagte, daß sie verschiedenes erledigen müsse. Ich sah ihr nach, bis sie um die Ecke bog, während ihre langen, dunklen Haare wie ein Pferdeschwanz hin und her schwangen und den oberen Rand ihres weiten, langen Rocks streiften. Das gab mir eine Idee zu einem Lied, also ging ich hinauf, um mich damit zu beschäftigen.

In dieser Nacht kamen wir vier plus Marcabru und Yseut aus irgend einem perversen Grund bei Pertz zusammen, um zu trinken. Es war fünfundzwanzig Tage her, daß Raimbout gestorben war.

»Die Wettervorhersage teilt mit, daß die Dunkelheit innerhalb einer Woche beginnen wird«, sagte Marcabru. Er hob sein Glas. *»Raimbout: que valor, que enseingnamen, que merce.«* Wir prosteten ihm zu, und ich bedauerte wieder, daß ich seinen Psychespeicher nicht mehr besaß, damit sich auch diese Szene bereits in seinem Gefühlsblock befand, wenn die Technologie, die ihn zurückbringen würde, erfunden wurde.

Durch das bernsteinfarbene Licht der künstlichen Beleuchtung wirkten alle Farben schmerzhaft intensiv, wie ein ›Reise-Spot‹ von einem G-Sonnensystem. Die meisten Okzitaner stellten das Licht in ihren Häusern so weit es ging auf Rot ein, was dem Licht im Freien entsprach, aber der alte Pertz war rot-grün farbenblind und hatte niemals eine Farbe erkannt, wenn er sie sah; er behauptete es jedenfalls.

»Mögen alle Interstellare sterben«, sagte Marcabru. »Nach all den Jahrhunderten Isolation – als das größte

Abenteuer aller Zeiten begann und die Tausend Kulturen sich plötzlich wieder verbündeten – fällt der Jugend von Okzitanien nur eines ein: sich wie kleine Schreiber von der Erde zu kleiden, jedes Stückchen ihrer Kultur und Geschichte zu vergessen und die scheußlichsten Moden nachzumachen, die von der Erde kommen – wußtest du, daß der Junge, den du getötet hast, der führende Künstler in dieser Schar war, Giraut?«

»Auf welchem Gebiet?«

»Er hat zweihundert pornographische Bilder und etwa ein Dutzend Kurzfilme gemacht. In allen verprügelt und erniedrigt er junge Mädchen. Das ist zur Zeit für sie das Geilste – junge Interstellare führen Mädchen an der Hundeleine spazieren und zwingen sie, Schmuck zu tragen, unter dem sie bluten. Alles eindeutig Nachahmungen von Terra-Sadoporno, absolut außerhalb der Charta – wie diese idiotischen Stulpenstiefel und die Angeberkleidung, wenn du mich fragst. Aber wenn die Leute sie anzeigen, weil all das eine Verletzung der Nou Occitan Kulturcharta ist, behaupten die Interstellaren, daß es ein legitimer Protest gegen die Tradition von *fin'amor* ist und rennen zur Botschaft, um ihre Rechte schützen zu lassen.«

»Warum machen es die Mädchen?« fragte ich.

»Wer kann das sagen? Es ist große Mode. Und wann hätte ein echter Okzitaner jemals behauptet, daß er eine *donzelha* versteht? Wir verehren sie einfach – wie es von uns erwartet wird.« Marcabru stürzte den Rest seines Drinks auf einmal hinunter. »Sie haben jedenfalls Raimbaut ermordet. Das reicht, um sie zu hassen.«

Ich sah mich in der Runde um. Aimeric nickte kühl zustimmend. Yseut lehnte sich gerade an Marcs Arm und lächelte träumerisch, während sie an etwas dachte, woran eine schöne *trobadora* denkt. Bieris wirkte sehr traurig, sogar aufgeregt, aber ich sah dafür genauso wenig einen Grund wie für Yseuts Lächeln. Doch wann hätte jemand jemals behauptet, daß er eine *donzelha* versteht, wie Marcabru gesagt hatte?

Garsenda sreichelte unter dem Tisch zärtlich meinen Schenkel; das verstand ich jedenfalls.

Auch ich haßte die Interstellaren, aber ich hatte im Augenblick keine Lust, eine Rede zu halten, und außerdem empfand ich es allmählich als irrelevant. Garsenda war eine der jüngsten Altmodischen (um das Interstellar-Wort für Jugendliche zu verwenden, die die Tradition achten.) Alle jungen Leute wurden zu Interstellaren; in einigen Jahren, wenn Leute in meinem Alter keine Jugendlichen mehr waren, würde die gesamte jugendliche Gesellschaft, die ganze Gemeinschaft aus Interstellaren bestehen. Für uns war es ein schreckliches Verbrechen, aber man konnte es auf keinen Fall verhindern.

Mein Herz hörte einen Augenblick lang auf zu schlagen. Ich sah in Raimbauts Augen, und er lächelte.

Dann begriff ich. Old Pertz hatte an der Ehrenwand ein Vu von Raimbaut zu den übrigen für immer toten Besuchern gehängt. Die Wand war aus echtem Holz – das noch immer sehr selten und teuer war, obwohl man unsere Kultur dafür programmiert hatte, auf der dicht bewaldeten Insel zu leben, die Nou Occitan einmal sein würde, und die Wälder zu nutzen, die noch immer für Wilsons polare Kontinente entworfen wurden. »Guilhelm-Arnaut hat nie einen vollentwickelten Wald gesehen. Vielleicht überhaupt nie einen Wald«, sagte ich.

Marcabru wollte eine witzige Bemerkung machen, aber Aimeric war meinem Blick gefolgt und stoppte ihn, indem er seine Hand berührte.

Alle drehten sich um, sahen hin und erblickten Raimbaut und die gesamte Ehrenwand. Es war ein Fünfzehn-Sekunden-Spot von ihm; ich weiß nicht, wo Pertz ihn her hatte. Raimbaut starrte ernst nach vorn, begann zu lächeln, blickte zur Seite, schien etwas zu hören, das ihn beunruhigte und starrte ernst nach vorn, immer wieder.

Mir wurde klar, daß alle auf eine Erklärung für meine Behauptung warteten. Garsenda lächelte, zog eine Augenbraue hoch und wartete darauf, daß ich unser *fin'amor* mit einer klugen Erklärung bereicherte.

»Ich habe mir überlegt«, sagte ich langsam, »daß die terraformenden Roboter erst 2355 begonnen haben, diesen Planeten zu bearbeiten, also dreißig Jahre bevor die Kultur hierher kam, und daß theoretisch die volle Terraformung erst um 3200 erreicht sein wird, so daß wir jetzt etwas mehr als die Halbzeit hinter uns haben, richtig? Das bedeutet, daß während der ganzen Zeit, in der wir versuchten, die okzitanische Tradition zu erhalten, die die Autoren der Kultur geschaffen und in den Büchereien der Schiffe hierher transportiert hatten, der Planet gewachsen war und sich verändert hatte. Vieles von dem, was wir getan haben, geschah in Erwartung von Dingen, die es noch nicht gab. Guilhem-Arnaut hat außerhalb eines botanischen Gartens wahrscheinlich nie einen Baum gesehen, der so groß war wie er. Also wenn im *Canso de Fis de Jovent* die Rede von den Frühlingsblättern in der Riba Lyones ist ...«

»Er hat es nie gesehen!« Die Vorstellung schien Marcabru stärker zu beeindrucken als mich. »Aber, *m'es vis,* seine Beschreibung ist so vollkommen, daß ich nie auf die Idee gekommen bin, er könnte es nicht gesehen haben.«

»Giraut meint«, begann Aimeric leise, »daß wir alle uns daran gewöhnt haben, es so zu sehen, wie Guilhem-Arnauts Gedicht es uns schildert. Die Welt ist nur deshalb so, wie sie ist, weil wir gelernt haben, sie so zu sehen. Vor fünfhundert Jahren befand sich ›Terrausts alte Ebene‹ noch unter ewigem Eis, und die ›Wellen, Wellen, Wellen / Die unaufhörlich die Zeit schlagen / Sogar während Großvaters kleines Boot ...‹ tauten wahrscheinlich erst auf zwei Wilson-Jahre bevor der Großvater von Guilhelm-Arnaut Großvater hierher kam.«

Ich nickte. »Wir tun es noch immer. Ich habe Balladen geschrieben, die in den Wäldern der Serras Verz spielten – und als ich siebzehn war, arbeitete ich im ersten baumpflanzenden Team. Im Augenblick gibt es wahrscheinlich keinen einzigen hüfthohen Nadelbaum, und die Eichen und Eschen, von denen ich in dem Lied spreche, werden vermutlich erst in hundert Jahren gepflanzt werden.«

All das war sehr merkwürdig. Raimbaut sah uns natürlich weiterhin sehr ernst an, lächelte dann und wurde wieder ernst, wie er es in dem Vu ewig tun würde.

Wir schenkten uns alle wieder ein, tranken und waren uns darüber einig, daß das Vu Raimbaut nicht gerecht wurde – aber keiner von uns besaß ein Vu von ihm, also konnten wir kein anderes als Ersatz anbieten. Wir tranken gleichmäßig, waren noch nicht betrunken, wollten es jedoch werden, und waren gerade im Begriff, aufzustehen und irgendwohin zu gehen, wo wir nicht in Melancholie ertranken, als der König hereinkam und auf unseren Tisch zuging.

In diesem Jahr war es Bertran VIII, ein etwas nervöser kleiner Professor der Ästhetik, den ich durch meinen Vater kennengelernt hatte. Der Premierminister, der viel besser aussah als der König, aber trotzdem in dem altmodischen Straßenanzug genauso fehl am Platz wirkte, folgte ihm auf den Fersen.

Das war merkwürdiger als alles, das ich jemals gesehen hatte – Adel und ein hoher Beamter betraten Pertz' Taverne und waren gekleidet, als erfüllten sie eine höfische Pflicht.

»Aimeric de Sanha Marsao?« fragte der König.

»Das bin ich.« Aimeric stand auf und verbeugte sich. Wir übrigen erinnerten uns plötzlich an unsere Erziehung und sprangen auf, und alle Anwesenden machten es uns nach. Der König nickte ernst im Kreis, ging dann zu Aimeric und bedeutete den übrigen, sich zu setzen.

»Ich hätte einen Boten mit dieser *semosta* geschickt, aber da die Dunkelheit kommt, sind alle zu Hause. Ich bin hier, um Ihnen mitzuteilen, daß Sie zu den Sondereinheiten einberufen werden und wir heute abend miteinander sprechen müssen.«

Ich fragte mich allmählich, wann diese Halluzination begonnen hatte. Aimeric war jemand, den wir einen *tostemz-jovent: puer aeturnus* oder einen Peter Pan nannten. Normalerweise holt dich die Lotterie in den öffentlichen Dienst, wenn du ungefähr fünfundzwanzig bist, so daß du bereit bist, aus dem Quartier de Jovents auszuziehen und hinauf in den Hauptteil der Stadt zu übersiedeln, zu heiraten, dich niederzulassen und ernsthaft ein Studium oder ein Lebensprojekt zu beginnen. Ich war zweiundzwanzig und hatte mich bereits halbherzig nach einem kleinen Haus umgesehen, das ich kaufen konnte. Aber Aimeric war viermal einberufen worden – einmal in eine Stellung, die sofort nach dem Minister kam – und war immer in das Quartier zurückgekehrt. Er war körperlich etwa fünfunddreißig, aber über vierzig, wenn man die Jahre mitzählte, die er auf dem Flug hierher im Scheintod verbracht hatte, und es hatte ihn nie interessiert, erwachsen zu werden. Er war mein verrückter Jovent Onkel gewesen, als ich ein Kind war, und jetzt war er einfach einer meiner Jovent Gefährten.

Außerdem sind die Sondereinheiten nicht-adlige Notfallernennungen, bei denen die Wahl nicht durch das Los erfolgt, sondern aufgrund der Qualifikation – Krisenernennungen, für die sich kein anderer eignet – nicht der Posten, den man einem zu alten Jovent anbietet.

Doch trotz der ausgezeichneten Gründe, daß dies nicht geschehen kann, geschah es doch.

Merkwürdigerweise war das einzige, das Sinn ergab, die Tatsache, daß der König seine *semosta* persönlich überbrachte. Wenn die Dunkelheit vom Südpol wehte und der Himmel zwei oder drei Wochen lang durch den Rauch schwarz war, zogen es alle vor, sich zu Hause im trauten Heim aufzuhalten – und die Dunkelheit war innerhalb einiger Tage fällig.

Man drückt sich vor keiner *semosta,* also gingen wir alle mit – Aimeric, weil er mußte, und die übrigen, weil das Gesetz von Nou Occitan allen Bürgern gestattet, bei jeder Transaktion der Regierung anwesend zu sein, und wir alle vor Neugierde starben.

Der König erwähnte, daß wir zu der nächsten, etwa einen halben Kilometer entfernten Springerstation gingen, und wir folgten ihm schweigend. Ich versuchte herauszubekommen, was los sein konnte.

Als wir uns in die Springerkabine drängten, sagte der König: »Ich mache Sie darauf aufmerksam, daß wir uns in den Springer in der Botschaft begeben. Erschrecken Sie nicht über das Licht.«

Er drückte auf den Knopf, und gelbes Licht prallte in unsere Gesichter, brannte auf der Haut und stach in die Augen.

Irgendein nervös quiekender Botschaftsangehöriger – meine Augen paßten sich erst an, als er fort war – führte uns in das Konferenzzimmer, wo jemand dankenswerterweise das Licht auf okzitanisches Niveau gedimmt hatte.

Wir hielten alle kurz die Luft an, während wir die Einrichtung aus echtem Holz (die Maserung war zu wellig, um aus einem Behälter zu stammen), und die mit Vus aus allen Teilen der Tausend Kulturen bedeckten Wände betrachteten; einige von ihnen waren ziemlich lang – mindestens einige Minuten.

Garsenda trat vor – ich merkte erst jetzt, daß sie sich an mich gedrückt hatte – und stützte die Hand in die Hüfte; in dieser Haltung pflegte sie den Leuten zu erklären, daß sie nicht beeindruckt war, vor allem, wenn sie es war.

Die Botschafterin des Humanitären Rats hatte graue

Haare und tiefe Falten im Gesicht; sie trug eine einfache schwarze Uniform, die sich nicht sehr von der der Interstellaren unterschied und unbequem wirkte. Ich hätte gern gewußt, wie weit sie ihre Kleidung selbst wählen konnte, und auch, wie es um ihre kosmetischen Eingriffe stand. Es kam mir sehr seltsam vor, daß sie eine Frau zu ihrem Vertreter gewählt hatten, obwohl sie unsere örtlichen Bräuche kannten – und obwohl diese Frau älter und eindeutig unattraktiv war.

Ihre erste offizielle Handlung bestand darin, daß sie für alle Kaffee bestellte; er kam einen Moment später, und in der Untertasse lag diskret eine Alkohol-Bereiniger-Tablette. Ich warf meine hinein und bemerkte, daß alle das gleiche taten.

Sie punktete bei uns dank ihres Takts, indem sie nicht fragte, wer all diese zusätzlichen Leute waren, aber nach sechs Jahren kannte sie vermutlich unsere Eigenheiten.

»Bitte verzeihen Sie meine Taktlosigkeit«, begann sie, »aber um sicher zu gehen – der Aimeric de Sanha Marsao, den ich hier habe, ist derjenige, der in Utilitopia, Kaledonien auf Nansen geboren wurde?«

»Der ehemalige Ambrose Carruthers zu Ihren Diensten«, erwiderte Aimeric mit einer eleganten Handbewegung. Sein Lächeln wirkte aufgesetzt; der Scherz ging anscheinend absichtlich daneben, als wolle er seine Haltung darlegen, aber ihnen nicht erlauben, sich darüber zu amüsieren.

Die Botschafterin unterdrückte anscheinend ein sehr männliches Grinsen. Der Premierminister zuckte sichtlich zusammen, und der König blinzelte heftig.

»Gut«, sagte sie. »Ich will Ihnen sehr kurz erklären, weshalb wir Ihre Abendunterhaltung unterbrochen haben. Wir haben gerade den ersten offiziellen Springerkontakt mit Ihrer Heimatkultur hergestellt – anscheinend brauchten sie ein Jahr, nachdem sie unsere Funkanweisungen erhalten hatten, um sich zu diesem Schritt zu entschließen, aber Kaledonien hat jetzt einen Springer. Sie erinnern sich vielleicht daran, daß vor einigen Jahren, als hier der erste Springer gebaut wurde, Castellhoza de Sanja Agnes und Azalais Cormagne von Lange zurückkehrten, um im sozialen Übergangsstadium Hilfestellung zu leisten – weil sie über vierzehn Jahre Erfahrung mit den durch den Springer entstandenen Veränderungen verfügen, und weil sie hier geboren sind. Sie arbeiteten etwa ein Jahr lang für Ihre Regierung, vor allem, um ihnen damit durch die Depression und die darauf folgende Wachstumsexplosion zu helfen.«

Während sie sprach, beobachtete ich Aimeric. Es war, als hätte ein anderer Mann seinen Körper übernommen – ein ernster, gespannter, ruheloser älterer Mann – und ich dachte plötzlich, daß die von uns, die ihn nur im Quartier erlebten, ihn vielleicht nicht richtig kannten. »Ich habe mit Castellhoza gearbeitet. Was wollen Sie also, daß ich tue? Nach Kaledonien reisen und das gleiche für Sie tun? Ich nehme an, daß Sie auch jemanden nach St. Michael schicken werden, jedenfalls zumindest sobald Ihr Springer betriebsbereit ist?«

»Ja – wir schicken Yevan Petravitsch durch den Springer nach Utilitopia, und von dort nimmt er das Suborbitalschiff nach St. Michael. Offenbar wird ihr Springer erst in einigen Monaten fertig sein.«

Aimeric nickte mitfühlend. »Yevan ist der Richtige für den Posten. Er kam als Missionar hierher und war wegen der nicht vorhandenen Konvertierten keineswegs glücklich – er muß überglücklich sein, wenn er zu seiner Mutterkirche in Novarkhangel zurückkehrt.« Er holte tief Luft und sah sich um. Die Pause dehnte sich, bis die Spannung unerträglich wurde. Bieris starrte ihn an, als hätte sie ihn noch nie gesehen. Marcabru und ich sahen einander an, als wollte einer von uns etwas sagen. Das Lächeln des Premierminister war seltsam verzerrt, aber der König und die Botschafterin blieben gelassen.

Endlich stand Aimeric auf, ging zum Kaffeebehälter und schenkte sich noch eine Tasse ein. »Bei mir ist es anders. Ganz anders als bei Yevan. Der Grund, weshalb ich Nansen verließ… ich war damals achtzehn, und es waren – achtzehn Jahre Erfahrung. Jedenfalls war es eine lange Zeit – und der Grund, weshalb ich mich verabschiedete, war die Tatsache, daß es keine Retourkarte gab. Natürlich kam ich vor allem deshalb, weil ich alles, das ich je über die Kultur von Nou Occitan und den Planeten Wilson gelesen oder gesehen hatte, liebte. Aber was ich daran am meisten liebte war die Tatsache, daß Nou Occitan nicht Kaledonien war und daß es nicht auf Nansen lag.

Bevor wir also weitersprechen – *muß* ich es sein? Zweiundvierzig von uns überlebten die Reise, und beinahe alle waren Volkswirtschaftler – es ist so ziemlich der einzige Beruf, den Kaledonien exportiert. Gibt es denn niemanden, der zurück *will?*«

Der Premierminister nickte und räusperte sich. »Seither haben achtzehn Selbstmord begangen. Sechzehn sind verheiratet und haben kleine Kinder, und… Sie werden verstehen, warum ich keine Familie mit heranwachsenden Kindern nach Kaledonien schicken will…«

»Das ist weise und menschlich«, gab Aimeric zu. »Also sind noch acht übrig.«

»Sie sind emotionell schwerkrank«, erklärte der Premierminister. »Sechs Jahre im Tank und sechs Jahre in dem engen Raum des Schiffes, und dann wird man in eine Gesellschaft entlassen, die umso vieles freier ist als diejenige, in der man aufgewachsen ist – damit wird nicht jeder fertig. Meiner Meinung nach ist die Selbstmordrate aus diesem Grund so hoch. Von den fünf Übriggebliebenen sind Sie der einzige mit Erfahrung in Wirtschaftswissenschaft oder Politik, und Sie sind der einzige, der nicht vorbestraft ist.«

Aimeric seufzte. »Also ich oder keiner?«

Die Botschafterin zuckte die Achseln. »Wir könnten Leute vom Interstellaren Koordinationscorps schikken...«

»Ich tue es«, unterbrach sie Aimeric.

Die Botschafterin sah ihn wütend an. »Das sind besonders gut ausgebildete Leute, und obwohl wir natürlich Sie möchten, bin ich sicher, daß...«

»Sie *müssen* jemanden haben, der Kaledonien kennt«, unterbrach Aimeric sie grob. »Ihr Bürokraten hattet hier genügend Schwierigkeiten, obwohl alles ziemlich offen und ehrlich zugeht und die üblichen kulturellen Unterschiede akzeptiert wurden...«

»Zu jener Zeit kam das gesamte IKK-Personal von der Erde, Dunant, Passy und Ducommon...«... Die Botschafterin klang unglücklich. »Das hat sich ein wenig geändert...«

»Die IKK-Leute, die sich so sehr bemüht haben, hier ein Durcheinander zu schaffen, sind inzwischen alle befördert worden, so daß sie über noch mehr Macht verfügen«, unterbrach sie Aimeric. »Und das Anliegen, die Eingeborenen den wahren Weg zu lehren, wird für gewöhnlich mit der Zeit nicht schwächer. Ich kann Ihnen eines versprechen – die Kaledonier werden kein Zehntel von dem dulden, was die Okzitaner dulden.« Er blickte die Wand einen Augenblick lang an, überlegte intensiv und sagte schließlich: »Nein, es war richtig von Ihnen, darum zu bitten. Und ich muß gehen.« Dann leuchteten seine Augen auf, und er fragte: »Wer ist der nächste in der Reihe nach mir?«

»Faith McSweeney.«

Ich kannte sie nicht, aber anscheinend war es für Aimeric entscheidend. »Ich nehme an, daß ich von hier aus abreise? Wann soll das sein?«

Die drei sahen einander an und nickten langsam; mir wurde zum ersten Mal klar, daß dies auch Aimerics Anstellungsgespräch gewesen war, und daß er, wenn er gewollt hätte, sie leicht davon hätte überzeugen können, daß er der falsche Mann war. Daß er beschlossen hatte, es zu tun, sah ihm gar nicht ähnlich – aber das galt für alles, was er seit dem Augenblick, als der König Pertz' Taverne betreten hatte, getan und gesagt hatte.

»Ja, der Abflug erfolgt von hier«, bestätigte die Botschafterin. »Morgen siebzehn Uhr – ich weiß, daß das sehr kurzfristig ist, aber je früher wir Sie dorthin bringen können, desto besser ist es vom Standpunkt des Humanitären Rats aus für seine Beziehungen zur kaledonischen Regierung. Ist es Ihnen recht?«

Aimeric lachte zum ersten Mal seit Stunden. »Ja, ja, sicher!« Er sah den Premierminister direkt an. »Vergessen Sie nicht, ich gehöre zu den Jovents, und ich werde nichts Bedeutendes tun.«

Die Botschafterin sah ihn verblüfft an, fuhr aber fort: »Versuchen Sie in den letzten drei Stunden, bevor Sie springen, nichts zu essen oder zu trinken. Es wäre auch gut, wenn Sie morgen Alkohol meiden. Anscheinend verstimmt ein Sprung über einen Unterschied von mehr als einem Prozent der Schwerkraft bei vielen Leuten den Magen. Sie dürfen fünfundzwanzig Tonnen Gepäck mitnehmen; wenn Sie wollen, können wir also praktisch alles aus Ihrer Bleibe verschiffen.«

»Das wäre gut – ich muß daran denken, meine Wäsche zu holen und alles zurückzugeben, was ich mir ausgeliehen habe.« Er sah sich nachdenklich um. »Wenn das alles ist, dann habe ich offensichtlich eine Menge zu erledigen. Also, *companho …*«

»Es gibt noch etwas«, unterbrach ihn die Botschafterin, »das vielleicht für Ihre Freunde wichtig ist. In den letzten Jahren sind die Zugeständnisse an Leute, die diese Arbeit verrichten, viel großzügiger geworden. Sie können bis zu acht Freunde oder Verwandte als Assistenten, persönliche Sekretäre oder wie immer Sie sie nennen wollen mitnehmen.« Die Augen der Botschafterin funkelten, und obwohl sie Beamtin und keineswegs hübsch war, mochte ich sie. »Angeblich wird es dazu beitragen, daß Sie sich Ihre geistige Zurechnungsfähigkeit bewahren.«

»Sie haben sich meine Freunde sichtlich nicht angesehen«, erwiderte Aimeric. »Die Bewahrung meiner geistigen Zurechnungsfähigkeit ist keineswegs der Grund dafür, warum ich sie mir halte.« In seinen Augen lag seltsame traurige Wärme, als er sich noch einmal im Raum umsah.

3

Bei der Springerstation im Quartier des Jovents trennten wir uns eilig; Aimeric mußte eine Menge erledigen, und wir übrigen mußten nachdenken. Ich ging nach Hause, griff nach meiner Laute und spielte gedankenlos, während ich überlegte.

Wenn ich mitging – dann würde ich zwei Jahre in einem anderen System aufweisen, was nicht viele Leute konnten, denn es war noch immer sehr teuer, einen Orbit-Springer zu benützen. Diese Ausgabe war das Problem – der Humanitäre Rat setzte den Preis direkt proportional zu den Energiekosten fest, da diese jedoch vom Quadrat des durchquerten Schwerkraftpotentials abhingen und ein einfacher Skilift von 750 Metern Länge genauso viel kostete wie ein Bier, war es wahrscheinlich, daß der Transfer aus dem Orbit eines solchen Riesensterns zu einem anderen sechseinhalb Lichtjahre entfernten Stern ziemlich viel Bier kosten würde. Nein, es war eine echte Verpflichtung – wenn es mir nicht gefiel, mußte ich trotzdem meine Zeit abdienen, um den kostenlosen Transfer zurück zu bekommen; ich konnte es mir unmöglich leisten, die Reise selbst zu bezahlen.

Andererseits würde ich dadurch zu einer äußerst ungewöhnlichen Dienstbeschreibung gelangen, würde viel Neues sehen… Romantik und Abenteuer, auch wenn Aimeric behauptete, daß seine Heimatwelt mehr als langweilig war.

Andererseits – die Dunkelheit war eine Zeit, in der man ungestört lesen, denken und komponieren konnte – und auf sie folgte die große Explosion der Nördlichen Quelle. Während Terrausts schwarz gefärbte Gebiete von meterhohem Schnee bedeckt waren, füllten sich die Flüsse und Süßwasserseen von Terrbori bis zum Überlaufen mit Schmelzwasser, Gewitter dröhnten durch die Fjorde und Cañons, und die Wiesen explodierten zu Gras und Blumen.

Noch bevor der rußgeschwärzte Schnee schmelzen konnte, sprang der Polarbambus auf und kletterte eilig auf volle zehn Meter Höhe hinauf, bevor die Brände des nördlichen Herbstes ihn wieder vernichteten.

Ich würde wenigstens den nördlichen Sommer sehen – ich würde sicherlich zu Hause sein, bevor drei Jahre um waren.

Aber ich würde den nördlichen Frühling versäumen, und ich konnte mich nur an einen erinnern. Durch das aus zwölf Standardjahren bestehende Jahr wird man auf Wilson zum Stubenhocker – wenn man Glück hat, sieht man vielleicht jede Jahreszeit achtmal, und man entschließt sich nicht leichtfertig, eine von ihnen zu versäumen.

Es ging aber auch um meine Karriere. Ich muß zugeben, daß ich als Komponist oder Dichter nur hinlänglich begabt bin, aber meine Aufführungen der Werke anderer wurden begeistert aufgenommen – Non-Jovents kamen in das Quartier herunter, um meinen Auftritt mitzuerleben. Die nächsten zwei oder drei Jahre konnten für die Erlangung einer hohen Stellung innerhalb der Jovents entscheidend sein. Obwohl die Lebensweise der Jovents angeblich unerheblich ist, neigen sie dazu, an ihren Freundschaften und Loyalitäten festzubehalten, sobald sie ihre Degen an den Nagel gehängt haben, in die ordentlicheren Teile der Stadt übersiedelt sind und nun das gleiche ruhige Leben führen wie meine Eltern. Wenn die Berufungen für die am besten dotierten Stellungen in Kunst, Politik oder im Geschäftsleben verteilt werden, steht ein Held der Jugend wahrscheinlich an erster Stelle.

Da Raimbaut tot und sein Psychespeicher eingelagert

war, bildeten zwei Menschen das Zünglein an der Waage: Marcabru, mein bester Freund, und Garsenda, meine *entendedora,* Mittelpunkt meines *fin'amor* und Inspiration meiner Kunst. Man kann doch von einem echten Okzitaner nicht erwarten, daß er seine Geliebte verläßt? Es sei denn, aus Loyalität seinen Freunden gegenüber …

Schon der Gedanke an eine Trennung von Marcabru oder Garsenda war unerträglich, und diese Tatsache war kurze Zeit entscheidend. Alle für einen und einer für alle. Wenn sie allerdings verschiedener Meinung waren, mußte ich mich selbst entscheiden.

Ich hielt es für unmöglich, soviel Pech zu haben, daß die beiden verschiedener Meinung waren.

Zuerst Marcabru, dachte ich, da ich ihn anrufen konnte. Mit seiner *entendedora* zu telefonieren ist hoffnungslos *ne gens,* deshalb würde ich Garsenda persönlich aufsuchen müssen.

Er hatte eine endgültige Antwort parat. »Ich weiß genau, was du fühlst, Giraut. Ein Teil von mir kann es nicht ertragen, nicht mitzureisen, aber mich erwartet hier in Noupeitau etwas Wunderbares – wollte es heute um Mitternacht bekanntgeben, aber dann wurden wir aus Pertz' Taverne entführt und sprachen über Aimerics Ernennung. Du weißt doch, daß das nächste Jahr ein Jahr der Vielfalt für die Monarchie ist?«

»Ja, gelegentlich schalte ich die Nachrichten ein. Wenn ich im Wartezimmer des Zahnarztes sitze oder so was. Also?«

»Sie haben die neue Variante und die Finalisten festgelegt. Die Bekanntmachung erfolgt in einigen Stunden. Statt des üblichen langweiligen Arschlochs in den besten Jahren, das einen Haufen wissenschaftlicher Abhandlungen oder Auszeichnungen im öffentlichen Dienst aufweist, ist es diesmal eine *donzelha.* Und unter den Finalisten …«

Ich erriet es. »Yseut! Das ist wunderbar, Marcabru.

Natürlich hast du recht – du kannst unmöglich fortgehen!«

Ich sah im Geist Bilder vor mir – eine junge Dichter-Königin, mein bester Freund Prinzgemahl, dadurch sicherlich ein Adelstitel auf Amtszeit für mich und sehr wahrscheinlich für Garsenda eine Ernennung an den Hof. Das waren die Träume, auf die man für gewöhnlich zwanzig Jahre lang wartet, und hier bot sich die Chance, daß sie erfüllt wurden, während wir noch jung genug waren, um sie zu genießen.

»So viel könnte geschehen ...«, begann ich und verstummte, bevor ich etwas sagte, das ihn bestimmt beleidigt hätte.

Er las meine Gedanken und lachte. »Natürlich hast du recht. Selbst wenn es nicht Yseut ist, wird es eine *donzelha* unserer Generation sein, die dem Palast Grazie und Stil verleihen wird – es wird herrlich aufregend sein, am Leben zu sein!«

»*Ja, ja, ja!* Ich werde jetzt mit Garsenda sprechen. Vielleicht können wir einander später treffen, und vielleicht können wir uns sogar von Aimeric verabschieden. Er wird ganz schön wütend sein, wenn er erfährt, daß er all das versäumen wird!«

»Planen wir es.« Marcabru grinste mich an. »Ich meine, begleiten wir ihn zum Springer *und* machen wir ihn wütend. Und jetzt, Giraut, wenn es dir nichts ausmacht, du hast mich nicht einmal eine Stunde nachdem meine *entendedora* und ich nach Hause gekommen sind, angerufen ...« Er schaltete den Apparat auf Weitwinkel, so daß ich sah, daß er kein Hemd trug, und zeigte mir immer mehr von seinem nackten Körper.

»Natürlich!« Ich salutierte militärisch und schaltete ab.

Ich nahm mir nur die Zeit, mein bestes Cape umzunehmen und meine besten Stiefel anzuziehen, dann sprintete ich die Wendeltreppe hinunter, lief durch vier Blocks mit engen, kurvenreichen Straßen, die sogar zwei Stunden vor Sonnenaufgang schon voller Händler waren, stieß und drängte mich durch die Menge wie ein echt liebestoller Jovent und lief die Treppe zu Garsendas Wohnung hinauf.

Sie war nicht zu Hause.

Ich nahm mein Telefon heraus und ließ mir ihren Aufenthaltsort geben. Sie befand sich im Entrepot, einem ausschließlich Interstellaren vorbehaltenen Treffpunkt.

Zu der normalen, sogar wesentlichen Dummheit eines Jovent gehört, daß man nicht immer schnell begreift. Ein Teil meines Gehirns erinnerte sich an die vielen Male während der letzten Wochen, an denen sie unerklärlicherweise unerreichbar gewesen war (natürlich hatte ich damals nicht ihren Aufenthaltsort erfahren wollen, weil es nicht dringend gewesen war und weil es ein Zeichen von Mißtrauen gewesen wäre). Ein anderer Teil erinnerte mich an den seltsamen, Narben hinterlassenden Ohrschmuck. Ein dritter Teil flüsterte mir zu, daß Garsenda sehr jung war, sogar für eine Achtzehnjährige, und jeden neuen Trend oder jede neue Mode als erste übernahm …

Alle anderen Teile meines Gehirns brüllten die drei nieder und trieben mich so schnell ich konnte, ohne meine Würde zu verlieren, zum Entrepot.

Ich brauchte eine halbe Stunde dorthin. Dann verlangte ich wieder ihren Aufenthaltsort, und es hieß, daß sie sich im Hinterzimmer befand, also folgte ich den Gehsteigen um das Tanz/Kampfparkett, ertrug die Pfiffe, die Kußgeräusche und die Rufe »Opa trägt einen Anzug!« von den jungen Interstellaren, die an den Geländern lehnten, und ging zu dem Hinterzimmer. Ein Teil von mir wollte es wissen.

Garsenda hatte sich immer zu den Künsten hingezogen gefühlt – oder eigentlich zu den Künstlern. Und genau in dieser Hinsicht waren die Interstellare echte Okzitaner – sie schätzten ihre Künstler. Daher hatte sie sich, als sie beschloß, hinter meinem Rücken die andere gesellschaftliche Leiter hinaufzuklettern, ihrem Äquivalent der Kunstszene angeschlossen.

Das war der Grund, warum drei Kameras liefen, als ich die Tür öffnete (eine konzentrierte sich automatisch auf mich, als ich dort stand). Sie filmten Garsenda, die schenkellange Stiefel mit Bleistiftabsätzen und sonst nichts trug. Sie hatte den Kopf ekstatisch zurückgeworfen, während ein Junge vor ihr hockte, an einer Brustwarze saugte und die andere mit etwas, das wie eine leuchtend orangefarbene, riesige Zange aus einem Cartoon aussah, festklemmte. Keiner von ihnen bemerkte mich, daher schloß ich die Tür und ging. Wahrscheinlich würde sie mich auf den Fotos der dritten Kamera erkennen, und das würde genügen.

Ich war nicht sicher und hatte es nicht überprüfen wollen, aber der Junge hätte einer der fünf sein können, die in der Nacht, in der Raimbaut starb, gegen uns gekämpft hatten.

Während ich hinausging, fand ich, daß mich jemand beleidigt hatte. Ich zog meinen Degen und erledigte ihn ohne Vorwarnung, ein tiefer Schnitt durch die Kehle. Genaugenommen war ich dazu berechtigt. Ich fühlte mich daraufhin nicht besser, deshalb verwendete ich meinen Neuroducer, um ihn einem Interstellaren, der mir meiner Meinung nach eine Grimasse geschnitten hatte, direkt in die Niere zu stoßen, und versetzte ihm einen sehr realen Tritt gegen den Kopf, als er umfiel. Nicht einmal das beleidigte seine Freunde so sehr, daß sie ihre Angst überwanden (ich habe in dieser Stimmung wahrscheinlich ziemlich beunruhigend ausgesehen), deshalb legte ich weitere zwei Feiglinge um, aber dann floh der Rest, und sie zu verfolgen wäre *ne gens* gewesen, also mußte ich ohne Rauferei fortgehen, bei der ich entweder meine Wut abgebaut hätte oder im Krankenhaus gelandet wäre.

Während ich auf die Straße trat, versuchte ich, mir einen Plan zurechtzulegen. In der Zeit, als der Springer noch nicht seine Veränderungen bewirkt hatte, also vor sechs Jahren, hätte ich mich relativ einfach entscheiden können: Ich konnte mich umbringen, oder warten und um einen Platz auf einem der Schiffe ansuchen, die alle zehn Jahre abflogen.

Heutzutage gab es keine Schiffe mehr. Für die meisten Menschen blieb dadurch nur der Selbstmord übrig – aber nicht für mich, wurde mir klar. Ich rief Aimeric an. Ich war gerade sechs Blocks vom Entrepot entfernt.

Er sagte, ich sei willkommen, und schien sogar dankbar zu sein. Er nannte mir einen anderen Code, um Aufträge zu erteilen.

Bei dieser Nummer veranlaßte ich, daß alles aus meiner Wohnung verschifft, meine Konten zur Bezahlung meiner Rechnungen abgerechnet werden sollten, und so weiter. Man sagte mir, daß ich mich um nichts kümmern müsse – ich konnte einfach meine Wohnung verlassen, zur Botschaft gehen und am nächsten Tag abreisen. Sie würden sogar meine Wäsche aus der Wäscherei holen. Sie erinnerten mich daran, daß das Schiff um siebzehn Uhr starten würde.

Ich bedankte mich, stellte den Wecker auf der Einheit an meinem Handgelenk auf sechzehn Uhr (das reichte, damit mich eine Anti-Alkoholtablette ernüchterte), ging zu der Taverne, die der Botschaft am nächsten war, und arbeitete den ganzen Vormittag und Nachmittag schwer, um betrunken zu werden. Ich schluckte die Pille rechtzeitig und traf nüchtern in der Botschaft ein. Offenbar um sicher zu sein, verpaßten sie mir eine riesige Anti-Alkohol-Injektion – was immer die Injektion gegen den Alkohol hatte, sie hatte offensichtlich nichts gegen einen Kater – schrubbten mich sauber und sorgten allgemein dafür, daß ich mich wie ein schmutziges Kätzchen fühlte, das von seiner Mutter festgehalten wird.

Unterwegs gestand ich Aimeric und Bieris stammelnd, was geschehen war. Bieris sagte mir immer wieder, daß Garsenda einfach ein Kind war, das seinen Spaß hatte, und Aimeric sagte mir immer wieder, daß ich noch immer abspringen konnte, wenn ich wollte, ich müsse nur sagen, daß ich eigentlich nicht fort wolle.

Ich schüttelte sie ab. Mein Kopf hämmerte, das blendende, gelbe Licht der Botschaftsbeleuchtung machte es noch schlimmer, und weil ich jetzt nüchtern war, wurde mir quälend bewußt, daß ich den ganzen Tag nichts gegessen hatte. »Schön, ich werfe vielleicht zwei Jahre meines Lebens weg. Na und? Ich wollte mich gerade umbringen. Und es wird wenigstens ganz anders sein als Nou Occitan.«

»Das wird es ganz sicher sein«, bestätigte Aimeric.

Bieris biß sich auf die Unterlippe. »Giraut, wir kennen einander seit unserer Kindheit. Sag mir die Wahrheit. Bleibt dir wirklich nur die Wahl, Selbstmord zu begehen oder diese Reise zu unternehmen?«

Man hatte mich noch nie so beleidigt. »*Enseingnamen* verlangt es. Es ist das schwerste Vergehen gegen *fin'amor* ...«

Sie wandte sich kopfschüttelnd Aimeric zu. Irgendwie wirkte sie viel älter, obwohl sie noch immer die gleiche lachende, schwarzhaarige Schönheit war, die so lange meine Freundin gewesen war. »Ich glaube, er meint es ernst.«

Aimeric nickte. »Davon bin ich überzeugt. Wir kennen ihn schon lange. Lassen wir zu, daß er es tut?«

»Ihr *laßt* überhaupt nichts zu«, widersprach ich. »Du hast die Einladung ehrenvoll ausgesprochen und ich möchte sie annehmen.«

Aimeric seufzte und fuhr sich mit der Hand durch die schulterlangen Haare. »Und ich will ganz sicher nicht deshalb mit dir kämpfen. Also gut, komm mit. Wenn keine *donzelha* im Spiel ist, bist du ein recht vernünftiger *toszet,* Giraut, und ich kann dich bestimmt brauchen. Aber ich warne dich noch einmal – wenn

Kaledonien nur ein wenig so ist, wie ich es in Erinnerung habe, wird es sehr oft geschehen, daß du bedauerst, nicht zu Hause geblieben zu sein und dich umgebracht zu haben.«

Vielleicht drang etwas in seinem Ton endlich bis zu mir durch. »Wie schlimm kann es sein? Was sind Unannehmlichkeiten angesichts vernichteter Liebe?«

Er antwortete nicht, sondern wandte sich nur ab. Vielleicht war er ein wenig angewidert. Bieris warf mir einen besorgten, mitleidigen Blick zu und folgte Aimeric.

Als es soweit war, traten wir einfach in den Springer, als wäre er dasselbe wie jeder andere Springer, diesmal von einer Gruppe langweiliger Botschaftsleute zu einer anderen. Als die Schwerkraft von Wilson bis Nansen um etwa acht Prozent zunahm, drückte etwas kräftig gegen meine Fußsohlen, und etwas zog den Rest meines Körpers hinunter, aber davon abgesehen hätte ich genauso gut das nächste Zimmer betreten können.

Aimeric schwankte, als hätte man ihn in den Magen geschlagen. Ich mußte Bieris auffangen, die einige Male würgte, bevor sie ihre Selbstbeherrschung wiederfand. Aus der Art, wie sie meine offenbare Unempfindlichkeit gegen die Springerkrankheit betrachteten, schloß ich, daß sie es vorgezogen hätten, wenn ich zu Hause geblieben wäre und mich umgebracht hätte.

»Willkommen in Kaledonien«, sagte ein hochgewachsener, älterer Mann. »Ich bin Botschafter Shan. Wer von Ihnen ist Ambrose Carruthers?«

»Das bin ich, aber ich verwende meinen okzitanischen Namen Aimeric de Sanha Marsao. Das sind Bieris Real und Giraut Leones, meine persönlichen Mitarbeiter.«

Shan nickte. »Ich freue mich, Sie kennenzulernen. Leider sind hier Mitarbeiter und Platz *sehr* knapp – wir haben dieses Haus erst in den letzten achtundvierzig Stunden wachsen lassen, und es ist noch viel, viel mehr zu tun, deshalb schicken wir Sie direkt in Ihre neuen Wohnungen und senden Ihnen Ihr Gepäck nach, sobald es eintrifft. Es tut mir leid, daß wir Ihnen keine Gastfreundschaft anbieten können, aber unsere Gespräche mit der Regierung von Kaledonien in bezug auf die Belieferung der Botschaft sind zu einem absoluten Stillstand gelangt.«

»Das heißt, daß sie es Ihnen entweder in Rechnung stellen oder erreichen wollen, daß Sie dafür arbeiten.«

Der Botschafter nickte. »Ich hoffte, daß das, was sie sagten, nur eine höfliche Umschreibung war und daß sich aus der Diskussion ergeben würde, was sie eigentlich wollen. Aber sie meinen es wirklich so?«

»Ganz bestimmt. Seien Sie nicht überrascht, wenn sie Ihnen ein Trinkgeld geben, sobald das Geschäft abgeschlossen ist. Alles, das zweihundert Utils übersteigt, ist übertrieben und könnte eine Bestechung sein.«

»Ich merke, daß Sie hier unschätzbar sein werden.«

»In Kaledonien ist nichts unschätzbar. Es ist der einzige Ort in den Tausend Kulturen, an dem alles, absolut alles, einen bekannten Wert besitzt«, sagte Aimeric lächelnd. Shan nickte lachend. Worauf Bieris und ich vollkommen verwirrt waren.

Wir gingen in den nächsten Raum, in dem uns einige Botschafts-Handlanger knielange, isolierte Parkas mit durchsichtigen Gesichtsmasken gaben. Das war wahrscheinlich ein Hinweis, aber nichts konnte einen wirklich auf das vorbereiten, was uns draußen erwartete.

Es war, als betrete man einen dunklen Tieftemperatur-Windtunnel. Auf meinen Bart und meinen Schnurrbart sprühte Wasser und gefror sofort.

Jetzt begriff ich, wofür die Maske gebraucht wurde und zog sie herunter, hatte aber schon zweimal brennend kalte, nach Chlor stinkende Luft eingeatmet. Der Wind prallte wie ein Rammbock gegen meine Brust.

»Macht euch keine Sorgen, *companho*«, rief uns Aimeric über die stöhnenden Windstöße zu. »Wir sind während des Morgensturms eingetroffen. Am Nachmittag wird es viel unangenehmer!«

Ich konnte mir nicht vorstellen, daß es noch schlimmer wurde, und ich war zu Hause in der Nordpolkette sehr viel Ski gefahren.

»Wieviel Chlor befindet sich in der Luft?« fragte ich.

»Im Augenblick eine Menge. Der Morgensturm wird durch das aus der Bucht mitgerissene Wasser salzig. Was jetzt kommt, muß unser Fahrzeug, nämlich die Katze, sein.«

Die ›Katze‹ war offenbar der große Raupenschlepper, der jetzt näher kam; die niedrigen, dunklen Gebäude reflektierten die Lichter des Fahrerhauses. »Wo sind alle?« rief Bieris. Ich konnte sie kaum hören.

»Drinnen! Sie sind nicht verrückt! Sie werden ungefähr in einer halben Stunde herauskommen, wenn der Sturm nachläßt.«

Sie rief etwas und wiederholte es dann beinahe schreiend. »Ich meine, warum gibt es mitten in einer Stadt keine Beleuchtung?«

»Warum soll man das Licht einschalten, wenn niemand draußen ist? Und warum soll man Fenster haben, wenn es nichts zu sehen gibt?« rief Aimeric, aber es klang gleichgültig; wahrscheinlich gehörte beides zu den Dingen, die später offensichtlich sein würden.

Inzwischen kam die Katze heran, und mir wurde klar, warum sie so genannt wurde; all die kleinen Geräte, die die Raupen in Bewegung hielten, summten und jaulten in verschiedenen Tonlagen und der Wind pfiff durch die Zentimeter zwischen den Raupen und den Geräten. Das Ganze hörte sich wie das Jaulen einer riesigen Katze an, die man in die tiefsten Tiefen der Hölle geschleudert hat.

Wir stiegen die zu der Kabine führenden Stufen hinauf, und die äußere Tür ging auf. (Ich begriff sehr schnell, daß auf Nansen jeder Eingang zwei Türen besitzt und daß die örtliche Entsprechung von *ne gens* darin besteht, beide Türen offenzulassen. Es war beinahe das einzige, worüber sich Kaledonier und St. Michaelianer einig waren.) Wir drängten uns in die kleine Wärmeschleuse der Katze. Aimeric schloß die Tür hinter uns. Die innere Tür ging auf.

Aimeric bezahlte den Fahrer. Darüber erschrak ich, genau wie Bieris – sie sah mich an, während wir die schweren Parkas abschüttelten.

Dann lachte Aimeric dröhnend und schloß den Fahrer in die Arme. »Na so was, Bruce!«

»Ja. Ich hatte Angst, daß du dich nicht an mich erinnern würdest.«

»Ha! Du bist die erste gute Neuigkeit seit langem.« Er machte uns mit dem älteren Mann bekannt, mit dem er gemeinsam studiert hatte, wie sich herausstellte.

Ich brauchte einen Augenblick, um zu begreifen, daß Bruce nicht einer von Aimerics Lehrern gewesen war. Aimerics sechseinhalb Jahre im Kälteschlaf wirkten sich aus – Bruces Haut sah seltsam lederartig aus, wies eine Menge brauner Flecken auf, und wo seine Haare nicht ergraut waren, sahen sie aus, als wären sie planlos zu blasser Eintönigkeit gebleicht worden. Ob das Chlor in der Luft daran schuld war?

Sie sprachen lange Zeit über alles, worüber Menschen sprechen, die einander lange nicht gesehen haben – und da sie viele Jahre aufholen mußten (es hörte sich an, als wären ihre letzten Briefe abgeschickt worden, bevor Aimeric auf Wilson eintraf), dauerte das Gespräch die ganze Stunde, die wir brauchten, um Utilitopia zu verlassen. In Nou Occitan gibt es keine Stadt dieser Größe – sobald die alten Städte eine bestimmte Größe erreicht haben, bauen wir neue; dank der langsamen Veränderung des Architekturstils besitzt jede Stadt ihre charakteristische Eigenart. Hier wurde Utilitopia einfach vergrößert.

Im Lauf der Fahrt verwandelte sich der Sturm zu gefrierendem Regen und das Außenthermometer kletterte beinahe bis zum Nullpunkt. Die Straßenlampen wurden eingeschaltet, und wir sahen, daß die meisten Gebäude einfache Betonschachteln mit vorgezogenen Dächern waren; alle Kirchen sahen gleich aus – eine sehr niedrige Vorhalle und ein sehr hohes Querschiff, so daß sie den Eindruck machten, sie wollten sich wie Raubvögel auf die Straße stürzen.

Es gab eine Menge Kirchen.

Von Zeit zu Zeit glitt auf den Schwebestreifen der Straße ein Schwebewagen vorbei; sein Scheinwerfer durchschnitt den Nebel, und man sah die Farbe der Gebäude – sie waren anscheinend entweder blaugrau oder rotbraun. Obwohl ich bereits als Kind in Schwebewagen gefahren war, kamen sie mir jetzt komisch und altmodisch vor; es stimmte mich ein wenig traurig, daß auch sie zweifellos innerhalb eines Jahres verschwinden und man sie durch Springer ersetzen würde.

Ich hätte gern gewußt, ob sie die Schwebestreifen entfernen oder sie an Ort und Stelle belassen würden; in Noupeitau hatten wir sie zu Fahrstreifen für Fahrräder, Skateboards und Reihenwagen umfunktioniert und an ihnen entlang Blumenkisten aus Ziegeln aufgestellt, um die Zufahrt zu regeln – aber das entsprach offenbar nicht der hier dominierenden Einstellung.

Ich hatte geglaubt, daß wir ein Industrieviertel durchquerten, wie man sie auf Bildern aus anderen Kulturen sah, wo man nicht so vernünftig gewesen war, all das den Robotern zu überlassen und die Arbeit in ein unbewohntes Gebiet zu verlagern; als wir jedoch über einen Hügel kamen und der Nebel sich kurz hob, sah ich deutlich, daß anscheinend die gesamte Stadt aus diesen Zementblöcken bestand.

Endlich hatten wir die Stadt hinter uns und fuhren eine Straße entlang; zu meiner Verblüffung bestand sie aus bearbeitetem Fels; die dünne Erdschicht war entfernt und der Felsen geglättet worden, bis er als Straße dienen konnte.

Ich wollte mich nach dem primitiven Aussehen der Straße erkundigen, aber Bruce sagte gerade: »Ich sollte wohl fragen. In deinem ersten Brief stand, daß Charlie gestorben war.«

»Ja«, antwortete Aimeric, ohne etwas hinzuzufügen.

Bruce nickte langsam, als hätte ihm Aimeric eine Menge erzählt. »Ich war seit zehn Jahren nicht mehr in der Kirche«, erklärte er, was offenbar nichts mit dem Gesprächsthema zu tun hatte. »Und da du nicht als Ambrose zurückgekommen bist…«

Aimeric unterbrach ihn. »Warte eine Sekunde. *Du* bist nicht zur Kirche gegangen?«

Bruce zuckte die Achseln. »Ich… du weißt ja, wie es geht. Du und Charlie, ihr konntet fort, aber ich verlor – auf dem Raumschiff gab es nur zwei freie Stellen für Prediger. Deshalb nahm ich Gott eine Zeitlang übel, daß er mich berufen hatte, und dann bestrafte ich mich, weil ich es Gott übelgenommen hatte. Ich wurde zu einem der knochenharten Fanatiker, die anscheinend immer zu den Hinterwäldlern geschickt werden. Damals schrieb ich die letzten Briefe, die du von mir erhieltest…«

»Ja.«

Wir kamen zu einer Straßengabelung; das Summen wurde höher und lauter, wir bogen scharf ab, Staub und Schotter spritzten hoch auf, und die Katze begann, in Serpentinen bergauf zu fahren. Wegen des Nebels hatte ich keine Ahnung, wohin wir unterwegs waren, und ohne die Stadtbeleuchtung war es wieder entsetzlich dunkel – die Sichtweite betrug trotz der Scheinwerfer der Katze höchstens dreißig Meter.

Bruce fuhr fort. »Danach wurde es eine Zeitlang mit mir schlimmer. Damals fühlte ich mich natürlich *gerecht*, denn wenn man dieses Zeug wirklich glaubt, gibt es keine Entschuldigung für Kompromisse oder gar Mitgefühl. Ich hatte oben in Bentham eine Kirchengemeinde und verbrachte etwa drei Jahre dort, in denen ich alle Arten von Kummer verursachte, indem ich alles auf den Punkt genau erzwang.

Doch eines Morgens – es muß um die Zeit gewesen sein, als dein Schiff Utilitopia erreichte – geschah etwas. Es war eines jener Ereignisse durch die mir klar wurde, daß ich die Ursache für Unglück war, statt es zu beheben. Ich kehrte in meine Unterkunft zurück und betete eine Zeitlang – ja also, einen Monat lang. Als es mir nichts nützte, gab ich meinen Job auf, kaufte drüben im Sodom-Becken eine Farm und lebe seither dort.« Wir bogen um eine enge Kurve, unter den Raupen spritzte der Schotter weg und prallte gegen den Boden der Fahrerkabine. Außer dunklem Nebel tief unter meinem Fenster schien es nichts zu geben. »Ich mußte bewußt einen zu niedrigen Kostenvoranschlag machen, um dich abzuholen – sie wollten jemanden, der doktrinär korrekter ist.«

»Das Sodom-Becken ist weit weg«, meinte Aimeric. »Du hast dich sehr bemüht – dadurch wurde es schwierig, dein Angebot zu rechtfertigen.«

»Nein. Ich habe es rational erklärt, indem ich den Vertrag en bloc anbot. Ich bin dein Hausherr.«

Aimeric war einen Augenblick lang sprachlos, dann jubelte er entzückt: »Großartig, Bruce, du kannst es noch immer!«

Wir überquerten einen Hügel, und die Straße verlief kurz steil bergab. Einen Augenblick lang drehte sich mein Magen um, als die Scheinwerfer in eine anscheinend bodenlose Schlucht zeigten; dann flog wieder Schotter davon, und wir fuhren auf einem bergauf führenden Sims die Cañonwand entlang.

Da weder Aimeric noch Bruce sich so verhielten, als verliefe die Fahrt ungewöhnlich, machte ich es ihnen nach. Ich blickte vom Fenster weg, um zu sehen, wie Bieris darauf reagierte, und stellte fest, daß sie beinahe auf meinem Schoß saß und versuchte, zum Fenster hinauszusehen.

»Glaubst du, daß es noch weit ist?« flüsterte sie.

»*Non sai.* Aber es ist ein langer Weg.«

»Ihr blickt in die Furche«, erklärte Bruce. »Das ist ein langer Fjord – sein Boden liegt unter acht Meter tiefem Meereswasser. Wir befinden uns jetzt ungefähr dreitausend Meter darüber, und fahren auf siebentausenddreihundert Meter hinauf, wo wir die Sodom-Spalte durchqueren. Das Ganze ist ein riesiger Riß in der Erdkruste, den ein Asteroideneinschlag verursacht hat.«

»Ein *Asteroiden*einschlag?« Bieris beugte sich zu Bruce vor.

Er blickte zu meinem Schrecken von der schmalen Straße vor uns weg, über die das Scheinwerferlicht sprang und tanzte, und wandte den Kopf, um mit ihr zu sprechen. »Ja. Aber mach dir keine Sorgen – wir erwarten in absehbarer Zeit keinen weiteren Einschlag. Obwohl dieser hier erst kürzlich erfolgte – wahrscheinlich vor weniger als tausend Jahren. Ich nehme an, daß man euch hierhergeschickt hat, ohne euch viel darüber zu erzählen, was ihr hier vorfinden werdet?«

»Überhaupt nichts«, antwortete ich. »Sieht es überall so aus?«

Bruce lachte schallend und Aimeric stimmte ein. »Eine sehr höfliche Art, deine Sorgen zu äußern – Grot?«

»Beinahe. Zwei Silben – Djir-out.«

»Giraut.« Diesmal sprach er es richtig aus. »Es ist kein Wunder, daß du so still gewesen bist. Nein, der Rationalisierungsrat will die Menschen aus Effizienzgründen in Utilitopia behalten und hebt deshalb hohe Steuern für jede Tätigkeit ein, die nicht dort ausgeübt wird, obwohl es möglich wäre. Als ich begann, war ich vom Landleben nicht begeistert, aber es ist die einzige Arbeit, bei der ich auf der warmen Seite der Optimal Range leben kann. Es dauert noch zwei Stunden, bis wir die Berge hinter uns haben, aber danach wird dir das, was du siehst, gefallen.«

»Warum nennt ihr es ›Sodom-Becken‹, wenn es so angenehm ist?«

»Damit diejenigen von uns, die darauf bestehen, hier zu leben, wissen, daß wir irrational an falschen Werten hängen«, erklärte Bruce. »Wir haben die Straße zur geistigen Vernichtung eingeschlagen.« Er klang eher müde als zornig.

»Für die von uns, die keine Geduld haben«, sagte Bieris, »wie sieht die Gegend aus, in die wir fahren?«

Aimeric nickte ihr zu, als danke er für den Themenwechsel. »Die Bergkette, die von der Furche durchschnitten wird, und durch die die Sodom-Spalte führt, verläuft entlang der Ostküste von Kaledonien. Auf der anderen Seite liegt das Sodom-Becken, ein Salzsee-Becken. Es ist einer der wärmsten Orte auf diesem verrückten Planeten – ihr werdet bestimmt entsetzt sein, wenn ihr erfahrt, daß ihr im Augenblick nicht einmal einen halben Grad vom Äquator entfernt seid.

Das Sodom-Meer schuf eine riesige heiße Bodensenke, und weil die Berge hoch genug sind, um die meisten Wolken abzuhalten, bekommt die Senke jede Menge Sonnenschein. Das ganze Tal bleibt dadurch warm – normalerweise erreicht die Temperatur während jeder Dunkelheit nur zwei Stunden lang den Gefrierpunkt.«

»Wie kommt es bei euch zur Dunkelheit? Hier gibt es doch sicherlich nicht genügend Vegetation, um zu brennen ...«

»Es bedeutet etwas anderes«, erklärte Aimeric. »Nansen hat nur einen Vierzehn-Stunden-Tag. Es ist leichter, zwei solche Tage zusammenzulegen statt sich an einen Vierzehnstunden-Rhythmus zu gewöhnen. Deshalb ist der Tag in Erstes Licht, Erste Dunkelheit, Zweites Licht und Zweite Dunkelheit unterteilt. Im Augenblick sind es etwa zwanzig Minuten bis zum Ersten Licht.«

Ich betrachtete den matten, leuchtenden Nebel draußen und fragte: »Es sieht aus, als wäre es knapp vor Morgengrauen – woher kommt also all das Licht?«

»Der Mond ist soeben aufgegangen«, erklärte Bruce.

Darauf folgte eine lange, unbehagliche Stille. Ich kam mir dumm vor, weil ich mich nicht daran erinnert hatte, daß Nansen einen großen, eisbedeckten, nahen Mond hat.

Nach einer Weile fragte Bruce: »Was hat euch beide eigentlich veranlaßt, mit diesem alten, verworfenen Menschen hierherzukommen? Reichen euch Schnee und Nebel auf Wilson nicht?«

Bieris lachte leise. »Du könntest beinahe sagen, daß Aimeric mich dazu überredet hat.«

»Ich habe versucht, es dir *aus*zureden! Ich habe dir gesagt, daß es ganz anders aussieht als alles, woran du gewöhnt bist, und daß wir nicht einmal die Hälfte der Dinge tun können, die wir im Quartier taten, um uns zu amüsieren.« Aimeric klang wirklich verzweifelt. »Es gibt hier nur wenige Leute, die halbwegs so sind wie eure Freunde zu Hause.«

Sie nickte heftig. »*Ja, ja, donz de mon cor.* Wie konntest du erwarten, daß ich den schwerwiegenden Gründen, die du mir aufzähltest, damit ich hierherkomme, widerstehen werde?«

Ich hatte das Gefühl, daß sie ihn neckte oder reizte, aber ich verstand den Witz ebenfalls nicht.

»Du wirst hier niemanden kennenlernen, der versteht, daß du eine *donzelha* bist«, ergänzte Aimeric.

»Ach, das weiß ich eigentlich nicht. Bruce, welchem Geschlecht würdest du mich auf Anhieb aufgrund des äußeren Eindrucks zuordnen? Rate mal.«

Bruce lachte sehr nervös und wandte plötzlich seine Aufmerksamkeit der Straße zu. »Ich mische mich nie in den Streit zwischen Menschen verschiedenen Geschlechts«, erklärte er. »Zum Teil bin ich deshalb in meinem Alter noch gesund und kräftig.«

Aimeric kicherte. »Wir haben dich wirklich auf dem

Schiff gebraucht, Bruce. Ein Diplomat wie du war als Prediger vergeudet.«

Die darauf folgende Stille war sehr lang, bis Bruce mich fragte, warum ich nach Kaledonien gekommen war. Ohne zu viele Einzelheiten – ich nahm an, daß eine genaue Beschreibung der Situation, die ich im Entrepot vorgefunden hatte, ihn wahrscheinlich aufregen würde – schilderte ich flüchtig, wie ich in den Springer nach Kaledonien geraten war.

Zu meiner Überraschung verstand er anscheinend auf Anhieb. Ich erwärmte mich sofort für ihn – jedenfalls bis er hinzufügte: »Ja, es liegt lange zurück, aber mir ist etwas Ähnliches mit einem Mädchen zugestoßen, das *ich* hatte heiraten wollen.«

Aimeric richtete sich auf, als hätte man ihn einen Dummkopf genannt; Bieris erstickte plötzlich; ich mußte eine Erklärung liefern.

»Ja also … in Nou Occitan ist eine Hochzeit erst dann legal, wenn man mindestens fünfundzwanzig Jahre alt ist. Es kommt nur selten vor, daß man noch nicht dreißig ist. Das ist – ja also, *fin'amor*.« Mir wurde plötzlich zu meiner Verwirrung klar, daß ich nie ein terstadt-Wort dafür gelernt hatte. Vielleicht gab es keines.

Bruce nickte mitfühlend. »Trotz all der Lektüre über Nou Occitan, die ich vor Jahren verschlang, als ich auf dieses Schiff gelangen wollte, habe ich den Begriff *fin'amor* nie wirklich verstanden.« Wir schwiegen wieder, und ich vermied es, zum Fenster hinauszusehen, weil ich genau wußte, daß es unten wirklich nichts zu sehen gab. Bruce ging mit der Katze wieder in eine Kurve und fügte hinzu: »Aber ich kann sehr gut verstehen, daß du das Bedürfnis hattest, etwas Großes, Plötzliches zu tun, wenn etwas, das dir so wichtig war, kaputtgemacht wurde.« Er zögerte. »Trotzdem – in einer Hinsicht bin ich noch neugierig.«

Ich war so dankbar, daß mir Verständnis entgegengebracht wurde, auch wenn es von jemandem kam, der offenbar keine Ahnung hatte, wovon ich sprach, daß ich sagte: »Natürlich.«

»Ja also … wenn du ein Mädchen *nicht* heiraten wirst, warum triffst du dann kein exklusives Arrangement mit ihr?«

Die Frage kam mir sehr merkwürdig vor, aber Aimerics Freund meinte es sichtlich ehrlich, deshalb versuchte ich zu antworten und stammelte eine Menge nicht sehr zusammenhängender Erklärungen über die Inspiration für meine Kunst, die mir einen Grund gab, mein *enseingnamen* in den Dienst der Dame zu stellen, mir das süße Gefühl der Melancholie schenkte … für mich war es einfach dumm.

»Das klingt eigentlich, als wäre es lustig«, meinte Bruce. »Ich kann verstehen, daß es zumindest interessant wäre, einige Jahre auf diese Art zu verbringen.« Es hörte sich an, als hätte ich ihn endgültig verwirrt, aber er verstand wenigstens, daß ich es liebte, und ich war ihm wieder zutiefst dankbar. »Aber – was haben die Mädchen davon?«

Die Frage kam so plötzlich, daß ich mit der Wahrheit herausplatzte. »Ich weiß es wirklich nicht.«

Bieris unterbrach uns, was mich ärgerte, weil ich mit Bruce so gut zurechtkam, und sagte: »Man schenkt uns Aufmerksamkeit, wir werden stolz auf uns, weil man uns schon als wir klein waren ermutigte, von Dingen zu träumen, die wir heute tun, und wir bekommen sehr oft Sex, was Spaß macht.«

»Das ist schrecklich kaltblütig«, bemerkte Aimeric.

Er hatte ein Talent für Untertreibungen. Ich war so zornig, daß ich sie anschreien wollte, aber das tut man mit der *entendedora* eines anderen nicht.

Etwas an der Art, wie sie ihr Haar zurückwarf und die Achseln zuckte, rief mir einige Sapphisten ins Gedächtnis, die ich gekannt hatte; da sie dazu neigten, sehr aggressiv zu sein, oft unfaire Kämpfer waren und sich beim geringsten Anlaß begeistert mit Jovents prügelten, mied ich sie. Bieris trug zwar nicht Männerkleidung wie es diese Gruppierung tat, und sie hatte auch nie in dem dominierenden, gereizten Tonfall dieser Leute gesprochen – aber etwas erinnerte mich an sie und daran, wie gefährlich es war, mit ihnen zu kämpfen. Aber schließlich war sie Aimerics *entendedora,* nicht meine. Ich ärgerte mich noch immer darüber, daß sie sich in meine ernsthafte Diskussion des *fin'amor* mit Bruce einmischte, beschloß jedoch, einfach still zu schmollen.

»Es stimmt auch«, fügte Bieris hinzu, »daß man, wenn man kein besonderes Talent besitzt oder sich keinem arbeitsintensiven Studium widmet, nicht viel unternehmen kann, bevor man fünfundzwanzig ist. *Fin'amor* verschafft uns wenigstens Beschäftigung.«

Bruce nickte zweimal, und mir wurde klar, daß er ihr aus irgendeinem Grund glaubte. Ich würde eine Gelegenheit finden müssen, um ihm später eine bessere, nicht so häßliche Erklärung zu liefern.

Vorausgesetzt, mir fiel eine ein.

Aimeric war in seinem Sitz zusammengesunken, und ich begriff, daß er sich innerlich vor Verlegenheit wand; mir wäre es in der gleichen Situation genauso ergangen.

Nach einer Weile sagte Bruce: »Ich glaube zwar nicht, daß du hier irgendwen finden wirst, den dieses Arrangement interessieren würde, Giraut, aber es gibt hier Frauen, falls dich das tröstet.« Er meinte es wahrscheinlich scherzhaft, aber mir fiel nichts ein, was ich dazu sagen konnte, und Aimeric und Bieres schwiegen ebenfalls, also ließ ich es bleiben. Das einzige Geräusch war das Summen und Jaulen der Raupen und der gedämpfte Aufprall der Graupeln auf die Windschutzscheibe und auf das Dach der Fahrerkabine.

Das Gespräch war jetzt endgültig gestorben. Der aufgehende Mond und vielleicht auch die Sonne färbten den Nebel um uns blaßgelb; es genügte, um die vielen kleinen, gefrorenen Wasserfälle und den dicken Rauhreif auf den Felsen zu sehen. Die Temperaturanzeige hatte noch immer nicht den Gefrierpunkt erreicht.

»Mit dem Terraformen scheint tatsächlich etwas schiefgegangen zu sein«, sagte Bieris. »Sie müssen weit hinter dem Zeitpunkt zurückgeblieben sein, zu dem sie die vorgesehene Temperatur erreichen sollten.«

Während wir wieder um eine hohe Haarnadelkurve bogen, sahen Bruce und Aimeric einander an und versuchten offensichtlich, sich darüber zu einigen, wer es erklären würde. Die Katze glitt einen Zentimeter zur Seite und auf den Rand zu. Das Grau unterhalb von uns schien heller zu werden und etwas weiter weg zu sein: ich fragte mich, wie lange wir bei der höheren Schwerkraft für den freien Fall brauchen würden, wenn wir in das Meer unter uns stürzen würden.

Trotz meines Katzenjammers und meines Schlafmankos begriff mein Gehirn allmählich, daß Noupeitau das Zuhause vieler großartig aussehender, traditioneller *donzelhas* war, die nicht Garsenda waren, und daß ich ein paar Jahre in dieser eisigen Wüste verbringen würde. Der große Vorteil von Selbstmord besteht darin, daß, ganz gleich wie dumm und kurzsichtig dieser Akt ist, einem nachher seine Dummheit nicht mehr bewußt ist.

Ich steigerte mich von diesem Gedanken in eine ausgewachsene Depression, als Aimeric sich räusperte und begann: »Ich habe versucht, es euch beiden auszureden, aber da ihr schon einmal hier seid, sollte ich … ja also, am besten sagt man es so … hm … ich meine …«

Bruce griff ruhig ein. »Was Ambrose – Entschuldigung, ich meine Aimeric – euch klarmachen will, ist, daß die meisten Leute hier es so haben wollen, wie es ist. Und dieser Planet ist nicht terraformt worden. Er sah von Anfang an so aus.«

4

Sie hatten Zeit, uns die ganze Geschichte zu erzählen, bevor wir die Spalte erreichten.

Nansen war in vieler Hinsicht bizarr, aber das Seltsamste an dem Planeten war, daß er ein erstklassiger Kandidat für eine Terraformung war – er hätte beinahe das sogenannte Tahiti-Standard-Klima erreichen können, wäre also viel besser gewesen als Wilson.

Doch ein einfaches Hintertürchen hatte es den beiden hier angesiedelten Kulturen, Kaledonien und St. Michael, ermöglicht, das scheußliche Klima zu genießen, das beide aus ideologischen Gründen vorzogen.

Theoretisch konnte Nansen die Terraformung vermeiden, weil er bereits eine lebende Welt gewesen war, als die Forschungssonden eintrafen. Die erste Erklärung lautete, daß um unser Jahr 1750 herum der Asteroid, der die Spalte schuf, ein großes Loch in Nansens Kruste gerissen hatte. Der Aufprall und der dadurch entstehende Vulkanismus hatten die Gletscher und Eisflächen schwarz gefärbt, und ungeheure Ausbrüche von Treibhausgasen hatten den Planeten weiter erwärmt. Zusätzlich dazu hatte die Freisetzung von großen Mangen Schwefelsäure den Kalziumsulfat-Sulfid-Zyklus in den Ozeanen ausgelöst, sie umkippen lassen und damit den für das Leben erforderlichen Kreislauf in Gang gesetzt.

Und damit begann das Rätsel; es war verständlich, wenn auch sehr unwahrscheinlich, daß Nansen durch einen Zufall seine Terraformung ohne menschliches Eingreifen gestartet hatte – aber woher war das Leben gekommen, das den Vorgang fortgesetzt hatte? Exobilogen kämpften sehr leidenschaftlich über den strittigen Punkt, gelangten jedoch nur zu sehr wenigen Schlüssen.

Als Nansens Stern Mufried zu einem Riesen angeschwollen war, wie es praktisch in allen solchen Fällen geschieht, hatte der Faju-Fakutoru-Effekt den Gasriesen die flüchtigen Gase entrissen, so daß ihre infolge ihrer Größe bewohnbaren Kerne übrigblieben, und die sehr große bewohnbare Zone eines Riesensterns hatte dafür gesorgt, daß zumindest eine Welt in sie geraten würde.

Doch nach der flüssigen Phase, der Abkühlung und dem Entstehen neuer Atmosphären vereisten solche Welten entweder, wie es bei Wilson und Nansen der Fall gewesen war, kochten wie die Venus oder wurden zu leblosen Höllenlöchern mit vielen kleinen, salzigen Meeren und einer anorganischen Stickstoff-CO_2-Atmosphäre. Während ihres kurzen, bestenfalls einige hundert Millionen Jahre dauernden Daseins entwickelten sie kein Leben – statt dessen warteten sie regungslos, bis jemand daherkam, sie mit Organismen besäte und begann, die Reihe von Ökologien zu schaffen, die sie bis zur Bewohnbarkeit durch Menschen verändern würden.

Nansen hatte nicht gewartet. Ende 2100 hatten die ersten Sonden, die den Planeten erreichten, eine blühende, auf Photosynthese beruhende mikrobiologische Ökologie vorgefunden. Das absolute Fehlen von fossilen Formen sowie die späteren Bohrungen in den noch vorhandenen primordialen Gletschern hatten gezeigt, daß das Leben erst kürzlich eingetroffen war oder sich erst entfaltet hatte, als der Asteroideneinschlag die Gelegenheit schuf.

Die Theorien über den Ursprung des Lebens reduzierten sich schließlich auf vier:

Erstens: Mufrids jetzt vernichtete innere Welten hatten eine Zivilisation besessen und einige wenige von ihnen hatten es zu dem nackten Gasriesen geschafft. Dort waren ihre Versuche zur Terraformung fehlgeschlagen, so daß in den nie ganz gefrorenen Ozeanen nur geringe Populationen von einfachen Organismen übrigblieben. Diese Populationen entwickelten sich explosionsartig, als ihnen der Asteroid die Möglichkeit dazu bot. Das war eindeutig unmöglich, weil zu der Zeit, als die flüchtigen Gase verschwunden waren, der sich ausdehnende Stern die inneren Welten seit mindestens zwei Millionen Jahren verschlungen hatte.

Da dies also unmöglich war, besagte die zweite Theorie, daß eine geheime Sonde von einer der vielen nicht mehr existierenden Regierungen Nansen verseucht hatte. Das war unmöglich, denn um zu den von den ersten Sonden beobachteten Ergebnissen zu gelangen, hätte eine solche Sonde spätestens 1825 starten müssen.

Einige wenige Wissenschaftler, die diese Theorien ablehnten, behaupteten, daß der Gasriese, dessen Kern Nansen wurde, warm genug gewesen war, um eigenes Leben zu beherbergen, daß dann das plötzliche Verschwinden von neunzig Prozent der Planetenmasse überdauert hatte, in den Kern gelangt war und in der Suppe aus geschmolzenem Eisen jahrzehntelang überlebt hatte, während die ehemaligen Monde des Gasriesen, deren Umlaufbahnen jetzt exzentrisch waren, nach einigen Jahrhunderten gegen den neuen, geschmolzenen Planeten stießen.

Da auch das nicht stimmen konnte, bildete sich die Meinung, daß die nichtmenschliche Zivilisation, die wir noch finden mußten, mittels der ungeheuren Ausgabe für eine interstellare Sonde einen leicht umzuformenden Planeten entdeckt hatte, noch größere Beträge zur Umformung lockergemacht – und sich dann aus einer Laune heraus nicht mehr dazu entschlossen hatte, einzuziehen.

»Jede dieser Ideen ist lächerlich«, schloß Bruce, »aber eines stimmt – Nansen war lebendig, als wir hierherkamen.« Er zuckte die Achseln. »Das bedeutete, daß sich die Kulturen, die hier Grundbesitz gekauft hatten, auf die Schutzbestimmungen berufen konnten – keine zusätzliche Terraformung, nur Hinzufügung von Arten.«

Aimeric seufzte. »Und damit ihr beide ganz bestimmt versteht, wie hart das ist – wenn ihr euch die historischen Dokumente anseht, werdet ihr feststellen, daß sie mühelos eine Veränderung hätten bewirken können. Niemand, der St.Michael oder Kaledonien entwarf oder gründete, wollte es verändern.«

Inzwischen war Murfrid hinter uns aufgegangen, ein leuchtender gelber Streifen in dem schmuddeligen Grau, und es wurde viel heller. Kleine Kügelchen von braunen Graupeln prallten von der Windschutzscheibe ab, ich konnte etwa zweihundert Meter in die Schlucht hinuntersehen und sogar die gegenüberliegende Seite als dunklen, stachligen Schatten ausmachen. Allmählich erschienen auf den Felsen Farben.

»Aber – vielleicht bin ich begriffsstutzig«, sagte Bieris. »Warum wollten die hier kein ordentliches Wetter haben?«

»Aus zwei verschiedenen Gründen – für jede Kultur einen«, erwiderte Aimeric. »St. Michael braucht einen trostlosen, grauen Ort, an dem menschliche Wesen schwere, sinnlose körperliche Arbeit verrichten, damit sie über die wesentliche Traurigkeit und Sinnlosigkeit des Lebens nachdenken und daher die wunderbare Großzügigkeit Christi schätzen können, der sie von diesem Dasein erlöst.«

Bruce streckte plötzlich die Hand aus. »He – seht mal. Der Spalte-Regenbogen.« Wir beugten uns vor und schauten durch die Windschutzscheibe. Vor und oberhalb von uns befand sich der größte doppelte Regenbogen, den ich je gesehen hatte, und im Gegensatz zu den einfachen rot-bis-grün Regenbogen von Wilson wies dieser die ganze Skala bis zum dunkelsten Violett auf. »Ihr müßt einen Meteorologen fragen, wie es funktioniert«, sagte Bruce. »Es hängt damit zusammen, wie sich die Wolken in der Schlucht bilden. Es geschieht nur um diese Zeit am Morgen, in dieser Höhe, vielleicht jede zwanzigste Lichtzeit.«

»*Deu*, es zerreißt mir das Herz«, sagte Bieris. »Sicherlich hat jemand eine Symphonie oder eine Hymne darüber geschrieben – das müßte wunderbar sein.«

Aimeric hüstelte verlegen. »Hm, vielleicht würde eine Hymne nebenbei darauf anspielen.«

Bruce seufzte. »Sie würden nicht einmal das erlauben. Interesse für Erscheinungen ist der erste von den Neun Indikatoren für Unangebrachte Werte. Und der Spalte-Regenbogen ist eine Erscheinung.«

Ich fragte nicht, wer so dachte; ich würde später nicht verhindern können, daß ich es herausfand.

Außerdem konnte ich jetzt den Spalte-Regenbogen bewundern. Nach dem schwarzen, schmutzigen Salzsturm, in dem wir gestartet waren, und der Fahrt im Nieselregen entlang der nackten Felswände wirkte jetzt der strahlend leuchtende Streifen im prachtvollen, bernsteinfarbenen Licht unter dem türkisblauen Himmel wie eine riesige, elegante Brücke über die vor uns liegende Sodom-Spalte.

Er hielt sich noch einige Minuten, während wir weiterkletterten; inzwischen wurde die Fahrerkabine tatsächlich durch den Sonnenschein etwas wärmer. Meine Augen hatten sich darauf eingestellt, obwohl die Farben der Felsschichten mir immer noch grell vorkamen; doch der Schmerz bei ihrem Anblick war rein ästhetisch.

Als der Spalte-Regenbogen endlich verschwunden war, was wir seufzend zur Kenntnis nahmen, sagte Bruce: »Jetzt ist es nicht mehr weit.« Er lenkte die Katze um die Außenseite einer kleinen Spalte, die hier in die Schlucht mündete.

Die letzten fünfzehn Kilometer der Straße, die sich in die Spalte wand, verliefen über nackte, ausgewaschene Felssimse, von denen einige natürlich und einige herausgesprengt waren. An der breitesten Stelle waren sie etwa achtzig Meter breit, an den schmalsten Stellen etwa dreißig Meter, also doppelt so breit wie die Katze. Inzwischen hatte die Sonne schon die Hälfte des Weges zum Höchststand hinter sich, und die Wolken in der Schlucht befanden sich so weit unten, daß ich mich an das Fenster drücken mußte, um sie zu sehen. In einer Entfernung von vier Kilometern stürzte uns gegenüber der Schwarze Gletscherfall in die Schlucht – »Er stürzt nur im Sonnenschein«, erklärte Aimeric, »und friert während des Sturzes zu Hagel. Von einem der Vorsprünge auf der anderen Seite kann man durch das Loch, das der Hagel in die Wolken schlägt, bis hinunter zu dem grünen Meer sehen.«

Um den Rand der Sodom-Spalt-Straße zu befestigen, waren große, nadeltragende Schlingpflanzen geschaffen und auf den Felsen gepflanzt worden, daher waren die senkrechten Hänge mit einem Gewirr von Stämmen bedeckt, die so dick waren wie reife Bäume und ein mehrere Meter tiefes Gitterwerk bildeten.

»Lebt da drin etwas? Entsprechungen von Eichhörnchen oder Affen?« erkundigte sich Bieris.

»Entfleuchte Hühner«, antwortete Bruce. »Wir werden noch vor Ende der Fahrt einige sehen. Wir haben sie so gezüchtet, daß sie große Brustmuskeln und Flügel wie Kondore haben, und daß sie sich von Flechten ernähren. Wir wollten sie als freilebendes Fleischtier aufziehen. Sie fressen zwar Flechten und dazu alles, was sie in den Schnabel bekommen, aber am liebsten sind ihnen die Nadeln auf den Schlingpflanzen – und hier oben sind sie schwer zu erwischen.«

Wir bogen um eine Kurve, und zwei leuchtend orangefarbene Hühner mit mindestens zwei Metern Flügelspannweite fegten an uns vorbei. »Das sind sie«, erklärte Bruce. »Wir haben sie so gezüchtet, daß sie leicht zu entdecken sind. Doch das hilft einem nichts, wenn man sie jagt. Fünfzehn Kilo Fleisch ohne Federn, aber es ist mühsam, sie zu kriegen – ihre Gene enthalten nichts, das sie in eine Falle lockt, und wenn man hier oben eins schießt, neigt es dazu, direkt in die Schlucht zu fallen. Der einzige Nutzen, den sie uns bringen, ist der Guano.«

Als wir endlich die letzte Steigung zum Gipfel der Spalte hinaufkletterten – noch immer auf Bergen, die uns zu beiden Seiten um einen Kilometer überragten – holten Bieris und ich hörbar Luft, und Aimeric schien feuchte Augen zu bekommen.

Das letzte Stück der Schlucht mündete auf einen Sattel zwischen zwei mächtigen, eisbedeckten Gipfeln. Unsere Katze rasselte über die felsige Oberfläche an der Spitze der Spalte, doch dieser nackte Fels erstreckte sich noch einen vollen Kilometer, bevor er außer Sicht in die Tiefe verschwand. Jenseits dieses Randes reichte eine breite, blaugrüne Ebene, die von goldgelben Kornfeldern und dem blaßgrünen Schimmern der Obstgärten unterbrochen wurde, bis zu den zerklüfteten Gipfeln einer weit dahinterliegenden Bergkette. Ich schätzte, daß diese Berge etwa zweihundert Kilometer von uns entfernt waren.

»Anc nun vis bellazor!« Nach der Fahrt durch die kahle Gegend nahm ich gierig alle Farben in mich auf.

»Ver, pensi tropa zenza«, sagte Bruce.

Bieris und ich kicherten: Aimeric brach in Gelächter aus. »Dir ist klar, Bruce, daß du gerade die Möglichkeit verspielt hast, unsere Okzitaner zu bespitzeln.«

»Avetz vos Occitans?« fragte Bieris.

»Ja, tropa mal.« Bruce seufzte. »Jetzt bin ich ganz aus der Übung. Aber ich hielt es für fair, euch wissen zu lassen, daß ich eure Sprache verstehe.«

»Wir drei haben lange gebraucht, bis wir sie gelernt haben«, ergänzte Aimeric.

»Ja, du, ich und Charlie. Wir übten sogar hier oben viel.«

Aimeric seufzte. »Das hatte ich fast vergessen.«

Ich kannte Aimeric seit beinahe zwölf Jahren – da meine Familie nach seinem Eintreffen in Nou Occitan sein Gastgeber gewesen war. Und in all der Zeit hatte er nicht von diesem Charlie gesprochen, der anscheinend zu den Panzerinsassen gehörte, die unterwegs gestorben waren. Und doch waren sie deutlich sehr enge Freunde gewesen, auch mit Bruce … Es gefiel mir nicht, daß Aimeric imstande gewesen war, seinen Freund so vollständig zu vergessen.

Bruce nickte. »Ich bin noch immer darüber verblüfft, daß es uns gelungen ist.« Bieris blickte von einem zum anderen: »Ist es illegal, eine Wanderung zu unternehmen?«

»Nicht illegal, sondern irrational. Nachdem du es getan hast, mußt du beweisen, daß du dich noch immer in Harmonie mit Gottes Plan für dein Leben befindest«, erklärte Bruce und verwirrte mich noch mehr.

»Was ist irrational?« fragte ich. »Jeder, der hier heraufkommt, sollte imstande sein zu sehen, warum du es tatest.«

»Reine Ästhetik geht über die Vernunft hinaus.« Aimerics Stimme klang kalt, häßlich und eintönig, so daß man den Eindruck von einem besonderen Akzent bekam. Ohne zu wissen, wer es war, wußte ich, daß Aimeric jemanden nachahmte.

»Da du nicht beweisen kann, daß es gut ist, muß es eine Sache des persönlichen Geschmacks sein. Und deine persönlichen Angelegenheiten dürfen nicht deine erste Priorität sein«, erklärte Bruce. »Aber wir haben es geschafft, uns darum herumzuwinden. Nachdem wir es uns vorgenommen hatten, brauchten wir beinahe ein Jahr, um es zu einem wandelnden Fetisch zu erheben.«

Aimeric lachte. »Wir gingen überall hin, wo wir hinkonnten, nützten jede Chance. Wir überzeugten sie davon, daß die Kultur ihre Gesamteinnahmen verdoppeln würde, wenn wir mehr gehen konnten.«

»Auf den letzten drei Fahrten sprachen wir ausschließlich okzitanisch«, fügte Bruce hinzu. »Es ist wirklich eine bessere Sprache, wenn es um Schönheit geht. Natürlich waren es lange Fahrten, und es war schwerer, die Erlaubnis dafür zu bekommen – man braucht gut fünf Tage oder zehn Lichtzeiten, um in das

Sodom-Becken zu gelangen – also kam das später. Außerdem waren wir so ziemlich die einzigen, die jemals in Kaledonien gewandert waren oder gezeltet hatten, und wir mußten alles selbst lernen. Die Sodom-Spalte wäre nicht der richtige Ort gewesen, um zu lernen – es ist nicht gerade ein niedriger Paß.«

»Wie hoch sind wir?« fragte Bieris. »Oder waren wir – ich meine, wie hoch ist der Paß?«

»Etwa siebentausend Meter«, antwortete Aimeric. »Aber der Temperatur- und Luftdruckgradient ist wesentlich weniger steil als auf Wilson – man kann hier ohne weiteres atmen, ohne Sauerstoff mitzunehmen, und obwohl es kalt ist, ist es so hoch oben keineswegs um soviel schlimmer als weiter unten.«

Inzwischen waren wir zu der Stelle gelangt, von der aus wir sehen konnten, wie die Straße in steilen Kehren in das Tal unter uns purzelte.

Wir kamen tiefer, ließen die Schlingpflanzen hinter uns und sahen wieder langes Gras. »Das ist *Weizen*«, rief Bieris plötzlich.

»Ja. In Kaledonien sind praktisch alle genetisch veränderten Pflanzen, sogar die Deckfrüchte, eßbar oder für etwas gut. Das gehört dazu, daß wir noch glücklicher werden.« Bruce schleuderte uns wieder um eine enge Kurve herum, wir schlingerten die im hellen Sonnenlicht liegende Straße hinunter und hinterließen eine Staubfahne. Nachdem ich mich endlich umsehen konnte und seit beinahe drei Stunden mit Bruce unterwegs war, genoß ich allmählich die Art, wie die Katze über die Bergstraße schnurrte. »Dieser Teil des Planeten ist eine einzige große Farm. Einer der Gründe, warum wir mit St. Michael nicht viel Handel treiben, ist die Tatsache, daß sie Unkraut genetisch verändert haben, um das Leben noch härter zu machen. Wir sind ebenfalls verrückt, aber nicht so verrückt.«

Als wir in die Hügel gelangten, die an der Ostseite der Plantagen verliefen, sah ich, daß alle Bäume maschinell in langen, geraden Reihen gepflanzt worden waren, so daß der Wald, den wir aus der Ferne erblickt hatten, aus der Nähe wie ein von einem neurotischen Gärtner geplanter Obstgarten aussah.

»Ich wette, daß keiner dieser Bäume Samen trägt«, sagte ich.

»Ja«, bestätigte Aimeric. »Auf diese Art wachsen Bäume nur dort, wo sie gepflanzt wurden, und da sie sich genetisch kaum verändern, können die Maschinen sie regelmäßig abernten.«

Als wir bei Bruces Haus hielten, sah es auf den ersten Blick wie ein weiterer Zementwürfel aus – »He, du hast ja Fenster!«

»Stimmt. Ich mußte mich drei Jahre lang bei einem Psychoprogramm darüber beschweren, daß ich an Klaustrophobie litt, bis sie endlich entschieden, daß es bei mir zweckmäßig sei, mir Fenster zu bewilligen. Aber ihr habt Glück – indem ich die Baubewilligung großzügig las, ließ ich in alle meine Gästehäuser Fenster einbauen.«

Als wir aus der Katze kletterten, war es angenehm warm, vielleicht zwanzig Grad, und wir trugen nur unsere Parkas. Die helle, bernsteinfarbene Sonne, die jetzt zu den Bergen im Westen hinunterglitt, ließ unsere Bekleidung merkwürdig exotisch und fremdartig aussehen; Bruces einfacher Overall, die Stiefel und das Hemd waren farbiger und strukturierter als ich für möglich gehalten hätte.

»Gehen wir hinein, essen wir etwas und schlafen wir ein wenig«, schlug er vor. »Ihr seid vermutlich müde, und die Zweite Dunkelheit, während der die meisten Leute schlafen, beginnt, so daß ihr euch an die örtliche Zeiteinteilung gewöhnen könnt. Euer Gepäck wird erst nach einer oder zwei Lichtzeiten eintreffen, aber ich habe zusätzliche Räume, in denen ich zur Erntezeit die Feldarbeiter unterbringe, so daß ich drei zurecht gemacht habe – es sei denn, ihr wollt lieber zwei haben.«

Er klang so verlegen, daß ich Aimeric für herzlos hielt, als er mir zublinzelte.

»Du bist sehr freundlich«, antwortete ich, *»que merce!«*

Daraufhin wurde Bruce noch verlegener, so daß er sich von mir ab – und Aimeric zuwandte, der gerade in die Tasche griff. »Laß das sein«, protestierte Bruce. »Nachdem wir von der Stadt und den Polizisten weit genug entfernt sind, genügt mir dein Wort.«

Ich wandte mich ab und sah mich um. Das Land, in dem ich stand, sah für mich eher wie ein Bild als wie die Wirklichkeit aus. Ich griff automatisch nach Raimbauts Geist, um es ihm zu zeigen, und – genauso automatisch – brach mir das Herz bei der Erkenntnis, daß er nicht mehr da war. Seit sie ihn mir vor vier Tagen weggenommen hatten, war es mir immer wieder so ergangen; doch als ich jetzt die seltsamen Farben, die rauhen, zerklüfteten Berge, die großen, weiten Felder und die geradlinigen Obstgärten sah, wußte ich, daß dies der letzte Anfall von Erinnerungen war.

Während ich die fremde Umgebung betrachtete, fragte ich mich, was Raimbaut von all dem gehalten hätte, und zu meiner Überraschung hatte sich mein Gefühl verändert, als wäre die Schleife der letzten vier Tage plötzlich unterbrochen worden. Ich hatte immer gewußt, was er von all dem hielt, das man im Quartier des Jovents finden konnte. Aber angesichts dieses Planeten … Ich hatte keine Ahnung, was er gefühlt, gedacht oder gesagt hätte.

Meine Gedanken kehrten wieder zu Garsenda zurück, und mir wurde klar, daß es mir bei ihr genauso erging wie bei Raimbaut. Ich konnte mir nicht vorstellen, wie sie auf alles hier reagiert hätte. Das gleiche galt für Marcabru, Yseut und alle meine übrigen Freunde. Ich wußte nicht einmal, was Aimeric empfunden hatte, als er seine Heimatwelt zum ersten Mal seit vielen Jahren wiedersah, genauso wenig wie ich wußte, was Bieris dachte.

Bruce war natürlich unbegreiflich.

Ich war mein Leben lang davon überzeugt gewesen, daß alles, was mir durch den Kopf ging, auch meinen Gefährten durch den Kopf ginge, vorausgesetzt, wir befanden uns am gleichen Ort.

Wenn in diesem Augenblick direkt vor mir eine Springertür zu meiner Wohnung aufgegangen wäre, würde es an der Sachlage nichts ändern; ich konnte nicht mehr zu dem zurückkehren, was ich gewesen war – zu dem einzigen, womit ich mich auskannte. Die letzten beiden Tage wirbelten mir durch den Kopf, und ich versuchte, den Augenblick wiederzufinden, in dem ich zu dem neuen Leben gewechselt hatte …

»He, Giraut!« sagte Aimeric. Ich drehte mich um; er stand in der Hitzeschleuse von Bruces Haus. Die anderen waren verschwunden. »Wir haben gar nicht bemerkt, daß du uns nicht hineingefolgt bist. Hier draußen wirst du in zwei Stunden steifgefroren sein – warum kommst du nicht herein?«

Ich schüttelte den Kopf, um ihn klar zu bekommen. »Ich habe nur nachgedacht.«

Aimeric kam aus dem Haus, schloß die äußere Tür der Hitzeschleuse und näherte sich mir so langsam und vorsichtig, als könne ich plötzlich explodieren. »Das habe ich befürchtet«, sagte er. »Hast du plötzlich begriffen, daß du nicht nach Hause zurückkehren kannst?«

»Man könnte es so ausdrücken.« Er stand jetzt direkt vor mir, und weil mir klar wurde, warum er zu mir gekommen war, fragte ich: »Hast du es jemals auch so empfunden?«

»Während der ersten Wochen oft; später von Zeit zu Zeit.« Er seufzte. »Ich hätte gern einige Stunden Zeit, um dich aus diesem Zustand herauszuholen. Jedenfalls ist es nicht für immer – du wirst in einem oder zwei Jahren heimkehren.«

»Ich werde *zurück*kehren«, stellte ich richtig, während ich den Behälter mit meiner Laute aufhob und ihm in das Haus seines alten Freundes folgte. Er drehte sich um und sah mich an; vielleicht dachte er darüber nach, was er sagen sollte, ließ es aber schließlich bleiben.

Die Hitzetür der Schleuse schloß sich hinter uns, die innere Tür ging auf, und wir gingen hinein. Erst als ich in einem von Bruces Gästezimmern im Einschlafen war, fiel mir ein, daß ich keine Ahnung hatte, wie ich mich fühlte.

ZWEITER TEIL

EINSATZ IN EINER KALTEN WELT

1

Die Sonne war aufgegangen, und die Küche wurde fröhlich und hell. Bieris und ich saßen einander gegenüber, verdrehten die Augen und hörten zu, wie zwei Leute über Ereignisse sprachen, die lange vor ihrer Geburt geschehen waren. Wir zuckten abwechselnd die Achseln.

Zugegeben, ich fühlte mich körperlich nicht schlecht. Zum ersten Mal seit zwei Tagen hatte ich keinen Kater, hatte geschlafen und wurde nicht von einem Ort zum nächsten gehetzt. Aber allmählich begriff ich, daß ich mich mindestens zwei Jahre auf diesem unangenehm eisigen Felsen aufhalten würde, der von zwei unangenehm eisigen Kulturen bewohnt wurde.

Inzwischen sprachen Aimeric und Bruce pausenlos darüber, wer gestorben war, wer wen geheiratet hatte, wer Arbeit hatte, während Bieris und ich warteten. Das Essen war jedenfalls gut – falls man nichts gegen die angelsächsische Küche hat. (Gebratenes Fleisch, sanft gegarte stärkereiche Beilagen und dicke, fette, salzige Soßen, vor allem, wenn man es noch nicht ausprobiert hat. Für gewöhnlich mochte ich das Zeug nicht, aber Bruce hatte Salz und Fett unter Kontrolle behalten, war mit Gewürzen großzügig umgegangen, und der Kaffee war dunkel und ordentlich bitter.) Und da es in der Gegend sicherlich keinen *companho* gab, der mich wegen Garsenda löchern wollte, konnte ich die treulose kleine Schlampe vergessen und das Leben genießen – das einzige Problem bestand darin, ob irgend jemand das Leben in Kaledonien genießen konnte.

Endlich fand ich eine Lücke im Gespräch und fragte:

»Hör mal, Bruce, deine Leute haben sicherlich die gleiche Technologie wie wir – also … was tut ein Farmer?«

Bruce seufzte. »Du wärst verblüfft, wie viele ausgestorbene Berufe es bei uns gibt. Einer meiner Vettern ist Hufschmied, seine Frau ist Computerprogrammiererin, und ihr Sohn liefert Milch aus. Ich tue das, was alle in Kaledonien tun, ausgenommen Lehrer und Leute mit anderen Jobs, für die ein lebender Mensch erforderlich ist. Ich wähle eine zentrale Nummer, um zu erfahren, welchen Roboter ich heute ersetze. Kurz bevor ich dort eintreffe, schaltet der Roboter ab, und ich mache vier Stunden lang seine Arbeit. Aimeric hat euch sicherlich nicht erzählt, daß jeder – einschließlich der hier wohnenden Fremden – das tun muß.«

»Ich habe geglaubt, daß wir für Aimeric arbeiten«, protestierte Bieris.

»Der Humanitäre Rat anerkennt es als Arbeit«, erwiderte Aimeric, »aber die kaledonische Regierung gibt das örtliche Geld heraus, und das ist die einzige Währung, die du hier ausgeben kannst. Und die einzige Art, wie du sie bekommen kannst, besteht darin, daß du vier Stunden täglich als Ersatzroboter arbeitest.«

»Stimmt«, bestätigte Bruce. »Verdammt, sie wollten sogar den Botschafter dazu bringen, daß er arbeitet. Die verdammten Starrköpfe, gegen die wir seinerzeit gekämpft haben, Aimeric, sind jetzt an der Macht und sind keinen Zentimeter von ihrer Meinung abgegangen. Technisch gesehen verleiht euch der Humanitäre Rat an die kaledonische Regierung, und da niemand jemals dafür bezahlt wird, daß er für die Regierung arbeitet, mußt du genau wie alle anderen deine Marktgebet-Zeit erbringen.«

»Marktgebet?« fragte Bieris.

»Die Arbeit, die du anstelle eines Roboters verrichtest.« Aimeric seufzte, schenkte sich noch eine Tasse Kaffee ein, blickte über die Schulter hinweg Bruce an. »Es gibt jemanden, nach dem ich nicht gefragt habe …«

»Ja. Er ist jetzt Vorsitzender des Rationalisierungsrats.«

Bruce sagte nicht, wer ›er‹ war. Ich sah Bieris an; sie zuckte die Achseln.

Endlich fragte Aimeric: »Was ist geschehen, Bruce?«

Bruce lehnte sich gegen die Arbeitsplatte und rieb eine Schwiele auf seiner Hand. »Ich habe befürchtet, daß du das fragen wirst. Können wir nicht einfach sagen, daß das Interesse abgeflaut ist?«

»Das glaubst du selbst nicht.«

»Stimmt. Aber ich kann keinesfalls einem von euch die Schuld zuschieben, weil ihr nach Wilson verschwunden seid.« Bruce blickte auf; sein Mund war zusammengepreßt und nur noch ein Strich. »Ich habe mich so sehr bemüht, mitzukommen. Aber als ihr alle fortgingt, verlor die Bewegung den Schwung.«

»Die Liberale Vereinigung hatte siebentausend Mitglieder. Was machte es schon aus, wenn zwanzig oder dreißig von uns fortgingen?«

»Beinahe jeder, der fortgeschickt wurde, spielte im Führungsgremium der Liberalen Vereinigung eine wichtige Rolle – außer Charlie befanden sich weitere fünf regionale Leiter in der Gruppe.«

»Damals war jeder intelligente Bürger in der Liberalen Vereinigung!« Aimeric trommelte mit den Fingern auf den Tisch und starrte die Wand an.

»Denk daran, wie es der PÖP sehen würde«, sagte Bruce leise. »Er hatte die Möglichkeit, sechzig oder siebzig Häretiker und Unruhestifter loszuwerden und als Ausgleich einige freie Stellen an der Uni zu besetzen. Dabei mußte er es nicht riskieren, den Kaledonier als Teil ihrer Ausbildung die Lektüre verbotener Texte zu gestatten. Ich sage nicht, daß es auch nur von einem von euch falsch war fortzugehen, Aimeric. Ich will damit nur sagen, daß wir zu der Zeit, als ihr fortgingt, mehr verloren als uns klar wurde, und ich glaube, daß der PÖP es so arrangiert hatte.«

Aimeric sprach lange nicht, sondern starrte zum Fenster hinaus, ohne etwas zu sehen. Schließlich verzog ein halbes Lächeln seine Lippen. »Sieh uns an. Wir sehen genauso aus wie unsere Väter, bis auf die Tatsache, daß wir uns nicht bei Jesus dafür entschuldigen, daß wir irrational sind.«

Bruce lachte. »Bei meiner Ehre als Wilder Junge« – Aimeric stimmte ein, und ihre Stimmen stiegen zu einem Crescendo an – »schwöre ich, daß ich mich nicht entschuldigen werde, weil ich mich gut unterhalte, keine Gelegenheit verpassen werde, mit jemandem ins Bett zu gehen, *und so bin wie mein alter Herr.*«

»Das hat Charlie geschrieben, als wir dreizehn waren«, erklärte uns Aimeric. »Er war der Beste von uns.«

»Richtig«, stimme Bruce zu. Er schaltete seinen Kommunikator ein, um unsere Arbeitseinteilung zu erfahren. »Wir haben Glück«, berichtete er, »zumindest heute pflücken wir Äpfel.«

Während wir die Straße zu den Obstgärten hinaufschlenderten, waren die zarte Brise, die die Blätter streifte, und das Knirschen unserer Stiefel auf dem Schotter lange Zeit die einzigen Geräusche. Erstaunlicherweise war es nach dem heulenden Schneesturm am Tag zuvor in dem drei Fahrstunden entfernten Utilitopia hier tatsächlich beinahe warm.

Die Zerstörung des Landes erschreckte mich. In Nou Occitan werden nur jene Dinge, die absolut nicht in Hydrokulturen gezüchtet werden können, wie zum Beispiel Weintrauben, im Freien angebaut, während der Rest für Wildnis, Park oder Stadt offenbleibt. Hier gab es statt offenen Landschaften oder Wäldern – oder was immer es geben konnte, wenn eine Terraformung effizient durchgeführt und Arten gezüchtet wurden, um Wild und Landschaften zu schaffen – nur häßliche, quadratische Felder, die von Steinmauern, Zäunen und Bäumen an einem Fluß unterbrochen wurden – eine offensichtlich künstliche Landschaft, die durch das Fehlen eines Entwurfs und einer Planung noch häßlicher wurde. Es sah wie alte, flache Fotos von Vermont oder der Normandie aus.

»Für wen genau arbeitest du, Bruce? Für dich?« fragte Bieris.

Bruce nahm eine Mini-Kaffeemaschine aus der Tasche und sagte: »Ich weiß nicht, ob jemand Kaffee will, aber ich möchte euch etwas zeigen.«

Wir hielten am Straßenrand und lehnten uns an einen riesigen, sonnenwarmen Felsen. Bruce faltete die Tasse auf, stellte den kleinen Zylinder des Erzeugers darauf und zeigte auf die dort vorhandene digitale Anzeige. Als er auf START drückte, zischte es – die Maschine entnahm der Luft Wasser – und nach einer langen Sekunde gurgelte das Wasser in die Tasse.

Der digitale Text blitzte auf:

KAFFEEBOHNEN	.0082
WASSER	.00005
ELEKTRIZITÄT	.00002
KAFFEEMASCHINENMIETE	.000001
BECHERMIETE	2E-8

PREISET GOTT
DANKT IHM
DENKT RATIONAL
SEID FREI

»Hier gibt es bei allem einen digitalen Text«, erklärte Aimeric. »Was immer man hier bekommt, mietet man von jemandem, und man bezahlt jedes Mal, wenn man es verwendet.«

»Bis hinunter zu dem Reißverschluß an euren Hosen«, sagte Bruce. »Aber ihr erspart euch nichts, indem Ihr euch selbst anpißt – sie holen es sich unter dem Titel ›Schaden an Unterwäsche‹ wieder.«

»Wo kauft ihr also ein?« wollte Bieris wissen.

Bruce drückte eine Nummernkombination auf der

Kaffeemaschine, und die digitalen Anzeigen blitzten auf:

IN DIESEM SYSTEM VORGESEHENE ZAHLUNGEN
FREIHEIT-KAFFEEGESELLSCHAFT
GÖTTLICHE GERECHTIGKEITS-GETRÄNKE
KALEDONISCHES WASSER GENEHMIGTES
MONOPOL
JESUS-MALTHUS TEE UND KAFFEE GMBH
KALEDONISCHE ENERGIE GENEHMIGTES
MONOPOL
ROGERS HAUSHALTGERÄTE
LEASING
MARY CARTER UND KINDER
VERMIETUNG VON KÜCHENGERÄTEN
LOBT GOTT
SAGT DANK
DENKT RATIONAL
SEID FREI

»Okay, ich verstehe, aber wem gehören diese Gesellschaften und Firmen? Sie müssen doch Aktionäre oder so was haben!« Bieres schien das Ganze als persönliche Beleidigung aufzufassen.

»Wir sind die Besitzer«, erklärte Aimeric. »Doch die gesamten Einkünfte aus Leasinggeschäften gehen für Gesundheits- und Lebensversicherungen auf, damit wir unserer Gesellschaft nicht zur Last fallen. Wenn wir sterben, gehören die Reste von unseren Einkünften der Regierung, die sie verwendet, um Aktien für Neuankömmlinge zu kaufen, die in das System eintreten ...«

»Hier ist alles also vermietet, geleased oder untervermietet?« fragte ich. Ich kam mir wie ein Idiot vor, weil ich schon wieder fragte, aber ich hoffte leidenschaftlich, daß ich diesmal eine andere Antwort erhalten würde.

»Ja. Das Zeug in unserem Gepäck ist vermutlich die größte Anhäufung von wirklich privatem Besitz, die jemals nach Kaledonien gelangt ist. Das alles ist Teil der

Doktrin. Nur auf diese Art kann sich der Markt vergewissern, daß immer jemand arbeitet, weil Arbeit das ist, was Gott von uns will.«

Darauf trat lange Stille ein. »Ich habe keine Angst vor Arbeit – jedenfalls nehme ich es nicht an. Ich hatte mich immer in Form gehalten, war gewandert, hatte getanzt und mich duelliert, aber sollte mir jemand vorschlagen, eine Maschine zu ersetzen, würde ich ihm vermutlich die Fresse polieren.«

»Warum will Gott das haben?« platzte Bieris heraus.

Bruce lachte bitter. »Wenn du mir diese Frage gestellt hättest, als ich noch Prediger war, wäre mir die Antwort leicht gefallen: *Er liebt uns.* Durch die Arbeit lehrt er uns, logisch zu überlegen und denkende Wesen zu werden, weil in einer moralischen Gesellschaft die moralisch richtige Entscheidung immer die größten Belohnungen erhält.«

Auf dem Rest des Weges sprachen wir nicht mehr viel, denn wir bogen von der Straße ab und folgten einem schmalen Pfad in den Obstgarten, in dem vier menschenähnliche Roboter unbeweglich wie nackte Mannequins standen. Die Sonne betonte ihren beigerosa Überzug, ihre gesichtslosen, haarlosen, einäugigen Köpfe, die direkt nach vorn schauten.

Bruce sprang, schwang sich in einen knorrigen alten Baum hinauf und kam mit vier leuchtendgelben Äpfeln wieder. »Hör auf, Dieb«, sagte er, gab jedem einen Apfel und winkte ab, als wir versuchten, Münzen aus der Tasche zu ziehen. »Es wäre von euch höflich, mich zu bezahlen, ihr habt erfaßt, was richtig ist, aber Aimeric und ich können euch aus unserer Kinderzeit erzählen, daß sie nur dann köstlich schmecken, wenn sie gestohlen sind.«

Aimeric nickte feierlich. »Absolut richtig.«

Der Apfel war kühl und knackig, voll dickem, süßem Saft, der in meinen Bart lief. »Hoppla«, sagte Bruce, »ich hätte euch warnen sollen – damit sie gegen Frost widerstandsfähig sind, müssen sie irgendwie klebrig sein.«

Ich zog schließlich mein Reservetaschentuch aus dem Ärmel und verwendete es als Serviette; wir sahen alle gräßlich aus.

Ich wurde wider Willen fröhlich. An einem so schönen Tag war Äpfelpflücken eine angenehme Arbeit. Der Himmel war von einem dunklen Blau, das ich noch nie gesehen hatte, und in Mufrids bernsteinfarbenem Licht waren alle Farben so intensiv, daß alles wie die Malerei eines genialen Kindes aussah, das zwar zeichnen konnte, aber nur mit Primärfarben malte. Das helle Licht brachte uns die fernen Berge mit allen Einzelheiten näher, und die hohen Wasserfälle am Rand des Tales schimmerten wie glühend weißes Silber.

In der Baumkrone war der frische, süße Duft der Äpfel überwältigend, und auf Bruces Drängen machten wir immer wieder Pause und verschlangen einen besonders reifen Apfel. Meine Haut klebte vor Saft, meine Arme schmerzten, weil ich nicht gewöhnt war, sie auszustrecken, und meine Nase rann leicht, weil es nach Sonnenuntergang rasch kalt und feucht wurde. Mein Hals war ein wenig rauh, und ich war seit Ewigkeiten nicht mehr so müde gewesen, aber als die Wecker der Roboter rasselten, um uns mitzuteilen, daß sie bald wieder zum Leben erwachen würden, tat es mir beinahe leid, daß es vorüber war.

Auf dem Heimweg meinte Bruce: »Ihr könnt natürlich so lange bei mir wohnen wie ihr wollt, aber ich nehme an, daß ihr in die Gästehäuser übersiedeln möchtet, sobald euer Gepäck angekommen ist. Wir kommen auf dem Heimweg an ihnen vorbei – wollt ihr sie euch ansehen?«

Was Bruce uns anbot, waren drei kleine, grellweiße Betonhäuschen in einem windgeschützten Aprikosenwäldchen. Jedes war leer und frisch geschrubbt und erwartete die Roboter mit unseren Möbeln und Habseligkeiten. Sie sahen wie provisorische Notunterkünfte bei uns zu Hause aus.

Aimeric sah sich um, lächelte breit und fragte: »Dein Werk, Bruce?«

Bruce stammelte und wurde rot, gab aber zu, daß er es war. Ich konnte seine Verlegenheit gut verstehen.

Bieris applaudierte ihm und sagte: »Es ist wunderbar! Du hast eine so interessante Phantasie – ich hätte nie geglaubt, daß man mit einfacher Geometrie soviel anfangen kann.«

Ich fand, daß sie übertrieb.

Sie wandte sich Aimeric zu und fragte nur halb scherzhaft: »Warum hast du uns nicht verraten, daß dein Freund zu dieser Art von Architekten gehört?«

Bruce wurde dunkelrot, war aber keineswegs ungehalten. Mir wurde zu meinem Schrecken klar, daß sie es ernst meinte; daraufhin sah ich mir die Häuser wieder an, um festzustellen, was meine Freunde an den nackten, uninteressanten, rechtwinkligen Linien fanden.

Wir waren auf dem Höhepunkt des Nou Occitanischem Zweiten Neobarocks mit seinen unzähligen Türmchen, Draperien und spiralförmigen winzigen Details hierhergekommen, die einer der Kritiker als ›die protzigen Netze von verrückten, romantischen Halb-Spinnen, Halb-Elfen‹ bezeichnete. Die kühnen, schmucklosen Linien waren ein Schock; kein Okzitane wäre jemals auf so etwas verfallen. Ich sah noch immer nicht, was allen anderen offensichtlich auffiel. Ich tröstete mich, indem ich dachte, daß ich einfach warme, menschliche Dinge vorzog, doch Bieris' leichtfüßiger Tanz von Wand zu Wand und Fenster zu Fenster, der dem Spiel des Lichts auf den sanft geschwungenen Oberflächen folgte, wirkte viel beeindruckender.

Als wir endlich bei Bruces Haus anlangten, war der Zweite Sonnenuntergang nicht mehr weit, und es war eindeutig kalt. Ich sah mich um, erblickte die ersten, hellen Sterne in den verblüffenden Tiefen von Nansens

Himmel, schmeckte die klare, auf der Zunge brennende Luft und spürte, wie sich rings um mich die Kälte von den Rändern des warmen Beckens ausdehnte; sie erstreckte sich fast ohne Unterbrechung bis zu den meterdicken Schichten aus gefrorenem CO_2, die an den Polen auf dem Eis lagen. Die anderen gingen hinein, aber ich verweilte noch eine Zeitlang und beobachtete das letzte rosa Leuchten oberhalb der Berge westlich von uns.

Dann ging Nansens Mond über den Bergen im Westen auf, die der Sodom-Spalte gegenüberlagen, und strahlte hell und merklich warm. Sein Orbit dauerte etwas weniger als zehn Stunden, in denen er wuchs und höherstieg, der Boden heller und die Schatten dunkler wurden, während sie über die Erde krochen, als würden sie in ihre Quellen zurückgesaugt. Wahrscheinlich würden sie ihn innerhalb der nächsten Jahrtausende weiter nach außen schieben müssen; wenn man genau hinsah, entdeckte man eine winzige Flamme im dunklen Teil, wo der riesige künstliche Vulkan den Antrieb lieferte. Das gab mir eine wunderbare Idee für ein Lied, und ich ging hinein, um daran zu arbeiten.

Als ich auf meiner Laute übte, kontaktierte uns der Rationalisierungsrat. Wir würden uns in drei Tagen mit ihm treffen und besprechen, was wir hier tun konnten; am gleichen Tag sollten wir auch im Arbeitszuteilungsamt in Utilitopia vorbeikommen und unsere ständige Arbeit wählen. Bis dahin konnten wir als Landarbeiter bei Bruce arbeiten.

Wir verschliefen einen Teil der Ersten Dunkelheit – die meisten Leute machten während dieser Zeit ein Nickerchen, verschliefen die Zweite Dunkelheit – und nahmen ein üppiges Mittagessen zu uns. Es dauerte noch eine Weile, bis die Sonne aufgehen würde, und es war zu kalt, um den Spaziergang unternehmen, auf den ich mich allmählich freute, deshalb verbrachte ich viel Zeit am Display, um herauszufinden, wie man sich hier vergnügen konnte. Zuerst suchte ich Entertainment-Besprechungen, da ich aber keine fand, ging ich die allgemeine Kommunikationsliste durch.

Es gab einige Musiklehrer, aber keine Musiker. Keine Kunstgalerien oder Theater. Einmal faßte ich kurz wieder Mut, als ich die Bezeichnung ›Professoren der Literatur‹ entdeckte, aber das waren anscheinend Studienberater für College-Studenten. Es gab auch ›Professoren der Mathematik‹.

Anscheinend gab es keine sportlichen Wettkämpfe, und es gab in der riesigen Stadt Utilitopia weniger Cafés, Schenken und Restaurants als in meiner kleinen Heimatstadt in Elinorien. Es gab jedoch riesige Studiensäle.

Ich hätte in Elinorien zwanzig Berufsdichter mit Namen nennen können, und ich hätte lange gebraucht, um alle Menschen zu zählen, die in den wenigen Blocks von Noupeitaus Quartier des Jovents, in dem ich gelebt hatte, spielten und sangen, um Geld zu verdienen. Ich hatte immer angenommen, daß es überall so etwas wie Nou Occitan gibt, das das Problem der vollautomatischen Wirtschaft löst, indem es jedem einen interessanten Beruf zuweist. Hier gab es offensichtlich andere Lösungen. Es gab über 170000 Eintragungen für ›Allgemeine körperliche Arbeit‹, beinahe alle von ihnen waren Unternehmer, die wahrscheinlich andere Leute für die eigentliche Arbeit anstellten.

Ich war so plötzlich abgereist, daß ich nicht einmal Marcabru gesagt hatte, was geschehen oder wohin ich gereist war. Ich kritzelte rasch eine Mitteilung an ihn, betonte die romantische Qualität der Sprünge in eine andere Welt, und fügte einen Absatz über Kaledonien als die ›kulturfreie Kultur‹ hinzu.

Den Nachmittag der Zweiten Lichtzeit verbrachte ich, indem ich mit der Laute herumzog, weitere Äpfel stahl und mich bemühte, mich an eine rechtwinkelige Landschaft zu gewöhnen. Als die Sonne den Optimals gegenüber unterging – ich hatte inzwischen erfahren, daß die weiter entfernte Kette keinen Namen trug, weil niemand jemals dorthin kam, während die Witzbolde der Gegend sie als ›Pessimals‹ bezeichneten – hatte ich den Anfang von zwei Liedern und hatte sogar begonnen, mich halbwegs daran zu gewöhnen, wie das Land aussah. Nach einem Jahrzehnt würde ich vielleicht bereit sein zu glauben, daß es einen Unterschied zwischen ›attraktiver‹ und ›unattraktiver‹ Bebauung gab; ich mußte zugeben, daß einige Steinwände und gewundene Bäche einen gewissen rohen Charme besaßen. Als ich zum Abendessen und zum Ausruhen nach Hause kam, brach die Zweite Dunkelheit bereits herein. Ich schlief ungewöhnlich gut und erwachte schuldbewußt, weil ich überhaupt nicht an Garsenda gedacht hatte.

2

Am nächsten Tag erhielten wir unsere vorläufigen Arbeitszuteilungen. Aimeric und Bruce sollten wieder Äpfel pflücken; Bieris sollte mit einem kleinen elektrischen Wagen herumfahren und zusätzliches Futter für die örtliche Schaf-Ziegen-Züchtung deponieren, aus der Bruces Herden bestanden.

Und ich sollte Bruces Molkereischuppen ausschaufeln.

Die ungeliebte KI bemerkte fröhlich, daß diese Arbeit als Zwölf-Stunden-Projekt galt, also konnte ich meine noch übrigen drei Schichten als Farmarbeiter dafür verwenden.

Nach meinen ersten vier Stunden als Schaufel-Antriebskraft-Gerät war ich steif und stöhnte. Außerdem hatte ich bis dahin nicht bemerkt, daß die Schwerkraft um etwas mehr als acht Prozent größer war als auf Wilson – aber da jetzt jede Drei-Kilo-Schaufelladung ein Viertelkilo mehr und jeder Dreißig-Kilo-Schubkarren 32,4 Kilogramm wog, spürte ich am Ende meiner Schicht jedes zusätzliche Gramm. Ich brauchte außerdem einige Stunden, um mich an die neue Beziehung zwischen Trägheit und Gewicht zu gewöhnen, so daß ich während der ersten Stunde gelegentlich Schaufelladungen gegen die Wand schleuderte, von wo sie auf meine Kleidung zurückspritzten, und sie dann während der nächsten Stunde zu nahe bei mir fallen ließ, so daß sie meine Schuhe unter sich begruben.

Ich schrieb Marcabru noch zwei Briefe – einen über die seltsame Wiedererweckung der archaischen Sitte der Zwangsarbeit, und einen über meine Entdeckung, daß die achtzehn Millionen Bewohner von Kaledonien während der letzten fünfzig Jahre neunzehn Romane, etwa tausend weltliche Musikstücke (lauter Instrumentalsolos, für die ich keinen Grund fand), und 262 von Menschen entworfene öffentliche Gebäude (dreizehn von ihnen von Bruce), geschaffen hatten. Ich sah mir die Fotos aller Gebäude an und gelangte zwangsweise zu dem Schluß, daß diese Kultur mit Bruce tatsächlich am ehesten einen Architekten hervorgebracht hatte. Dann fügte ich hinzu,

> *Aber mir gibt etwas Mut, nämlich, daß sie während der gleichen Zeit geschätzte achtundsiebzig Millionen Gebete und einhunderttausend religiöse Hymnen hervorgebracht haben. Wenn ich zurückkehre, Marcabru – vielleicht mit viel Glück während des letzten Monats von Yseuts Herrschaft – werde ich dir sehr dankbar sein, wenn du mir drei Tage lang überallhin folgst und endlos wiederholst, »Mach jetzt keine Dummheit.« Vorausgesetzt, daß ich noch gehen kann, nachdem ich die ganze Zeit Mist geschaufelt habe; dem Gefühl in meinen Schultern zufolge dürfte ich der ideale Rigoletto sein. Bruce versichert mir, daß ich es bald nicht mehr spüren werde.*

Bruce log. Ich war noch immer steif, als wir zwei Tage später nach Utilitopia fuhren. Er hatte mir – vielleicht als Wiedergutmachung – angeboten, mir beizubringen, wie man die Katze fährt. Ich hatte mich auf die Chance gestürzt.

Als wir uns zusammen vor das Schaltbrett setzten, sagte er: »Es ist schwierig und kompliziert, diese Lastkähne zu steuern. Bist du sicher, daß du es lernen willst?«

»Mir ist alles lieber, als dieses Zeug herumzukarren.«

»Ha.« Aimeric ließ sich bequem hinten nieder. »Du bist Verwaltungsgehilfe bei einem Regierungsökonomen. Du hast noch gar nicht begonnen, es herumzukarren.«

»Jeder, der den Unterschied zwischen dem Wörtlichen und dem Bildlichen nicht erkennt, hat das Wörtliche nie getan.« Auf Bruces Anweisung zog ich den linken Schalter heraus, und die Katze erhob sich um einige Zentimeter, während die Motoren die Raupen hinausschoben.

»Ich habe das Wörtliche – während meiner ganzen Teenagerzeit – in einer Fütterungseinheit in Utilitopia verbracht. Mein Vater nahm an, daß es für die politische Laufbahn, die er für mich geplant hatte, vorteilhaft sein würde. Es gibt einem einen gewissen Prestigevorsprung, wenn man eine wirklich scheußliche Arbeit verrichtet hat. Wie ich ihn haßte.«

»Ist er noch immer …«, begann Bieris.

»Ja. Er ist der Vorsitzende des Rationalisierungsrats«, erklärte Aimeric. »Ungefähr der gleiche Job wie ein Premierminister zu Hause.«

Bruce war mit der Überprüfung der Systeme fertig. Als die letzte grüne Welle durch den holographischen Würfel vor ihm rollte, sagte er: »Hast du ihn gestern abend angerufen, Aimeric?«

»Er weiß, wo ich bin. Und wer. Er kann mich anrufen. Wenn er will.«

Bruce hatte die Nicht-Antwort offenbar nicht gehört, denn er wandte sich mir zu: »Jetzt merk dir, der rechte Fuß ist Gaspedal, der linke Fuß ist Bremse, der rechte Joystick lenkt die rechten, der linke Joystick die linken Raupen, der Knopf auf dem linken Joystick schaltet die Raupen zusammen, der Knopf auf dem rechten Joystick sperrt beide um einen halben Grad nach innen. Zweimal auf Gaspedal treten um gleichbleibende Geschwindigkeit einzustellen, dreimal treten für gleichbleibende Belastung, dann nimm den Fuß weg, bis du direkt eingreifen oder neu einstellen mußt – du hast das Gaspedal wieder, sobald dein Fuß es berührt. Und mach dir keine Sorgen! Du hast fünfundzwanzig Kilometer zur Verfügung, bevor in der Nähe der Straße etwas nahe genug ist, daß du hineinfährst oder hinunterfällst. Halte die Raupen auf der Ebene parallel, spreize sie für bergauf, stelle den Schneepflug für bergab – oder wenn du *sehr* schnell anhalten mußt – ein.«

Ich startete mit einem Ruck, aber niemand machte eine Bemerkung. Ich nahm an, daß Aimeric über seinen Vater sprechen wollte, aber er schwieg, und da ich mit über 150 km/h entlangzockelte, war ich damit beschäftigt, alles zu tun, was Bruce mir befahl. Als ich eine Ahnung davon hatte, was ich tat, befanden wir uns auf halber Höhe der Sodom-Spalte, und die Landschaft war so großartig, daß sich das Gespräch auf Ausrufe beschränkte – ich sah bei dieser Fahrt allerdings nicht viel mehr als die Straße. Eine halbe Stunde später erreichten wir die höchste Stelle der Spalte und fuhren die Schlucht und ihre Windungen nach Utilitopia hinunter.

Der Rationalisierungsrat trat in einem kleinen Raum ohne Fenster oder Wandschmuck zusammen. Vorn gab es einen großen, interaktiven Bildschirm und vor jedem der ungefähr fünfzig Plätze ein kleines Terminal. Mein Stuhl schien absichtlich ein wenig unbequem zu sein, denn er grub sich entweder in meinen Rücken oder drückte unangenehm auf meine Oberschenkel. Die schmuddeligen Farben ließen darauf schließen, daß der Raum unangenehm säuerlich roch, doch er wies nur den schwachen, sterilen Geruch von Seife, Desinfektionsmitteln und harten, kalten Oberflächen auf.

Sie begannen mit einem Gebet, das wie ein Vertrag klang. »Unser Vater, wir geben zu, daß es nur vernünftig ist, wenn... als mit der Fähigkeit zum Denken geschaffene Wesen, daher... unter dieser Voraussetzung... aus dem erwähnten Teil Deines Gesetzes ergibt sich also«... und so weiter, bis es endlich zu dem Schluß gelangte: »... denn es ist nachweisbar, daß keine Person in dem den Sinnen zugänglichen Reich in irgendeiner feststellbaren Art größer ist als du, oder es sein kann, oder es jemals gewesen sein kann.«

Sie erledigten einige Routinefälle, ratifizierten eine große Reihe von Preisänderungen (der Markt hat hier offensichtlich nichts mit ›Marktkräften‹ zu tun), sowie einen endlosen Stoß von Berichten, in denen bewiesen wurde, daß sie die Unmoral auf das niedrigste mögliche Niveau gebracht hatten.

Schließlich kamen sie zu Neuen Tätigkeiten, die wir waren. Daß Aimeric auf seinem okzitanischen Namen bestand, war ihnen sichtlich unbehaglich, doch sie schwiegen höflich, während er auf dem Bildschirm Graphiken sich drehen und springen ließ. Ich hatte mich in einer Stellung niedergelassen, in der sich der Stuhl immer tiefer in mein Steißbein verbiß und meine Schenkel allmählich Falten warfen, aber keines von beiden geschah zu schnell.

Es folgte eine Drei-Stunden-Debatte, der ich überhaupt nicht folgen konnte und der ich scheinbar äußerst interessiert folgen mußte. Nach einer Menge Argumente, bei denen es, wie ich glaube, ums Prinzip gegen Eigennutz ging, fanden sie, daß die Märkte, die sie jetzt hatten, vielleicht nicht fähig sein würden, allein mit allen Anpassungen fertigzuwerden, und ernannten Aimeric, Bieris und mich zu Beratern des Pastors für Marktfunkion. Da der Pastor für Marktfunktion eine Frau namens Clarity Peterborough war, erfaßte ich sofort, daß es sich um einen zeremoniellen Posten handelte. Unsere Aufgabe würde darin bestehen, die Dame bei der Ausarbeitung von Vorschlägen in bezug auf die bevorstehenden Veränderungen zu unterstützen.

Als sich die Versammlung auflöste, sagte Vorsitzender Carruthers, daß er mit uns und mit dem Pastor für Marktfunktion sprechen wolle, also blieben wir. Keiner fand es der Mühe wert, mit einem von uns zu sprechen – sie sprachen auch nicht miteinander – sie standen nach dem Abschlußgebet einfach auf und verließen den Raum –, daher war ich nicht besonders beleidigt.

Sobald sie fort waren, wandte sich Aimeric seinem Vater zu. »Es freut mich, daß du so gut aussiehst, Vater. Ich hoffe, daß sich dies zu unserem beiderseitigen Vorteil auswirken wird.«

Der alte Carruthers nickte einmal energisch. »Deine Höflichkeit sagt mir zu. Wir haben viel zu erledigen. Hat dir dein neues Leben gefallen?«

»Ja, sehr.« Aimerics Stimme war vollkommen ausdruckslos; es klang, als hätte er diesen Tonfall jahrelang geübt.

Carruthers sah ihn nicht an, sondern sagte sehr leise, beinahe unhörbar: »Dann muß dein Entschluß zu emigrieren auf der Tatsache beruht haben, daß du die nicht greifbaren Faktoren in der Situation rational richtig erfaßt hast. Ich gratuliere dir.«

»Ich weiß deine Worte zu schätzen.«

Es war wie eine Liebeserklärung mittels Signalmast.

Beide verneigten sich tief und formell. Aimeric grinste unmerklich, aber vielleicht war es nur die Spannung.

Dann kam der alte Vorsitzende zur Sache, als wäre nichts geschehen; er hatte seinen Sohn, den er ein Vierteljahrhundert lang nicht gesehen hatte, noch immer nicht berührt.

»Setzt euch. Nachdem wir die kindische Sitzung hinter uns haben, können wir auf das Zeremoniell verzichten. Aimeric – spreche ich den Namen richtig aus? Betonung auf der ersten Silbe? gut – ich glaube, daß du die Hochwürdige Clarity Peterborough kennengelernt hast, als du hier warst.«

Alle verbeugten sich, da dies hier offenbar üblich war. ›Hochwürdige‹ klang wie ein echter Titel, und dabei fiel mir ein, daß die Hälfte des Rationalisierungsrats Frauen gewesen waren – ich hatte zuerst geglaubt, daß jeder seine Frau mitgebracht hatte, aber die Frauen stimmten offensichtlich ab. Ich war noch immer etwas entsetzt, weil hier Frauen einen Beruf ausübten, zu dem sich keine okzitanische Frau hergegeben hätte, aber ich mußte mich irgendwann an die Bräuche hier gewöhnen, deshalb versuchte ich, sie ruhig und neutral zu betrachten.

Clarity Peterborough war schlank, klein, vielleicht vierzig Jahre alt und blinzelte ständig, als wären ihre Augen lichtempfindlich. Wie bei den meisten streng religiösen Kaledoniern war ihr Haar kurz geschnitten, aber der letzte Besuch beim Friseur lag offenbar eine Weile zurück, und die Haare waren nicht lang genug, um glatt anzuliegen. Die Bügelfalten in ihrer Bluse und dem Overall waren an manchen Stellen leicht verzogen und an anderen zerknittert, als stimmten die Maße nicht mehr, oder als hätte sie die Kleidungsstücke öfter getragen als vorgesehen war.

Sie sah uns der Reihe nach an, als wolle sie sich unsere Gesichter und Namen einprägen, und studierte uns wie ein Schmetterlingssammler, der auf ein seltenes, teures Exemplar gestoßen ist. »Du meine Güte«, sagte sie, »ihr seid alle so farbenfreudig gekleidet. Die Leute werden entzückt sein, wenn sie euch sehen.«

Wir erröteten; Bieris dankte ihr.

Der Vorsitzende hatte eine Augenbraue amüsiert hochgezogen, aber damals kannte ich ihn noch nicht so gut, daß ich meiner Sache sicher war. Verbrachten alle Kaledonier ihre Zeit damit, die Gefühle des anderen zu erraten?

»Ich möchte mich vergewissern, daß ich jeden Namen richtig ausspreche«, erklärte der Vorsitzende. »Bieris und Grott?«

Beinahe genau richtig. »Giraut«, sagte ich. »Kurzes *i* zwischen dem *g* und dem *r* und *au* wie ein Doppelvokal im Deutsch der Industrieära oder im klassischen Latein.«

Er nickte. »Giraut«, wiederholte er vollkommen richtig. »Sie müssen meinen Akzent entschuldigen – ich kann mehrere Sprachen lesen, doch ich kann nur terstad und reason sprechen, ohne in eine peinliche Lage zu geraten.«

Ein Lakai brachte große Becher mit heißem, leicht salzigem Wasser, in dem eine Citruloscheibe schwamm. Bruce und Aimeric hatten uns erklärt, daß wir warten mußten, bis Carruthers trank, und dann die Becher gemeinsam mit ihm mit drei langen Schlucken leeren sollten, zwischen denen wir beteten. Wir hatten es damals, als wir es lernten, für ein dummes Ritual gehalten, doch jetzt bemerkte ich, daß sich die warme Flüssigkeit im Hals sehr angenehm anfühlte und ich nicht mehr fröstelte. Ich fragte mich, wie etwas so Angenehmes in dieser Kultur überlebt hatte.

Carruthers seufzte leicht. »Ich möchte damit beginnen, daß ich Ihnen das Problem unterbreite, um festzustellen, ob ich es wirklich verstehe. Ich spreche als ungewöhnlich konsequenter und vernünftiger Denker zu solchen Themen, der über langjährige Erfahrung in korrekter Politik und korrekter Theologie verfügt. Auch wenn Sie nicht fähig sein werden, meine Logik sofort zu begreifen, hoffe ich, daß Sie fähig sein werden, die Stichhaltigkeit meiner Gefühle zu erkennen.«

Ich wußte nicht, ob er uns beleidigte oder sein persönliches Versagen gestand.

Er fuhr fort. »Keiner von uns wollte, daß der Springer verwirklicht wird. In unserer Isolation vom Rest der Tausend Kulturen haben wir mehrere Jahrhunderte lang eine voll rationalisierte Welt entwickeln können. Aber wir sind keineswegs damit fertig. Wie ich es sehe, kann die Verbindung nur einen Rückschlag für das Rationale Christentum bedeuten. Uns war klar, daß es früher oder später dazu kommen mußte, und daß die Situation nur schlechter sein konnte, wenn sie später kam – daher beschlossen wir, uns ihr sofort zu stellen.

Ich möchte hinzufügen, daß trotzdem viele hervorragende Bürger gegen diesen Beschluß opponierten.«

Ich wand mich auf meinem Stuhl – das verdammte Ding bereitete mir wieder Schmerzen – und bemerkte, daß die anderen, sogar Carruthers, das gleiche taten.

Carruthers fuhr fort. »Meine erste Sorge muß der angeblichen ›Unterstützung während der Übergangszeit‹ gelten, die uns der Humanitäre Rat gewährt. Sie könnten eine Lösung oder eine Innenpolitik vorschlagen, die wir vielleicht nicht akzeptieren möchten. Haben wir das Recht, nein zu sagen?«

Aimeric überlegte einen Augenblick lang und erwiderte dann: »Ich habe nur den Auftrag, Rat und technische Unterstützung zu liefern, damit ihr die heftigen Erschütterungen in den Griff bekommt, die eure Wirtschaft meistern muß. Der Humanitäre Rat will unbedingt sicher sein, daß die Reintegration der Tausend Kulturen glatt verläuft, und deshalb will er, daß ihr unter möglichst geringen sozialen Schmerzen zu leiden habt.«

Carruthers drückte die Finger auf die graumelierten Schläfen. »Dann haben sie tatsächlich unsere Kultur überhaupt nicht studiert. Denn wenn sie es getan hätten, würden sie wissen, daß es hier unmöglich zu wirtschaftlichen Erschütterungen kommen kann.«

Aimeric rief auf dem großen Bildschirm drei Graphiken ab. »In einer Hinsicht hast du recht. All das wird ohnehin nur kurzfristig sein, deshalb ist es gleichgültig, was ihr tut, selbst wenn ihr das perverse Bedürfnis nach einer Katastrophe habt und alles unternehmt, um sie herbeizuführen – in sechs oder sieben Jahren wird alles in Ordnung sein. Deshalb spreche ich davon, daß wir einen Schlag dämpfen wollen.«

»Ich sehe nicht ein, warum ein vollkommen rationaler Markt überhaupt einen Schlag abbekommen sollte.«

»Ich besitze noch nicht alle Daten über Kaledonien und werde euch in zwei Tagen mehr sagen, aber überall ist die gleiche historische Erfahrung gemacht worden: In dreißig Tagen wird auf dem Botschaftsgelände der Basar eröffnet. Eigentlich ist es eine riesige Handelsmesse und ein Katalog – jede der Tausend Kulturen, die einen Springer hat, schickt Vertreter und Waren. Ihr habt keine Wahl: Es ist unkontrollierter freier Handel, einschließlich Preisen und Mengen.«

»Ich sehe ein, daß dies andere Kulturen zertrümmern könnte, aber mit unserem voll rationalen ...«

Aimeric beharrte auf seinem Standpunkt, als erkläre er ihn einem Vierjährigen. »Nein, warte. Ich meine, daß die Preise nicht kontrolliert werden. Das gilt nicht für die Menschen. Ihr werdet nicht in der Lage sein, das Vermögen eines Menschen einzufrieren oder zu beschränken, oder eine Wirtschaftsstruktur einzuführen, dank der die Menschen ›rational‹ das wollen, was ihr wollt, daß sie wollen. Sie können ihr Konto leeren, kaufen, was immer sie wollen, und es lieber besitzen als es mieten.«

Sein Vater erhob sich sehr langsam, beugte sich vor, stützte die Hände auf den Tisch und sah plötzlich älter aus. »Wir werden also in dreißig Tagen überhaupt keine wirtschaftliche Selbstregierung mehr haben?«

»Ihr besitzt noch immer viel Macht, die ihr so einsetzen könnt, wie ihr wollt – ihr könnt die Währung und das Bankwesen regulieren, das Regierungsbudget vergrößern oder verkleinern, Steuern erhöhen oder herabsetzen – all das. Und ihr könnt noch immer auf eurem örtlichen Markt die Preise und Mengen von Waren und Dienstleistungen vorschreiben. Was ihr nicht könnt, ist, den interstellaren Handel zu verbieten oder zu besteuern, oder Preise für ihn festzusetzen, oder jeden durch interstellaren Handel erworbenen Besitz antasten. Ihr könnt die Wirtschaft noch immer kontrollieren – ihr werdet nur nicht die Menschen daran hindern können, außerhalb von ihr zu handeln. Sie ist kein geschlossenes System mehr.«

Carruthers Hände umklammerten einander wie kämpfende Tiere. »Ich sehe noch immer nicht... – schön, das spielt keine Rolle. Es wird noch immer kein Problem für uns darstellen, außer als Glaubenstest, und von denen gibt es jede Menge. Wir werden uns darauf verlassen müssen, daß unsere Leute nach jahrhundertelanger Ausbildung in Rationalismus nur jene Dinge haben werden wollen, die sie wirklich glücklich machen.«

Aimeric schüttelte den Kopf. »Was ich sage, ist, daß die Leute nicht das wollen werden, was du willst, daß sie wollen. Vor allem wird es dich überraschen, wie fasziniert sie davon sein werden, individuell etwas wirklich zu besitzen.« Er seufzte. »Aber all das können wir ausklammern. Zumindest vorläufig. Denn selbst wenn jeder genau das kaufen würde, was du willst, daß sie wollen, würde es noch immer Schwierigkeiten geben.«

Carruthers fiel es sichtlich schwer, sich zu beherrschen; er stand auf und ging auf und ab. Peterborough sah sehr besorgt aus und wollte anscheinend etwas sagen, als Carruthers weitersprach: »Du wirst mir auch *das* erklären müssen. Ich höre.«

»Dafür bin ich dankbar.« Aimeric kippte seinen Stuhl nach hinten und starrte einen Augenblick lang die Decke an. »Ich denke darüber nach, wie ich das Problem am besten erklären kann. Okay, wenn sie rational sind, dann werden sie jede Ware kaufen, die sie billiger kommt als eine gleichwertige Ware hier zu mieten. Gibst du das zu?«

»Du mußt deinen Vater nicht belehren. Ich habe dich Vernunft gelehrt.«

»Ich weiß. Ich erinnere mich. Es tut mir leid, wenn ich dich beleidigt habe.«

»Ich akzeptiere deine Entschuldigung. Bitte sprich weiter.«

»Die Waren, die durch die Importe ersetzt werden, sind bereits in vielen Fällen hier erzeugt worden, und bei anderen ist die Produktion geplant. Es wird also eine Menge überschüssiger Waren geben, die man loswerden muß, indem man Preise und Produktion verringert – aber niedrigere Preise an einem Ende des Systems sind gleichbedeutend mit niedrigeren Löhnen am anderen Ende, und eine geringere Produktion bedeutet weniger Stunden. Also werden alle weniger Geld haben, der Markt wird kleiner werden, und natürlich schränken sich die Leute bei weniger erstrebenswerten Waren mehr ein. Inzwischen fließt Geld für die Bezahlung der Exporte ab, was die Zinsen und damit die häuslichen Produktionskosten in die Höhe treibt. Es kostet also immer mehr, Waren zu erzeugen, die in immer geringeren Mengen zu immer niedrigeren Preisen verkauft werden … und die Spirale dreht sich nach unten. Das bezeichnet man für gewöhnlich als gekoppelte Depression.«

Peterborough nickte eifrig. »Das klingt absolut vernünftig, auch wenn in den letzten fünfhundert Jahren nichts Derartiges eingetreten ist. Wie kommen wir also aus einer gekoppelten Depression hinaus? Korrigiert sie sich selbst, wie der klassische freie Markt?«

»Richtig. Da unsere Preise so niedrig sind, haben wir in den Tausend Kulturen bei einigen Waren plötzlich die billigsten Exporte, und wir zahlen die höchsten Zinsen. Geld kommt herein – und wir haben ein rapid zunehmendes Wachstum und eine explodierende Inflation. Das System wird vielleicht den ganzen Zyklus ein- oder zweimal durchmachen, aber es gibt eine Menge Hemmschuhe – jedes Auf und Ab bringt die Wirtschaft deiner Kultur besser zur Übereinstimmung mit der Macro-Wirtschaft der Tausend Kulturen, so daß sich nach kurzer Zeit, sechs oder sieben Jahren, ein höheres Produktionsniveau stabilisiert.

Kurz gesagt, der Basar wird eröffnet werden, einige Wochen danach wird die gekoppelte Depression beginnen und zwei Jahre oder mehr anhalten; dann wird euch die gekoppelte Hochkonjunktur für etliche Jahre eine wachsende Inflation bescheren. Es wird eine rauhe, holprige Reise werden, bevor sich die Lage endlich beruhigt.

Mit den richtigen Maßnahmen können wir dafür sorgen, daß jeder den Gürtel ein wenig enger schnallt und es durchsteht. Wenn wir es jedoch seinen Lauf nehmen lassen, werden einige Wenige gut verdienen und vielen Leuten wird man übel mitspielen – was weit verbreiteten Neid, Elend und Zorn bedeutet.«

Gegen Ende seines Vortrags war Aimerics Stimme lauter und entschiedener geworden, und er sah seinen Vater direkt an. Der alte Mann erwiderte den Blick. Nach einer langen Weile sagte er leise: »Das kannst du beweisen?«

»Verdammt noch mal, ja.«

»Dann«, stellte Carruthers sehr langsam fest, »sind die Vorhaben des Humanitären Rats zumindest teilweise im technischen Sinn rational, und wir müssen die Möglichkeit akzeptieren, daß sie uns echte Hilfe anbieten können. Angesichts dieser Bedingungen ist es absolut vernünftig, sofort alle erforderlichen Arrangements zu treffen – und im übrigen erwarte ich deinen Bericht.« Er streckte sich und gähnte. »Ich finde auch, daß es vollkommen rational von mir ist, wenn ich bedaure, daß all das nicht während der Amtszeit eines anderen Vorsitzenden eingetreten ist, und daß ich als Mann in meinem Alter das Bedürfnis nach meinem Schläfchen während der Ersten Dunkelheit habe.«

Aimeric lächelte. »Wenn die Versammlung jetzt offiziell zu Ende ist, möchte ich dich fragen, wann du die Entscheidung gewonnen hast? Ich gestehe, daß ich es nicht nachgeschlagen habe.«

Der alte Carruthers nickte. »Vollkommen richtig. Es wäre von mir irrational gewesen, wenn ich beleidigt gewesen wäre, weil du eine Information nicht nachgeschlagen hast, die du nicht sofort brauchtest.«

»Es war gedankenlos von mir, Vater, zu erwähnen, daß ich es nicht nachgeschlagen habe. Es war unschön und geschmacklos. Es hätte mich nur eine Sekunde gekostet, nachzusehen, und es hätte dir Freude bereitet, wenn ich mich für deine Angelegenheiten interessierte. Bitte nimm meine Entschuldigung entgegen – und dann erzähle mir, wie du die Entscheidung gewonnen hast!«

Sein Vater starrte Aimeric gleichmütig ohne zu reagieren oder etwas zu sagen ins Gesicht, bis jede normale Person zornig und verlegen Schluß gemacht hätte. Aimeric erwiderte den Blick kühl.

Schließlich sagte der alte Carruthers: »Nach deinen Regeln sollte ich wahrscheinlich deine Entschuldigung annehmen. Es würde mich nichts kosten und könnte dir nützen. Aber jedes Vergnügen, das ich dabei empfände, wäre irrational; solche Freuden sind Versuchungen, den Weg des Rationalen Christentums zu verlassen.«

Das Schweigen dauerte diesmal noch länger. Dann sagte der alte Mann so leise, daß ich es beinahe überhörte: »Aber ich akzeptiere deine Entschuldigung.«

»Danke«, erwiderte Aimeric.

Der alte Mann war bereits zur Tür unterwegs. »Leider werde ich mit einer Überfülle von Empfindungen nicht so leicht fertig. Ich hoffe, daß Sie alle mir vergeben werden, aber ich brauche das Schläfchen wirklich.«

Er war fort, bevor jemand sprechen konnte.

»Außergewöhnlich«, stellte Hochwürden Peterborough fest. »Ich habe ihn noch nie so erlebt, und dabei sind wir seit etlichen Jahren befreundet.« Sie erhob sich. »Ich nehme an, daß die Arbeitswahl den Rest Ihrer heutigen Zeit in Anspruch nehmen wird. Wir können unsere Zeitpläne telefonisch austauschen, sobald Sie nach Hause kommen, und dann werden wir irgendwann in den nächsten Tagen zusammenkommen.« Sie sah sich wieder um und lächelte uns alle an. »Ich freue mich so, Sie alle hier zu haben – Kaledonien vergißt so oft die guten Dinge, die nicht rational sind, und ich hoffe, daß Sie uns helfen werden, uns zu erinnern.«

»Gute Dinge, die nicht rational sind?« fragte Aimeric. »Ich habe geglaubt, daß das …«

»Häresie ist.« Ihr Lächeln verstärkte sich. »Ziemlich viele Leute denken so.« Ihre Augen funkelten, und ich erwiderte ihr Grinsen. Mir hatte noch nie eine häßliche Frau gefallen, schon gar nicht, wenn sie schlampig war – aber das war vorbei. Sie verbeugte sich höflich und ging.

Ich wußte nicht recht, wie ich Marcabru diesen Vormittag erklären sollte. Vielleicht sollte ich einfach auf seinen Brief warten, der sicherlich in ein bis zwei Tagen eintreffen würde. Ich war ohnehin erstaunt, weil er noch nicht geschrieben hatte.

Ich wollte Aimeric etwas sagen, aber er starrte jetzt die Wand an, hatte die Arme verschränkt und war in Gedanken versunken.

Niemand sprach, bis Bruce kam, um uns zu holen; dann stand Aimeric langsam auf und seufzte. »Eines Tages, *companho,* werde ich mich bei einer großen Menge Wein bemühen dir zu erklären, was hier vor sich gegangen ist. Aber nicht jetzt. Jetzt setzen wir unsere ultraruhigen Gesichter auf und lassen uns vom Arbeitszuteilungsamt interviewen. Soweit ich mich erinnere, haben die Leute hier keinen Sinn für Ironie, also sei sehr vorsichtig, damit du nichts sagst, was nicht wörtlich genommen werden soll.«

Bruce kicherte. »Charlie mußte wegen seiner Arbeitszuweisungen vier Wochen Moralisch Korrigierender Therapie über sich ergehen lassen, weil er ihnen auf die Aufforderung: ›Beschreiben Sie Ihre ideale Arbeit‹ sagte, er wolle ein Wikinger sein, dessen Lebenstraum es war, Utilitopia zu plündern und niederzubrennen. Sei also sehr vorsichtig.«

3

Das Arbeitszuteilungsamt war ein großes, sauberes, in Pastellfarben gehaltenes Gebäude. Das einzige ähnliche Gebäude in Noupeitau war der Besucherraum in einer psychiatrischen Klinik.

Am Tag zuvor war mir während des Mistschaufelns eine Idee gekommen, und Bruce hatte mir geholfen, sie weiterzuentwickeln. Aber niemand hatte mir gesagt, daß ich sie statt einem lebenden, atmenden kaledonischen Beamten einer KI erklären mußte. Für Bruce und Aimeric war es so selbstverständlich gewesen, daß keiner daran gedacht hatte, es zu erwähnen.

Nach dem zu urteilen, was ich am Vormittag bei der Sitzung erlebt hatte, war der Unterschied zwischen einer KI und einem kaledonischen Beamten vielleicht nicht groß.

Nachdem ich die einführenden Fragen mittels eines Keyboards beantwortet hatte, kam ein Mikrophon von der Decke heruntergeschwebt und die KI fragte mich, welchen Beruf ich vorzog.

Einen Augenblick lang dachte ich daran, etwas Dummes zu sagen – »Ja also, ich glaube, daß ich mich durch mein Aussehen zum Gigolo eigne« oder: »Haben Sie freie Stellen für Gladiatoren?« – und verfluchte Bruce, weil er mir die Geschichte erzählt hatte. Dann zwang ich mich, mich zu entspannen, und begann: »Ich würde gern eine Erfahrungsschule für okzitanische Kultur eröffnen.«

»Bitte definieren Sie Erfahrungsschule«, verlangte die KI.

»Ein Ort, an dem die Studenten vor allem durch Erfahrung und praktische Übungen in Sachgebieten lernen statt durch Vorträge. Die Arbeit in den Kursen besteht darin, daß man sich während jeder Unterrichtsstunde in einem bestimmten Bereich wie ein Okzitaner benimmt.«

Die KI schwieg eine Zeitlang. Irgendwo hinten im elektronischen Chaos entstand ein Gedanke. »Einwand: Kein echter Nutzen für die Studenten oder die kaledonische Gesellschaft. Die okzitanische Denkweise ist nicht rationalisiert. Die zu erwartenden Ergebnisse sind Kontaminierung der kaledonischen Denkweise durch nicht autorisierte Prämissen und eine eventuelle, unnötige Ungleichartigkeit der kaledonischen Denkweise.«

Da Bruce sicher gewesen war, daß dieser Einwand kommen würde, war ich darauf vorbereitet. »Die okzitanische Kultur ist sehr vielschichtig, und es ist leicht, jemanden zu beleidigen. Ein Kaledonier ist nur deshalb dort sicher, weil man ihn als eine Art sozialen Idioten toleriert.« Das traf jedenfalls auf Aimerics erstes Jahr zu. »Die einzige Möglichkeit, in der okzitanischen Kultur in Sicherheit tätig zu sein, besteht darin, daß man fähig ist, sich dem komplexen kulturellen System gewohnheitsmäßig anzupassen, statt zu versuchen, sich alle Regeln gleichzeitig einzuprägen.«

»Einwand«, begann sie. Offensichtlich hatte die Intelligenz vorausgedacht. »Der Handel zwischen der kaledonischen und der okzitanischen Kultur war historisch wesentlich geringer als wirtschaftlich plausibel war und bestand nur aus einem gelegentlichen Austausch von Volkswirtschaftlern gegen Kunsthistoriker und Literaturlehrer. Das weist darauf hin, daß nur sehr wenige Kaledonier das Bedürfnis haben werden, mit Okzitanien Geschäfte zu machen, und es wird nicht genügend Nachfrage nach Ihrer Schule herrschen, um diese zu erhalten.«

Das klang, als wäre ich beim vorhergehenden Punkt siegreich gewesen, deshalb gestattete ich mir ein wenig

Hoffnung. »Der historische Fall ist unerheblich«, widersprach ich, »weil er sich auf den Austausch von Informationen bezieht. Es ist zu erwarten, daß materielle Waren in beide Richtungen strömen werden, sobald die Springertarife gesenkt werden. Verweis zwischenstaatliche Handelstheorie, Schlüsselnamen Ricardo, Heckscher, Ohlin.« Diese Namen hatte mir Aimeric gegeben – er hatte behauptet, daß sie eine solch umfassende Suche auslösen würden, daß die KI sich vermutlich nicht die Mühe machen würde, sie zu lesen und mir irgendeine Frage darüber zu stellen. Sicherheitshalber sprach ich rasch weiter. »Sie können erwarten, daß statt Gelehrten, die jahrelang okzitanisch studiert haben, jede Menge naiver Geschäftsleute dorthin reisen werden. Sie wollen sicherlich nicht, daß dies die Kaledonier in den Ruf bringt, ungehobelt zu sein.« Ich verfügte über keinerlei Fakten, um dies zu untermauern, aber ich fand, daß es gut klang.

Diesmal dauerte die Pause sehr lang. Ich sah mich in der kleinen Kabine nach irgendwelchen Verzierungen oder Entweihungen um, fand aber keine. Vielleicht reinigten sie die Kabine nach jedem Interview.

Ich dachte an die zehn Millionen Kaledonier, die hier durchgekommen waren und sich von einer KI erzählen ließen, was sie mit dem Rest ihres Lebens anfangen sollten, und keiner von ihnen hatte im Raum ein Zeichen hinterlassen. Ich erschauerte und dankte allen Göttern, die mir einfielen, daß ich in einem oder spätestens in zwei Jahren wieder fort sein würde.

Als die Stimme wiederkam, sagte sie: »Letzter Einwand: Die Einführung der okzitanischen Kultur könnte irrationale Gedankenmuster schaffen, die ihrerseits den allgemeinen Rationalismus der kaledonischen Gesellschaft, Wirtschaft oder Politik wesentlich reduzieren könnten.«

Ich wußte nicht, ob ›Letzter Einwand‹ der letzte Test war, bevor die Intelligenz ja sagte, oder ob es bedeutete, daß mein Vorschlag abgelehnt wurde und daß dies der Grund dafür war. Jedenfalls war es der gleiche Einwand wie der erste, und das würde ich der KI nicht durchgehen lassen. Sobald sie glauben, daß sie uns hereinlegen können, kommen sie mit all dem Unsinn über die Bewilligung wieder. »Hören Sie«, begann ich, »wenn jemand dadurch verrückt oder irrational wird, daß er ein Zentrum für okzitanische Kunst besucht, dann ist sein Rationalismus verdammt schwach. Falls ich ein korrumpierender Einfluß bin, dann werden Sie wenigstens herausfinden, wer für die Korrumpierung reif ist. Sehen Sie in mir ein Frühwarnsystem oder etwas Ähnliches.« *Deu,* ich wollte nicht zwei Jahre lang Scheiße schaufeln!

»Klarstellung ersucht: Ausdruck ›verdammt‹ bedeutet starke Betonung von dem, was folgt?«

»Verdammt ja.« Also schön, ich hatte es vermasselt – wenn man diesen Leuten gegenüber normale Gefühle zeigte, gerieten sie außer Fassung, daher würde ein richtiger Ausbruch die KI davon überzeugen, daß ich viel zu verrückt war, als daß man mir erlaubte, irgend etwas zu unterrichten, geschweige denn Kurse mit freiem Zugang anzubieten. Vielleicht würden sie mich das verfaulte Gemüse aussortieren lassen oder so was.

»Vorschlag prinzipiell angenommen«, sagte die KI. »Zuwendungen schließen soziale Prophylaxe von irrationalen und für Sünde anfälligen Individuen ein, Schaffung einer Sachkenntnisbasis für möglicherweise erweiterten geschäftlichen Kontakt, und Gültigkeitserklärung der existierenden Verfahrensweise.« Eine Frontplatte glitt zur Seite und enthüllte einen Arbeits-Bildschirm. »Bitte geben Sie alle relevanten Daten ein, damit diese Dienststelle die Erfordernisse an Kapital und Hilfsmitteln festlegen sowie die notwendigen Arrangements treffen kann.«

Ich war noch immer leicht benommen, während ich eine Menge Fragen über Bodenfläche und Ausstattung für verschiedene Aktivitäten, Zahl der Studenten, die ich in die einzelnen Kurse, die ich anbieten wollte, aufnehmen konnte, und so weiter. Es dauerte lange. Wie ich in meinem Brief an Marcabru in dieser Nacht bemerkte, waren offenbar die KIs hier mitfühlender und vernünftiger als die Menschen.

Es war Mittagszeit – gegen Ende der Ersten Dunkelheit –, als wir fertig waren und Bruce uns abholte. Aimeric hatte an der Universität einen Posten als Professor für okzitanische Literatur erhalten. Bruce und Aimeric versuchten mir zu erklären, warum die Universität von Kaledonien ein Fach wie Literaturstudien hatte. Ich verstand es nie wirklich, aber es klang so, als hätte es nie eine Hochkultur ohne Interesse für Literatur gegeben, und deshalb wurde sie beibehalten, um zu sehen, wofür sie gut sein mochte.

Wir riefen uns all diese Informationen zu, um den auf die Kabine trommelnden Hagel zu übertönen, während wir mit der Katze durch Utilitopias dunkle, eisglatte Straßen zu der Anlage Siebzehn für Lebensmittel-Detailverkauf und Eßsaal fuhren; sie behaupteten, daß es dort gutes örtliches Essen gebe. Bieris schwieg während unserer Diskussion.

Als wir in den Eingangstunnel des Restaurants glitten, wandte ich mich ihr zu und fragte: »Was wirst du tun?«

»Bruce stellt mich als ständige Farmarbeiterin an. Es hat mir wirklich Freude gemacht, auf der Farm zu arbeiten, und ich finde, daß ich dabeibleiben kann.«

»Du tust es doch nicht deshalb, damit du nicht hier in Nebel und Kälte arbeiten mußt?« fragte ich. »Ich weiß, daß es düster ist , aber ...«

»Ja, natürlich, das muß man in Betracht ziehen«, antwortete sie. »Aber ich mag es wirklich.«

Eine lange, peinliche Stille trat ein, dann begann Aimeric, mit Bruce über einen Haufen Leute zu reden, die seit langem tot waren. Bieris sah nicht glücklich aus, aber in diesem Augenblick kam das Essen.

Wegen des Roboter-Austausch-Gesetzes gab es in beinahe jedem Lokal menschliche Kellner, Barkeeper, Hilfskellner und so weiter. Bieris und ich dankten dem jungen Mann, der uns das Essen brachte. Er wirkte erschrocken, und ich nahm an, daß wir gegen die örtlichen Bräuche verstoßen hatten.

Es war etwas mühsam, das Fleisch aus der dicken, salzigen Fettsoße zu fischen, ohne Soße auf die Kartoffeln zu verteilen. Dadurch hatte ich Zeit nachzudenken – ich hatte Bieris wirklich nicht beleidigen wollen, obwohl es offensichtlich war, daß ich es getan hatte. Vorsichtig begann ich zu erklären, daß es sogar in Nou Occitan Frauen gab, die sich wirklich für solche ausgefallenen Berufe interessierten, und daß ein ungewöhnliches Interesse sicherlich nichts an dem Status einer *donzelha* änderte. Vielleicht verstärkte gerade der Gegensatz zwischen dieser Arbeit und ihrer Grazie und Eleganz die Schönheit einer zarten, temperamentvollen Frau. Den letzten Satz hielt ich für ein gut dargebrachtes indirektes Kompliment, das Aimeric nicht verärgern und Bieris schmeicheln würde.

Sie funkelte mich an und war sichtlich zu wütend, um zu sprechen oder zu essen. Hatte ich vielleicht das Kompliment nicht richtig formuliert? Ich ließ es mir noch einmal durch den Kopf gehen, aber nein, es war zart, ein wahrer Edelstein in der Kunst des Schmeichlers. Hielt sie es für unaufrichtig? Das war es nicht gewesen, und das würde sie doch sicherlich begreifen?

Sie funkelte weiterhin.

Schließlich sagte ich: »Es tut mir leid. In letzter Zeit hatte ich unter *fin'amor* gelitten, aber jetzt habe ich meine Melancholie wegen Garsenda überwunden und muß es wieder gutmachen.«

Aus der Art, wie sie den nächsten Bissen aufspießte,

schloß ich, daß ich noch immer nicht das Richtige gesagt hatte. »Giraut«, begann sie, »das ist so dumm, daß ich nicht weiß, ob es wert ist, mit dir darüber zu sprechen. Hast du dich je gefragt, wie wir *donzelhas* euch Jovents sehen? Ich frage nur aus Neugierde.«

»Ja, also – ich habe eine Menge Gedichte von Frauen über Männer gelesen.«

»Die für Männer geschrieben waren.«

»Ja, *verai.*« Wenn nichts hilft, gib zu, daß du ein Idiot bist. »Du hast recht, ich verstehe nicht, wovon du sprichst.«

»Das stimmt.« Sie biß wieder herzhaft in eine Kartoffel, ohne die scheußliche braune Soße abzukratzen. »Warum ist es in Ordnung, wenn du dich wochenlang wie ein Narr aufführst, wobei jeder seufzen und dich bewundern muß, obwohl wir alle wissen, daß Garsenda launisch und schlichtweg dumm ist. Als sie dann genau das tut, was jede leidenschaftliche, elegante junge Frau in Noupeitau heutzutage tut – worauf du gefaßt sein mußtest, auch wenn du nur ein halbes Gehirn hast – müssen wir alle Trauer tragen, weil dir ein tragisches Unrecht geschehen ist?«

Für mich war alles ganz klar. »Es ist nur Spaß, Bieris. Ein junger Mann zu sein, ist etwas, das man ein paar Jahre lang zum Spaß macht. Das ist alles. Außerdem habe ich geglaubt, wir haben darüber gesprochen, daß du eine Landarbeiterin bist. Ich versuchte, etwas Nettes darüber zu sagen.« Ich warf Aimeric einen flehentlichen Blick zu, aber er war noch in sein Gespräch mit Bruce vertieft.

Sie strich sich seufzend das Haar aus dem Gesicht. »Ist dir nie aufgefallen, daß praktisch alles, was die Jovents tun, ohne weibliche Zuhörerschaft sinnlos ist?«

Bevor ich wieder sprach, hatte ich etwa die Hälfte des grausigen, fetten Fleischstücks gegessen. Ich zwang mich, langsamer zu werden, trank viel Wasser und sagte dann: »O nein, aber es ist wahr.«

»Das gilt in Nou Occitan für alle; denk an deine oder meine Eltern.«

»Es gibt eine Menge Frauen in wichtigen Stellungen.« Es klang sehr schwach, und sie schnitt mir einfach eine Grimasse. Ich wollte fortfahren und stammelte ungeschickt – »Ich nehme an … ja also, sicherlich, *verai,* ich weiß, was du sagen wirst. Niemand auf Wilson achtet darauf, was die Regierung oder die Körperschaften tun, solange ihre Zuschüsse pünktlich kommen. Wenn du dir den Palast oder die Museen ansiehst, wohin all die Energie und Intelligenz streben – sie sind beinahe alle rein männlich besetzt.«

Bieris nickte, der erste Hinweis auf eine Zustimmung. »Außer beim Tanzen. Die Männer sehen uns gern an, wenn wir beinahe nackt sind. Und ich könnte wetten, daß du all das erst bemerkt hast, Giraut, als ich dich darauf hinwies.«

»Ich habe es nicht bemerkt. Entschuldige.«

Ich aß ein paar Bissen, aber mir war der Appetit vergangen. Sie schob ihr Haar wieder zurück. Mir war nie aufgefallen, daß sie sich ärgerte, weil es ihr die ganze Zeit ins Gesicht fiel.

Nach einer Weile sagte Bieris: »Es tut mir leid, Giraut.«

»Es ist schon in Ordnung. Du hast recht.«

»Ja, aber du warst nicht die Person, auf die ich böse war. Ich bin nicht sicher, wer es ist. Es ist nur … also, als ich hierher kam, forderte Bruce mich als erstes auf, körperliche Arbeit zu verrichten, und es war gar nichts Besonderes – er hätte dich oder Aimeric genauso gefragt.« Sie seufzte und sah sich um. »Es fällt mir nicht leicht, es zu erklären, Giraut.«

»Du machst es sehr gut. Es ergibt jedenfalls einen Sinn, auch wenn ich es nicht verstehe.«

»Es war das erste Mal, daß ich mich wie eine Person fühlte, nicht wie eine *donzelha*. Hast du jemals eines meiner Bilder gesehen, Giraut?«

Bieris hatte jeden meiner öffentlichen Auftritte besucht, In diesem Augenblick starb ich tausend Tode. »Nein. Aber ich möchte es.«

Sie öffnete das kleine Medaillon, das sie am Hals trug, nahm ihr Portefeuille heraus und reichte es mir. Ich holte meinen Taschenleser heraus, schob ihr Portefeuille in den Schlitz an der Rückseite und hob es an die Augen.

»Sieh dir vor allem die letzten zehn an«, sagte sie. »Erinnerst du dich an die Aurocs-de-mer?«

»Man kann sie nur schwer vergessen.«

»Das sind die letzten zehn.«

Ich schaltete auf die letzten zehn Bilder; Aimeric und Bruce brabbelten über einen toten Vetter dritten Grades von irgendwem.

»Wenn du sie schrecklich findest und für entsetzlich hältst – lüge«, sagte Bieris. Ich blickte vom Okular auf – sie hatte wieder das schiefe Grinsen aufgesetzt, an das ich mich aus unserer Kinder- und Schulzeit erinnerte. Wann hatte ich sie zum letzten Mal so lächeln sehen? Vielleicht bei der Abschlußfeier, als die Toiletten des Gebäudes plötzlich explodierten, gerade als alle dort waren und die Talare anlegten. Wohin war diese Seite von Bieris verschwunden, als sie *fin'amor* mit Aimeric einging?

Mir fiel etwas ein – was hatte eine meiner sechs *entendedoras* eigentlich von mir gedacht? Wie sahen *ihre* Erinnerungen aus?

Bieris wußte zwar nicht, was ich dachte, aber sie sah, daß ich nachdachte, deshalb wartete sie eine Weile und zeigte dann auf den Leser, den ich noch immer in der Hand hielt.

Ich hob den Leser zum Gesicht und atmete seufzend aus. Das Bild war ausgezeichnet; mir wurde schuldbewußt klar, daß Bieris zu den allerbesten Jovent Malern gehört hätte, wenn sie ein Mann gewesen wäre. Die Qualität des Bildes lag nicht nur in der klaren Komposition oder in der einfachen Technik, obwohl beide großartig waren, sondern darin, wie verständnisvoll sie es gesehen hatte. Ich spürte beinahe, wie meine Erinnerung an den Tag schwand und dieses Bild an seine Stelle trat. Bieris hatte als einzige die riesige Herde, die über das Flußufer quoll und die sanften Rot-, Braun- und Gelbtöne der Ebene wirklich gesehen.

Ich blätterte zum nächsten Bild und blickte über die Ebene zu dem ersten aufsteigenden Rauch des näherkommenden Feuers; zum nächsten, und sah einen entsetzten Auroc-de-mer, der gegen den Schlamm kämpfte; und so weiter. Ich würde die Bilder noch oft betrachten müssen, um wirklich sagen zu können, daß ich ihr Werk verstand.

Wie immer, wenn ich Kunst lobte, sprach ich Okzitanisch und brach dann ab, weil ich die konventionellen Floskeln nicht herausbrachte – ich fand keine Worte für das Gefühl, das diese Werke in mir weckten. In der okzitanischen Auffassungsgabe fehlte etwas …

Ich hob den Leser wieder an die Augen, ging zum ersten Bild zurück, und fand im Hintergrund das leuchtende, verschwommene, spiegelnde rote Sonnenlicht, das von den Pipelines abprallte, die die polaren Gletscher versorgten. Auf dem nächsten Bild starb der Auroc-de-mer inmitten des Gerüsts, das die Unrat-Pipeline in die Gebiete brachte, die mit Bäumen bepflanzt wurden.

Ihr großes Landschaftsbild mit der in die Schlucht übergehenden Ebene enthüllte am Horizont eine große blauweiße Feder, die auf dem roten Himmel tanzte – Wasserstoff aus dem Ozean, den die Pipeline über fünfhundert Kilometer transportierte und der in dem riesigen trockenen Becken um den Südpol verbrannt wurde, um die Luft mit Wasser zu sättigen. Die Felsen in der Schlucht wiesen noch nicht verwitterte Schmelzstellen und Glasfragmente auf, eine der Folgen der vielen gesteuerten Meteoreinschläge, die erforderlich gewesen waren, um dem Becken einen Auslaß zum Meer zu verschaffen.

Auf anderen Bildern waren die Starkstromleitungen für die Heizkörper, die verhinderten, daß sich Permafrost bildete, die Betonablenkplatten, die den Großen Polarfluß verlangsamten und abdrängten, so daß er wie ein viel älterer Strom dahinfloß, und sogar die hohen Dämme in den Bergschluchten deutlich zu sehen. Man konnte okzitanische Landschaftsbilder aus vier Jahrhunderten betrachten und nie auf etwas Ähnliches stoßen. Alle Bilder vom Südpol, die ich je gesehen hatte, wiesen Bäume auf, die sich über den Fluß beugten, überall waren kleine Seen und Teiche verstreut, und auf den fernen Bergen gab es Wälder – so wie die Gegend in vierhundert Jahren aussehen würde, wenn alles fertig war, und nicht, wie sie heute aussah.

Als ich zu Bieris aufblickte, wurde mir schmerzhaft klar, daß ich ihr als Künstler nicht das Wasser reichen konnte, und daß das einzige aus meinen Jovent Tagen, mit dem ich prahlen konnte, meine Freundschaft mit ihr war.

»Wir haben darüber gesprochen«, erklärte sie. »Auf Wilson wollen die Leute Gemälde, die ihnen zeigen, wie alles aussehen wird, sobald das Terraformen beendet ist.«

»Aber Bieris – auf Kaledonien gibt es überhaupt keine Kunst, und … diese Bilder sind sensationell! Zu Hause würde eine solche Ausstellung der Anfang deiner Karriere sein.« Mir fiel etwas ein. »Hast du es Aimeric gezeigt?«

Sie verzog das Gesicht. »Du machst Witze.«

Ich ließ das Thema fallen. »Wenn du solche Bilder malen kannst, warum treibst du dich dann hier als Farmarbeiterin herum?«

Sie sah mich spöttisch an. »Dann hast du das Sodom-Becken nie wirklich gesehen.«

Diesmal wußte ich wenigstens, wie die richtige Antwort lauten mußte. »Das stimmt. Erzähl es mir. Wenn du es nicht erzählen kannst, werde ich einfach auf die Gemälde warten.«

»Du wirst vielleicht auf die Bilder warten *müssen*, um sie ganz zu verstehen«, warnte sie mich. »Es ist das Licht, und der Widerschein des Schnees auf den Pessimals, und wie grün alles ist...«

»Du kannst als Landarbeiterin hier auch nicht mehr sehen als wenn du nur in deiner Freizeit hier bist. Oder willst du einfach die tägliche Fahrt vermeiden?« Sie lächelte mich endlich wieder an – ich erinnerte mich aus unserer Pubertätszeit an das Lächeln. Ich konnte nicht mit Worten ausdrücken, wie gut es mir gefiel. »Du verstehst also doch«, stellte sie fest.

»Vielleicht ein wenig. Erklär es langsam, mit kurzen Worten, *companhona*.« Es war ein dummes Wort, das mir entschlüpft war – der von Frauen verwendete Ausdruck für eine enge Freundin, aber in Okzitanien wendete ein Mann es einer *donzelha* gegenüber nie an, von einer erwachsenen Frau ganz zu schweigen.

Es fiel ihr offenbar nicht auf. »Wenn ich in einer Landschaft arbeite, muß ich sie detaillierter sehen. Um eine Gewitterwolke zu kennen, muß ich wissen, inwiefern alle Wolken gleich aussehen, um einen Apfelgarten zu betreuen, muß ich die einzelnen Äpfel auf dem einzelnen Baum sehen. Das ist alles. Es tut mir leid. Ich hätte dir all das wahrscheinlich mit drei Sätzen erklären können. Nur hört seit Ewigkeiten keiner mehr auf mich. Du kennst das alte Sprichwort – ›Wenn du genug davon hast, ihr zuzuhören, mache sie zu deiner *entendedora*.‹«

»Seid ihr beiden endlich mit der köstlichen lokalen Küche fertig?« unterbrach uns Aimeric. Wir zuckten beide bei dem plötzlichen Geräusch zusammen.

4

Zwei Tage später fuhr ich mit der Katze, die ich inzwischen geleast hatte, auf den Parkplatz des neuen Gebäudes für das Zentrum für okzitanische Kunst, das vor nicht einmal drei Stunden aufgehört hatte zu wachsen. Der letzte Lastwagen reversierte durch die Verladetür, und riesige Ladungen von allem, was erforderlich war, damit der Unterricht beginnen konnte, waren in der künftigen Versammlungshalle aufgetürmt. Für das Auspacken und Einrichten hatte ich einige Roboter bestellt; sie trafen ein, als ich die Verladetüren schloß.

Es war das dritte Mal in drei Tagen, daß ich Möbel auspackte und neu ordnete. Meine Sachen waren erst tags zuvor eingetroffen: offenbar hatte es auf Wilson einige Schwierigkeiten gegeben, als sie verpackt und verschickt wurden. Ich hatte sofort gesehen, daß meine barocke Einrichtung nicht zu den glatten, klaren Linien von Bruces Gästehaus paßte, und hatte Bruce gegenüber angedeutet, daß ich, falls er Inneneinrichtungsentwürfe für die Häuser gemacht hatte, mich dafür interessierte. Er war anscheinend darüber entzückt – soweit man einen Kaledonier durchschauen kann – und aus einem mir unerklärlichen Grund gefiel es auch Bieris, die prompt das gleiche für ihr Haus verlangte. In Wirklichkeit wollte ich nicht, daß ich durch den Gegensatz zwischen meinen schönen Möbeln und dem langweiligen, leblosen Haus Heimweh bekam.

Bruce hatte etliche Entwürfe in seiner Kartei, also ließen wir sie am nächsten Ersten Nachmittag anfertigen, lagerten unsere Möbel ein und übersiedelten zum zweiten Mal Einrichtungsgegenstände.

Jetzt war ich im Begriff, ein drittes und viel größeres Gebäude einzurichten.

Es herrschte sanfter, gelber Nebel, die Temperatur lag einige Grade über dem Gefrierpunkt, der Reif auf den hohen Strebepfeilern des Zentrums verwandelte sich in glänzendes Eis, und das Gebäude hob sich von den Betonschachteln ringsum wie ein Zauberwerk ab, das in eine Geometriestunde geraten ist. Die ersten beiden Stunden, in denen ich das Zentrum einrichtete, machten mir riesigen Spaß; aus einem der Schlafräume schuf ich eine gemütliche Wohnung für mich, damit ich über Nacht bleiben konnte, wenn es erforderlich war, ließ die Roboter die Matten für den Raum der Duellierkunst legen und abdecken, und verwandelte die Lounge in eine ziemliche genaue Kopie von Pertz' Lokal – ließ aber bewußt die Ehrenwand weg. Ich hatte das Gefühl, daß dieser Gedanke mehr war als die Kaledonier zunächst dulden würden.

Damit war die erste Ladung untergebracht, und da noch über eine Stunde vom Ersten Licht übrig war, bestellte ich die Einrichtung für den Seminarraum und das kleine Theater – die zuständige Fabrik war mit dem Raupenschlepper in nur fünfzehn Minuten zu erreichen, und es dauerte nicht einmal vierzig Minuten, eine Möbelbestellung wachsen zu lassen. Ich mußte nur darauf achten, die Möbel in der Reihenfolge zu bestellen, in der ich sie erhalten wollte.

Ich setzte mich hin und aß ein Sandwich und eine Pflaume, während die Roboter den Baustaub in den oberen Stockwerken beseitigten. *Gratz'deu* hatte ich einen Springer-Staubsauger in meinem Gepäck, wahrscheinlich zur Zeit der einzige in Kaledonien, und das Recycling-Werk hatte bereits einen eigenen Springer gebaut, so daß der Staub säuberlich aus meinem Gebäude trieb und zu ihrem Problem wurde.

Jetzt sah ich, wie sich die Einrichtung an Ort und Stelle ausnahm und ließ etliches umstellen, war aber im allgemeinen sehr zufrieden. Zwei Roboter schoben gerade den letzten Tisch an seinen Platz, als einer von ihnen stehenblieb und verkündete: »Der Ersatz für diese Einheit wird in zweiundzwanzig Minuten eintreffen. Wir bedauern jede Ungelegenheit. Bitte bestätigen Sie. Der Ersatz für diese Einheit wird…«

»Ich verstehe«, sagte ich und hoffte, daß es die richtige Form für eine Bestätigung war. Es war offensichtlich der Fall, denn der Roboter begab sich in eine Ecke (zum Glück hatte ich nicht vorgehabt, etwas dorthin zu stellen), verriegelte seine Gelenke und schaltete ab.

Während ich darauf wartete, daß jemand eintraf, stellte ich eine Einkaufsliste zusammen und ließ die Roboter sämtliche Wasser-, Strom- und Datenanschlüsse überprüfen. Der Drucker in der Bibliothek produzierte fröhlich Poster und Bilder einschließlich der zehn Auroc-de-mer Bilder von Bieris. Sie hatte mich nachdrücklich darauf aufmerksam gemacht, daß sie keineswegs typisch okzitanisch waren, und ich hatte erwidert, daß sie vor allem hervorragend waren, daß man schwerlich noch okzitanischer werden konnte, und daß ich als Leiter des Zentrums und ranghöchster Professor die planetarische Autorität dafür war, was okzitanisch war und was nicht.

Der menschliche Arbeiter sollte erst in einigen Minuten eintreffen, deshalb ließ ich die Roboter weiter putzen (frisch gewachsene Gebäude sind immer so staubig), nahm meine Thermoskanne mit heißem Kaffee und ging in den kleinen Sonnenraum im dritten Stock hinauf, um zuzusehen, wie die Sonne unterging. Ich würde mein Nickerchen streichen und während der Ersten Dunkelheit durcharbeiten, aber ich hatte das Gefühl, daß ich eine Pause verdient hatte.

Der Sonnenraum verfügte über breite, bequeme Bänke und eine Menge Kissen und war als ein Ort des Lesens oder der Unterhaltung vorgesehen, aber der Ausblick durch die hohen Bogenfenster war überraschend schön. Man hatte mich in der Nähe der Universität, im tiefliegenden, kalten, scheußlichen Teil der Stadt angesiedelt. Wie Noupeitau war auch Utilitopia auf Hügeln an einer Bucht erbaut worden, aber Noupeitau hatte der große Arnaut de Riba Brava entworfen, so daß jedes größere Gebäude den Blick zur Großen Halle der Künste auf der Serra Sangi lenkte, die der Palast und das Forum flankierten. Hier stank das Meer infolge des örtlichen Schwefel-Kalzium-Zyklus nach verfaulten Eiern, und die Gebiete in der Nähe der See waren kalt und feucht. Damit sich niemand unvernünftigerweise in einen bestimmten Ort verliebte, sorgte ein gesetzlicher Erlaß, der »Gleichgewicht der Nützlichkeit« hieß, dafür, daß die angenehmeren Teile der menschlichen Umwelt in den häßlicheren Teilen der physischen Umwelt angesiedelt wurden und umgekehrt. Deshalb lagen mein Zentrum und die Universität im Hafenviertel, von wo ich einen prachtvollen Ausblick auf beide beherrschenden Gebäude Utilitopias hatte, die auf den Gipfeln der Zwillingshügel wie narbenbedeckte Brustwarzen standen: die Städtische Abwässerverarbeitungsanlage im Norden, und die Zentralen Viehhöfe sowie der Schlachthof im Süden.

Doch westlich der häßlichen, beengten Verkommenheit von Utilitopia versank das glühende, bernsteinfarbene Auge Mufrids, das nur in der nebelfreien Zeit gegen Ende des Ersten Lichts zu sehen war, zwischen den hohen Gipfeln der Optimals. Ihre eisigen oberen Bereiche funkelten im Licht, und tiefe Schatten zogen sich von ihnen bis zum Meer. Als abkühlender Wasserdampf von den Gletschern mir gegenüber in die dunklen, meereskalten Abgründe und Fjorde trieb, brachen kurze, wilde Gewitter aus, deren Blitze die Rippen und Risse der Bergkette erhellten.

Gleichzeitig löste sich der Mond vom westlichen Horizont und stieg über den Himmel zur Sonne hinauf; während er hinaufkletterte, wurde er dunkler. Ich war der Besitzer eines der wenigen brauchbaren Fenster der Stadt und genoß den Ausblick. Aber vielleicht konnte man den Einwohnern mit etwas Schulung begreiflich machen, was sie vor sich hatten.

Mir wurde klar, warum ich mich jetzt besser fühlte als nach meiner Ankunft. Ich hatte den ganzen Tag wirklich gearbeitet – war zeitig aufgestanden, um die Katze hierher zu fahren – und die Arbeit war wesentlich, sie sollte diesen kalten, gefühllosen Menschen das Licht der Kultur näherbringen. Ich rief mir streng ins Gedächtnis, ihnen ja nicht zu verraten, daß ich hier war, um ihnen einen besseren Weg zu zeigen – schließlich sind Missionare nie beliebt, nicht einmal jene, die einfach menschliche Wärme und Licht bringen wollen – aber *ich* wußte, was ich hier zu tun hatte.

Ein Schwebewagen wurde auf der Straße vor meinem Haus langsamer, fuhr die Räder aus, landete und verließ den Schwebestreifen, um neben meiner Katze zu parken. Als die Glocke ertönte, war ich beinahe bei der Tür.

Der junge Mann, der in der Hitzeschleuse des Zentrums stand und sein Gewicht von einem Fuß auf den anderen verlagerte, hatte afrikanische Züge und hellblonde Haare. Er machte sich nicht die Mühe, mich anzusehen, als er sagte: »Bin für die Arbeitspflicht hier.«

»Gut«, erwiderte ich. »Kommen Sie bitte herein. Ich heiße Giraut Leones.«

Ich nahm seinen Parka und hängte ihn auf, was ihn anscheinend erschreckte – wahrscheinlich hielt er das für Arbeit, und Menschen arbeiten nicht für Roboter. »Hier herüber. Wie heißen Sie übrigens? Ich möchte Sie nicht Einheit Zwei nennen.«

»Thorwald Spenders.« Dann sagte er völlig grundlos seine Identitätszahl auf.

Wir hängten eine Stunde lang in den Korridoren Poster auf. Thorwald war anscheinend darüber erstaunt, daß ich darauf achtete, wohin welcher Poster gehängt wurde, und sie gelegentlich austauschte, wenn ich eine bessere Idee hatte oder wenn etwas nicht richtig aussah. Wahrscheinlich hielt er sie für Tapeten mit unzulänglichem Umfang.

Die Bar für die Lounge traf ein. Thorwald und ich mühten uns zehn Minuten lang ab, um sie die Treppe hinaufzubringen; ich bedauerte die ganze Zeit, daß ich einen Ein-Personen-Springer installiert hatte, statt einen echten Fahrstuhl einzubauen.

Endlich hatten wir die Bar dort, wo sie hingehörte. »Sie können sie gleich füllen«, sagte ich. »Die Flaschen befinden sich in den Kisten dort drüben – stellen Sie sie einfach alphabetisch auf.«

Er nickte und machte sich an die Arbeit; inzwischen bemühte ich mich, einen Gobelin hochzubekommen. Es war ein maschinell von einem echten Teppich kopiertes Exemplar, und die hängen für gewöhnlich glatter, aber es strengt ganz schön an, sie geradezukriegen.

Thorwalds Schicht war halb vorbei, als es vollkommen finster wurde; die Wolken bedeckten wieder den Mond. Ich hatte die Beleuchtung eingeschaltet und bastelte an ihr herum, um für den Gobelin die richtigen Farben zusammenzustellen. Ich brauchte nicht einfach Arcturus' Spektrum, das in der Datenbank gespeichert war, sondern Arcturus' Spektrum, nachdem es durch das Fenstergeschoß eingedrungen und von der rohen Oberfläche des mit reichlich Glimmer versetzten rosa Granits in der Wölbung abgeprallt war. Zu Hause hätte ich einfach sein Spektrum bestellt, aber ich hatte festgestellt, daß bis zur Eröffnung des Basars Daten nur durch Briefe ausgetauscht wurden, und ich bezweifelte sehr, daß Marcabru bereit sein würde, mir die etwa zwanzig Seiten zu schicken. Falls er überhaupt jemals schrieb.

»Es ist ein bißchen zu dämmrig, um die Etiketten zu lesen«, sagte Thorwald.

Ich kopierte den besten Näherungswert, den ich bis jetzt gefunden hatte, in den Gedächtnisspeicher des

Lichts, und dann schaltete ich die örtliche Standardfarbe Stumpfes Bernstein ein.

Als ich mich wieder dem Schaltpult zuwandte, hörte ich etwas, das beinahe wie Keuchen klang. Ich blickte gerade rechtzeitig auf und sah, das Thorwald sich duckte; der Teil seiner Stirn, den ich sehen konnte, errötete. »Etwas fallen gelassen?«

»Nein, ich sah nur auf und, na ja – diese Stoffdinge an den Wänden sind wirklich hell. Es hat mich irgendwie gepackt.«

Ich ging zur Bar hinüber und musterte ihn aufmerksam, aber er blickte nicht auf. Ich drehte mich um und betrachtete den Wandteppich.

Ich hatte gewußt, daß das Licht nicht stimmte, deshalb hatte ich ihm keine Aufmerksamkeit geschenkt. Die gesamte Pracht der okzitanischen Gobelins entsteht durch die Kombination von blendenden Farben mit dem roten Licht des Arcturus, genau wie etliche alte Meister die reiche, feine Schattierung durch das vorsichtige Dunklerwerden ihres Lacks bewirkten.

»Das ist ein Gobelin«, erklärte ich vollkommen unbefangen. Bitte, bitte, laß in den eisigen, pragmatischen Barbaren noch einige Spuren von ästhetischem Gefühl vorhanden sein. »Mögen Sie das Gefühl, das der Gobelin bei ihnen hervorruft?«

Er sah jetzt genauer hin. »Ich glaube schon, wirklich. Ist es dazu da, einfach eine Möglichkeit, seine Gefühle zu konzentrieren?«

»Das ist eine gute Beschreibung.« Ich konnte seine ästhetische Sprache später korrigieren; im Augenblick war ich überglücklich einen – wenn auch irregeleiteten – ästhetischen Sinn vorzufinden.

Er errötete leicht. »Ich hielt es für … ja also, um die Wände warmzuhalten. Ich meine nicht wörtlich, wie eine Decke, sondern um die Raumluft von der kalten Wand zu isolieren. Ich habe in der Schule gehört, daß eure Häuser kalt sind, also nahm ich an, daß das Ding dazu da ist.«

»Haben Sie es bemerkt, bevor ich das Licht ins Gelbliche verlagert und es stärker eingestellt habe?«

»Ja, das schon, aber … hm …«

Thorwald sah ein bißchen so aus wie Marcabru vor langer Zeit, als ich ihn mit meiner ersten wirklichen *entendedora* im Bett erwischte, kurz bevor wir unser erstes wirkliches Duell austrugen. »Ich möchte Ihnen etwas zeigen«, schlug ich vor. »Vorausgesetzt, Sie haben nichts dagegen, einige Minuten lang statt eines Roboters Gegenstand der Forschung zu sein?«

Das war der falsche Text gewesen. »O nein, nein, ich sollte ja wirklich nur arbeiten. Dazu gibt es die Schicht. Ich weiß nicht, was mir eingefallen ist.« Er wandte sich wieder der Bar zu und begann fleißig Flaschen dorthin zu stellen, wo sie hingehörten. Ich überlegte, ob ich ihm einen Tritt versetzen sollte.

»Man bezeichnet es als ästhetische Erfahrung«, erklärte ich. »Das haben Sie soeben erlebt. Eine Menge Menschen machen diese Erfahrung – sie ist unschädlich, aber es gibt kein Mittel dagegen. Ich kenne zumindest keines. Doch wenn ich es mir recht überlege, könnte es in Kaledonien sehr wohl ein Mittel dagegen geben.«

Er stellte die Flaschen weiterhin an ihren Platz, doch er versteifte sich. »Sie machen sich über mich lustig.«

Das hatte ich getan, deshalb leugnete ich es energisch und entschuldigte mich immer wieder. »Hören Sie«, sagte ich, als er endlich zu mir aufblickte. »Es *gibt* etliche Dinge, die ich Ihnen wirklich zeigen will. Können Sie noch ungefähr eine halbe Stunde hierbleiben, nachdem Ihre Schicht zu Ende ist, damit wir darüber sprechen? Um Sie dafür zu entschädigen, daß Sie mein Forschungsobjekt sind, biete ich Ihnen eine Mahlzeit an.«

»In Ordnung.« Er stellte die letzten Flaschen mit einem leisen ›Plumps‹ in das Regal. »Was muß jetzt getan werden?«

»Die Kronleuchter im Tanzsaal aufhängen.« Ich führte ihn hin und übergab ihm die Spezifikationen.

Er warf einen Blick auf sie und nickte. »Da steht, daß alles um ein Zehntelprozent von der Spezifikation abweichen soll. Warum?«

»Ein klein wenig Verschwommenheit läßt alles wärmer und menschlicher erscheinen. Wenn Sie wollen, stellen Sie es auf den exakten und dann auf den verschwommenen Wert ein, und Sie werden den Unterschied sehen.«

»O nein, das ...«

»Sehen Sie es so. Es ist einfacher für Sie, es selbst zu sehen, als für mich, es zu erklären, also ersparen Sie mir Arbeit. Sie sollen doch nicht *genauso* wie ein Roboter arbeiten, oder? Denn der Roboter müßte es durch Probieren herausbekommen, zwanzig oder dreißig Einstellungen festhalten und mich dann fragen, welche ich will. Wenn Sie überhaupt Farben sehen können, sollten Sie imstande sein, es ohne Hilfe richtig zu machen – vorausgesetzt, Sie vergleichen die exakten mit den verschwommenen Versionen.«

Er zögerte lange, dann atmete er aus und entspannte sich ein wenig. »So gesehen werden Sie wohl recht haben. Wir sollen die Arbeit des Roboters so gut machen, wie es uns möglich ist, und es ist schön, wenn wir den Roboter übertreffen. Es tut mir leid, daß ich so halsstarrig bin.«

»Ich habe schon mit Schlimmeren zu tun gehabt.« Ich bezog mich praktisch auf alle übrigen Kaledonier. »Rufen Sie mich, wenn Sie Hilfe brauchen.« Wenn ich mich nicht um ihn herumtrieb und ihn drängte, würde es ihm vielleicht mehr Spaß machen.

Meine Füße erzeugten auf dem gefederten Boden ein seltsam hohles Geräusch; er war noch nicht gedämpft worden, um das Geräusch auszuschalten.

Während Thorwald sich mit den Kronleuchtern befaßte, machte ich mich auf Fehlersuche. Die Konstruktionssoftware ist immer unzuverlässig, und ein Roboter kann keine Schwierigkeiten finden, weil man selbst erst dann weiß, wie die Schwierigkeit ausschaut, wenn man sie sieht. Angesichts der kalten Stürme auf Nansen wollte ich keine lockeren Verbindungsstellen riskieren, die durch zu starkes oder zu geringes Größenwachstum entstanden waren.

Ich fand drei lockere Verbindungsstellen, bei denen die Wachstums-Nanosekunden wieder angewendet werden mußten, und einen großen Tumor in einem Kriechgang. Rings um den formlosen, apfelgroßen Klumpen war der Beton bereits ausgehöhlt, während die Malignen die Mauer schälten, um den Tumor zu füttern.

All das enthielt mein Bericht, den ich dem Bauunternehmer schickte; dieser sandte die richtige Software in das Gebäude, um alles in Ordnung zu bringen. Ich prägte mir ein, daß ich in zwei Tagen nachsehen mußte, was geschah.

Als ich in den Tanzsaal zurückkehrte, stimmte Thorwald gerade das letzte Grün auf dem letzten Laser für den letzten Luster ab; von seiner Schicht waren noch fünfzehn Minuten übrig.

Während der verbleibenden Zeit ließ ich ihn Bücher auspacken und in der Bibliothek einräumen, während ich in die Küche ging, um die Mahlzeit zuzubereiten.

Da Thorwald Kaledonier war, beschränkte ich die Gewürze auf das äußerste Minimum, aber da er jung aussah, machte ich die Portionen extragroß. Als er nach seiner Schicht herunterkam, wollte er bezahlen und behauptete, daß die Mahlzeit für die Beantwortung einiger Fragen einfach zuviel war. Ich ließ es zu, konnte jedoch die Bemerkung nicht unterdrücken, daß »sobald dieses Gebäude offiziell in Betrieb ist, die Einwohner sich zumindest zeitweilig den okzitanischen Sitten werden anpassen müssen. Gelegentlich werden sie eine Mahlzeit akzeptieren müssen, ohne sie zu bezahlen, einfach weil wir sie ihnen geben wollen.«

Er schluckte zwei Bissen, und seine Wangen verzogen sich zu einem Lächeln. »Das ist wunderbar! Ich habe noch nie so etwas gekostet. Aber ich bin froh, daß ich es jetzt ausprobiert habe, bevor Sie offiziell offen sind. Sonst wäre ich durch die Idee mit den Gästen so abgestoßen worden, daß ich vielleicht nie herausgefunden hätte, daß es mir schmeckt.«

Ich platzte mit der naheliegenden Frage heraus. »Was ist so schlecht daran, ein Gast zu sein?«

Er zuckte zuerst die Achseln und genoß den nächsten Bissen: doch dann wurde sein Gesicht nachdenklich, und er kämpfte offensichtlich mit der Frage. Schließlich meinte er: »Ich glaube, daß es nur darum geht, was man uns in der Schule erzählt. Wenn ich es mir jetzt überlege, ist vielleicht ein Teil davon falsch oder irreführend oder sonstwas.«

Ich aß dazwischen auch einige Bissen. Ich hatte das Essen recht gut zubereitet, aber es war noch immer sehr mild; ich fragte mich, wieso er außer den Grundbestandteilen etwas schmecken konnte. Doch mir fiel auf, daß er ziemlich viel Wasser dazwischen trank, als müsse er seinen Mund regelmäßig kühlen. »Was erzählt man euch eigentlich in der Schule?« fragte ich nach einer Weile. Dann schob ich ihm die Hälfte des Geldes, das er für das Abendessen bezahlt hatte, zu. »Und das ist dafür, daß Sie in diesem Fall der fachmännische Berater sind, so daß ich nicht schuldbewußt sein muß, weil ich eine Menge neugieriger Fragen stelle.«

Er akzeptierte es kommentarlos. Schließlich meinte er: »Es heißt, daß man zwar nicht Geld eintauscht, aber statt dessen Gefälligkeiten, und im Gegensatz zum Geld kann man Gefälligkeiten nicht wirklich vergleichen, deshalb wird jeder in einer Beziehung sich sowohl schuldbewußt als auch ausgenützt fühlen.«

»Schuldbewußt und ausgenützt wodurch?«

»Ich nehme an, durch Ungleichheit. Das Gefühl, daß man entweder ein Geschäft abgeschlossen hat, das vom anderen zu gut gemeint war, oder daß man mehr dafür bezahlt hat, als es wert war.« Er sah mich nicht mehr an; er konzentrierte sich darauf, ein Stück Brot zu zerreißen und in die Suppe zu tauchen. »Das hat man uns erzählt. Klingt, als wäre es nicht wahr gewesen.«

Ich war im Begriff, ihm leidenschaftlich zuzustimmen, aber ich erinnerte mich an die grundlegende Regel von *enseingnamen* – meine Mutter hatte sie mir erklärt, sobald ich sie verstehen konnte – laut der jeder echte *gens* immer versuchen wird, mehr zu geben als jeder andere in seiner Umgebung (obwohl man natürlich erwartete, daß der Beschenkte die Gabe dankbar entgegennahm und sie übertrieben lobte.) »Wir wollen nicht behaupten, daß nichts daran wahr ist, sondern sagen, daß es nicht die ganze Wahrheit ist und daß die Menschen gegen ihr Gefühl handeln. Es ist so, als würden die Leute aus Nou Occitan erklären, daß die Kaledonier für Geld alles tun würden. Es ist nicht wahr, aber man kann die Wirklichkeit so verzerren, daß es für wahr gehalten wird.«

Er aß weiter, ohne mich anzusehen, und ich hoffte, daß ich ihn nicht verärgert hatte. Ich erinnerte mich auch daran, daß ich in meinen letzten beiden Briefen an Marcabru, der noch immer nicht geantwortet hatte, genau das geschrieben hatte.

Doch als er aufblickte, merkte ich, wie er das Lachen so krampfhaft unterdrückte, daß er beinahe erstickt wäre. »Das ist ein großartiges Beispiel«, stellte er fest. »Ich habe eine Menge Freunde, die es sehr lustig finden würden – man kann sie immer zum Lachen bringen, wenn man sich über etwas lustig macht, das wir in der Schule gelernt haben.«

»Da ich ein Gast in dieser Kultur bin, überlasse ich das lieber Ihnen«, meinte ich. Dabei nahm ich mir sehr ernsthaft vor, mich daran zu halten. Da man diese Menschen so widerstandsfähig gegen Kunst, Kultur und Schönheit gemacht hatte, mußte ich sie sanft dazu hinführen und durfte sie wegen ihrer ästhetischen Unzulänglichkeit weder verspotten noch bestrafen.

Wir schlossen die Mahlzeit mit gutem, scharfem Cheddar und einer süßen Birne ab. Es stellte sich heraus, daß Thorwald beim ersten Versuch, eine akademische Ausbildung zu erhalten, gescheitert war, nicht, weil er nicht intelligent genug war, sondern weil er die Theologie nicht beherrschte. »Ich bin einfach nicht so mathematisch«, meinte er achselzuckend. Anscheinend machte es ihm nicht viel aus, aber als ich zwischen den Zeilen las, wurde mir bald klar, daß es für seine Eltern ziemlich wichtig war, vor allem für seine Mutter, die dem Mitarbeiterstab des Rationalisierungsrats angehörte.

Wir warfen das Geschirr in den Regenerator, wo es geschmolzen und neu geformt wurde, und dann ging ich mit ihm in die Lounge und zeigte ihm die Gobelins in der richtigen roten Beleuchtung.

Er anerkannte die Pracht der Farben, doch ihm gefiel es besser, wenn die Tapisserien im bernsteinfarbigen Licht grell leuchteten. Wahrscheinlich war jeder Mensch, der in Utilitopia mit dem eintönigen grauen Nebel, den schwarzen Felsen und dem schmuddeligen, pastellfarbenen Beton aufwuchs, nach Farben ausgehungert. Die Differenzierung würde später kommen. Außerdem konnte ich sein Interesse für Farben ausnützen, um ihn zu den Drucken und Bildern zu führen, wobei ich ihn vielleicht dazu bringen konnte, mir einige inoffizielle Stellungnahmen zu den Themen zu liefern, die ich anbieten wollte.

Fünf Minuten später war er für mich wieder ein Barbar. Die Duellierkunst stieß ihn ab, weil sie »die Menschen lehrt, einander zu verletzen.« Vom Tanzen konnte er sich überhaupt keine Vorstellung machen, außer daß es »eine absolute Verschwendung von Bewegung ist, die nicht einmal zur Gymnastik optimiert wurde.« Und obwohl ihm die Mahlzeit wirklich geschmeckt hatte, nahm er an, daß der Kochunterricht alle Teilnehmer hoffnungslos in gegenseitige Verpflichtungen verstrikken würde.

Dichtkunst und Musik zogen ihn wenigstens an, und es freute ihn offenbar, daß ich Bieris angestellt hatte, damit sie Malunterricht erteilte; er hielt es auch für gut, daß jeder, der drei oder mehr Kurse belegte, einen kostenlosen Kurs für elementares Okzitanisch besuchen konnte.

Nachdem ich soviel wie möglich aus ihm herausgeholt hatte, meinte ich: »Es sieht so aus, als hätte ich wenigstens einen Studenten. Danke für Ihr Feedback. Jetzt muß ich Sie wohl gehen lassen.«

Ich begleitete ihn zur Tür bei der Schwebewagen-Haltestelle; draußen war es jetzt vollkommen finster, der Mond war bereits untergegangen, und bis zum zweiten Sonnenaufgang waren es noch drei Stunden. Dann fiel mir etwas ein. »Laut Ihren örtlichen Gesetzen werde ich einen Hausmeister brauchen. Wollen Sie den Posten? Zu ihm gehört eine Wohnung, falls Sie keine Lust mehr haben, bei Ihren Eltern zu wohnen.«

Er wirkte erschrocken und erfreut, zögerte aber. »Ich möchte Sie nicht übervorteilen. Ich besitze nicht genügend Geld für eine entsprechende Bestechung. Es ist ein guter Posten, und Sie könnten viel dafür bekommen. Wenn Sie ihn einfach verschenken – die Schnüffler könnten sie zu einer Rationalismus-Überprüfung holen.«

Ich überlegte nur kurz. Was waren die Schnüffler? Ich mußte Bruce fragen. »Kein Problem. Es ist an sich nur ein Zwei-Stunden-Job. Die übrige Zeit werde ich Sie trainieren und später als Ausbildner für Duellierkunst einsetzen. Harte, schmerzhafte und moralisch abstoßende Arbeit ist für Sie sicherlich so wenig attraktiv, daß Sie es sich leisten können, den Posten zu kaufen.«

»Das wird fraglos funktionieren.« Mir gefiel die Art, wie er grinste. »Ja, ich akzeptiere das Angebot. Ich überweise Ihnen den Betrag heute abend, sagen wir 25:05, wenn Sie ihn um fünfundzwanzig Uhr registrieren.« Wir bekräftigten es durch Handschlag.

Viel später erzählte er mir, daß er erst nachdem er nach Hause gekommen war und den Betrag überwiesen hatte, begriff, daß es ihn freute, eine harte, schmerzhafte und moralisch abstoßende Arbeit zu übernehmen.

Als ich am Nachmittag den Konferenzraum im Pastorat für Marktfunktion betrat, hatten Bieris und Aimeric auf den Bildschirmen sechs Displays vorbereitet. Sie stellten das Gesamtmodell zusammen. Botschafter Shan und Reverend Peterborough saßen im Hintergrund, beobachteten aufmerksam und murmelten gelegentlich etwas.

»Weil du als letzter kommst«, sagte Aimeric, »hast du die Ehre auf Datenjagd zu gehen. Am Terminal dort drüben gibt es eine Liste der Fragen, auf die keiner der automatisierten Sucher eine Antwort finden konnte. Sobald du eine Antwort findest, hänge sie an die Fragenfahne, und sie wird sich selbst in das Hauptprogramm übertragen.«

Ich setzte mich und machte mich an die Arbeit. Inzwischen stellten Bieris und Aimeric das Modell fertig.

Die erste Frage, die ich in den Griff bekam, lautete »Reaktionszeit auf Durchschnittsgröße von Kartoffeln, die bei Veränderung des Staffeltarifs in Beziehung zur Größe verkauft wurden.« Zwei Minuten später fand ich einen Weg, um ›Veränderungsrate der Saumlänge bei Zeremoniellen Kilts im Vergleich zur durchschnittlichen Saumlänge‹ herauszubekommen. Es würde ein langer Nachmittag werden.

Da ich die schwereren Fragen zuletzt bearbeitete, wurden die Zwischenräume zwischen den Ergebnissen, die ich übertrug, immer länger. Dadurch hatten Aimeric und die übrigen mehr Zeit zu beobachten, wie sich jede Veränderung auf das Modell auswirkte, und ich vernahm aufgeregtes Stimmengewirr, aber da alle vier gleichzeitig sprachen und ich für meine Arbeit meine volle Konzentration brauchte, bekam ich nicht heraus, worum es ging.

Bei den letzten beiden Informationen, die ich zusammenstellte, brauchte ich für jede acht oder zehn Minuten, denn ich verbrauchte sehr viel Zeit mit sehr weitwinkligem assoziativen Suchen. Während ich daran arbeitete, hatte ich zwischen den Antworten des Systems mehr Zeit, so daß ich hörte, was die anderen sagten. »Aber ist es nicht bizarr, Mr. de Sanha Marsao?« fragte Shan gerade. »Warum sollte es sich so auswirken?«

»Es kommt mir ein wenig pervers vor, daß alle unbekannten Werte, sobald man sie einsetzt, das System in die gleiche Richtung drängen«, fügte Reverend Peterborough hinzu. »Und vielleicht ist es ein wenig blasphemisch, daß diese Richtung so unangenehm ist, wie sie nur sein kann. Gehe ich recht in der Annahme, daß es sich unmöglich um einen einfachen Fehler in Ihrem Modell handeln kann?«

Aimeric erwiderte seufzend, daß dies immer möglich sei; er sagte noch etwas, wahrscheinlich brachte er den Botschafter dazu, ihn beim Vornamen zu nennen. (Da fällt mir ein, daß ich nicht wußte, von wo der Botschafter ursprünglich kam – war Shan ein Vorname, ein Clan-, Familien-, Lokativ- oder Ehrenname? Ich erfuhr es nie.) Dann kamen Ergebnisse herein, und ich versäumte die anschließenden Erklärungen, doch als der nächste Suchlauf begann, sprach Aimeric noch immer – »... es ist absolut mit der Theorie vereinbar, dies zu tun.«

Der Bericht kam zurück, und jetzt sah ich, wie ich mit dem vorletzten Punkt fertigwerden konnte, Preise von Asteroiden-Rohmetall kontra Mehrwertsteuer bei verzögerter Korrosion von langlebigen Werkzeugen. Ich schweißte es endlich zusammen und schickte es ab, so daß das Modell wieder herumtanzte.

Sie verstummten, während sie es beobachteten, und ich machte mich bei dem letzten Problem an die Arbeit, Wahrscheinlichkeit der Abzweigung von Bodenschätzen zum Terraformen als Funktion der Preissteigerung für Ackerland. Ich löste es mit roher Gewalt – ich ließ den Computer einfach jeden Landverkauf seit dem Beginn der Kolonien Kaledonien und St. Michael sowie jeden mit dem Terraformen zusammenhängenden Ankauf in jedem Budget suchen und stellte die Veränderungen bei ersterem und die Opportunitätskosten bei letzterem dar. Da bei den Landpreisen über vierhundert Millionen Werte und nicht ganz achtzig Milliarden Ankäufe zu berechnen waren, ordnete ich die Schätzung einer Phasen-Nacheilung-Permutation an; das würde wahrscheinlich eine ganze Minute dauern, deshalb lehnte ich mich zurück und hörte wieder zu.

»Diese Kurve springt wie eine entsetzte Schlange«, sagte Bieris endlich.

»Ja.« Aimerics Finger tanzten über die Tastatur.

»Was ist los?« Shan wandte sich mit der Frage an niemand Bestimmten.

Aimeric erklärte. »In manchen Systemen balancieren sich die Dinge nicht aus, sondern verstärken einander. Dieser Algorithmus verwendete interpolierte Werte aus anderen Wirtschaftszweigen anderer Systeme, und ich verließ mich darauf, daß sie die Extreme der Funktion niedrig halten würden. Aber da sich Kaledoniens Wirtschaft zur Zeit im System-Staat-Raum in einer extremen Eckposition befindet, waren alle geschätzten Werte wesentlich weniger extrem als die wirklichen. Deshalb wurde das Verhalten des Modells beim Einlangen weiterer genauer Daten immer extremer – und vergrößerte die Vergütung, die die restlichen Veranschlagungen belasteten. Daher verursachte jeder neue, richtige Wert, der hereinkam, einen größeren Sprung, weil er eine schwerer belastete Veranschlagung traf.«

Peterborough stand auf, ging zum Bildschirm hinüber und drückte beinahe die Nase an ihn, während sie die wild schwankenden Kurven beobachtete, die durch die Vorhersage für die nächsten neun Jahre spielten. »Ich habe in Dutzenden Predigten gesagt«, begann sie leise, »daß wir in Kaledonien eine absolut einmalige Zivilisation geschaffen haben. Und jetzt bin ich verblüfft, weil ich entdecke, daß es stimmt.« Ihr Blick folgte der rasenden Kurve, dann nickte sie langsam, als wisse sie jetzt alles.

»Vielleicht hat sich ein grundlegender Fehler eingeschlichen?« Shan klang nicht hoffnungsvoll.

Aimeric wollte ihm antworten, aber Peterborough war schneller. »Nein, den gibt es nicht. Ich habe während der letzten zehn Jahre das kleine bißchen wirtschaftlicher Planung vorgenommen, das diese Kultur erlauben wollte, und wenn ich gedacht hätte, würde ich das erwartet haben.« Sie schüttelte langsam den Kopf. »Ich bin sehr froh, daß du hier bist, Aimeric. Ich bin jedoch davon überzeugt, daß ich der einzige Pastor auf Ministerebene bin, der so denkt.«

»Ich habe nicht angenommen, daß diese Entwicklung meinem Vater und seinen Kumpanen gefallen würde.« Aimeric verließ den Bildschirm und schenkte sich am Anrichtetisch einen Drink ein – Bier, erkannte ich; es war das erste Mal, daß ich Aimeric während der Arbeitszeit Alkohol trinken sah. »Aber das alles ist nichts. Wartet, bis sie hören, was sie tun müssen, um es zu vermeiden.«

Inzwischen hatte ich einen Reservebildschirm eingeschaltet und sah endlich, worüber sie sprachen. Die Graphik zeigte, daß der Bedarf an Arbeitskräften innerhalb von drei Jahren auf vierzig Prozent sinken und die Produktion um fünfzehn Prozent schrumpfen würde. Kurz danach würde die Produktion wieder beginnen rasch zuzunehmen und die Beschäftigtenzahlen würden steigen … aber es würde zwei Jahre mit einer Inflation von über hundert Prozent geben.

Sechs oder sieben Jahre danach hatte sich alles bei einer höheren Produktion, gleichbleibenden Preisen und Vollbeschäftigung stabilisiert, aber bis dahin würde die Wirtschaft in einer wilden Berg- und Talbahn sitzen, die zuerst tief hinunterging und dann wieder hinaufkletterte.

»Ist das auch in Nou Occitan geschehen?« fragte ich. »Wir haben es gut durchgestanden ...«

»Klar«, unterbrach mich Aimeric. »Die Form der Kurve ist für jede Wirtschaft gleich, doch die Größenordnung ist wichtig. Auf Nou Occitan war sie in alle Richtungen um beinahe eine Größenordnung geringer. Zwei Jahre lang wurde einfach der Urlaub einiger Leute verlängert, und die Zentralbank gab ein wenig zusätzliches Bargeld heraus, damit die Preise aufhörten zu springen. Das war die größte Maßnahme, die wir je bei der *Manjadorita d'Oecon* trafen, aber es war noch immer ein einfaches Managementproblem. Hier wird die Hälfte der Wirtschaft streng kontrolliert, so daß der Markt die theologisch ›richtigen‹ Ergebnisse erzielt, und dadurch ist er zu steif, um die Schocks zu schlukken. Die andere Hälfte ist – wieder aus religiösen Gründen – vollkommen unkontrolliert, also gibt es jede Menge Platz, in dem sich die Schocks aufbauen können. St. Michael wird sehr wahrscheinlich fähig sein, es durchzustehen, indem sie ihre Probleme exportieren – sie beherrschen den Handel auf Nansen, und sie waren immer bereit, sich durchzusetzen. Bei Kaledonien erwarte ich, wieder aus theologischen Gründen, daß es in bezug auf Selbstverteidigung sehr langsam und zögernd reagieren wird. Dazu kommt noch, daß die Schocks an sich größer sind, es werden die größten sein, zu denen es je gekommen ist. Nein, es wird ringsum schlecht sein, schlechter, als es jemals einer von uns erlebt hat. Ich bedaure, daß wir niemanden hier haben, der fähig ist, damit fertigzuwerden.«

»Aufgrund dieses Berichts«, sagte Shan, »könnte ich

Ihnen beinahe über Nacht jeden aus den Tausend Kulturen verschaffen.«

Aimeric schüttelte den Kopf, leerte sein Bierglas und schenkte sich wieder ein. »Das habe ich bereits überprüft. Abgesehen davon, daß ich weiß, wie man mit diesen Leuten umgehen muß, und Familienbeziehungen habe, die man benützen kann, dürfen Sie nicht vergessen, daß die gekoppelte Depression – in Nou Occitan – bis jetzt die größte in den Tausend Kulturen war. Ich bin der am besten dafür qualifizierte Mensch, den es gibt.« Er seufzte und leerte das Glas wieder.

Der Pastor erhob sich, gab Aimeric ein Handzeichen, drehte sich um und ging.

Botschafter Shan sah ihr mit offenem Mund nach. »Ist sie böse auf mich? Habe ich etwas Falsches gesagt?«

Aimerics Stimme klang merkwürdig, als sage er etwas auf, das er vor langer Zeit gelernt hatte. »Haben Sie ihre Geste gesehen?« Er wiederholte sie. »Das bedeutet, daß sie stumm den Eid geleistet hat, zu beten und zu meditieren. Sie kann erst wieder sprechen, bis sie damit fertig ist. Deshalb ist sie in den Gebetsraum gegangen. Sie können später am Tag mit ihr sprechen.«

Shan seufzte. »Ich werde diese Kultur nie verstehen. Nie.«

Aimeric vergewisserte sich, daß alles abgeschlossen und für die Arbeit des nächsten Tags gesichert war, trank sein Bier aus und sagte: »Von ihrem Standpunkt aus ist es das einzige, was man tun kann. Sie hat vielleicht recht damit – denn trotz allem, was eine gute wirtschaftliche Theorie hier ausrichten kann, könnten wir genauso gut unsere Rasseln hervorholen und tanzen, um die bösen Geister zu vertreiben.«

5

Wir kehrten zwei Stunden nach dem Zweiten Sonnenuntergang erschöpft nach Hause zurück, aber keiner von uns konnte schlafen, deshalb versuchten wir es nicht. Bruce hatte Zugang zu einer neuen Gemäldesammlung gefunden, die gerade von Buisson im Metallah System eingetroffen war, und zeigte Bieris die Hologramme, so daß die beiden für kein Gespräch zu haben waren. »Willst du auf einen oder zwei Drinks zu mir kommen?« fragte Aimeric.

Ich sagte ja; seit Sonnenuntergang war es draußen kalt, obwohl es kein Vergleich zu Utilitopia war. Wir verzichteten auf die Katze und liefen zu Aimerics Haus hinüber. Wir hatten uns gerade Wein eingeschenkt, als unser Anschluß läutete – persönliche Briefe für uns beide.

Er war endlich von Marcabru. Ich setzte mich bequem hin, um ihn in Ruhe zu lesen; obwohl man seinen Freunden gegenüber moralisch verpflichtet ist, gibt es in Okzitan jede Menge Rivalitäten, und die meisten Leute klettern über einen Haufen ehemaliger Freunde zur Spitze hinauf. Wenn er also aus irgendeinem Grund auf mich wütend war – was leicht der Fall sein konnte – oder nur schrieb, um zu prahlen, war der Brief möglicherweise unangenehm. Das gehörte zu dem Risiko, das man einging, wenn man interessante, ehrgeizige Freunde hatte.

Giraut, Du dummer toszet,

die große Neuigkeit kommt natürlich zuerst – Yseut ist nächstes Jahr Königin. Und Du bist aus welchem dummen Grund immer nicht dabei. Hast Du tatsächlich all das aus Liebe zu der flatterhaften kleinen Schönheit getan, deren Name mir im Augenblick nicht einfällt?

»Garsenda«, sagte ich laut. Ich hatte seit Tagen nicht mehr an sie gedacht.

Du bist jedenfalls der echte donz de fin'amor, und ich werde dafür sorgen, daß sich Dein Ruf überall verbreitet, denn Du weißt ja, daß jedes Ruhmesblatt für Dich auf mich als dem Freund einer Legende zurückfallen wird. Wenn Du zurückkehrst, wirst Du daher sicherlich einen Platz zwischen den Jovents haben.

Vielleicht war daran schuld, daß ich den ganzen Tag lang das Zentrum zusammengestellt hatte, aber ich war plötzlich von überwältigendem Heimweh erfüllt. Ich wollte bei Pertz trinken, Raimbauts Grab besuchen, in North Polar Spring wandern und auf den großen Meeren Wilsons segeln – oder einfach im warmen, roten Sonnenlicht auf dem Strand südlich von Noupeitau liegen. Ich wollte mich betrinken, mit jemandem wegen eines trivialen Grundes die Klingen kreuzen, in *fin'amor,* wieder in meiner alten Wohnung sein.

Ich wischte die Tränen weg und las weiter.

Als gewählte Königin strahlt Yseut; es hat ihre Schreibweise wunderbar beeinflußt, so daß sie (falls das überhaupt möglich war) noch künstlicher und pointierter geworden ist, bis sie nur noch ein hauchdünner Schleier aus schönen, schimmernden Worten über einer absolut kalten Leere ist, wie Spitzen aus Eiskristallen im Raum. Als Königin wird sie sicherlich eine Menge veröffentlichen – ich werde Dir jeden Band sofort schicken.

Aber Du darfst nicht glauben, daß dies unsere einzige Tätigkeit ist. Wir hatten nicht einmal Zeit, die Nordpolberge aufzusuchen – in diesem Jahr explodiert das Eis buchstäblich von den Gletschern hinunter – eine Wirkung der terraformenden Heizgeräte. Natürlich ist es künstlich, und daher kein passendes Thema für die Kunst, aber es ist herrlich anzusehen, wie all das Eis in die neu strömenden Flüsse stürzt. Wir hatten kaum Zeit dafür, denn während einer der langweiligen alten Männer normalerweise für diese Amtszeit einfach den Straßenanzug tragen kann, muß Yseut die Mode be-

stimmen; daher muß sie entscheiden, was ihr am besten steht, es den Designern beschreiben, es anfertigen lassen – und in meiner nicht offiziellen Rolle als Prinzgemahl muß ich so ziemlich das gleiche tun ... es ist anstrengend, und wir tun beinahe nichts anderes, als mit Schneidern und Designern zu sprechen und Kleidung zu kaufen. Obwohl ich das Gefühl habe, daß der übertriebene Ärmel in Grundfarben ausgedient hat, braucht es noch eine Saison, um ihn zu töten, deshalb bestelle ich alles so übertrieben wie möglich, damit ich vielleicht in sechs Monaten plötzlich kühn einen anderen Weg einschlagen kann.

Ich habe mir die Bilder von kaledonischer Kleidung angesehen, aber es sieht so aus, als wären die einzigen Abbildungen, die gestattet wurden, entweder im Gefängnis oder bei Gebirgsexpeditionen gemacht worden. Jedenfalls sahen die Innenaufnahmen aus, als wären die Menschen für letzteres und die Außenaufnahmen als wären sie für ersteres gekleidet. Du kannst doch nicht wirklich solche schrecklichen Dinge tragen, nicht wahr? Bitte, bitte, in nomne Deu, schreib mir, daß Du nie daran denken würdest!

Ich muß berichten, daß natürlich hier nicht alles in Ordnung ist; was kann man schon erwarten, wenn wir diese verdammte, verdammte Verseuchung mit den Interstellaren zugelassen haben? Sie sind in zwei weitere der alten, vertrauten Gebäude im Quartier des Jovents eingezogen und haben sie besetzt – ich sage Dir nicht, in welche, denn es waren Häuser, die wir normalerweise nicht besuchten, aber sie waren seit etwa einem Jahrhundert Joventhäuser gewesen, und es brach uns das Herz, als sie für Sadopornographie auf der Bühne adaptiert wurden, wobei alle jungen Schönheiten und alle kräftigen jungen Männer um einen Auftritt auf der Bühne kämpfen.

Ich gestehe, daß ich vorher ein wenig gelogen habe und mich natürlich an Garsendas Namen und ihre Person sehr gut erinnere. Ich weiß nicht, ob dies für Dich eine gute oder eine schlechte Nachricht ist, oder ob du es einfach als Bestätigung betrachtest, aber sie ist absolut der gesellschaftliche und darstellende Star der Interstellaren, bei denen alle Clubs darum kämpfen, sie zu bekommen. Ich hoffe ehrlich, daß Dir diese Nachrichten keinen Schmerz verursachen werden; Du hast sicherlich schon eine entzückende junge donzelha *gefunden, deren Haar so kurz geschnitten ist wie das eines Mannes und die in der Thermal-Unterwäsche, dem Overall und den Stiefeln eine liebliche Erscheinung ist… sei jetzt nicht zornig, Du weißt ja, daß ich gern necke.*

Das große Problem mit den Interstellaren besteht jedenfalls darin, daß sie sich darüber beschwert haben, weil keine ihrer häßlichen, verrückten donzelhas *in das Finale um den Thron gelangten. Sie versuchten, sich bei der Botschaft zu beklagen, wurden aber sofort abgewimmelt – soweit ich weiß, hat der Rat seine Agenten angewiesen, sich nie in solche Angelegenheiten zu mischen. Zum Glück wissen wenigstens die Bürokraten der Tausend Kulturen, daß sie ihre Nasen nicht in eine so schöne, angenehme Institution wie die Monarchie stecken sollen, auch wenn ihre örtlichen Nachahmer den Verstand verloren haben!*

Ich halte es für schwerwiegender, daß so viele dieser unverschämten Insterstellaren, die zurecht in einem Wettstreit, den sie unmöglich gewinnen konnten, nicht in Betracht gezogen wurden, sei es wegen ihres Stils oder ihrer persönlichen Qualität (ich sage nichts von enseingnamen, *weil sie nichts davon besitzen!), jetzt behaupten, daß nichts zu gewinnen war und sich über die Sieger lustig machen. Es hält sie wirklich nichts zurück, nichts ist ihnen peinlich, sie begehen jede Widerlichkeit, die ihnen einfällt, und ihre armen, arg mitgenommenen Gewissen sind entweder tot oder bewußtlos. Yseut hat bereits begonnen, etwas stärker Dekolletiertes zu tragen und zieht (natürlich – Du kennst ja ihre Gesichtsfarbe) die hell lavendelfarbigen Schattierungen vor; die scheußlichen Mädchen tragen die gleichen Farben in ungefähr der gleichen Machart, aber sie stellen ihre Brustwarzen und die schrecklichen, mit Spitzen versehenen Stifte zur Schau, mit denen die Warzen durchbohrt sind. Ich sollte hinzufügen, daß viele der jungen Interstellare in enganliegenden*

Hosen und Stiefeln herumstolzieren, die genauso aussehen wie die meinen (mit Ausnahme einer schrecklichen, obszönen Verzierung, die ich Dir unmöglich schildern kann – also gut, sie haben einen sehr real aussehenden, riesigen Phallus an die Sitzfläche ihrer Hosen genäht, aber wenn Du mein Freund bist, wirst Du eher vor Wut kochen statt zu lachen) –

Ich zwang mich, nicht zu lachen, doch es war mir unmöglich, in Wut zu geraten. Marcabru war so entschlossen, so verrückt hetero, daß er kein einziges Mal aus Freundschaft oder Höflichkeit mit einem Mann ins Bett gegangen war. Wieso die Interstellare gespürt hatten, was ihn am meisten beleidigen würde, wußte ich nicht, aber ich bewunderte ihr Wahrnehmungsvermögen.

Ich kehrte zum Brief zurück.

– vor Wut kochen statt zu lachen) –, aber ich habe das kleine Problem der Parodierung sehr gründlich erledigt.

Vor einigen Tagen traf ich vier von ihnen auf der Straße, und obwohl ich allein war, forderte ich sie zu einem Kampf der Reihe nach heraus. Sie waren begeistert, doch ich erledigte prompt die ersten beiden, die mich angriffen, so daß sie um sich schlagend im der Gosse lagen und dann ins Koma verfielen. Und dann brachen die beiden Überlebenden feig und ehrlos den Eid, der Reihe nach gegen mich zu kämpfen, und stürzten sich ohne Vorwarnung oder zu grüßen auf mich.

An dieser Stelle explodierte ich beinahe vor Wut und umklammerte die Tischplatte, bis meine Knöchel sich gebrochen anfühlten. Ein Freund in Gefahr, gegen große Übermacht, und ich war nicht dabei gewesen, um den Ruhm zu teilen? Was würde für mich übrig sein, wenn ich zurückkehrte?

Ich las weiter.

Und jetzt setzte enseingnamen *ein, denn ich war natürlich viel ruhiger und bereiter als sie. Der eine stand leicht links vor mir und wies die gleichen charakteristischen Narben wie Raimbaut auf. Ich setzte alles darauf, daß er langsam und verletzlich war und wie Raimbaut schwere innere Ver-*

letzungen davongetragen hatte. Ich kümmerte mich nicht um den Nachzügler, sondern versetzte seinem Freund mit aller Kraft drei scharfe Hiebe und schloß mit einem energischen Stoß ins Herz. Er ging zu Boden, ohne mich zu berühren.

Ich wandte mich dem einzigen Überlebenden zu, bezeichnete ihn mit jedem gemeinen Namen, der mir einfiel, während er zurückwich, bleich war, vor Angst beinahe ohnmächtig wurde und eine Möglichkeit suchte, durchzubrechen und zu rennen – aber ich hatte ihn gegen eine Mauer gedrängt!

Da hörte ich die Sirene einer Ambulanz und wußte, wie groß mein Erfolg gewesen war. Der Wagen stieß herab, und mein zuletzt erledigter Gegner wurde ins Krankenhaus verfrachtet.

»Ich hoffe, daß Ihr Freund wirklich tot ist«, sagte ich, »und ich hoffe, daß Sie ihm bald Gesellschaft leisten werden – zweifellos als ein weiteres Stück blutigen, schmierigen Kots, das durch das Scheißloch des Teufels fällt.« Damit stürzte ich mich auf ihn und entwaffnete ihn – ich glaube nicht, daß er seine Waffe fest gepackt hatte, und natürlich verfügte er über so gut wie kein enseingnamen. Dann begann ich, ihn zu verletzen. Ich fügte ihm etwa ein Dutzend Wunden zu, bevor ich ihm den Gnadenstoß versetzte und ihn zwang, zur Unterhaltung der Menge, die sich allmählich versammelte, alle Arten von Inzest und Bestialität zu gestehen, laut Kinderlieder zu singen, während die Zuschauer vor Lachen brüllten, und schließlich zu bitten und zu flehen, bis ihm der Rotz aus der Nase lief und er keuchend atmete. Zu diesem Zeitpunkt lag er bereits auf dem Boden, denn ich hatte die meisten seiner Sehnen durchtrennt und er glaubte, daß er seine Arme und Beine nicht mehr benützen konnte. Der letzte Schnitt vor dem entscheidenden Eingriff war eine Kastrierung, und er schrie, als wäre es wirklich fort … mein letzter Streich war eine Huldigung an den Erfinder des Neuroducers. Ich erledigte meinen Gegner mit einem langen, langsamen Schnitt über den Hals, so daß er sich lange für tot halten würde, drehte mich um und verbeugte mich vor der jubelnden Menge.

Ich bin davon überzeugt, daß er auch noch nach der Entlassung aus dem Krankenhaus feststellen wird, daß die psychologischen Narben tief und lang sind und daß er noch jahrelang Schmerzen haben wird.

Ah, Giraut, nach einem solchen Kampf – in diesem Augenblick sehnte ich mich nach meinem alten Freund, um mich gemeinsam mit ihm zu betrinken, um mit ihm zu brüllen und zu lachen, um alles zu feiern! Und wo bist Du? Sechseinhalb Lichtjahre entfernt, und Du wirst erst zurückkehren, nachdem Yseuts glorreiche Herrschaft beinahe zur Gänze in den Geschichtsbüchern steht. Ehrlich, mein ältester Freund, als ich daran dachte, weinte ich beinahe und ruinierte meinen Triumph.

Doch die beleidigenden Kostüme verschwanden über Nacht von den Straßen, und ich habe bemerkt, daß mehr als ein Interstellar die Straße überquert, wenn er mich kommen sieht. Die Kühneren spucken, weil sie sich darüber ärgern, daß ihr idiotischer, ehrloser Freund tatsächlich gestorben ist – aber sie kannten doch sicherlich das Risiko, als sie angriffen? Im übrigen raubten sie mir ein Stückchen Ehre, weil sie es als Neuroducer-Unfall bezeichneten. Andererseits befindet sich derjenige, den ich gefoltert habe, noch immer im Krankenhaus, und es kann buchstäblich Jahre dauern, bis er keine Flashback-Anfälle mehr hat.

Ich habe jetzt geprahlt und Mitleid empfunden und Dir alle Neuigkeiten erzählt, deshalb muß ich nur noch verlangen, daß Du mir sofort schreibst und mir erzählst, was aus Dir und Aimeric und unserem Engel Bieris geworden ist!

Te salut *innig.*

Marcabru

Ich empfand Marcabrus Triumph mit ihm; er hatte sich gut gehalten, war ihm dankbar, weil er den Interstellaren Raimbauts Tod heimgezahlt hatte, und bezweifelte nicht, daß seine gründliche, systematische, verlängerte Demütigung des jungen Laffen noch mehr dazu beigetragen hatte, sie zu diskreditieren. Mein Herz sehnte sich danach, bei ihm zu sein und den Sieg mit ihm zu teilen, und mein Hals verkrampfte sich vor Trauer.

Was würde mein neuer Freund Thorwald dazu sagen, daß jemand sich rühmte, einen anderen getötet zu haben, ganz zu schweigen von Marcabrus Folter des letzten Opfers? Ich beschloß, solche Themen erst zur Sprache zu bringen, wenn ich einige gut vorbereitete Studenten hatte, und ich würde vielleicht die traditionelle Eröffnung des Unterrichts in Duellierkünsten verschieben – nämlich dem Studenten die Nase mit dem Neuroducer ›abzuschneiden‹ und ihn dann wieder zu sich zu bringen, damit sie begriffen, daß sie keine Angst haben mußten.

Doch wenn ich es mir recht überlegte, wäre Raimbauts Leben vielleicht glücklicher und sicherlich länger gewesen, wenn er mehr Angst vor dem Neuroducer gehabt oder gezeigt hätte …

Ich wußte nicht, woher diese seltsamen Gedanken kamen, und sie widerten mich an. Vielleicht war ich nur neidisch auf Marcabrus Leistung, oder wahrscheinlicher erschöpft und heimwehkrank. Ich wirbelte den warmen, klaren Apfelwein in meinem Glas herum und inhalierte das Bouquet anerkennend – es war wie die Blumen auf Feld Sieben, die gerade jetzt blühten, und so süß, daß es die Nase beinahe durchbohrte, doch der Wein an sich war trocken, ohne jede Andeutung von Übersättigung. Ich beschloß, wenn ich Marcabru antwortete, eine kurze Notiz an Pertz beizulegen und ihm zu sagen, daß er kaledonische Obstweine importieren müsse – zu Hause würden sie um beinahe jeden Preis Absatz finden, ganz gleich, wie hoch die Kosten für den Springer waren.

»Hört sich an, als wäre Marcabru genauso blutdürstig wie eh und je«, bemerkte Aimeric und schloß sein Terminal.

Ich nickte und hob mein Glas zu einem Toast. »Marcabru.«

»Marcabru«, wiederholte er, seltsamerweise ohne Begeisterung. Wahrscheinlich hatte auch er Heimweh. Er hob sein Glas und trank mit mir.

Als ich mich in seiner Unterkunft umsah, wurde mir klar, daß sie mein Heimweh ein wenig verstärkte. Jedes Kunstwerk in diesem Raum rief nach den üppigen roten Ziegeln und synthetischen Holzarten, den komplizierten engen Kurven innerhalb der engen Kurven der okzitanischen Architektur, aber nicht einmal die Tatsache, daß Aimeric das Licht auf Dunkelrot eingestellt hatte, glich die beinahe weißen, nackten Wände mit den großen schattenlosen Flächen aus. Statt dessen ließen die reinen, geraden Linien von Bruces Entwürfen Aimerics Einrichtung übertrieben und irgendwie protzig wirken.

»Es ist hier beinahe kalt«, stellte ich fest. »Macht es dir etwas aus, wenn wir die Heizung ein wenig aufdrehen?«

»Kein Problem, ich wollte es gerade selbst tun. Noch ein Schluck Wein?«

»Immer. Als du nach Wilson kamst, muß dir dieses Zeug wirklich gefehlt haben.«

»Natürlich«, antwortete er ernst. »Nichts schmeckte richtig – du hast sicherlich bemerkt, daß das Essen hier stets üppiger, aber weniger gewürzt ist. Es ist viel schwieriger, den anderen Weg einzuschlagen, auf dem das Essen immer zu kärglich und zu stark gewürzt ist. Mir wird zu meiner Überraschung nach all dieser Zeit klar, daß ein Grund für die Ablehnung von Nou Okzitan während der ersten Monate mein Heimweh war.« Er setzte sich neben mich. »Dir geht es doch genauso, obwohl du in einem oder zwei Jahren zurückkehren wirst.«

Ich zuckte zusammen. »Ist das so offensichtlich?«

»Leider.« Er seufzte. »Ich bin noch immer schuldbewußt, weil du hier gelandet bist. Wenn Bieris und ich nicht locker gelassen hätten, wärst du in Noupeitau geblieben und hättest auf deine übliche Weise für Schwierigkeiten gesorgt.«

Ich zuckte die Achseln. »Es ist gar nicht so schlimm. Ein oder sogar zwei Jahre sind nicht viel, und dann kann ich zurückkehren und all die jugendlichen Streiche machen, falls ich es noch möchte. Wahrscheinlich werde ich es zumindest zunächst wollen, um bei meiner Rückkehr etwas Vertrautes zu unternehmen. Doch kein Planet braucht uns so dringend wie diese stumpfe, kalte, im Schlamm feststeckende Welt. Ich sehe mich als Missionar für Fröhlichkeit, Grazie, Stil, Geist, Schönheit – Leidenschaft! Vermutlich fühlst du genauso ...«

»Ich habe meine Jugend damit verbracht, die Kaledonier zur Fröhlichkeit zu überreden. Natürlich machte ich es auf sehr kaledonische, das heißt militante, ernste, hartnäckige Art. Wenn sie diesmal so etwas von mir bekommen wollen, müssen sie meinem Beispiel folgen.« Seine Stimme war müde und leise; wahrscheinlich war er genauso reif für das Bett wie ich. Ich machte mich seelisch dafür bereit, zu meinem Haus zu rennen. »Außerdem muß ich etwas besser mit ihnen auskommen als du«, fuhr er fort. »Ein Teil meiner Aufgabe besteht darin, mit den alten Starrköpfen zu kommunizieren.«

Er blickte durch das Fenster auf die im hellen Mondlicht liegenden Obstgärten. Eine Gesichtshälfte war in Licht getaucht, und ich sah, daß seine Haut gröber und älter wurde und daß in seinem Bart die ersten Silberfäden erschienen. Wenn er endlich zurückkehrte, würde sein Platz nicht mehr unter der Jugend sein.

»Bieris scheint sich sehr gut zurechtzufinden.« Ich wollte das Thema wechseln.

»Sie ist weniger einsam als wir beide, weil sie in Bruce bereits einen sehr guten Freund gefunden hat.«

»Sie scheinen einander zu mögen«, stellte ich sachlich fest. »Sie sind beide visuelle Menschen und scheinen sich darüber einig zu sein, wie verschiedenes aussehen sollte.«

»Zum Teil«, stimmte er zu.

Ein Teil von mir hatte seit dem Beginn des Gesprächs Angst davor gehabt, daß es um Bieris und Bruce gehen würde.

»Du kannst dich entspannen, Giraut«, beruhigte mich Aimeric. »Ich habe keinen Eifersuchtsanfall. Ich bin nur einsam.« Er schenkte jedem von uns wieder ein. »Außerdem, sobald du herausfindest, was wir Kaledonier in solchen Situationen tun, wirst du empört und entsetzt sein.«

»Wirklich?« Ich spürte, daß es die Einleitung zu einem Witz war.

»Du wirst vielleicht finden, daß es abstoßend und pervers ist«, fügte er ernsthaft hinzu.

Ich nickte leicht betrunken und ein wenig traurig und wartete auf den Witz.

»Wir schütteln einander die Hand und bemühen uns, Freunde zu bleiben.«

Ich begriff nicht, wieso das komisch war, aber ich war zu müde. Ich lehnte sein Gästezimmer ab und zog vor, zu meinem Haus hinüberzurennen. Wenn ich in einem voll möblierten, rot beleuchteten okzitanischen Raum aufwachte und mir erst dann klar wurde, wo ich mich befand, konnte es einfach zuviel sein.

6

Zwei Tage später saß ich knapp eine Stunde vor dem ersten Unterrichtsbeginn im Sonnenraum und machte mir Notizen, als mein Terminal signalisierte, daß eine Nachricht für mich eingetroffen war. Als ich mich meldete, verwies man mich an einen Reverend Saltini im Pastorat für Öffentliche Projekte.

Laut der Information konnte ich mich in der nächsten Minute oder gar nicht melden; Saltini war etwa drei Stufen unterhalb der Kabinettsebene angesiedelt und sicherlich höherrangig als ich. Ich hatte Bemerkungen über den PÖP gehört, die so klangen, als hielte man sich besser von diesen Leuten fern, und ich hatte den Verdacht (der sich später bestätigte), daß sie die ›Peeps‹ waren, über die man nur flüsternd sprach.

Ich rief ihn sofort an und hatte den üblichen kurzen Meinungsaustausch mit dem Anrufabschirmer, wieder einem lebenden Menschen. (In Kaledonien plauderte niemand und stellte auch keine Beziehung zu untergeordneten Funktionären her – man sagte ihnen einfach, was man wollte, und überließ es ihnen, es zu verschaffen. Es kam mir nicht nur unhöflich vor, sondern auch äußerst ineffizient… wie konnte man dabei jemals die besonderen Beziehungen aufbauen, die es möglich machten, daß einem eine Gunst gewährt und alles erledigt wurde?)

Der Abschirmer stellte fest, daß ich tatsächlich mit Reverend Saltini sprechen mußte, und einen Augenblick später erschien das Bild eines kleinen, kahlköpfigen, boshaft lächelnden Mannes auf dem Bildschirm. »Die Liste der Leute, die um Geldüberweisungen auf das Unterrichtskonto Ihres Zentrums für okzitanische

Kunst ersucht haben, ist sehr merkwürdig. Sie sollten sich das, was Sie vorhaben, noch einmal überlegen.«

»Mein Vorhaben ist öffentlich«, erwiderte ich. »Es ist in allen Abrissen enthalten, die ich in der planetarischen Gemeinschafts-Kommunikationsanlage allgemein zugänglich gemacht habe.«

»Genau. Genau. Das Problem besteht darin, daß es anscheinend für jene anziehend ist – also, die Menschen, die es anzieht, gehören zum allergrößten Teil zu einer bestimmten Kategorie. Es sind meist intelligente junge Leute, die mehrere Male die Prüfungen für eine akademische Ausbildung nicht geschafft haben, und sie gehören beinahe ausschließlich zu den Leuten, die bei der Prüfung in mathematischer Theologie versagt haben. Viele von ihnen haben auch in Naturwissenschaft und Mathematik versagt, aber wir haben den Verdacht, daß ihr Widerstand gegen den Mathematikunterricht der Kern des Problems ist und daß sie Mathematik deshalb nicht lernen – um es offen zu sagen –, weil viele der Probleme, die sie im Mathematikunterricht lösen müßten, theologische Probleme sind.«

Bevor du fliehst oder kämpfst versuche zuerst, auszuweichen. »Nou Occitan nimmt Theologie nicht sehr ernst, sie ist hauptsächlich zeremoniell, und ich hatte wirklich nicht vor, religiöse Fragen zu berühren.«

»Das wissen wir und anerkennen es. Wenn es nicht wahr wäre, hätten wir das Zentrum nie gebilligt. Nein, es handelt sich leider um eine sehr – ich betone das – *sehr* vorläufige Untersuchung der Rationalität Ihres Projekts. Keineswegs eine formelle Untersuchung, verstehen Sie mich richtig; zur Zeit sammle ich einige Fakten für die Akten, damit, falls Fragen auftauchen, diejenigen unter uns, die diese Fragen beantworten müssen, eine entsprechende Grundlage für diese Antworten besitzen.«

Er klang genau wie die *qestora*, die meinen Vater bei einer Steuerhinterziehung ertappte, und eben davor hatte ich Angst; irgendwie war ich an die örtliche Geheimpolizei geraten, und ich verstand noch immer so wenig, daß ich nicht wußte, welche Antwort – falls es eine gab – ihn mir vom Hals schaffen würde, oder wessen er mich anklagen oder was er mir antun konnte. Wo immer man sich befindet, ist eine freundliche, inoffizielle Untersuchung genau die Maßnahme, bei der man keine formellen Rechte besitzt und keine Ahnung von der Anklage oder dem Beweismaterial hat. Deshalb möchte jeder Bulle in den Tausend Kulturen lieber mit dir plaudern als dich verhaften.

Während ich wartete, nervöser wurde und merkte, daß die Schwierigkeiten größer waren, als ich annahm, hatte mich Reverend Saltini beobachtet. Schließlich fand er anscheinend, daß er weiterkommen würde, wenn er das Gespräch fortsetzte. »Sie erinnern sich doch«, begann er ruhig, »daß eines unserer Ziele bei der Errichtung des Zentrums darin bestand, die Kommunikation zwischen Kaledonien und Nou Occitan zu erleichtern und das gegenseitige Verständnis zu verbessern. Zum jetzigen Zeitpunkt sieht es jedoch so aus, als würden die Kursabrisse, die Sie geschrieben haben, niemanden anziehen, der für solche Zwecke geeignet ist. Leute, die aus der Beförderungsliste ausgeschieden sind, werden sich klarerweise, auch wenn sie in okzitanischer Kultur noch so versiert werden, nie in einer Stellung befinden, in der sie ihre Kenntnis verwerten können. Natürlich können sie als Übersetzer, persönliche Mitarbeiter oder vielleicht als Handelsvertreter – keiner dieser Berufe erfordert eine besondere Lizenz oder einen Rang – arbeiten, aber da sie dann die Leute auf dem Schauplatz sein werden, die genau wissen, was sie tun, werden sie sehr wahrscheinlich in Konflikte mit ihren besser qualifizierten Vorgesetzten geraten, und das kann nur allerseits zu Unheil führen, verstehen Sie das nicht?«

»Nein.« Ich hatte ihm seit einiger Zeit nicht mehr zugehört und außerdem war Zeitschinden eine gute Strategie. »Wenn der Warenaustausch allmählich expandiert, bis alle meine künftigen Studenten im Handel mit Nou Occitan beschäftigt sind, würde diese Tatsache die Leute dazu anspornen, die Kurse zu besuchen.«

»Doch erst nachdem Leute, die keine Ahnung von Ethik oder dem Platz des Menschen im Universum haben, bereits Erfolg hatten. Sie müssen sich vorstellen, wie das aussieht, sich vorstellen, daß der Markt das Laster belohnt und so implizit die Tugend bestraft. Sie können von uns nicht wirklich erwarten zuzulassen, daß der Wille des Markts – den wir für gleichbedeutend mit dem Willen Gottes halten – etwas so Lächerliches tut.

Um zum Kernpunkt zu kommen: Indem der Rationalisierungsrat und das Pastorat für öffentliche Projekte das ursprüngliche Darlehen erweiterten, haben sie sich darauf festgelegt, daß Ihr Projekt für Kaledonien und seine Bürger gut ist. Sie haben es bewundernswert verstanden, uns davon zu überzeugen. Da nun die diskreditiertesten – es gibt Menschen, die offen ›unnütz‹ sagen, obwohl ich das für zu hart halte –, also wie gesagt äußerst diskreditierten Studenten in Ihren ersten Lehrgängen überrepräsentiert sind … ja also, können Sie erwarten, daß wir untätig zusehen, während ein so wichtiges Projekt, für das wir soviel Geld und Prestige aufgewendet haben, mit einer Gruppe von Elementen assoziiert wird, die zumindest als ungeeignet oder als Außenseiter gelten und von vielen offen verachtet werden? Sie müssen unseren Standpunkt begreifen.«

Ich mußte mich der Frage stellen. »Was wollen Sie, daß ich tue?«

Das seltsame, boshafte Lächeln verschwand nie; es vertiefte sich weder, noch wirkte es gezwungen; es war offenbar immer vorhanden. »Wir glauben, daß eine Verzögerung des Kursbeginns vielleicht von nur wenigen Wochen sowie die Unterstützung durch zwei qualifizierte Persönlichkeiten – zum Beispiel eines Theologen und eines Marktforschers – Ihnen ermöglichen würden, das Programm so zu formulieren, daß eine *geeignete* Gruppe von Studenten angezogen wird. Verstehen Sie, was ich meine?«

Ich sah vor mir, wie ich die nächsten anderthalb Jahre Formulare ausfüllte und Scheiße schaufelte – als gäbe es dazwischen einen Unterschied – und begann: »Ich nehme an, daß ich auch das, was ich lehre, verändern muß, falls ich die Abrisse verändere. Das möchte ich nicht. Es handelt sich um Einführungskurse; wenn die Studenten durch die okzitanische Kultur verletzt oder verwirrt werden – oder wenn sie einfach nicht bereit sind, sich mit ihr abzufinden – dann ist es besser, wenn sie es sofort merken. Und so gesehen« – Inspiration! – »könnte es vielleicht sogar besser sein, Leute zu verletzen, die von Ihrer Kultur abweichen. Wenn ich bei ihnen versage, ist es erstens kein großer Verlust für Sie, und da sie zweitens trotzdem Angehörige der kaledonischen Kultur sind, stellen sie eine gute Testgruppe dar – sogar eine besonders gute, weil sie bestimmt reagieren, aber nicht unbedingt genauso empört sein würden wie Ihre konservativeren Mitbürger es vielleicht wären. Und selbst wenn sie so reagieren, daß sie das Zentrum schlecht machen, wird ihnen niemand glauben, eben weil sie das sind, was sie sind. Wenn sich andererseits ihre Talente als nützlich erweisen, dann können Sie es als Erfolg Ihrer Politik betrachten, daß einige sonst nutzlose Mitbürger gerettet wurden.«

Ich konnte nicht glauben, daß ich so redete. War Saltini vielleicht ansteckend oder so etwas?

Er antwortete nicht, aber seine Finger flogen über eine Tastatur. Das Lächeln verschwand nie, während er etwas betrachtete, das meiner Meinung nach Zahlenreihen oder die Akten meiner künftigen Studenten waren.

Warum hatte ich genauso gesprochen wie er? Mir wurde klar, daß ich verzweifelt versucht hatte, seine Sprache zu sprechen… es war anscheinend terstad, aber je öfter ich es hörte, desto weniger verstand ich es. Vielleicht hatte er wie Aimerics Vater in seiner Jugend auch nur reason gelernt? Aber der alte Carruthers war so ungehobelt, daß es an Unhöflichkeit grenzte, also war Saltinis schmierige Unbestimmtheit für das System bestimmt nicht wesentlich.

Er blickte auf, und diesmal vertiefte sich sein Lächeln. Das machte mich nervös, was es offensichtlich sollte. »Nachdem Sie es so darstellten, handelt es sich anscheinend um einen glücklichen Zufall. Sie *sollen* es ausnützen, genauso, wie Sie es dargelegt haben. Und Sie werden sicherlich glücklich sein, wenn Sie erfahren, daß alle siebenhundert KIs, die wegen ihrer theologischen Korrektheit ausgewählt wurden, in diesem Punkt mit mir übereinstimmen. Sie haben hier ein Zuhause gefunden – Sie diskutieren aus dem Stegreif sehr vernünftig.«

»Ich habe vor, bald mit dem Studium von reason zu beginnen«, erwiderte ich. Es war wahr – ich war neugierig, und Aimeric hatte gesagt, es sei nicht besonders schwierig; es würde mir bestimmt nicht schaden, wenn ich es Saltini gegenüber erwähnte.

»Ich bin überhaupt nicht überrascht. Jetzt muß ich Sie aber gehen lassen; ich habe eine Menge Arbeit, und wenn Sie Ihre Akten überprüfen, werden Sie sehen, daß die zusätzlichen Studenten, denen wir gestattet haben, sich zu immatrikulieren, vielleicht ein kleines Problem darstellen werden.« Er schaltete ab, und ich war mit meinen Nerven wieder allein.

Ich hatte mir die Zahl der Studenten, die sich immatrikulieren ließen oder es versuchten, nicht einmal angesehen, weil ich annahm, daß die Kurse nur langsam anlaufen würden und mich auf Gruppen mit höchstens einem Dutzend Studenten eingestellt hatte.

Als ich die Akte abrief, entdeckte ich, daß ich eine Minute bevor Saltini den Rest der Bewerber zuließ, in keinem Kurs mehr als fünf Studenten und im gesamten

Zentrum insgesamt einundzwanzig Studenten gehabt hatte.

Saltinis Akte mit den nicht zugelassenen Bewerbern hatte 264 Studenten enthalten.

Die Zahl war unglaublich; hätte ich es einen Tag zuvor gewußt, so hätte ich Arbeitsgruppen und Kurse organisieren können, um alle aufzunehmen. Nun verbrachte ich den ganzen Tag damit, jeden in einem brauchbaren Stundenplan unterzubringen; zumindest während der ersten Monate würden meine Tage sehr lang sein, und ich würde Bieris und Aimeric die gesetzlich vorgeschriebenen Zulagen bezahlen, weil sie zusätzliche Arbeitsgruppen unterrichten würden.

Wenn ich es vierundzwanzig Stunden früher gewußt hätte…

Es ging mir nicht aus dem Kopf, daß Saltini vielleicht genau das beabsichtigt hatte. »Natürlich hat er es«, bestätigte Thorwald einige Stunden später, als ich zehn Minuten Pause machte, um ihm zu zeigen, woraus die routinemäßige Wartung der Sporthalle für Duellierkunst bestehen würde. »Es wundert mich, daß Sie soweit gekommen sind und bereits so lange hier sind, ohne zumindest zweimal mit Saltini zusammenzukommen. Das ist sein Job.«

»Chaos schaffen?«

Thorwald musterte mich, als wolle er eine Entscheidung treffen; dann sagte er leise: »Jeder kennt Reverend Saltini. Früher oder später hat jeder eine Routineangelegenheit mit ihm zu besprechen. Eine Menge Leute glauben, daß er eigentlich eine KI ist, die an einen visuellen Simulator angeschlossen ist, aber ich glaube, daß er real ist.« Thorwald sah mich nicht an und hätte genauso gut unser Gespräch über die Reinigung des Fußbodens und die verschiedenen Elastizitäts-Einstellungen für *ki hara do, katajutsu,* Fechten und Freistil fortsetzen können. »Wenn Sie über ihn sprechen wollen, dürfen Sie nicht aufgeregt klingen; die Abhörgeräte erfassen den stimmlichen Stress, und wenn Sie aufgeregt wirken, ist es viel wahrscheinlicher, daß wir abgehört werden.«

Er sagte mir doch tatsächlich, daß der Raum verwanzt war. Es war wie eine groteske Probe der Schauspielklasse, die eine Szene aus den Jahrhunderten vor den Tausend Kulturen, vielleicht aus einem der vier Weltkriege oder den drei Kalten Kriegen probte, die stattgefunden hatten, bevor die Menschheit sich angemessen organisiert hatte. Ich hätte nicht erstaunter sein können, wenn er mich vor Hexen gewarnt hätte.

Aber er meinte es sichtlich ernst. Ich schluckte krampfhaft, entspannte mich bewußt und sagte: »Erzählen Sie es mir.«

»Er glaubt, was er sagt. Oder wenn er wirklich eine KI ist, glaubt jemand anderer, was er sagt. Es gehört zur Doktrin – der Markt, das einzige wahre Instrument Gottes, wird enthüllen, wer ein guter Mensch ist und wer nicht. Saltinis Aufgabe ist es, sich zu vergewissern, daß dem so ist. Er ist ermächtigt, praktisch alles zu unternehmen, was seine Arbeit erfordert. Zufrieden? Ich habe nicht vor, länger über dieses Thema zu sprechen.«

Er verstummte. Einen Augenblick später sprachen wir wieder über die Sporthalle und dann über die regelmäßige Fußbodenpflege im Tanzsaal.

Als ich hinaufkam, fand ich 150 Leute vor, die Basic Okzitanisch lernen wollten. Ich teilte sie in drei Gruppen, die immer noch zu groß waren, und verzichtete zweimal wöchentlich auf den Lunch, um alle aufnehmen zu können.

Bis jetzt hatte Thorwald recht – die einzige Gruppe, die nicht geteilt werden mußte, waren die Studenten der Duellierkunst. Ich konnte mir nicht vorstellen, daß es Leute gab, die nicht Fechten lernen wollten, die ihr Selbstvertrauen nicht stärken wollten, indem sie gute Fechter wurden, aber so waren sie eben.

Als ich endlich die Verwaltungsarbeiten erledigt hatte, war es bereits sehr spät, und ich war sehr froh über meine Wohnung im Zentrum, dank der ich nicht nach Hause oder auf Bruces Farm fahren mußte, vor allem, da ich am nächsten Tag frühmorgens für Aimeric arbeiten mußte.

Wenn ich gewußt hätte, daß ich erst nach sechs Tagen ins Haus zurückkehren würde, hätte ich an Ort und Stelle aufgegeben, mich hingesetzt und mich ausgeweint. Doch so bestellte ich nur neue Kleidung, die ins Zentrum geliefert werden sollte, damit ich meine Kleidung wechseln konnte und ich immer sauber und adrett wirkte, und ging schlafen.

Nach einigen Unterrichtstagen hatte ich mir Notizen über all die Rebellen und Außenseiter gemacht, die dem Reverend Saltini solche Sorgen bereitet hatten.

Erstens waren sie alle fügsam. Anscheinend *mochten* sie die langweilige ›Sprechen Sie mir nach‹-Lernmethode und die auswendig gelernten Gespäche im Okzitanisch-Unterricht. (*»Bo die, donz.« »Bo die, amico, patz a te.«* Nach hundert Wiederholungen dieses Textes innerhalb eines Tages fragte ich mich, ob das Scheißeschaufeln nicht vielleicht doch etwas Positives an sich hatte, das mir entgangen war.) Keiner von ihnen mochte improvisierte Gespräche, nicht einmal die vielen unter ihnen, die bereits Okzitanisch lesen konnten.

Im Dichtkunst-Kurs wollte niemand weiter diskutieren, sobald sie sich auf die ›richtige‹ Interpretation geeinigt hatten: die Silbenmessungslehre war für sie Quatsch, außer man betrachtete sie als Regeln wie bei einem Kreuzworträtsel. Im Malunterricht gab es einige gute Musterzeichner, aber laut Bieris schien nur Thorwald wirklich zu malen.

Musik wurde entweder begeistert akzeptiert oder abgelehnt. Nachdem ich die Studenten kurz der okzitanischen Musik ausgesetzt hatte, beschlossen etwa zwei Drittel, einen anderen Kurs zu belegen oder ihr Geld zurückzuverlangen. Für die übrigen bestand das Problem darin, daß in Kaledonien eine musikalische Tradition vorhanden ist.

Bei kaledonischen Musikfestivals, für die sehr viel Werbung gemacht wurde, gab es kein Publikum. Statt dessen saßen die Musiker in schalldichten Kabinen und versuchten, die ›perfekte‹ Darbietung, die eine KI aufgrund der Partitur geschaffen hatte, zu kopieren. Drei weitere KIs verglichen die Kopie mit der geschaffenen Version und benoteten sie, wobei sie für jede Abweichung Schlechtpunkte verteilten.

Ich hatte am ersten Tag die Mehrheit erschreckt, indem ich von Improvisationen sprach, aber dies störte offenbar meine überlebenden Studenten nicht besonders. Sie hatten zumindest die intuitive Vorstellung, daß es trotz der komplizierten diakritischen Zeichen, die die kaledonische Musik immer aufgewiesen hatte, mehr geben mußte als nur die geschriebene Partitur.

Was sie verwirrte – und daher meine gesamte Zeit beim Unterricht in der Lauten-Klasse in Anspruch nahm – war die Vorstellung, daß man ›fühlen kann, wie es klingen sollte‹, was ich ein Dutzend Mal während jeder Unterrichtsstunde von ihnen verlangte. Die Wiederholung nützte nichts, aber mir fiel nichts anderes ein, das ich sagen konnte. »Hört *diesmal* zu«, verlangte ich und begann zu spielen. »So ist es traurig, eine Spur Melancholie, ein Hauch süßer Trauer, *comprentz, companho?* Jetzt sorge ich für Schwung, indem das Tempo schneller wird und ich vielleicht sogar synkopiere.«

Siebzehn Augenpaare – alle meine Überlebenden, einschließlich Thorwalds, der unter dem Vorwand teilnahm, daß er mir half – beobachteten mich so gespannt, als wäre ich ein praktisches Beispiel in einem psychologischen Labor, wäre soeben verrückt geworden und hätte die Armlehne eines Stuhls gegessen.

»Was hört ihr?« Ich versuchte, nicht verzweifelt zu klingen.

»Das erste ist langsam. Das zweite ist schnell«, stellte

die rundliche, blonde Margaret fest. Ich wartete darauf, daß sie weitersprach, aber anscheinend war das alles, was sie zu sagen hatte. »Sie können doch nicht von uns erwarten, daß wir wissen, ob die Musik traurig ist oder nicht, bevor wir die Worte gehört haben.«

Dadurch brachte sie mich auf eine neue Idee. »Ich spiele euch jetzt etwas vor – das heißt, zwei etwas.« Zuerst spielte und sang ich das *Canso de Fis de Jovent* in der terstadt-Übersetzung und bildete mir ein, daß einige etwas gerührt wirkten. Dann wechselte ich plötzlich zu dem obszönen *Canso de Fis de Potentz* (oder »Er kam nie wieder hoch«, wie es in der Übersetzung heißt). »Es sind die gleichen Noten«, erklärte ich, als ich geendet hatte; Margaret, Thorwald und ein großer, kräftiger Kerl namens Paul lachten, während die meisten verlegen schwiegen. »Was könnt ihr mir dazu sagen?«

»Das erste ist traurig und langsam. Das zweite ist schnell und lustig«, sagte Margaret. »Aber ich glaube nicht, daß das eine traurig wirkte, weil es langsam war, und das andere lustig wirkte, weil es schnell war – die *Situation* ist unterschiedlich.«

Ich sang die erste Strophe von *Canso de Fis de Jovent* zu dem Rhythmus von ›Kam nie wieder hoch‹.

Thorwald zögerte lange, bevor er sprach. »Es ist nicht so hübsch wie vorher.«

Paul nickte zustimmend. »Es paßt nicht so gut zusammen.«

»Genau das ist es«, bestätigte ich. »Das Zusammenpassen – oder nicht Zusammenpassen – ist das, worüber ich spreche. Und sobald ihr wißt, daß ein Lied dadurch eine Stimmung wiedergeben kann, dann müssen die Worte doch nicht dabei sein, oder?«

Sie nickten pflichtgemäß.

Valerie, ein hochgewachsenes, schlankes Mädchen, das etwas schüchtern wirkte, sagte: »Man kann wahrscheinlich das gleiche mit einem Teil unserer Musik machen. Es könnte interessant sein.«

Die übrigen Studenten wandten sich ihr zu und starrten sie an. Ich hätte sie am liebsten k.o. geschlagen, mich dann zu Valerie gesetzt und mit ihr gesprochen.

Doch bevor ich den Mund öffnen und sie verteidigen konnte, fuhr sie fort. »Es ist eine Idee. Das Prinzip könnte erweitert werden.«

»Wie würde es klingen?« fragte Thorwald. »Ich meine, was würdest du mit einem Lied tun, das keine Worte hat, um die Gefühle zu schildern?«

Valerie zeigte auf die Wand, an der meine Gitarre in ihrem Ständer stand; ich nickte unsicher, weil ich nicht wußte, was sie wollte, war jedoch glücklich, weil jemand, irgendwer auf dieser kalten Welt etwas spontan tat. Sie stand auf und ging langsam zum Instrument; alle beobachteten sie dabei. Ich bemerkte plötzlich, wie groß ihre dunklen Augen unterhalb der kurz geschnittenen dunklen Haare waren, und hätte gern gewußt, wie es wäre, wenn ich in diese Augen blickte und ihre zierliche Taille mit den Händen umschloß.

Sie ergriff die Gitarre und kehrte zu ihrem Stuhl zurück, prüfte die Stimmung, nickte und versuchte den Fingersatz für einige Akkorde. Sie wandte ihre Aufmerksamkeit ausschließlich ihrer linken Hand zu.

Ich wollte sie gerade darauf aufmerksam machen, daß es eine Männer-Gitarre war, als ich sah, daß ihre Fingernägel kurz geschnitten waren, wie bei einem Mann. Das war auch bei vielen anderen anwesenden Frauen der Fall, weil so viele auf Farmen oder in mechanischen Berufen arbeiteten.

Sie begann zu spielen. Zuerst war es nur ein Arpeggio durch die grundlegende Vier-Saiten Flamenco-Sequenz, präzis, aber nichts Besonderes. Dann zupfte sie härter, schärfer, sogar staccato, und als sie langsamer wurde, erlangte die Melodie eine kummervolle Trostlosigkeit, die von Nansen erzählte wie noch nie etwas zuvor. Ich mußte an Menschen mit harten Gesichtern denken, die sich dem kalten Wind stellten, an das sirupdicke, gefrierende Meer, das an den nackten, felsigen Erdteilen nagte. Die Melodie war leise und anspruchslos wie Bruce, erbarmungslos wie Reverend Carruthers, leer und großartig wie die Gipfel der Optimals und genauso plötzlich schön wie der Spalte-Regenbogen, der aus dem Nebel der Schlucht hervorbrach.

Ich war gerührt und erschrocken, weil ich vor so etwas stand.

Sie beendete das Stück, und im Raum brach Tumult aus. Alle sprachen sehr schnell, einige auf reason, und ich verstand überhaupt nichts. *»Patz, patz, companho!«*

Sie drehten sich um, starrten mich und dann einander an. Plötzlich gab es im Raum überhaupt kein Geräusch mehr.

Jetzt mußte mir einfallen, was ich zu sagen hatte.

Ich holte tief Luft. Der Raum stank nach Schweiß und Zorn. »Würde einer von Ihnen, oder vielleicht einer nach dem anderen mir erklären, warum Sie alle schreien? Ich gebe zu, daß die Darbietung schön und außergewöhnlich war – ich habe nie etwas *bellazor,* etwas Schöneres gehört. *M'es vis* wir haben eine wahre Künstlerin, eine echte *trobadora* unter uns.«

Valerie hatte während des Aufruhrs mit meiner Gitarre im Schoß dagesessen und zu Boden geblickt; jetzt sah sie auf, als hätte ich sie erschreckt. Ihre Haut war trotz ihrer Jugend durch das Ultraviolett und den kalten Wind mitgenommen… aber diese Augen, tief und schwarz wie der Weltraum, die mich anstrahlten – *deu!*

Paul sprach sehr ruhig. »Ich verstehe nicht, Mister Leones, was so etwas mit okzitanischer Musik zu tun hat. Vor allem verstehe ich nicht, was eine solche Darbietung… Wenn Sie glauben, daß Musik eine Art emotioneller Ausbruch oder so etwas sein muß – dann ist das vollkommen irrational! Was ist, wenn sie es beim Wettbewerb genauso spielt? Sie wissen es wahrscheinlich nicht, Sir, aber Valerie kämpft dieses Jahr um den All-Caledony-Solist, und das ist ein Pflichtstück. Sie sollte nicht auf diese Art üben – es könnte ihre Darbietung vernichten.«

Dann begannen alle wieder zu schreien, diesmal noch häufiger auf reason. Und als sie mir ihre Aufmerksamkeit wieder zuwandten, verfielen sie neuerlich in das erschreckende, sofortige Schweigen.

»Wenigstens hat mich jemand informiert«, sagte ich und überlegte, so schnell es mir möglich war. »Gibt es unter Ihnen Studenten, denen Valeries Darbietung gefallen hat – nein, fangt nicht wieder an zu brüllen ...« Ich bedauerte, daß ich meinen Degen nicht bei der Hand hatte, um Ordnung zu schaffen. »Zählen wir Hände ab. Wie viele von Ihnen mochten es?«

Etwa ein Drittel der Hände ging hoch.

»Und wem gefiel es nicht?« Wieder ein Drittel. »Wie viele von Ihnen haben wegen etwas ganz anderem gebrüllt und waren nur zufällig zu diesem Zeitpunkt im Raum?«

Alle lachten, und die Spannung löste sich. Ich betrachtete all die leicht verlegenen jungen Menschen, von denen die meisten noch Lauten in den Händen hielten, und bemerkte verblüfft, daß beinahe alle so alt waren wie ich oder jünger. Ich zwang mich, so ruhig und sanft wie möglich zu sprechen, obwohl mein Herz raste. »*M'es vis,* daß Valerie entscheiden muß, was für sie wichtig ist – sie ist hier die echte Künstlerin. Wie war es, auf diese Art zu spielen, Valerie – haben Sie das Gefühl, Schaden genommen zu haben?«

Sie blickte zu Boden; es beunruhigte mich, als ich durch die schütteren dunklen Haare die weiße Kopfhaut erblickte. »Nein, Mister Leones. Wenn ich allein zu Hause bin, spiele ich dieses Stück für gewöhnlich so, und ich habe es schon lange bevor Sie hierherkamen getan. Mir fehlten nur die Worte, um über das zu sprechen, was ich tat.«

Paul war entsetzt. »Warum hast du so etwas getan, Valerie?«

Sie wandte sich von ihm ab, trug die Gitarre an ihren Platz zurück und stellte sie vorsichtig ab, bevor sie antwortete. »Es klingt besser. Ich finde, daß ich ein besserer Musiker bin als die KI.«

»Du hast mir nie erzählt, daß du etwas Derartiges machst.« Er wirkte zutiefst gekränkt.

»Ich habe mit niemandem darüber gesprochen, natürlich mit Ausnahme von Reverend Saltini.«

Paul schnappte nach Luft. »Sie haben es also mit dem Monitor abgehört – und du hast weiter gespielt?«

Sie nickte. »Wie ich schon sagte – so klingt es richtig.«

Der Aufruhr zuvor war im Vergleich zu dem jetzigen Krach nichts gewesen. Ich hatte seit der Nacht, in der Raimbaut starb, noch nie soviel Zorn und Beschimpfungen erlebt. Beinahe alle sprachen reason, so daß es für mich nicht nur unverständlich war, sondern auch einen besonders aufreizenden Rhythmus hatte, der wie Stottern klang.

Ich brüllte *»Patz! Patz marves!«*, als müsse ich eine Rauferei oder ein Duell beenden. Ich stand mitten im Raum und versuchte, 360 Grad auf einmal zu überblicken.

Dann folgte wieder das schreckliche Schweigen, und diesmal blickten alle zu Boden und waren krebsrot, als hätte ich sie bei einem schrecklichen Verbrechen ertappt. »Es tut uns wirklich leid, Sir«, sagte Prescott Diligence. Er war klein und rothaarig, der Sohn eines Pastors für irgendwas – ich hatte seine Mutter im Rationalisierungsrat gesehen; sie saß in der kleinen Ecke der nicht Halsstarrigen. »Diese Aufregung ist vollkommen unnötig.«

Ich sah mich um; Thorwald und Margaret ließen den Kopf wie verprügelte Hunde hängen, Paul scharrte mit den Füßen, Valerie weinte vor Scham. Ich war zum ersten Mal an diesem Tag wirklich zornig. »Ich wollte die

Ruhe wiederherstellen, damit Sie einander hören können. Denn ich bin Ihr Lehrer und das gehört zu meinem Beruf. Aber ich werde *keinem* von euch gestatten, sich zu entschuldigen. Es gibt *nichts,* dessen Sie sich schämen müssen. Kunst – reine, rohe, beunruhigende Kunst ist das einzige, dessentwegen Menschen streiten sollten.«

Aus einigen Neuronen, die zu lange mit Raimbaut zusammengewesen waren, hörte ich sein leises Lachen. Ich hatte selbst viel öfter aus *enseingnamen* oder aus einfacher Lust am Kampf gekämpft. Ich schob den Gedanken weg.

»Sie haben nur ehrlich auf das reagiert, was Valerie hier getan hat. Sie haben ein Recht auf diese Reaktionen. Nichts und niemand hat das Recht, Ihnen zu sagen, wie Sie sich fühlen müssen.«

Ich sah dabei Prescott ins Gesicht; er wirkte eher entsetzt und erschrocken. Ich unterdrückte das kindische Bedürfnis, ihm die Zunge herauszustrecken.

»Ich will ganz offen sprechen. Für einige von Ihnen ist das Wesentliche an Valeries Darbietung, daß sie eine Verbindung zwischen einem vertrauten Stück Ihrer Kunst und Ihren Gefühlen hergestellt hat – und weil Sie es so empfunden haben wie nie zuvor, sind Sie beeindruckt. Für andere hat die Einbeziehung von Valeries Gefühlen die klassische Form ruiniert. Deshalb kämpfen Sie, und das ist ungeheuer wichtig – Sie kämpfen darum, wer Sie sind und wie Sie in die Welt passen, die Sie erhalten haben. Natürlich kämpfen Sie kompromißlos; Sie können gar nicht anders.«

Im Raum war es jetzt sehr still. Prescott war offensichtlich nicht in der Stimmung für einen Streit und setzte sich. Ich hatte inzwischen meine Beherrschung wiedergewonnen und hoffte, daß er nicht nur verletzt war, sondern auch dachte. Alle übrigen wirkten verlegener als zuvor. Ich schaffte es, nicht vor Verzweiflung zu seufzen oder zu stöhnen und sagte: »Also gut, zurück zur Laute. Sie sind dran, Prescott; wir möchten die ›Wilden Räuber von Serras Vertz‹ hören.«

Als er spielte, glaubte ich ein wenig Leidenschaft zu entdecken und lobte ihn, bis mir klar wurde, daß er es als weitere Demütigung empfand. Ich beruhigte die Klasse rasch und ging dann, um mich zu belohnen, in mein Zimmer, wo ich einen langen, langen Brief an Marcabru schrieb. Ich beschrieb Kaledonien als die Kultur, die ihre Künstler bei der Geburt erwürgt, in der Menschen, die keine Gefühle kennen, jeden bestrafen, der es wagt, welche zu haben, und so weiter. Ich schickte ihn ab, bevor ich daran dachte, meinen Ton zu mäßigen.

Marcabru hatte mir seit zehn Tagen nicht geschrieben. Ich hatte noch mindestens zwei Tage keine Zeit, in Bruces Haus zurückzukehren. Ich war noch nie so allein gewesen.

7

Als Aimeric einige Tage später das Problem analysierte und Bieris und ich auf unsere Stichworte hin auf verschiedenes hinwiesen, verharrte der Rat in feierlichem Schweigen und nickte bei jedem neuen Thema flüchtig – bis auf Clarity Peterborough, die sehr begeistert immerzu nickte.

Als die Analyse zu Ende war, folgte eine sehr lange Pause.

Schließlich erhob sich Carruthers, sah sich um und sagte: »Ich spreche wohl für uns alle, wenn ich sage, daß es für uns sehr wichtig war, Ihre Darstellung zu hören, Mister de Sanha Marsao. Die Probleme sind sehr ernst. Ich möchte, daß wir uns in einen anderen Raum zurückziehen, um zu diskutieren. Ich nehme an, daß Sie bei unseren Gästen bleiben wollen, Reverend Peterborough.«

Alle standen auf und verließen den Raum. Reverend Peterborough und Botschafter Shan folgten uns ohne zu sprechen oder aufzublicken verlegen in einen der kleinen Gesellschaftsräume.

Hier hatte Peterborough offenbar einen Anfall von pastoralem Gefühl. »Es tut mir so leid, in den meisten Räumen gibt es keine Fenster. Kindisch, Licht wäre fröhlicher – aber wahrscheinlich wollen sie keine Energie vergeuden und schätzen Fröhlichkeit nicht. Warten Sie – ich glaube, etwas Warmes, Tröstliches ist das Richtige.« Sie ließ die Maschine Kakao für alle kochen.

»Wie haben wir uns Ihrer Meinung nach gehalten?« fragte Aimeric ruhig und gleichmütig, wie jedesmal vor einem wirklich gefährlichen Streit.

Peterborough verteilte die Tassen mit dem heißen,

schaumigen Zeug, bevor sie antwortete. »Mir wäre es lieber gewesen, wenn sie empört aufgeschrien hätten. Es wäre mir lieber gewesen, wenn man Sie niedergebrüllt hätte.«

»Dad hat regungslos dagesessen. Doch aus dem, was er nachher sagte, entnahm ich, daß er jedes Wort gehört hat«, meinte Aimeric.

»Genau.« Die Pastorin seufzte und blies in ihren Kakao, dann trank sie zögernd einen Schluck. »Ich möchte eigentlich nicht raten. Die Art, wie sie mich ausschlossen, ist wahrscheinlich nicht gut. Sie bedeutet, daß es Punkte gibt, auf die sie nicht eingehen wollen. Doch andererseits glaube ich, daß Ihr Vater wirklich zugehört, Ihnen wirklich geglaubt und verstanden hat, welche Folgerungen sich daraus ergeben. Das müssen wir hoffen.«

»Ich verstehe verdammt überhaupt nichts von dieser verdammten Kultur«, knurrte Shan. »Warum machen Sie sich solche Sorgen, wenn Sie Aimeric verstanden haben?«

»Na ja«, begann Peterborough. Sie ließ es etwas zu lange in der Luft hängen, bevor sie fortfuhr. »Na ja, vielleicht ist es gar nicht so schlecht.«

Aimeric griff ein. »Das Problem ist, daß alle es so *schnell* mitbekommen und sofort akzeptiert haben. Wenn sie debattiert hätten, so hätten wir Gelegenheit gehabt, ihre Überlegungen zu steuern und sie auf unseren Weg zu bringen. Aber so kann jetzt alles geschehen. *Vielleicht* sind sie bereit, die Vorgangsweisen, die ich vorschlage, anzuhören und anzunehmen, aber andererseits können sie sich auf etwas festlegen, das vollkommen undurchführbar ist.«

»Sie erwarten offensichtlich keine vernünftige Reaktion«, stellte Shan fest.

Ich nahm einen zu großen Schluck heißen Kakao, der mir die Speiseröhre verbrannte. Ich hatte Tränen in den Augen, und das Atmen fiel mir schwer. Als ich mich erholt hatte, sprach Peterborough. »Genau darum geht es. Sie sind so sehr auf Logik und Vernunft fixiert, daß der gesunde Menschenverstand nicht mehr viel damit zu tun hat.«

Shan schüttelte den Kopf. »Also könnten sich hier alle möglichen Katastrophen ereignen, aber da die Einheimischen sich diese Katastrophen selbst ausgesucht haben, spielt es keine Rolle.«

»Für die Einheimischen wird es eine Rolle spielen«, stellte Bieris fest. »Sie werden sich nicht nach dem Taktik-Handbuch eines anderen richten, wenn es nichts damit zu tun hat, wie sie ihr Leben lang gelebt haben. Was immer ihnen einfällt, es wird eine *kaledonische* Lösung sein, ob es funktioniert oder nicht.«

Ich nickte heftig und war darüber erstaunt, daß ich mit ihr übereinstimmte. »Die Tausend Kulturen beruhen darauf, daß jeder es auf seine Art tun kann. Man muß den Menschen erlauben, ihren Weg selbst zu finden, auch wenn er falsch ist. Hat es in Okzitanien nicht etwas Ähnliches gegeben?«

Aimeric nickte. »Allerdings. Aber es ging nur darum, wie die Krisenhilfe verteilt werden sollte. Wir mußten ihnen begreiflich machen, daß der Adel ein größeres Einkommen *brauchte* als die Bürgerlichen, wenn unser soziales System funktionieren sollte. Hier liegt der Unterschied darin, daß es nicht nur um die Verteilung von Hilfe geht. Es geht darum, was ihrer Meinung nach fließen sollte und wie. Hier sind eine Menge archaischer wirtschaftlicher Ideen, die seit Jahrhunderten überall sonst verschwunden sind, in eine Doktrin verwandelt worden. Deshalb gibt es hier Märkte, die davon abhängen, daß man die Verbraucher beobachtet, ihnen Befehle erteilt und auf dem Standpunkt steht, daß Bargeld-Transaktionen die einzige moralische Form einer sozialen Kommunikation sind. Ich nehme an, ein gutes Viertel des realen Budgets wird dazu verwendet, daß sich die Wirtschaft so verhält, als würde ihr Dogma stimmen. Sie werden jedoch eine Wirtschaft bekommen, die nicht unter dieser Kontrolle steht, und der Rat wird ihnen ganz bestimmt kein Geld geben, damit sie diese Märchen beibehalten.«

»Aber es ist ein Teil ihrer Weltsicht, und sie haben das Recht ...«, begann Bieris.

»Unsinn! Menschen, die Prinzipien höher stellen als Menschen, sind Menschen, die Menschen hassen. Sie werden sich nicht sonderlich darum kümmern, wie gut es funktioniert, ob es richtig ist ... es gefällt ihnen vielleicht sogar besser, wenn es hinreichend viel Schmerzen zufügt.«

Bieris hatte die Arme über der Brust verschränkt und fragte: »Haben die Menschen nicht das Recht, ihre Fehler selbst zu machen?«

»Im Prinzip ja. In der Praxis sind die Leute, die leiden werden, nicht diejenigen, die die Entscheidungen treffen. Es ist sicherlich besser, wenn wir sie dazu bringen, diesen Fehler nicht zu begehen. Warum sollten sie ihr Recht, dumm zu sein, ausüben dürfen, indem sie einer Menge unschuldiger Menschen Schaden zufügen?«

Peterborough mischte sich ein. »In gewissem Sinn wird jede Lösung, mit der sie daherkommen, irgendwann ›funktionieren‹, weil sich angeblich nach sechs oder sieben Jahren alles wieder ausgleichen wird. Und selbst wenn die Halsstarrigen behaupten, daß sich nichts geändert hat, seit der Freie Staat Kaledonien ausgerufen wurde, ist jetzt verschiedenes anders – zum Beispiel wird sogar bei der schlechtesten Politik niemand verhungern oder erfrieren.«

Jemand klopfte an die Tür, deshalb stand ich als der Jüngste auf und öffnete sie. Carruthers kam sehr ruhig herein.

»Ich muß mich bei dir entschuldigen«, sagte er zu Aimeric. »Deine Zahlen stimmen absolut. Ich verstehe auch deine Gefühlsäußerungen, ganz gleich, ob ich es für gerechtfertigt halte, daß du sie zeigtest.« Aimeric hatte mehrere Male lauter gesprochen und einmal sogar auf den Tisch geschlagen, während er seine Argumente vorbrachte. Der alte Mann zögerte lange, bevor er hinzufügte: »Ich war sehr stolz auf dich.« Dann räusperte er sich. »Wir werden so lange diskutieren und beten, wie es erforderlich ist, deshalb werden wir die ganze nächste Woche mit euch zusammenkommen müssen – bereitet euch das nicht zu viele Schwierigkeiten?«

»Nein«, erwiderte Aimeric. »Dafür bezahlt mich ja der Humanitäre Rat. Du kannst jederzeit zu uns kommen.«

Carruthers wandte sich rasch von Aimeric ab und Reverend Peterborough zu: »Ich möchte mich für Ihren Ausschluß entschuldigen: Ich habe mich in meiner Beurteilung geirrt. Würden Sie vielleicht die Freundlichkeit haben, nicht nur an unseren Beratungen teilzunehmen, sondern auch Botschafter Shan nachher Bericht zu erstatten?« Er wartete die Antwort nicht ab, sondern stellte fest: »Dann dürfte das alles sein«, drehte sich um und verließ den Raum. Peterborough folgte ihm, drehte sich im Türrahmen um, zuckte die Achseln, zog eine Augenbraue hoch und schloß die Tür hinter sich.

Die Heimfahrt mit der Katze verlief schweigend bis auf das normale Surren der frei schwebenden Raupen und dem leisen Klappern des Schotters gegen die Unterseite. Ich fuhr, was mir die Möglichkeit gab, mich auf die Straße zu konzentrieren und nicht zu beachten, was Aimeric vielleicht empfand.

Wir hatten zwei Drittel des Weges zur Sodom-Spalte hinter uns, als Bieris meinte: »Dein Vater sagte, er sei stolz auf dich.«

»Das bedeutete genauso wenig wie die Entschuldigung Clarity gegenüber.«

Das war die gesamte Unterhaltung während der Fahrt. Natürlich gab es nachts keinen Regenbogen, aber auch der Mond versteckte sich hinter Wolken.

Bruce hatte ein großes, wunderbares Abendessen für

uns bereit und trug es sofort auf. Anscheinend wurde Aimeric dadurch noch mürrischer, als nehme er Bruce seine Gastfreundschaft übel, worauf Bieris Aimeric gegenüber schnippisch wurde und auch die übrigen nicht besser behandelte. Ich legte mir eine kurze Begründung zurecht, warum ich bald nach Hause mußte. Da ich am nächsten Tag nach Utilitopia fuhr, mußte ich relativ zeitig aufstehen, und ich war schon tags zuvor spät schlafengegangen. Dann wurde Aimeric zum Kommunikator gerufen.

Als er zurückkam, sah er nachdenklich und besorgt aus. »Es war Dad. Sie wollen, daß ich morgen früh zu einer Beratung hinunterfahre. Anscheinend haben sie etwas gefunden, das sie für eine Lösung halten. Kann ich also mit dir mitfahren, Giraut? Und heißt das, daß ich so zeitig aufstehen muß, wie ich befürchte?«

»In beiden Fällen ja. Hat er etwas darüber gesagt, wie seine Antwort ausfallen wird?«

»Nein, und das ist kein gutes Zeichen. Wenn du uns besser kennst, wirst du bemerken, daß ein Kaledonier dir nur Sachen, die du nicht hören willst, ins Gesicht sagt. Gehst du jetzt direkt in dein Haus?«

»Ich habe daran gedacht.« Ich stand auf. »Willst du mitfahren? Bieris?«

Aimeric nickte und griff nach unseren Mänteln, Bieris schüttelte den Kopf. »Ich muß morgen nicht zeitig aufstehen, und ich möchte aufbrechen, wenn der Mond etwas höher steht.«

Während ich zu Aimerics Haus fuhr, bemerkte ich, daß er noch immer nicht auf der Höhe war. »Vier Uhr morgen früh«, sagte ich.

Er grunzte etwas und stieg aus. Ich wollte noch fragen, was los war, aber es war spät, und was immer es war, es konnte bis morgen früh waren. Ich fuhr nach Hause.

Nicht nach Hause. Zu Hause war meine alte Wohnung im Quartier. Das durfte ich nicht vergessen.

Als ich am nächsten Morgen zum Zentrum kam, hatte ich ein wenig Schlaf gewonnen, indem ich mich mit Aimeric beim Fahren ablöste. Eine Menge Leute trieb sich herum und Thorwald war fieberhaft bemüht, genügend Informationen von ihnen zu erhalten, um ihre Anmeldung durchzuführen. »Spätanmeldungen«, erklärte er. »Da ich ohnehin hier war, entschloß ich mich, die Sache in die Hand zu nehmen.«

»Vollkommen richtig. Wo kommen die alle her?«

»Es sieht so aus, als hätte der PÖP die Anmeldebewilligungen für einen Haufen Leute zurückgehalten und sie heute frühmorgens freigegeben. Wir haben zu unseren ohnehin überfüllten Gruppen noch achtunddreißig Studenten dazubekommen.«

»Saltini?« fragte ich leise.

»Klar, ich brauche auch ein Frühstück. So etwas passiert gelegentlich.«

Ich würde mich nie daran gewöhnen, daß man mich bespitzelte und daß ich mir deshalb Sorgen machen mußte. Ich hatte aber noch keine deutliche Vorstellung davon, wie gefährlich die Lage für Thorwald oder die anderen werden konnte, und ließ deshalb das Thema fallen.

Nach etwa einer Stunde hatten wir alle untergebracht. Thorwald war keineswegs begeistert, als sie, nachdem sie die letzten freien Plätze im Tanzunterricht belegt hatten (»das ist wenigstens harmlos«) auch noch die letzte Chance ergriffen – die Kurse für Duellierkunst.

Während er und ich uns zu einem eiligen Frühstück hinsetzten, bevor wir den langen Tag begannen, bemerkte er: »Ich habe gehört, wie einige von ihnen behaupteten, sie würden einen Mord begehen, um hier hineinzukommen, aber ich hatte keine Ahnung, daß sie es ernst meinten.«

»Es wird zu keinen Morden kommen«, beruhigte ich ihn geduldig, weil ich inzwischen wußte, daß Thorwald am Morgen immer jammerte, ohne es ernst zu meinen. Er war einer der angenehmsten, höflichsten und frivolsten Studenten, einer der wenigen, die überhaupt für Kultur oder Zivilisation aufnahmefähig waren – nur war er ein ausgesprochener Morgenmuffel. »Keine auf volle Leistung eingestellten Neuroducer – nur Prickler – und die Degen sind auf keinen Fall real.«

»Sehr beruhigend.« Mein Assistent rührte den scheußlichen Brei aus gekochtem Bodenkorn um, der hier als Frühstück galt (er hielt meine Vorliebe für Gebäck und frisches Obst für hoffnungslos dekadent). »Sie *werden* niemanden töten, um hineinzukommen. Vielleicht jemanden verletzen, aber sicherlich nicht töten.«

»Es gibt schon einen Unterschied«, sagte ich. »Deine Familie würde sicherlich einen Unterschied darin sehen, ob ich dich in den Arm boxe oder dich enthaupte.«

Er grinste. »Es wäre mir lieber, wenn du mich enthaupten würdest. Dadurch würdest du mich los sein und alles bestätigt sehen, was du von Leuten von anderen Planeten hältst.«

Ich lachte. Obwohl ich müde und unausgeschlafen war, fühlte ich mich wohl, weil die Morgensonne schien. Wenn sie den ganzen Tag strahlte, erwärmte sich Utilitopia manchmal und trocknete soweit aus, daß sie wie ein ungewöhnlich häßlicher Industriepark aussah.

»Warum das strahlende Lächeln?« fragte er. »Denkst du an eine neue Möglichkeit, jemandem Schmerzen zuzufügen?«

»Nur dann, wenn man mich darum bittet. Aber du solltest dich ein wenig entspannen. Der Duellierkunst-Kurs besteht während der nächsten zwei Wochen nur aus *ki* und Hinfallen. Vorläufig wird überhaupt nicht richtig gekämpft. Vielleicht solltest du mehr Vertrauen zu deinen kaledonischen Mitmenschen haben – wenn wir mit dem echten Kontakt und Kampf beginnen, werden sie so empört und abgestoßen sein, daß sie uns massenhaft davonlaufen werden.«

»Wenn ich das nur glauben könnte.« Er schenkte sich noch eine Tasse Kaffee ein und gähnte. »Ich bin heute morgen zeitig aufgestanden – gut, daß ich es getan habe, wenn man an den überraschenden Zustrom denkt – alle Matten sind geschrubbt und der Tanzsaal befindet sich in gutem Zustand.«

»Wirklich effizient«, lobte ich. »Ich muß jetzt hinunter und in wenigen Minuten den Unterricht in Basic Okzitanisch beginnen. Ich glaube, daß als nächstes Staubwischen dran wäre, und dann müssen die Ansichts-Oberflächen entstatisiert werden. Hast du das schon einmal gemacht?«

»Ja. Und ich werde die technischen Beschreibungen des Roboters noch einmal durchgehen, bevor ich anfange. Ich will keinesfalls die Kunst beschädigen.«

Vielleicht war nur die gute Stimmung daran schuld, in der ich den Tag begonnen hatte, aber an diesem Tag verlief der Sprachunterricht etwas entmutigend. Sie nahmen einfache Wiederholungsübungen (vor allem Konjugieren und Deklinieren) willig an, und arbeiteten sich auch recht problemlos durch Mustergespräche durch …

»Bo die, donz.«

»Bo die, donzelha. Ego vi que t'es bella, trop bella, hodi.«

»Que merce, donz!«

Aber wenn wir daran gingen, in freien Gesprächen zu improvisieren, erstarrten sie zu Stein. Vielleicht waren wir auf kein Gesprächsthema gekommen, das alle interessierte … wenn ich in der Woche darauf mit meinen Lektionen in reason anfinge, würde ich Anfängerkonversationen lernen, die ich mir vielleicht ausleihen konnte, um den Unterricht für meine Schüler interessanter zu gestalten.

Als ich hinunterging, um Thorwald zum Konditionstraining zu holen, dachte ich noch immer sehr frustriert an den Unterricht. Wenn Thorwald beim Duellkunst-Unterricht mein Assistent sein sollte, mußte er der Gruppe voraus sein, deshalb ging eine seiner täglichen vier Arbeitsstunden für Privatstunden drauf.

An der Art, wie er sich bewegte, erkannte ich, daß ich ihn tüchtig hergenommen hatte. Er hatte offensichtlich Schmerzen, aber er beklagte sich nicht; wahrscheinlich waren die Schmerzen das einzige, das ihm bestätigte, daß er arbeitete.

Als ich hinunterkam, war er mit der Putzarbeit fertig und zog sich gerade um; ich machte es ihm eilig nach, und wir gingen in den Mattenraum zu einigen Dehnübungen, bevor wir anfingen. Einen Tag zuvor hatten wir mit dem unbewaffneten Teil von *ki hara do* begonnen und machten dort weiter.

»*Venetz!*« sagte ich. »*Atz sang!* Innenbein greift an, erste Form. Dem Spiegel gegenüber. *Uno, do, tri …*«

Seit ich hier gelandet war, hatte ich viel weniger Alkohol getrunken, und das dreifache tägliche Training mit Thorwald, im Tanzunterricht und dem Duellierkunst-Unterricht – alles in einer um acht Prozent höheren Schwerkraft –, brachten mich schnell in die beste Form seit meiner Schulzeit. Jetzt wußte ich, daß ein Duell gegen jeden beliebigen Gegner kein Problem sein würde; außerdem reparierte sich ein Großteil der alten Neuroducer-Schäden anscheinend selbst. Meine rechte Achillessehne schmerzte an der Stelle, an der ihr Rufeu bei einem Raufhandel in einer Bar einen Schnitt verpaßt hatte, nicht mehr, und die Neuroducer-Narbe auf meiner Stirn, die ich abbekommen hatte, als ich mir zwei betrunkene Maulhelden vom Leib hielt, war zur Unsichtbarkeit verblaßt.

Wir machten den gesamten grundlegenden Drill in nicht einmal einer halben Stunde durch. Ich gab natürlich ein sehr aggressives Tempo vor, aber eigentlich war entscheidend, daß Thorwald grimmig entschlossen war durchzuhalten.

»Bo, bo, companhon!« sagte ich, als wir fertig waren. »Für einen Mann, der nicht kämpfen will, zeigst du etwas zuviel *espiritu.«*

»Wenn das auf okzitanisch ›Lungenversagen‹ heißt, stimme ich zu.« Er hatte sich vorgebeugt, die Hände auf die Knie gestützt und keuchte.

Ich lachte, was er befriedigt zur Kenntnis nahm, und sagte: »Also gut, der nächste Teil ist der schwere Teil der Lektion. Heute werden wir begrenztes Sparring machen. Ich weiß, daß du es hassen wirst, und ich weiß, daß du es lieber nicht tun würdest, aber es bleibt dir nichts anderes übrig – du mußt dich daran gewöhnen, wenn du jemals jemandem helfen willst. Wir werden Handschuhe, Helme und Schutzpolster tragen und langsam beginnen.«

Langsam stimmte nur zunächst. Er brauchte volle fünf Minuten, um zu bestätigen, daß er richtig in seine Kampfausrüstung geschnallt war und daß sein Mundstück paßte. Dann entschloß er sich anscheinend dazu und war bereit anzufangen.

Ich umkreiste ihn, fintierte gelegentlich und versuchte, ihn dazu zu ermutigen, daß er auf mich losging. Sein früherer Widerstand gegen Kämpfe hatte sich zu seinem Vorteil ausgewirkt – sehr viele Anfänger machen während des Drills ihren Aggressionen Luft und kommen damit durch, ohne zu wissen, was sie tun. Thorwald hatte den Drill ruhig und geduldig absolviert, und das ist der schnellste Weg, etwas zu lernen.

Seine Bewegungen waren rasch, entspannt, entsprachen allen Regeln der Kunst, und wenn ich gelegentlich bei ihm eine wirklich spontane Reaktion hervorrief, übte er Druck aus, als wolle er gewinnen. Meine Erfahrung und mein Gefühl für einen echten Kampf waren nach wie vor ein überwältigender Vorteil für mich, und Thorwald wäre für mich oder für jeden gleichaltrigen Okzitaner harmlos wie ein Kätzchen gewesen – aber nicht mehr lang.

Gegen Ende des Trainings schien es sogar Thorwald Spaß zu machen. Natürlich hätte ich es nie erwähnt, um ihn nicht zu beleidigen.

Ich trat vor, um einen Angriff von rechts bei ihm auszulösen, und er drehte sich und verpaßte mir einen Schlag auf die Nase. Ich hatte das Gefühl, daß mein Gesicht explodierte. *»Patz!«* keuchte ich.

»Habe ich dich verletzt?« Er klang, als wolle er weinen. »Deine Nase blutet.«

»Es war ein Kampf *atz sang, companhon.* Du hast gewonnen.« Ich versuchte, ihn anzulächeln, aber es gelang mir nicht, weil meine Nase noch immer schmerzte. »Ich muß nur in den Waschraum gehen und mir kaltes Wasser ins Gesicht spritzen.«

Er wurde noch blasser. »Solltest du nicht einen Arzt aufsuchen oder so etwas?«

Wenn in Nou Occitan jemand etwas Derartiges sagt, deutet er an, daß der andere Jovent Hypochonder oder ein Muttersöhnchen ist. Ich war bereits wegen seiner dummen Reaktion darauf, daß er den Kampf gewonnen hatte, wütend auf ihn; um nicht etwas zu sagen, das ihn demütigen würde, drehte ich mich wortlos um und stakste in den Waschraum. Während ich mir Händevoll kalten Wassers ins Gesicht platschte – und durch Betasten feststellte, daß meine Nase nur schlimm verbogen war –, erbrach Thorwald das Frühstück in die Toilette hinter mir.

»Geht es dir gut?« fragte ich schließlich.

»Gewöhnt sich jemand jemals daran?« fragte er, während er zur Waschmuschel ging, um sich zu waschen.

»Man lernt sogar, sich darüber zu freuen. Ich meine, eine Wunde zu schlagen, nicht zu erbrechen.«

Er erschauerte, folgte mir jedoch demütig in das *dojo,* um sich unter Verbeugungen zu verabschieden. Als wir das *dojo* betraten, hielt er sich gerader und stolzer; seine Verbeugung war zum erstenmal schneidig und richtig.

Nachdem ich seine Verbeugung entgegengenommen

hatte und von der Linie des *Sensei* zurücktrat, blickte ich zufällig auf.

Margaret und Valerie standen oben auf der Galerie.

Sogar hier in Kaledonien brachte eine Zuschauerschaft von *donzelhas* jemanden am schnellsten dazu, aus sich herauszugehen. Ich mußte zugeben, daß Bieris wirklich recht hatte; doch wenn man es so sah, wirkte es eher lustig als beleidigend. Ich mußte mich sehr beherrschen, um Thorwald nicht damit zu necken, während wir duschten. Ich mußte mich auch sehr beherrschen, nicht aufzuschreien, als ich zufällig meine Nase berührte.

8

Ich hatte vorgehabt, in der Stadt zu bleiben, teils, um Aimeric Gesellschaft zu leisten (er übernachtete in einem Gästeraum des Zentrums), und teils, um einige Stunden länger schlafen zu können. Seit ich genügend Kleidungsstücke im Zentrum hatte, stellte meine Garderobe kein Problem mehr dar. Utiltopias Nachtleben machte mir auch keine Sorgen, denn soviel ich wußte, bestand es größtenteils aus Predigten. Ich setzte mich am Spätnachmittag hin, um irgendwelchen administrativen Unsinn durchzugehen, und entdeckte zu meiner Überraschung in meiner Eingänge-Mappe ein Briefchen, in dem ich zu einer ›Darbietung von neuen Werken kaledonischer Künstler‹ eingeladen wurde, die an diesem Abend in der City stattfand.

Die Idee machte mich neugierig – man hörte von einem kaledonischen Künstler genauso oft wie von einer Ausstellung von Trockenem Wasser oder Schwerem Vakuum, und vielleicht war einer meiner Studenten daran beteiligt. Ich wollte mich bei Thorwald erkundigen, aber er war bereits ausgegangen – also nahm vermutlich auch er daran teil.

Was immer es war, es war ungewöhnlich, und ich wollte es nicht versäumen. Ich rief Aimeric an und erfuhr, daß er den ganzen Tag herumgesessen, sich gelangweilt und technische Fragen beantwortet hatte. Er war mehr als bereit, zum Abendessen auszugehen; nach dem anstrengenden Training an diesem Tag freute ich mich sogar auf das Abendessen im Restaurant Neunzehn, Aimerics Lieblingslokal in Utilitopia. Wir vereinbarten, uns dort zu treffen.

Ich ließ die Katze auf dem Parkplatz, nahm den

Schwebewagen, lehnte mich zurück und genoß die rasche, lautlose Fahrt den Hügel hinauf in die Stadt. Mir fiel ein, daß Utilitopia durch die Einführung des Springers tatsächlich etwas verlieren würde, und dabei hätte ich noch vor kurzem geschworen, daß sie nichts zu verlieren hatte. Das Restaurant Neunzehn war so beliebt geworden, daß die grimmige Vergnügungssteuer es gezwungen hatte, sich in nicht einmal zweihundert Metern Entfernung von dem vorderen Tor der Städtischen Abwässeranlagen anzusiedeln. Dank dieses Zufalls verfügte es über eine einmalige Aussicht. Man kann sich kaum vorstellen, wie sie die Fenster rechtfertigten, aber sie hatten auch das geschafft.

Alle dreißig Sekunden erinnerte mich die automatische Stimme daran, daß »es Energieverschwendung ist, Sir, wenn man die Rolläden öffnet und gleichzeitig die Heizung einschaltet«. Ich ließ mich dadurch nicht stören; ich sah zu, wie die Sonne des Zweiten Vormittags auf den eisigen Gipfeln der Optimals spielte. Irgendwie würde ich noch dort hinaufklettern, bevor ich abreiste.

Die Spezialität des Restaurants Neunzehn hieß ›Hirtenpastete‹. Eine ungefähre Übersetzung wäre »zu weich gekochtes Gemüse und Stücke nicht ausgebluteten, in versalzenem Kartoffelbrei vergrabenen Schaffleischs«.

»Ich passe mich offensichtlich an«, sagte ich zu Aimeric, als ich einen Nachschlag verlangte. »Das Zeug beginnt mir zu schmecken.«

»Du akklimatisierst dich einfach an das kalte Wetter«, meinte er. »Wo ist also das Lokal, in das du eingeladen wurdest? Und wer hat dich eingeladen? Anscheinend hat sich mehr verändert, als ich angenommen habe – als ich noch hier war, gab es nichts Derartiges.«

»Ich weiß nicht einmal, was aufgeführt wird. Das Lokal heißt das Gelegentlich Mobile Kabarett. Jedenfalls beginnt das Programm erst in anderthalb Stunden, also können wir ruhig sitzenbleiben, eine Nachspeise verdrücken und miteinander reden. Wir sind nicht oft dazugekommen, weil wir soviel zu tun hatten.«

Aimeric seufzte. »Nicht viel, worüber man sprechen kann und zuviel Arbeit ist die Lieblingssituation eines Kaledoniers. Ich muß sagen, Giraut, daß du dich viel besser darauf eingestellt hast, als ich annahm.«

Das schmerzte, weil es mich an Marcabrus letzten Brief erinnerte, in dem er sich darüber beschwerte, daß ich schrieb als wäre ich ›ein Fremder namens Giraut‹.

Aimeric hatte ruhig zugesehen, wie ich nachdachte, und grinste mich jetzt an. »Deine Nase sieht irgendwie geschwollen aus.«

»Unfall mit einem Anfänger.«

»Oh.« Er ließ das Thema fallen.

Mir fiel ein, daß Aimeric seine ersten zweihundert Tage auf Wilson als steifer, zorniger junger Mann verbracht hatte, der sich abwechselnd mit wilder Begeisterung in das okzitanische Leben stürzte und uns dann empörte, mürrische Moralpredigten hielt. Er war damals um vier Jahre älter gewesen als ich jetzt. »Es muß ganz anders gewesen sein, hier aufzuwachsen«, meinte ich.

»Ja. Ich erklärte mir immer, daß ich erwachsen werden müsse, und dann wurde ich ein Jovent. Es war sehr bizarr, als ich in Nou Occitan feststellte, daß ich meine Jugend nun doch nicht versäumen würde. Wenn ich keinen Platz auf dem Schiff bekommen hätte, wäre ich heute vielleicht ein Pfarrer wie Bruce.«

»Ich weiß noch immer nicht, was ein Pfarrer ist oder was er tut«, gab ich zu.

Aimeric zuckte die Achseln. »Ein Ersatzvater für Erwachsene. Erzählt ihnen, was recht und was unrecht ist, tröstet sie, wenn sie außer sich sind, erklärt die Welt. Beschämt sie so, daß sie gut werden und überredet sie dazu, nicht mehr schlecht zu sein.« Er seufzte. »Wenn es eine gute, anständige Person wie Clarity tut, schadet es vermutlich niemandem. Wahrscheinlich hat sie deshalb die größte Gemeinde in Kaledonien.«

»Tatsächlich?« fragte ich. »Warum wird sie dann von allen so diskriminiert? Warum hat sie im Rationalisierungsrat nicht mehr zu sagen?«

»Ihre Gemeinde ist hauptsächlich deshalb so groß, weil sie eine Art automatischer Manipulation ist. Sie duldet Dissidenten, was sonst niemand tut. Also bekommen alle diese Leute einen Repräsentanten – genau wie jede kleine orthodoxe Gemeinde. Vaters Gemeinde umfaßt nur etwa dreihundert Leute, aber Peterborough muß über zweihunderttausend haben. Jedenfalls sind anständige, sanfte Seelen wie Clarity eine Ausnahme.« Er nahm einen kräftigen Schluck aus seinem Weinglas. »Für gewöhnlich machen sie es aus Ehrgeiz – und wie jede Bevölkerungsgruppe, die nur wegen ihres Ehrgeizes gewählt wird, erweisen sie sich als ganz schön schlechte Gesellschaft. Wie die Mandarine in China, die kolonialen Verwalter im Britischen Empire, die Anwälte im alten Nordamerika oder die Wiederaufbauorgane nach dem Gemetzel – einzeln sind sie anständige Menschen, die ein wenig Gutes tun, aber als Klasse sind sie amoralische, bösartige Blutsauger mit einer guten Tarnung.«

Die Bitterkeit in Aimerics Stimme erschreckte mich. Er fuhr fort: »Es war nicht gut, daß ich das gesagt habe. Jeder, der uns belauscht hat und es nicht berichtet, könnte Schwierigkeiten mit Reverend Saltini bekommen, und das wünsche ich niemandem. Als hier lebende Ausländer sind wir natürlich in Sicherheit – aber es stört mich, wenn wir wie jetzt unsere Stellung ausnützen. Und du mußt begreifen, daß etwas, das du als Vergnügen oder Spaß siehst, für deine Studenten sehr gefährlich sein kann.«

»Was *tun* sie hier mit den Menschen?«

»Kaledonien ist keine Militärdiktatur. Sie sperren Dissidenten nicht ein und foltern sie auch nicht, falls dir das Sorgen macht. Sie schließen sie einfach vollkommen aus dem öffentlichen Leben aus. Häretiker leben jahrelang ausschließlich mit ihrem Zorn, übernehmen scheußliche Arbeiten und verfügen immer nur über die elementaren materiellen Erfordernisse, außer anderen zornigen Narren wie sie kümmert sich niemand um sie – bis ihnen eines Tages, wenn sie Mitte vierzig sind, klar wird, daß ihre Leben stinken und daß das Ganze keinen Sinn mehr hat. Dann legen sie ein großes öffentliches Geständnis ab, widerrufen und bekommen sehr verspätet eine Scheibe vom ordentlichen Leben. Das ist wesentlich wirksamer als polizeiliche Unterdrückung – sie beweisen nur, daß sie mit Beschimpfungen viel länger leben können als die meisten Dissidenten damit, daß sie unsichtbar sind.« Er wurde rot, und ich begriff, daß er wirklich betrunken war, daß er vor dem Abendessen eine Menge Wein getrunken und bereits vor meiner Ankunft damit angefangen hatte.

Er begann, Geschichten aus der Zeit zu erzählen, als er mit Bruce und Charlie befreundet gewesen war. Er kam immer wieder auf etwas Überraschendes zurück – von den drei Freunden war Bruce der wirkliche Draufgänger und *toszet des donzelhas* gewesen.

»Es klingt zwar nicht nach dem Bruce, den ich kenne«, sagte ich nach der fünften Geschichte über sein Eskapaden, »aber es liegt lange zurück.«

»Es liegt mir wahrscheinlich deshalb am Herzen, weil … na ja, vielleicht bin ich ein vollkommener Idiot. Daß Bieris die ganze Zeit mit ihm zusammen ist, macht mir Sorgen.«

Ich schenkte mir wieder ein und wartete darauf, daß Aimeric aufblickte und weitersprach; mir war nicht wohl zumute, als ich spürte, daß mein Leben wieder dramatisch wurde.

»Jetzt siehst du endlich, was mir durch den Kopf geht«, sagte er schließlich. Aber statt weiterzusprechen und es mir anzuvertrauen, schüttelte er den Kopf, stand auf und wischte sich die Krumen weg. Dann zog er mit der übertriebenen Sorgfalt des wirklich Betrunkenen seine Kleidung zurecht. »Ich darf vor diesen Eingeborenen nicht nur Nützlichkeit demonstrieren«, erklärte er ernst. »Ich muß den Schein wahren, vor allem die gute Lebensart.«

Ich bewegte mich nicht, setzte mich nicht und wußte nicht, was ich sagen sollte.

»Wenn wir noch Plätze bekommen wollen, sollten wir jetzt in das Kabarett hinüberwechseln«, meinte er. Damit war das Thema abgeschlossen. Doch als wir durch Schnee und Wind zu unserem Schwebewagen liefen, sagte er plötzlich: »Falls Bruce jemals ein Gratisticket nach Nou Occitan bekommen sollte, würde er vermutlich alles, was er sieht, sechs Monate lang beklagen, dann plötzlich an die Nordküste übersiedeln und sich einer neo-hedonistischen Kommune anschließen. Zwei Jahre nach diesem Wechsel würden er und ich gleich alt aussehen.«

Seit der Zweiten Dunkelheit heulte ein vom Meer kommender Sturm über die Stadt. Ich wartete, bis wir im Schwebewagen waren und die Tür sich hermetisch geschlossen hatte, bevor ich die Gesichtsmaske abnahm und fragte: »Warum befinden sich die Haltestellen für die Schwebewagen nicht unterirdisch unter den Gebäuden? Warum müssen alle durch Kälte und Nässe rennen, um zu ihnen zu gelangen?«

»Weil die Entfernung zwischen dem Gebäude und dem Schwebewagen kurz genug ist, um nicht wirklich gefährlich zu sein, und weil ein guter Kaledonier etwas, das nur unangenehm ist, einfach nicht beachten soll.«

Sobald ich die Frage gestellt hatte, war mir klar gewesen, daß sie dumm war.

Der Schwebewagen hielt vor einem großen Vielzweckgebäude. Es stellte sich heraus, daß sich das Gelegentlich Mobile Kabarett in einem ›Gebrauchsraum‹ befand, einem großen Raum, den jeder für einen gesetzlich erlaubten Zweck für kurze Zeit mieten konnte. Ein junger Mann, den ich nicht kannte, sammelte den Eintrittspreis mit einem Daumenabdruck-Leser ein. Der Leser brauchte einen Augenblick, um mich zu akzeptieren, weil er wahrscheinlich zuerst die gesamte Bevölkerung des Planeten durchgegangen war, bevor er die Akten der hier wohnenden Ausländer überprüfte.

»Wie sieht das Publikum heute abend aus?« fragte ich.

»Schwer zu sagen«, antwortete er. »Wir machen es zum ersten Mal. Aber wir haben bereits die Unkosten hereinbekommen, also sind wir offensichtlich nicht vollkommen unvernünftig.« Er sagte es mit der genau richtigen Mischung aus Begeisterung und sorgfältig betonter Aufrichtigkeit, die einem zeigt, daß der Mann, mit dem man spricht, einen für einen Bullen hält. »Hoffentlich gefällt Ihnen die Show.«

Ich nickte, gleichzeitig wurde mein Daumenabdruck bestätigt, und er ließ mich hinein. Aimeric brauchte nur einen Augenblick. »Das Identitätssystem ist offensichtlich klug genug, um dich dort zu suchen, wo es mich fand – oder kennt es dich noch als Ambrose Carruthers?« fragte ich, während wir in den Raum schlenderten und uns umsahen.

Er grinste. »Ich habe dem Türhüter ein kleines Trinkgeld zugesteckt. Das wirkt manchmal Wunder.«

Ich hatte mich noch immer nicht an die Idee gewöhnt, daß man – nur für gewisse Dienste – der Person, die einem den Dienst erwies, zusätzlich Geld gab. Wahrscheinlich hatte er angenommen, daß ich ein Bulle war, weil nur diese nach kaledonischem Standard so unhöflich waren, kein Trinkgeld zu geben. Ich ärgerte mich über Aimeric, weil er es mir nicht gesagt hatte, und noch mehr über mich, weil es mir nicht eingefallen war.

Es war der erste Raum in Kaledonien, in dem die Lichter entweder nicht vollständig eingeschaltet oder vollständig ausgeschaltet waren. Es gab ein paar Dutzend der üblichen industriellen Stühle und eine quadratische, bewegliche Bühne; es sah sehr wie ein verarmtes Gemeindetheater bei uns zu Hause aus.

Etwa zwei Dutzend Leute gingen herum, nahmen kurz an aufgeregten Gesprächen teil und gingen wieder weiter; sie waren noch zu unruhig, um sich zu Gesprächsrunden niederzulassen. Jemand rief: »Mister Leones!«

Ich drehte mich um und sah, daß Thorwald und Paul auf mich zukamen. »Ich freue mich, Sie zu sehen«, sagte Paul. »Ich habe gehofft, daß Sie die Einladung erhalten werden.«

»Das war offensichtlich der Fall. Ich nehme an, daß es sich hier tatsächlich um das Gelegentlich Mobile Kabarett handelt.«

»Das einzige und sehr ausschließlich das einzige«, erwiderte Thorwald. »Und möglicherweise das einzige, das es je geben wird. Es ist eine beschränkte Partnerschaft, und Paul und ich müssen einen Gewinn vorweisen, der groß genug ist und zeigt, daß es rational war, dieses Geschäft zu machen.«

»Sie sind die Besitzer?«

»Na ja, es sieht so aus, als brauche Kaledonien mehr Aufregung und Kunst – wovon Paul und ich überzeugt sind – und dann kann vielleicht jemand einen Gewinn einstreichen, indem er beides liefert. Sollten wir mit einem Gewinn aussteigen, müssen sie natürlich entscheiden, ob es sich um einen moralisch rationalen Gewinn handelt, aber wir haben Zeit, über diesen Stein zu stolpern, bis wir ihn erreichen.«

Paul grinste. »Zumindest gibt es uns Gelegenheit, illegale Händler gewesen zu sein – in der kaledonischen Geschichte haben das nicht allzu viele Leute geschafft.«

Ich hatte mich gerade neben Aimeric gesetzt, als Thorwald auf die Bühne sprang; da wir uns in Kaledonien befanden, wäre es niemandem eingefallen, mit

Verspätung zu beginnen, obwohl noch immer Leute hereinkamen, Sitzplätze fanden und am Tisch im Hintergrund Essen und Trinken kauften. »Hallo alle. Danke, daß Sie zu dem Gelegentlich Mobilen Kabarett gekommen sind. Wir haben heute abend vier Darbietungen für Sie – ich weiß, das ist weniger als die vorgesehenen sechs, aber die Geschäftsleitung haftet nicht für Feigheit in letzter Minute ...«

Im Hintergrund des Raums entstand Tumult. Anscheinend befand sich einer der Leute, die abgesprungen waren, dort, und seine Freunde lenkten lautstark die Aufmerksamkeit auf ihn. Aimeric grinste. »Ich hätte nie geglaubt, daß ich in Kaledonien eine flegelhafte Menschenmenge erlebe. Vielleicht gibt es noch Hoffnung für den alten Planeten.«

»Andererseits ist die Darbietung im hinteren Teil des Raums nicht vorgesehen, und Sie genießen sie daher ohne aufzahlen zu müssen«, erklärte Thorwald. »Und es ist das Eintrittsgeld wert.«

Das beruhigte sie, und sie murrten nur noch gutmütig.

»Er versteht es, mit einer Menschenmenge umzugehen«, sagte ich zu Aimeric.

»Ja. In Okzitanien wäre er schon längst Politiker oder Kunstkritiker.«

Ich nickte, und da Thorwald sich Zeit damit ließ, eine der Nummern auf die Bühne zu bringen, ging ich zum Büffet zurück, um für uns beide Wein zu holen.

Es stellte sich heraus, daß Valerie und Margaret das Büffet übernommen hatten. Ich grinste beide an. »Sie haben euch also ebenfalls hineingezogen.«

Margaret lächelte. »Ich werde nur dafür bezahlt, daß ich Essen und Getränke verkaufe. Übrigens, da drüben steht die Schale für das Trinkgeld. Val ist der eigentlich akute Fall – sie wird tatsächlich später auftreten.«

Ich bestellte den Wein und bedachte dann Valerie mit meinem gewinnendsten Lächeln – wenn Paul die okzitanischen Sitten kennenlernen wollte, dann sollte er auch lernen, sie zu beobachten. »Ich freue mich wirklich auf Ihre Darbietung. Werden Sie etwas spielen?«

»Ja, und singen.« Sie sah mich nicht an, sondern errötete sehr hübsch.

»Ich bin davon überzeugt, daß Ihre Darbietung die beste dieses Abends sein wird.« Ich nahm Margaret die Weingläser ab, warf das Trinkgeld in die Schüssel und grinste Valerie wieder an.

Sie war jetzt feuerrot und hatte den Kopf gesenkt; Margaret war verblüfft.

Als ich zu Aimeric zurückkehrte, erklärte Thorwald gerade der Menge, daß die Leute von der fehlenden Nummer aufgehalten worden waren; sie mußten die Babylon-Spalte überqueren. Der Paß war höher und kälter als die Sodom-Spalte und an drei von zehn Tagen sogar für eine voll ausgerüstete Katze gefährlich.

»Ein weiterer Grund, warum sie den Springer schätzen werden, sobald sie ihn haben«, sagte ich.

Aimeric schüttelte den Kopf. »Wenn ihnen Bequemlichkeit und praktische Lösungen wichtig wären, würden bereits automatisierte Straßen durch Tunnels unter den Bergen führen. Das war Dads Lieblingsprojekt.«

Auf der Bühne wurde Thorwalds Stimme vor Aufregung ein wenig lauter. »Und das war alles, was ich über das, was ihr heute abend *nicht* sehen werdet, zu sagen hatte. Das Licht, bitte.« Die Lichter wurden schwächer. Die Menge schien die Luft anzuhalten. »Und jetzt stellen wir stolz zum ersten – und mit ein wenig Glück nicht zum letzten – Mal Anna K. Terwilliger auf einer Bühne vor; sie wird eigene Gedichte lesen.« Er drehte sich um und verließ etwas schlaff die Bühne – er hatte offensichtlich nie darüber nachgedacht, wie man gut abgeht.

Eine dickliche, etwa fünfundzwanzig Jahre alte Frau kam auf das Podium; sie war blaß, hatte Akne und ein fliehendes Kinn, aber hübsches, dichtes, kastanienbraunes Kraushaar und große, blaue Augen. Sie hielt ein dickes, altmodisches Buch in den Händen – so ein Ding mit Seiten aus echtem Papier, die man umblättern muß – und schlug es mit der vorgetäuschten Wichtigkeit auf, die die Priester bei Festlichkeiten zu Hause immer zur Schau trugen.

»Mein erstes Gedicht schrieb ich in einem Schwebewagen«, erklärte sie. »Es hat überhaupt nichts mit Schwebewagen zu tun, ich habe es nur dort geschrieben.« Vom Publikum kam verständnisvolles, amüsiertes Brummen. »Was ich wirklich dachte, als ich es schrieb, war nur, daß man älter wird, wissen Sie, und sogar älter als man je vorhatte zu werden, und deshalb nicht weiß, was man tun soll. Es heißt: ›Alt werden: Ein Schwebewagengedicht‹.«

Sie hob das Buch hoch und las:

»Das Ende ist noch nicht da, und doch ist der
Anfang bereits gewesen.
Keiner versteht das, bis sie es tun. Zu spät
Und weit nach der Zeit, auf die du wartest,
Stellst du fest, daß du das gleiche kein zweites
Mal machen kannst.
So werden alle alt, und sterben, und fallen, und
verfaulen,
Und alles verdirbt oder zerbricht
Und niemals findet es jener, der sucht,
Außer dem Ding, über das hinaus er nicht sucht.
Deshalb kann abstrakte Vernunft ohne Hilfe
der Seele
Die todesdunklen Vorhänge nicht zurückschieben
Und auch nicht vor dem kostenden Atem die
Luft kosten
Und so stehen wir immer dem Loch zugewandt,
Das schwärzlich unsere Blicke, unser Gesicht
in sich zieht
Und alles leugnet. Also beginnen wir nicht.«

Sie las all das feierlich, mit dem merkwürdigen höheren Tonfall am Ende jeder Zeile und der wuchtigen Satzmelodie, die den Zuhörern einhämmert, daß dies, bei Gott, Poesie ist. Alle saßen still da, während jede schreckliche, eintönige, unbeholfene Zeile gegen sie prallte; ich biß mich auf die Zunge, um nicht zu kichern, und spürte, wie sich Aimeric neben mir lautlos vor Lachen schüttelte. Offensichtlich würde Anna K. Terwilliger als der erste, aber nicht als der beste kaledonische Dichter bekannt werden ... es sei denn, sie war auch der einzige.

Als sie schloß, blickte sie blinzelnd, hoffnungsvoll und schüchtern auf – wie jeder, der zum ersten Mal auf einer Bühne steht. Das gefiel mir an ihr, und ich hoffte, daß das Publikum nicht übertrieben grausam sein würde.

Zuerst waren es nur zwei oder drei Zuhörer, dann ein Dutzend und dann alle, die in wilden Applaus ausbrachen; einige standen sogar auf. Hochrufe wurden laut und die allgemeine Erregung schlug Wellen.

Sie strahlte ihr Publikum mit feuchten Augen an.

Ich warf Aimeric einen Blick zu. »Ich war lange fort«, flüsterte er mir ins Ohr. »Ich weiß wirklich nicht, wie ich als Kind reagiert hätte. Die Technik ist natürlich entsetzlich. Aber das wissen diese Leute nicht. Geschmack später – Erfahrung zuerst, Giraut.«

Ich seufzte. »Vermutlich. Vielleicht beneide ich sie nur um ihre Aufregung.«

Im Raum wurde es inzwischen still. Anna K. Terwilliger strich die offenen Haare zurück und las ein weiteres Werk, in dem es darum ging, daß die Bestandteile von allem, was stirbt, wiederverwertet werden. Hätte es sich nicht gereimt, so hätte man es als brauchbare Einleitung zu einem Lehrbuch für Ökologie für Kinder verwenden können. Der Applaus war diesmal noch heftiger.

Dann löste ein Werk über Gott, Vernunft und Zahlen, dem ich überhaupt nicht folgen konnte, nicht enden wollenden Beifall aus; anschließend kamen einige sehr einfache, erzählende Gedichte über ihre Familie und wo sie lebten, die wenigstens nicht ganz unzulänglich waren… keines von ihnen hätte in Noupeitau in welcher Klasse immer eine positive Benotung erhalten. In jedem Leseclub in Okzitanien wären Nüsse und Bier auf die Autorin niedergeprasselt. Ich hoffte nur, daß der Export unserer Kultur erfolgreicher sein würde als der Export der kaledonischen.

Endlich verließ Anna K. Terwilliger unter donnerndem Beifall die Bühne, und Thorwald kam wieder hinauf. »Und noch eine Premiere – falls wir jemals wieder so etwas veranstalten, muß ich mir eine neue Ansage zurechtlegen – hier ist Taney Petersborough.«

Er setzte sich, und wieder gab es keinen Applaus. Ich wollte gerade Aimeric fragen, ob Taney mit Clarity verwandt war, aber als er die Bühne betrat, war mir klar, daß er entweder Claritys Bruder oder ihr Vetter war.

Aus Kleidung und Gesichtsausdruck schloß ich sofort, daß dieser Künstler die alte Kunst des *statz-sursum* wiederbeleben wollte, und bekam Angst – wenn man es gut machen will, braucht man eine jahrelange Ausbildung, sonst genügen einige Augenblicke der Unkonzentriertheit, und es geht schief. Da man hier keine Ausbildung bekommen konnte (sollte ich vielleicht im Zentrum einen Kurs anbieten? Aber es gab niemanden, der einen solchen Kurs abhalten konnte) wußte ich ziemlich genau, was mich erwartete.

Taney Peterborough wirkte auf der Bühne gewinnend, und das Publikum schloß ihn sofort ins Herz. Das war nicht gut, weil es ihn ermutigte. Seine Witze waren unzusammenhängend, nur eine Zufallssammlung, die durch das Thema lose verbunden war, und außerdem waren sie alt – vor allem die politischen, die mindestens tausend Jahre alt sein mußten und unter allen autoritären Regimes, hauptsächlich den puritanischen, erzählt worden waren. Es gab auch die obligatorischen

Witze über Aimerics Vater, den Reverend Saltini und das System im allgemeinen.

»Es muß hier lockerer zugehen, als ich angenommen habe«, flüsterte ich Aimeric zu.

»Er hat einen Freibrief«, antwortete Aimeric. »Es ist rational, daß er seiner Schwester politischen Erfolg wünscht, also kann er beweisen, daß es für ihn rational ist, die Opposition herabzusetzen. Daher können sie ihn nicht wegen Irrationalität verurteilen oder ihn einer Therapie unterziehen – so werden nämlich alle politischen Verbrechen behandelt.«

»Ist es rational, daß alle anderen zuhören, lachen oder applaudieren?« fragte ich.

»Das ist eine gute Frage, und Saltini arbeitet zweifellos bereits an ihrer Beantwortung.«

Darauf gab es keine Antwort, deshalb hörte ich mir alle schauderhaften Witze an und war darüber erstaunt, daß so viele Leute tapfer genug waren, um zuerst zu lachen und dann zu denken.

Endlich war es zu Ende; der Applaus war beachtlich, wenn auch nicht so stürmisch wie bei Anna K. Terwilliger. Thorwald sprang wieder auf die Bühne – er wirkte gespannt – und verkündete nur: »Jetzt folgt eine Pause von fünfzehn Minuten – dann kommen zwei weitere Darbietungen.«

Aimeric zuckte auf meinen fragenden Blick die Achseln. »Nimm es nicht zu wichtig. Es kann nichts sein, oder sogar eine Gelegenheit für das Pastorat für Öffentliche Projekte, die Zügel lockerer zu lassen. Oder es ist ihnen überhaupt gleichgültig, was zwischen diesen Leuten läuft.«

Er kannte Kaledonien, ich nicht. Trotzdem hatte ich das Gefühl, daß er mich nur beruhigen wollte.

Auf dem Weg zum Büffet – um noch etwas Wein und vielleicht auch noch etwas Valerie zu genießen – klopfte mir jemand auf die Schulter. Ich drehte mich um und stand Bruce und Bieris gegenüber.

»Hallo! Wie seid ihr hierhergekommen?«

»Nach dem Malunterricht fand ich im Zentrum eine Einladung vor«, erklärte Bieris. »Ich rief Bruce an und er hatte Zeit, mit der Katze hierher zu fahren, also schloß er sich mir an. Wir sahen dich hereinkommen, hatten aber keine Zeit mehr, zu dir hinüberzugehen und dich zu begrüßen, denn die Show begann.«

Irgendwie bezweifelte ich das, denn die Atmosphäre war so zwanglos, daß man ohne weiteres herumgehen konnte. Und hatte ich es mir eingebildet, oder hatte Bruce Bieris' Hand losgelassen, als ich mich zu ihnen umdrehte? Ich hatte das untrügliche Gefühl, daß alles von einem Tag auf den anderen tragisch und kompliziert werden konnte. Vielleicht würde ich Glück haben und Aimeric würde mich bitten, sein Secundo zu sein... doch hier gab es keine Duelle – gab es dann Secundos? Und falls es sie gab – waren sie einfach Mittelsmänner, oder spielten sie eine Rolle bei der Beilegung des Ehrenhandels?

Die Vorstellung, Secundo zwischen Freunden zu sein – um diese Rolle hatte ich Raimbaut immer beneidet. Ich sah ihn zum ersten Mal sterben, als er mein Secundo gegen Marcabru war – wir waren damals noch Teenager, und ich hatte Marcabru in flagranti mit meiner *entendedora* erwischt.

Bieris hatte erwähnt, daß zwei Studenten, die sie in ihrem Malkurs im Zentrum hatte, vielversprechend wären. »Außerdem ist Anna in meiner Klasse. Sie hat ein echtes Gefühl für okzitanisch.«

»Tatsächlich?« fragte ich ohne zu überlegen – doch glücklicherweise schien mich niemand gehört zu haben.

Bruce grinste. »Die Gedichte haben dich auch nicht sehr beeindruckt.«

Bieris sah ihn wütend an, und ich begriff, daß eine Meinungsverschiedenheit knapp vor dem Ausbruch stand, doch bevor ich mich zurückziehen konnte, ging Bruce zum Büffet, um Wein für alle zu holen. Unglücklicherweise geriet Valerie dadurch vorläufig außer meine Reichweite. Ich wandte mich wieder Bieris zu, die strahlender lächelte als notwendig – auch ein schlechtes Zeichen.

»Du willst doch nicht etwa behaupten, daß dir diese Darbietung wirklich gefallen hat«, sagte ich. »Ich verstehe, daß Aimeric ihr wohlwollend gegenübersteht, weil er hier aufgewachsen ist und es ihn beeindruckte, daß so etwas hier überhaupt geschehen kann, aber wenn du den Inhalt und die Qualität betrachtest ...«

Bieris verzog die Lippen. »Wenn ich jetzt mit dir diskutiere, Giraut, weiß ich genau, daß du es auf meine Loyaliät meiner Studentin gegenüber schieben wirst. Natürlich hat mich weder die Rhetorik noch die Auffassungsgabe, Technik oder Darbietung beeindruckt.«

»Das heißt, es war nicht die Dichtkunst. Was war es dann?«

Sie biß sich auf die Unterlippe. »Zweierlei, Giraut, und du wirst dich über beides lustig machen. Zunächst das Ereignis. Diese Menschen machen sich soviel mehr aus Kunst als wir. Sie beschämen uns wirklich. Zweitens die Frau an sich. Die Tatsache, daß jemand, der so aussieht wie sie, die Erlaubnis bekommt, Dichterin zu werden, beeindruckt mich viel mehr, als du dir vorstellen kannst.«

»Ich sehe, daß du es ernst meinst, aber ich verstehe nicht, wie du behaupten kannst, daß Menschen, die keine Kunst erzeugen, sich mehr aus ihr machen als die Leute, die nur Kunst erzeugen. Was das andere betrifft – da muß ich zugeben, daß du recht hast. Die Schriften einer häßlichen Frau können genauso wenig wie die eines häßlichen Mannes jemals die Ebene der Dichtkunst erreichen. Was werden ihre Nachkommen denken, falls sie je eine Lesekassette macht und sie sie sehen?«

Bieris löste sich abrupt von mir und folgte Bruce.

Mir wurde klar, daß die Kaledonier sie tatsächlich beeinflußt hatten. Bieris war genauso unvernünftig wie sie.

Bevor ich ihr folgen konnte, sprach eine Stimme an meinem Ohr. »Eine besondere Gelegenheit. Ist Ihr Einfluß daran schuld?«

Ich drehte mich um und stand Botschafter Shan gegenüber.

»Ich würde es mir gern als mein Verdienst anrechnen – viele dieser Studenten sind meine Schüler – aber es sind ihre Ideen und ihr Mut.« Vielleicht hatte Bieris erreicht, daß ich mich ein wenig schämte, weil ich über ihre Unreife spottete. Außerdem hatte das Gelegentlich Mobile Kabarett tatsächlich etwas Tapferes, Ritterliches und Verrücktes an sich; ich wäre kein Okzitanier gewesen, wenn es damit mein Herz nicht zumindest ein wenig erobert hätte.

»Wie haben Sie von dieser Veranstaltung erfahren?« fragte ich.

»Ich wäre ein schlechter Botschafter, wenn ich nicht wüßte, was in Utilitopia geschieht – und ein noch schlechterer, wenn ich den Leuten erzählte, wie ich es herausbekommen habe.«

»Sie wären vermutlich auch ein schlechter Diplomat, wenn Sie Ihre ehrliche Meinung über die Show äußerten.«

Sein Lächeln vertiefte sich. »Keineswegs. Seit ich für den Rat arbeite, finde ich jedes Stückchen Kunst, auf das ich in dreizehn verschiedenen Kulturen gestoßen bin, entzückend und bezaubernd. Das gehört zu meinem Job.«

Er wandte sich jemand anderem zu. Die Vorstellung, daß einem etwas gefallen *mußte,* ließ mich erschauern.

Bruce kam mit dem Wein vorbei. Wir plauderten kurz über die Farm, als zu meiner Überraschung und meinem Entzücken Valerie zu uns trat.

»Hallo«, sagte sie. »Ich möchte Sie um etwas bitten,

um eine wirklich große Gefälligkeit, und ich würde es Ihnen nicht übelnehmen, wenn Sie nein sagten.«

Bruce grinste. »Es dürfte sich um das unwiderstehlichste Angebot handeln, das Giraut je gemacht wurde.«

»Du könntest recht haben«, bestätigte ich.

Valerie errötete. »Ich komme mir dumm vor, denn ich hätte Sie schon früher darum bitten können. Ich habe okzitanische Musik gehört, dabei gelegentlich die Erläuterungen gelesen und festgestellt, daß Sie miteinander improvisieren können. Mehr als ein Musiker gleichzeitig, meine ich. Und ich habe mich gefragt, ob Sie das üben müssen, oder können zwei Menschen, die nie zuvor miteinander gespielt haben, es tun und es so gut machen, daß sie sich dem Publikum stellen können – denn was ich wirklich möchte, ist, daß Sie es auch tun und … ich meine, natürlich, nachdem ich ein paar Lieder vorgetragen habe, aber wenn ich Sie bitte …«

»Sie fragen mich, ob ich mit Ihnen eine Jam Session machen will?«

Ihre Augen wurden groß, sogar Bruce erschrak ein wenig, mir wurde klar, daß ich gerade unabsichtlich einen Ausdruck des örtlichen Slangs verwendet hatte, und ich erklärte es schleunigst. »Jedenfalls lautet die Antwort auf die Frage, ob wir gemeinsam musizieren wollen ›Ja‹. Improvisationen sind in okzitanischen Clubs sehr häufig. Ich würde mich freuen.«

Sie errötete wieder sehr hübsch, sagte ebenfalls, daß sie sich darauf freue, und lief dann zum Büffet zurück, um Margaret abzulösen, die verwirrter denn je aussah. Valerie flüsterte ihr etwas zu. Margaret lachte plötzlich schallend und schlug mit der Hand auf den Tisch – wahrscheinlich ging es um das kleine Mißverständnis mit der Jam Session.

Bruce blinzelte mir zu.

In diesem Augenblick sprang Thorwald wieder auf die Bühne. »Also, Leute …«

Im Hintergrund brüllte eine Stimme. »Laß mich noch

ein Bier holen, bevor ich mir etwas ansehe, das *du* geschrieben hast!«

Donnernder Applaus; Thorwald grinste schüchtern. »Noch eine Pause?«

Damit löste er die größte Ovation des Abends aus. Er setzte sich, und die Menschen unterhielten sich weiter, obwohl sie jetzt langsam zu ihren Plätzen gingen.

Als ich zu meinem Platz gelangte, hatte sich Margaret auf den Stuhl zwischen Aimeric und mich gesetzt. Aimeric sprach mit seinem anderen Nachbarn, also nahm ich Platz und beschloß – obwohl ich mich jetzt schon langweilte – diesem sehr häßlichen Mädchen gegenüber höflich zu sein.

Margaret konnte tun, was sie wollte – sie würde immer häßlich aussehen. Kein weiter okzitanischer Rock konnte ihr übergroßes Hinterteil verbergen, kein Oberteil ihre zu breiten Schultern und kleinen, schlaffen Brüste kaschieren, und keine Frisur konnte ihre harten Gesichtszüge weicher wirken lassen oder ihren unreinen Teint beseitigen. In der kaledonischen Einheitskleidung sah sie geradezu scheußlich aus – die kurzgeschnittenen Haare betonten das wächsern glänzende, ungesund bleiche Gesicht, der Pullover betonte ihren Altweiberbusen und -bauch, und die kniehohen Stiefel sowie die sackartige Hose betonten die mageren Beine und den großen, schlaffen Hintern. In Nou Occitan wäre sie ein Waldranger geworden oder hätte sich einem Begutachtungsteam auf Arcturus' toten Welten angeschlossen, oder hätte an den Rennboot-Rennen Rund-um-den-Planeten teilgenommen – jedenfalls hätte sie einen Beruf ergriffen, bei dem sie die Menschen meiden konnte. Hier schien sie sogar beliebt zu sein.

Ich war jedenfalls fest entschlossen, nicht unhöflich zu sein. »Ihnen gefällt die Show?« fragte ich.

Ihr Lächeln wurde ein wenig schwächer. »Es berührt mich wahrscheinlich zu sehr. Alles, was nicht perfekt ist, macht mich verlegen, und alles, was funktioniert, treibt mich dazu, aufzuspringen und zu jubeln. Ist es ... ist es wirklich jede Nacht so, ich meine, gibt es auf Nou Occitan tatsächlich eine Menge solcher Dinge?«

Da ich entschlossen war, höflich zu bleiben, erwiderte ich einfach: »Ja, es gibt eine Menge Vorstellungen und auch eine Menge Kunst ...« Den Rest ließ ich in der Luft hängen und hoffte, daß sie nicht auf weitere Folgerungen kommen würde. Ich sah mich in dem Raum um, in dem so viele Leute auf ihren Stühlen herumrutschten und darauf warteten, daß es wieder anfing; keiner beachtete die anderen und keiner würde nach der Vorstellung Kommentare abgeben, wie es in jedem Theater von Noupeitau der Fall war, worauf ich plötzlich unwillig erklärte: »Wir genießen es nicht so intensiv wie Sie. Weil so viel angeboten wird, ist es für uns nicht sehr aufregend ... und außerdem sind wir schrecklich apolitisch, deshalb reagieren wir nicht so ... leidenschaftlich.«

Sie hielt meine Antwort offenbar für ein Kompliment und vielleicht war es eines. Sie gefiel mir, obwohl sie häßlich war. Es freute mich, daß meine Erklärung sie glücklich gemacht hatte. Einen Augenblick lang waren wir verlegen und schüchtern, wie es ist, wenn eine Freundschaft entsteht. Wahrscheinlich um abzulenken, fügte sie hinzu: »Valerie ist wirklich nervös.«

»Sie hat keinen Grund dazu. Sie wird der Schlager des Abends sein. Wahrscheinlich steht sie zum ersten Mal vor einem echten Publikum, oder zumindest vor einem Publikum, das sie hören kann.«

»Ja, aber trotzdem ... sie wirft so vieles weg ...«

»Wirft weg?«

»Das wußten Sie nicht? Wie hätten Sie es auch erfahren sollen. Die Entscheidungen darüber, wer um die Preise kämpfen kann, beruht auf der Durchschnittswertung der letzten neunzehn öffentlichen Vorführungen oder Wettkämpfe. Da die KIs das hier äußerst schlecht bewerten werden ...«

»*Deu!* Sie wird alles verlieren!«

»Anscheinend will sie es so vortragen. Sie findet, daß sie, solange sie Eintrittskarten verkaufen kann, nur konsequent einer bestimmten Gruppe von Menschen gefallen muß. Und wenn nicht, so gibt es immer Arbeit – wir sind keine Barbaren.«

Ich schwieg. Ein solches Mädchen, das noch dazu eine Künstlerin war, sollte womöglich Ställe ausmisten oder Farbe abkratzen, nur weil sie fand, daß sie eine bessere Musikerin war als eine Maschine … Ich begann schon, meinen nächsten Brief an Marcabru zu formulieren …

Margaret strich mir über den Arm. »Es ist ihre Entscheidung. Und Sie haben sie nicht dazu veranlaßt oder so was. Nehmen Sie es nicht zu schwer.«

Mir blieb die Antwort erspart, weil die Lichter gedämpft wurden. Thorwald kam wieder auf die Bühne, und die gleiche Stimme piesackte ihn wieder: »Hab dir wohl vorhin einen Schrecken eingejagt, was?«

»Du bist schlecht für das Geschäft, Paul.«

Margaret und mir wurde gleichzeitig klar, daß Paul auch der erste Angreifer gewesen war. »Er hatte recht«, flüsterte Margaret. »Wir müssen den Menschen Zeit lassen, sich umzustellen. Wir können sie nicht zwingen, auf die Minute pünktlich auf ihren Plätzen zu sein …«

»Sie klingen heute sehr okzitanisch«, neckte ich sie – und sah, daß es ein Fehler gewesen war. Sie errötete so wie Val es getan hatte, was bedeutete, daß sie es ebenfalls als Flirt empfand … und mit jemandem zu flirten, der einen überhaupt nicht interessiert, ist die schlimmste Art von Grausamkeit. Ich würde Margaret gegenüber eine Zeitlang sehr vorsichtig sein – vor allem, weil ich ihre Freundschaft gewinnen wollte.

Wie konnte ich sie Marcabru erklären? Ich konnte Thorwald und Paul als werdende Jovents und Valerie als *donzelha* schildern, aber Margaret?

Mir fiel die okzitanische Lösung ein. Ich würde nicht über sie sprechen, aber falls er jemals sie oder Fotos von ihr sah und einen kritischen Gedanken über sie äußerte, würde ich ihm eine Herausforderung *atz fis prim*, bis zum ersten Tod, anbieten.

Zu Hause war das Leben wirklich einfacher.

Thorwald stellte Valerie vor; er hielt sie wahrscheinlich für die schockierendste Darbietung des Abends, deshalb versuchte er, die Zuschauer entsprechend vorzubereiten, betonte die ›Freiheit und Kraft des Ausdrucks‹, die wir »durch die für uns neue Technik der Improvisation erreichen. Sie werden in der Musik vieles hören, das sie nie zuvor gehört haben; wir glauben, daß es immer hier gewesen ist und daß Valerie es einfach ans Tageslicht bringt.« Er sprach eine Zeitlang über dieses Thema, bis ich beinahe davon überzeugt war, daß wir eine Ausstellung über musikalische Anthropologie sehen würden.

Als Valerie endlich auf die Bühne kam, bekam sie nicht ganz soviel Applaus wie Anna oder Taney. »Kein Wunder nach dieser langweiligen Einführung«, flüsterte Margaret. Ich nickte heftig.

Valerie hatte offensichtlich beschlossen, das Publikum nach und nach zu zähmen. Sie begann mit einigen alten Balladen aus Schottland, Argentinien und Texas. Es war seltsam, wie sie einander ähnlich wurden, wenn sie zu terstad wechselten. Ihre Einleitungen waren kurz; sie sagte uns, von wo und aus welcher Zeit ein Stück kam. Das umstrittenste Stück, das sie spielte, war ›Diego Diablo‹, eine alte Ballade der Südlichen Hemisphäre aus den Jahren nach dem Gemetzel, die von dem traditionellen Hass der Lateinamerikaner für das Vereinigte Asien erfüllt war. Sie schob die Schuld und das bei der Vernichtung der Plata Transpolis (und ihrer 130 Millionen Einwohner) vergossene Blut dem ›Schlächter-König von Taipei‹ in die Schuhe und verherrlichte den Gegenschlag, der Honshu Transpolis dem Erdboden gleichmachte. Selbst nach Jahrhunderten konnte diese Ballade auf einer zehn Lichtjahre von der Erde entfernten Welt das Blut zum Kochen und zum Gefrieren bringen – ich würde Thorwald darauf aufmerksam machen müssen, wie natürlich die Kampfeslust für ein menschliches Wesen ist.

Als sie jedoch ein anderes Stück begann, geriet das Publikum außer sich. Sie hatte eines von Anna K. Terwilligers Gedichten genommen – eines, das für mich überhaupt keinen Sinn ergeben hatte, aber mit wildem Applaus bedacht worden war – und es mit einem Musikstück unterlegt, das offenbar ein traditionelles instrumentales Wettkampfstück war.

Als sie begann, war der Aufruhr ohrenbetäubend; so viele Anwesende sprangen auf, daß wir uns ebenfalls erhoben, um etwas zu sehen. Die meisten sprachen reason, so daß ich kaum wußte, was vor sich ging, und ich weiß es eigentlich auch heute noch nicht genau, aber anscheinend hatte Anna mit diesem Gedicht eine Art Gödels Theorem der örtlichen Theologie geschrieben, dabei bewiesen, daß es – falls es wahr war – wahre Dinge gab, die das Theorem nicht erfassen konnte – und das war Ketzerei. Als Krönung hatte Valerie eine Melodie gewählt, die traditionellerweise Trauermusik war und bei einer Zeremonie gespielt wurde, in der sie darüber nachdachten... na ja, man kann es mit ›Die Kompromisse des Lebens‹ übersetzen. Der Titel des Stücks war ›Du kannst nicht immer bekommen, was du willst‹ – ich verstehe es noch immer nicht ganz und glaube, daß ein Nicht-Kaledonier das nie schafft. Doch es ging darum, daß es bei vielen sehr ernsten religiösen Ritualen gespielt wurde; es ging auf die legendären Gründer ihres Glaubens im Industriezeitalter zurück, *und sie spielte es in Ragtime.*

Kurz – durch die zornigen Worte und die spöttische Musik wurde der kaledonischen Gedankenwelt bitterer Sarkasmus ins Gesicht geschleudert, und der darauf folgende Aufruhr war vermutlich die maßvollste Reaktion, die möglich war.

Rings um mich schrien die Leute einander an; Paare trennten sich verbittert, Kaledonier schubsten einander (*Deu* war ich froh, daß ich noch keinem beigebracht hatte, wie man wirkungsvoll schlägt oder tritt!), und eine blasse, blonde Frau stand auf einem Stuhl und schrie die Menge an – aber obwohl sich ihr Mund bewegte und sie nicht mehr als sechs Meter von mir entfernt war, hörte ich sie nicht.

Ich wandte mich Aimeric zu, und er war nicht mehr da; an seiner Stelle befand sich etwas, das zuerst wie ein rotköpfiges Kind aussah – ich brauchte einen Augenblick um zu erkennen, daß es Prescott war – der Margaret, die an meiner anderen Seite stand, anschrie. Er hob die Faust, als wolle er sie schlagen, worauf ich ihm den Fuß wegzog und ihn auf den Teppich fallen ließ. Ich hoffte, daß ihn das abkühlen würde, so daß er nicht in Schwierigkeiten geriet. Paul und Thorwald postierten sich an den vorderen Rand der Bühne, als wären sie Rauswerfer in einer Radau-Bar; ihr Gleichgewicht war infolge ihres Trainings für die Duellierkunst viel besser und ihre Selbstsicherheit wesentlich stärker geworden – anscheinend wollte sich niemand mit ihnen anlegen. Einen Moment später schlossen sich ihnen Aimeric und Bruce an. Ich begann, mich durch die Menge zu ihnen durchzuarbeiten.

Unvermittelt wurde es stockfinster, und gleichzeitig wurde offensichtlich ein Unterdrückernetz herabgesenkt, denn plötzlich hörte man kaum noch etwas, weil das Umweltgeräusch gelöscht wurde. Das bedeutete, daß die Polizei da war, und das war schlimm, aber ich war so erleichtert, daß ich mir einen Augenblick lang nichts daraus machte.

Dann kam aus dem Netz, das seine Interferenz-Impulse regulierte, die eintönige, gefühllose Stimme einer KI. »Es gibt Beweise für schwere Irrationalität in dieser Versammlung. Wir fordern Thorwald Spenders und Paul Parton auf, sich auszuweisen.«

»Hier«, meldeten sie sich gleichzeitig. Im Raum herrschte jetzt wieder Stille, und die Unterdrücker wurden allmählich ausgeblendet. Das unangenehme Summen in den Ohren, das ich immer bekam, wenn sie angewendet wurden, hielt noch eine Weile an.

»Bitte finden Sie eine Methode, um die Versammlung zu beruhigen, da sonst diese Versammlung und alle ihr ähnlichen zur Gefahr für die Rationalität erklärt werden.«

Die Beleuchtung wurde wieder eingeschaltet – unangenehm hell, so daß wir blinzeln mußten. Thorwald dachte sichtlich verzweifelt nach, aber Paul ergriff das Wort.

»Wir werden jedem, der jetzt die Versammlung verlassen will, den Eintrittspreis voll zurückerstatten, und, falls er es wünscht, eine Dauer-Freikarte für künftige Darbietungen ausstellen.«

Verblüffte Stille trat ein, dann brach kurz Applaus aus – ich verstand nicht, warum, denn dies war sicherlich der einfachste …

»Einwand«, sagte die KI. »Es ist für Sie nicht rational, wenn Sie das tun. Diese Leute haben bereits über die Hälfte der Darbietungen gesehen, die Sie angeboten haben.«

Paul sprach langsam. »Das verstehe ich. Aber ich verstehe auch, daß viele von ihnen sehr enttäuscht sind, weil das, was sie sahen, nicht das war, was sie erwarteten. Vorausgesetzt, daß es in Zukunft weitere Darbietungen geben wird, werden sie dank dieser Lösung noch immer rational sein, indem sie sie als spekulatives Wagnis sehen und die Chance besteht, daß es ihnen gefällt.«

»Einwand. Das gibt den Besuchern die Möglichkeit, Sie zu betrügen.«

»Ja, aber solange wir Shows von hinreichender Qualität bringen, werden sie den letzten Akt bis zum Ende sehen wollen – und wenn sie das tun, können sie keine Rückzahlung verlangen.«

»Alle Einwände zurückgezogen. Machen Sie weiter.«

Paul und Thorwald brauchten einige Minuten, um den etwa zwanzig Leuten, die ihr Geld zurück haben wollten, den Betrag auszuzahlen; inzwischen ging ich hinauf, um mit Valerie zu sprechen, teils, um sie zu ihrer bisherigen Leistung zu beglückwünschen und ihr Mut zu machen, vor allem aber, um zu sehen, wie weit ich mit einer neuen Flirt-Runde kommen würde.

Sie war überraschend gut aufgelegt; offensichtlich fand sie eine große Menschenmenge doch nicht so schreckerregend, wie sie befürchtet hatte, aber vor allem war es für sie befriedigend, daß der Sinn ihres Liedes sofort und so gänzlich verstanden worden war. »Falls ich auf diese Art weitermache, werde ich wenigstens wissen, daß die Leute mich verstehen. Vielleicht werden sie es hassen, aber sie werden es verstehen. Und zu wissen, daß meine Arbeit sinnvoll ist, ist sehr viel wert.«

»Aber die Risiken die Sie eingehen…«

Sie schüttelte lächelnd den Kopf. »Was für Risiken? Ich kann spielen, was mir gefällt; das können sie nicht verhindern. Ich kann Lieder schreiben und mich auf die Zustimmung der Zuhörer verlassen, statt mir anzuhören, wie es laut einer KI klingen sollte – selbst wenn ich die Lieder *verschenken* muß, werden sie gesungen werden.«

»Aber Sie könnten den Rest Ihrer Tage damit verbringen, Mist zu schaufeln!«

Sie schüttelte traurig den Kopf. »Wissen Sie, wie viele der großen Liederschreiber der letzten zweitausend Jahre mit ihren Händen gearbeitet haben? Es wird mich nicht umbringen und ist ein geringer Preis für die Freiheit.«

Wenn ich die Vorstellung, ein Mädchen mit einer schönen Stimme und dem Gesicht eines Engels mache diese Art von Arbeit, für pervers und grundlegend falsch hielt, würde dies den Streit mit einem Okzitaner beilegen, während mich ein Kaledonier nur verständnislos anstarren würde. Deshalb begnügte ich mich damit, mir vorzunehmen, daß ich sofort nach meiner Rückkehr nach Hause einen langen, leidenschaftlichen Brief an Marcabru schreiben würde.

In diesem Augenblick kam Thorwald herauf und teilte uns mit, daß wir bald weitermachen würden. »Margaret nimmt offenbar an, daß sie alle miesen Typen aus der Menge vertrieben hat und läßt dir ausrichten, Val, daß du keine weiteren nicht vorgesehenen Pausen mehr verursachen mußt.«

Valerie nickte kichernd; sie schlug vor, daß wir einfach ein halbes Dutzend okzitanische Stücke spielen sollten, »damit es etwas ruhiger bleibt – ich finde, daß wir ihnen für eine Nacht genügend Aufregung verschafft haben.«

Mir fiel auf, daß Valeries Schüchternheit verschwand, sobald es um Musik oder Darbietungen ging. »Natürlich, wenn Sie es wünschen«, stimmte ich zu. »Hoffentlich wird das Publikum nicht enttäuscht sein.«

»Heute kann nichts eine Enttäuschung sein«, behauptete Paul und setzte sich neben Valerie. »Mister Leones…«

»Giraut, bitte«, unterbrach ich ihn. »Es ist mir lieber, wenn du meinen Vornamen verwendest.«

»Gut, Giraut. Du kannst dir wahrscheinlich nicht vorstellen, was all das für uns bedeutet.«

»Das stimmt.«

Das Licht begann zu flackern – wo hatten sie das traditionelle Zeichen dafür gelernt, daß die Show im Begriff war zu beginnen? –, also verließ Paul die Bühne und Thorwald brachte meine Laute samt Koffer. »Als Val es uns erzählte, haben wir sie express aus dem Zentrum kommen lassen; hoffentlich war das richtig.«

»Es war großartig von euch. Ich ziehe es immer vor, mein eigenes Instrument zu spielen.«

Ich hatte das normale Lampenfieber, das ich vor

jedem Auftritt habe, nur stimmte ich hier gleichzeitig mein Instrument. Thorwald machte verschleierte politische Witze über die Polizei und sagte: »Was für eine Nacht, Freunde – unser erstes Kabarett, unser erster Dichter, unser erster Aufruhr.« Das Publikum war ruhiger und gedämpfter.

Valerie und ich waren zu zweit großartig. Ihr Instinkt für Improvisationen betraf sowohl unsere gemeinsamen Stücke als auch ihre Soli; es kann kaum viele bessere Darbietungen der zwölf okzitanischen Standardlieder, die wir spielten, geben.

Und doch – obwohl das Publikum warm und freundlich und die Darbietung gut war – wir waren an diesem Abend meines Wissens in Stil und Qualität allen anderen weit voraus – hatte ich ein seltsam leeres Gefühl. Die Leute applaudierten der Schönheit – aber irgendwie berührte sie das weniger als Valeries herausfordernde (und für mich unverständliche) Hymne, oder Annas schrecklichen Verse – oder sogar, wie ich mir ungern eingestand, Taney Peterboroughs abgedroschene Witze.

Ich trat zurück, damit Valerie sich allein verbeugen konnte, und applaudierte ihr. Der Applaus gebührte ihr von Rechts wegen; ich ärgerte mich über die Situation und schämte mich tief – es war wie ein immer größer werdender Fleck auf meinem *enseingnamen* –, daß ich so kleinlich sein konnte. Ich dachte an einiges, das Bieris mir zuvor gesagt hatte, und merkte, wie dumm ihr mein Posieren vorkommen mußte – und auch den Studenten im Zentrum.

Als wir uns endlich setzen durften, kam Thorwald sofort auf die Bühne, als habe er Angst, den Schwung zu verlieren; er wirkte nervöser als vorher. Der Grund wurde sofort klar: »Unser letztes Stück stammt von einem Schriftsteller, der über beachtliche Fähigkeiten verfügt und stellt einen solchen Durchbruch für ihn und sogar für die kaledonische Kultur dar, daß nur ich Ihnen sagen kann … ich habe es geschrieben.«

Der Saal dröhnte vor Lachen, und er wirkte erleichtert. Er hatte offenbar keine Ahnung, wie verläßlich dieser alte Witz war. Er nahm wahrscheinlich sogar an, daß er ihn erfunden hatte.

»Ich möchte darauf hinweisen, daß dies die erste Aufführung dieses Stücks ist und es daher keine anerkannten Interpretationen der einzelnen Rollen gibt, daher mußten unsere Schauspieler ganz von vorn anfangen.«

Wieder wurde hier und dort geklatscht; wahrscheinlich waren dies die unterstützenden Freunde der Schauspieler. »Das bedeutet natürlich, daß es nicht mein Fehler ist, wenn sie etwas falsch machen – ich versichere Ihnen, daß es brillant geschrieben ist.« Wieder Gelächter; Thorwald wartete auf ein Stichwort aus den Kulissen, dann fügte er hinzu: »Also gut, ich kann es nicht länger aufschieben. Wenn Sie irgendwelche Fragen haben – ich bin draußen in der Halle und knabbere an meinen Fingernägeln.«

Eine Gruppe ungeschickter Leute in dunkler Kleidung arbeitete in der Dunkelheit, in der sie nicht unsichtbar war, und brachte stolpernd zwei Tische und vier Stühle auf die Bühne.

»Ach ja«, fügte Thorwald hinzu, der auf die Bühne zurückkehrte, »das Stück heißt *Creighton's Job.*« Sein Abgang war diesmal noch unbeholfener.

Die Schauspieler stolperten und polterten ausgiebig, während sie in der Dunkelheit ihre Plätze einnahmen, und darüber wurde gekichert. Als das Licht eingeschaltet wurde, kratzten sich die Schauspieler oder schlurften zu einem neuen Standplatz, so daß es eine Weile dauerte, bis das Stück begann. Alle trugen Souffleur-Ohrhörer, so daß wir wenigstens nicht in die bezaubernde Situation kommen würden zuzusehen, wie sie versuchten, sich an ihren Text zu erinnern.

Soweit ich mitkam – es wurde zuviel gelacht und zu oft geklatscht, und das Stück spielte anscheinend im

Hinterland jenseits der Gomorrha-Spalte fern im eisigen Süden, also wurde im Dialekt gesprochen – ging es im Stück um Creighton, dessen Eltern ihm einen guten Posten verschaffen wollten und ihm dauernd bewiesen – indem sie zum Beispiel beim Essen eine Wandtafel benützten –, daß er einen haben wollte. Dann ging er zu Einstellungsgesprächen, immer mit demselben Mann (ich wußte nicht, ob das zum Spaß gehörte oder ob Schauspielermangel herrschte) und nach einer Menge komplizierter mathematischer Aufgaben und einer Menge (offenbar urkomischer und möglicherweise obszöner) Dialoge auf reason, bekam Creightons Vater den Posten.

Nachdem dies zweimal geschehen war, entwickelte sich das Muster und wurde variiert – Creightons Mutter wurde angestellt, der Leiter des Einstellungsgesprächs stellte sich selbst an, der Leiter des Einstellungsgesprächs bestrafte Creighton dafür, daß er sich beworben hatte, indem er seinen Vater entließ und seine Mutter heiratete. Das wenige, das ich verstand, war sehr schlüpfriger, primitiver Humor.

Gerade als die Trauung vorgenommen wurde, und zwar von Creightons Vater, während Creighton gleichzeitig den Freund des Bräutigams, die Brautjungfern, den Chor und das Blumenmädchen spielte und von einer Funktion zur nächsten rannte, ging das Licht gänzlich aus.

Die Menge hatte ihre Zustimmung beinahe ununterbrochen gebrüllt – Margaret war so aufgeregt, daß sie praktisch auf meinem Schoß saß – aber jetzt verstummten sie sofort und warteten geduldig, bis der technische Schaden behoben war. Ich wollte versuchen, sie zum Stampfen, zu Buh-Rufen und Gebell zu bringen, denn so hätte eine okzitanische Menge reagiert. Allerdings war das Ganze so laienhaft und undurchdacht, daß die Unterbrechung komischer wirkte.

Dann erwachten die Lautsprecher und auch das Licht

kam wieder. »Das Pastorat für öffentliche Projekte hat entschieden, daß diese Darbietung zur Gänze und in einzelnen Teilen grundlegend irrational ist. Ferner wurde entschieden, daß die Erlaubnis für diese Versammlung rückwirkend widerrufen werden muß, und daß die Polizeibehörden, die die Erlaubnis erteilten und den vorübergehenden Aufruhr nicht unterdrücken konnten, so bald wie möglich vor Gericht gestellt werden. Der Vorschrift für dieses und andere noch anhängige Verfahren entsprechend sind alle hier anwesenden Personen unter Strafandrohung verpflichtet, gegen die Behörden auszusagen, die die Erlaubnis ausgestellt hatten. Eine vollständige Kopie der Irrationalitäts-Erklärung ist auf Anforderung erhältlich. Allen Personen wird auferlegt, diesen Raum innerhalb von dreißig Minuten zu verlassen, und in der nahen Zukunft unter Strafandrohung jede Zurschaustellung von Irrationalität zu vermeiden.«

Der Raum blieb unerträglich still. Niemand außer mir sah auf. Über Margarets Wange floß eine Träne, und ihre Unterlippe zitterte.

Thorwald erhob sich; er sah aus, als hätte er einen Tritt in die Eier bekommen und sagte: »In Ordnung. Ihr habt sie gehört. Anscheinend haben wir es geschafft, die Polizei in Schwierigkeiten zu bringen – lassen wir sie nicht hierherkommen, um uns zu vertreiben. Ich gebe für alle jetzt vorhandenen Überwachungsgeräte eine offizielle öffentliche Erklärung ab: Wir werden so bald wie möglich gegen all diese Aktionen aus allen möglichen Gründen Einspruch erheben.« Ein paar Leute standen auf und klatschten. »Aber im Augenblick müssen wir rasch von hier ausziehen.« Er sah sich im Kreis um und überlegte offenbar, wie er das sagen sollte, was er als nächstes sagen mußte: »Alle Personen, die rationalen Protest gegen die Aktion des PÖP einlegen wollen, werden aufgefordert, sich an dem Aufräumen und Putzen zu beteiligen, um so ihre Mißbilligung zu äußern.«

Aimeric pfiff, dann flüsterte er mir ins Ohr: »Brillant. Sie wollten den wenigen Veranstaltern und Angestellten die ganze Arbeit aufhalsen und sie dann Strafe zahlen lassen, weil sie es nicht schnell genug taten. Jetzt hat Thorwald die Menschen, die mithelfen wollen, legitimiert und rationalisiert. Nun kann niemand dafür bestraft werden, daß er ohne Bezahlung mittut.«

Alle arbeiteten sehr schnell, und es gab kein Gezänk. »In Noupeitau hätte man wegen des Murrens nicht gehört, daß die Stühle krachend aufeinander gestellt werden«, sagte ich zu Bieris, während wir die Stuhlstapel in den hinteren Teil des Raums brachten. Sie trug mehr als ich, und ich war froh, daß ich keine dumme Bemerkung darüber gemacht hatte.

»Ja. Falls überhaupt jemand dageblieben wäre, um zu helfen.«

»Es erleichtert ihre Verteidigung«, fügte Aimeric hinzu, während er mit einer Schachtel mit Audiozubehör zu uns stieß, »wenn man ihnen Irrationalität vorwirft.«

»Quatsch«, widersprach Bieris. »Das könnten sie erreichen, indem sie ihre Freunde bei der Polizei anzeigen. Diese Kinder haben jede Menge Mut, Aimeric.«

Er antwortete nicht, und ich schwieg ebenfalls – es beunruhigte mich, daß ich nicht imstande gewesen war, mit Ausnahme von Valerie irgendeinen Teil der Show zu mögen. Trotzdem war ich froh, daß ich hierher gekommen war; es ist angenehm, wenn man sich auf der richtigen Seite von irgendwas befindet.

Margaret brauchte Hilfe bei den Überbleibseln der Erfrischungen; also half ich dabei aus. Als wir ein unangezapftes Bierfaß hinaustrugen, sagte ich: »Ich verstehe noch immer nicht, wieso es irrational sein soll, daß man den Menschen gibt, was sie wollen, vor allem wenn sie es bezahlen.«

Sie seufzte. »Als Debattierübung kann ich mir vorstellen, wie sie argumentieren würden. Sie sind dagegen, kulturellen Widerspruch zu gestatten. Deshalb geschieht es zu unserem Wohl, daß sie uns nicht erlauben, all diese Freiheit, den Reichtum und das Glück einzusetzen, um die Quelle all dieser Freiheit, des Reichtums und des Glücks anzugreifen. Sie argumentieren, daß rationale Märkte die Menschen glücklich machen und daher ...«

»Es ist ein Greuel, einfach ein Greuel«, sagte eine Stimme hinter uns. Prescott Diligence und Taney Peterborough brachten einen Tisch angeschleppt. »Diesmal ist der PÖP eindeutig zu weit gegangen«, sagte Prescott. »Offensichtlich versuchen sie, das Reformgesetz zwanzig Jahre, nachdem es erlassen wurde, zu unterminieren. Wir haben morgen eine Zusammenkunft, um die Liberale Vereinigung wieder zu aktivieren, falls du kommen möchtest, Margaret.«

»Ich werde kommen«, antwortete sie kurz. Wahrscheinlich hatte sie nicht vergessen, daß er versucht hatte, sie zu schlagen.

»Die zuständigen Behörden wissen nicht, was hier vorgeht, und wir müssen ihnen diesen Fall sofort zur Kenntnis bringen«, fügte Taney hinzu, während Prescott nachdrücklich nickte.

Wir stellten das Faß im provisorischen Lagerraum ab und machten dann Platz für die Gegenstände, die die anderen brachten. »Das war es«, stellte Thorwald fest, als alles verstaut war. »Vergewissert euch, daß ihr alles, was euch gehört, aus dem Versammlungssaal mitgenommen habt. Danke dafür, daß ihr in rationaler Verteidigung eurer Rechte gehandelt habt.«

Da alles Notwendige getan war, wollte jeder so rasch wie möglich nach Hause. Ich bot Thorwald an, mit ihm in einem Schwebewagen zum Zentrum zu fahren, doch er mußte noch verschiedenes erledigen, deshalb fuhr ich allein. Ich schloß die Rolläden wieder nicht, weil ich die Stadt sehen wollte – und ich sah viel, weil der Mond hell schien. Seltsamerweise waren überall in den dunklen Straßen Gruppen unterwegs; da sie Kapuzen und Masken trugen, konnte ich nicht herausbekommen, wer sie waren oder was sie vorhatten. Einmal fuhr der Schwebewagen durch eine lange, quer über die Straße verlaufende Reihe dieser Männer, die mir den Rücken zuwandten. Einen Block danach teilte sich eine Reihe, die mit dem Gesicht zu mir stand, und ließ mich durch.

Ich stieg aus, sprintete in das Zentrum und ging sofort hinauf, um mir bequeme Sachen anzuziehen; ich hatte das leidenschaftliche Bedürfnis, mich wohl und entspannt zu fühlen. Während ich mich umzog, bestellte ich über die Gegensprechanlage in der Küche zwei warme, süße Brötchen und eine Tasse heißer Schokolade. Als ich einen Augenblick später meinen Schlafrock zuknöpfte, machte mich ein leises *Ping* darauf aufmerksam, daß meine Post eingetroffen war. Es mußte ein Brief von Marcabru oder meinem Vater sein; entweder brachte er mir Neuigkeiten von zu Hause – zu Hause, wo nicht alles so hoffnungslos verrückt war, wo man einen Künstler wegen seines Stils, seiner Grazie, seines Talents bewunderte und nicht wegen so bizarrer Dinge wie Mut oder Prinzipien, zu Hause, wo ich bald wieder sein würde …

Ich trottete schnell in die Küche, wo mein Essen bereitstand, ließ mich mit Brötchen, Schokolade und dem Leser an dem Tisch nieder und rief den Brief ab.

Absender war Marcabru – es war eine ziemliche Weile her, daß ich von ihm gehört hatte. Als der Text auf dem Schirm erschien, las ich eifrig mit:

Lieber Giraut,

es geht mir gut und ich bin wirklich böse auf Dich; ich kann nur annehmen, daß dies Deine Absicht war, denn der Giraut, von dem ich dachte, daß ich ihn kenne, kann eine so unerhörte Beleidigung nur bewußt begangen haben. Ist Dir nie eingefallen, daß Dein gesamter Ruf und Deine Ehre am hiesigen Hof davon abhingen, daß ich Dich verteidigte, daß ich die Erinnerung an Dich lebendig erhielt, nachdem Du unerklärlicherweise in die gefrorene Einöde gesprungen warst – und daß ich in der Öffentlichkeit aus Deinen Briefen vorlas.

Und doch hat nichts, was Du in den letzten vier Briefen geschrieben hast, mein öffentliches Lob für Dich rechtfertigt, denn offenbar tust Du nichts anderes als über Deine geistig zurückgebliebenen kaledonischen Bekannten zu tratschen, und nicht nur das, Du berichtest auch nicht ätzend oder empört über sie. Anscheinend interessieren Dich die vielen modischen Änderungen, die ich als Prinzgemahl eingeführt habe, überhaupt nicht, oder Du hast zumindest beschlossen, sie überhaupt nicht zu kommentieren – fällt Dir nie ein, daß sich der Prinzgemahl tatsächlich die Zeit nimmt, Dir persönlich über diese Angelegenheiten zu schreiben?

Und was ist aus Deiner wirklichen Arbeit geworden – Du hast uns keine Aufzeichnungen geschickt –, oder aus fin'amor und enseingnamen? Du schreibst über Dein kostbares Zentrum wie ein alter Kuli, der glaubt, daß das ganze Leben nur Plage sein muß. Du bist genauso freudlos und kalt geworden wie die Eiskugel, auf die Du so töricht geflohen bist, und Dein tödlicher Ernst in bezug auf die armen Barbaren beweist nur, zu was für einem kaltblütigen, ernsten Langweiler wie sie Du geworden bist.

Du mußt meine Situation verstehen, Giraut. Ich habe mich soweit vorgewagt, wie es mir möglich war, wurde oft als sentimentaler Esel verlacht, nur um einen Ruf zu bewahren, der Dir vollkommen gleichgültig ist, denn Du tust nie etwas, um mir dabei zu helfen. In keinem Deiner Briefe hat es etwas gegeben, das ich zitieren könnte, um meine hohe Meinung von Dir zu untermauern; bist Du wirklich so unokzitanisch geworden, daß Du Dich nicht daran erinnerst – oder daß es Dir gleichgültig ist – daß ein Ruf ständig verteidigt werden muß?

Ich bin nicht mehr bereit, für Dich oder für Deinen Ruf zu kämpfen, wenn die Menschen Dich zurecht als langweilig oder noch Schlimmeres bezeichnen. Wie Du sehr wohl weißt, aber so tust, als hättest Du es vergessen, bringst Du mich durch Deine Handlungsweise in die unmögliche Lage, in der mich enseingnamen *zwingt, nicht zu kämpfen, sondern die Schande zu ertragen, wenn die Beschuldigung offensichtlich zurecht besteht.*

Und das tut sie, Giraut, das tut sie.

Von mir aus kannst Du sterben.

Marcabru

Ich las den Brief noch einmal langsam durch, während ich Brötchen und Schokolade verzehrte, denn ich wußte, daß ich später bestimmt hungrig sein würde. Ich fühlte, daß er recht hatte, doch gleichzeitig fühlte ich, daß ich keine Möglichkeit hatte, anders zu handeln, als ich es tat. Ich hatte getan, was er schrieb, und das war eine schwere Beleidigung; nach all dem konnten wir nicht einmal nach einem unbeschränkten Duell wieder Freunde werden. Mein bester Freund war zu meinem Todfeind geworden.

Und doch …

Ich aß auf, ohne zu merken, was ich schluckte, warf das Geschirr in den Regenerator und lief hinauf ins Schlafzimmer.

Auf der Treppe kam mir Thorwald entgegen. »Du siehst aus, als hättest du schlechte Nachrichten erhalten«, sagte er mitfühlend.

»Genau wie du«, erwiderte ich. »Thorwald – ist all das meine Schuld? Habe ich euch dazu aufgehetzt? Denn wenn dem so ist, dann sollte ich einfach die Schuld auf mich nehmen und mich deportieren lassen.«

»Bist du so darauf erpicht abzureisen?«

»Nein – ja, im Augenblick habe ich wirklich Heimweh. Aber ich habe mein Angebot nicht deshalb gemacht. Ich bin nur besorgt, weil es so aussieht, als wäre ich hergekommen und als würdet ihr plötzlich in viel größeren Schwierigkeiten stecken als es ohne mich, Zentrum und so weiter der Fall gewesen wäre.«

»Es hängt davon ab, was du unter Schwierigkeiten verstehst.« Er seufzte.

»Hat Saltini dich bereits verhört?«

»Jetzt denkst du wie ein Kaledonier. Nein, noch nicht. Das überrascht mich, weil ich sicher war, daß er es tun würde. Wie steht es bei dir?«

Ich schüttelte den Kopf. »Mir ist gerade eingefallen, daß er es wahrscheinlich sehr bald tun wird.«

Thorwald nickte und fragte dann plötzlich: »Darf ich dir eine persönliche Frage stellen?«

»Ich werde sie vielleicht nicht beantworten.«

»Das geht in Ordnung. Hast du soeben einen wirklich unfreundlichen Brief von deinem Freund Marcabru erhalten?«

Ich nickte.

»Weil«, fuhr er fort, »du jedesmal, wenn du einen Brief von ihm bekommst, tagelang traurig und mürrisch bist, und jetzt siehst du aus, als schmerzte es dich wirklich.«

Ich war so erschrocken, weil mir jemand soviel Aufmerksamkeit schenkte, daß ich heraussprudelte, was mir als erstes einfiel – ich hoffte, daß ich meine Mißstimmung nicht an Thorwald oder seinen Freunden ausgelassen hatte.

Thorwald schüttelte den Kopf. »Du beherrschst dich sehr gut. Aber es ist nicht schwer zu merken, daß du unglücklich bist und – na ja, wir alle mögen dich. Deshalb versuchen wir, dir in diesem Fall aus dem Weg zu gehen, damit du nichts sagen kannst, was du später bedauern würdest.«

Ich nickte und ging hinauf, weil ich mich nicht traute zu sprechen. Ich hatte also nicht nur bei Hof versagt; sogar die Studenten im Zentrum behandelten mich mitfühlend und freundlich und kümmerten sich um mich, weil ich nicht auf mich aufpassen konnte. Und ihre winzige, eben flügge gewordene künstlerische Bewegung – wenn sie zerstört war, würden sie mich kaum brauchen, und wenn sie es nicht war, konnten sie selbst künstlerisch arbeiten – was *sie* brauchten und was *ihnen* gefiel, kein willkürlicher Versuch, meinem Vorbild nachzueifern. Ich konnte sie nichts lehren. Mir fiel ein, daß ich mich die ganze Nacht über sie lustig gemacht hatte – und während ich das tat und den grausamen Brief entwarf, mit dem ich Marcabru amüsieren wollte, waren sie die wirklichen Künstler in dem Raum gewesen.

Ich konnte es nicht erwarten, nach Hause zurückzukehren, obwohl ich wußte, daß mich dort sicherlich ein Mißerfolg erwartete. Wenigstens war ich für das Dutzend Duelle, die ich dort austragen mußte, in guter körperlicher Verfassung.

Ich tat mir selbst so leid, daß ich mich offenbar in Schlaf geweint hatte, denn mein Gesicht war tränennaß, als der Wecker klingelte und sagte: »Sir, heute ist der Tag der Vorsprache beim Rationalisierungsrat, und laut meinen Aufzeichnungen müssen Sie baden, sich rasieren und sich ankleiden.«

Er hatte absolut recht. Ich sprang aus dem Bett und lobte die KI laut, so daß sie genau das gleiche tun würde, wenn so etwas wieder vorkam. Ich zog mich aus, trat unter die Dusche, rasierte mich so rasch wie möglich und schaltete den Trockner ein, sobald ich mich abgespült hatte. Ich griff aus der Kabine nach der Fernbedienung und bestellte in der Küche Obst, Kuchen, Käse und Kaffee.

Das Anziehen war wenigstens kein Problem – ich besaß die formelle kaledonische Kleidung, die genauso aussah wie alle formellen Kleidungen in Kaledonien – der Overall war schwarz, die kniehohen Stiefel waren schwarz, das Hemd war weiß und die lächerlich kleine, schmale Krawatte war in blassem Silber gehalten. Ich schloß den weißen Gürtel und war angekleidet; als ich in den Spiegel sah und meine Manschetten zurechtrückte, kam ich mir etwas seltsam vor, da meine Haare schulterlang waren und ich Bart und Schnurrbart trug.

Ich mußte ohnehin Widersinnigkeiten tolerieren. Und Bieris und ich würden wahrscheinlich weit weniger Anstoß erregen als Aimeric, der darauf bestand, normale kaledonische Kleidung zu tragen.

Das Essen war geschmacklos, aber ich schlang es hinunter und trank den Kaffee in einem Zug. An einem solchen Tag kommt man nicht zu spät.

Während ich das Geschirr in den Regenerator warf, kam Thorwald herein. »Ich wollte dich abfangen, bevor du fortgehst. He – du siehst in dem Zeug aus wie einer von uns – hoffentlich ist es dir nicht lästig.«

Ich brachte ein schwaches Lächeln zustande. »Was ist los?«

»Falls du daran denken solltest, die ganze Schuld auf dich zu nehmen, wollte ich dich darauf aufmerksam machen, daß du damit den anderen nur einen Vorwand liefern würdest, das Zentrum zu schließen und dich dann zu verhören, um vielleicht noch einige von uns verurteilen zu können. Wenn du uns helfen willst, kannst du nur eines tun: sich nicht beirren lassen und den anderen nichts erzählen.«

Ich nickte, weil ich zu dem gleichen Schluß gelangt war. Er wünschte mir Glück, und ich war unterwegs. Im Schwebewagen fiel mir ein, daß ich noch keine Nachrichten gehört hatte, und angesichts der nächtlichen Ereignisse und der Tatsache, daß die bevorstehende Zusammenkunft lebenswichtig war, schaltete ich den Nachrichtenkanal ein – und stellte fest, daß er nicht funktionierte. Zuerst nahm ich an, daß es sich um eine Störung handelte, aber die Anlage funktionierte auf allen anderen Kanälen einwandfrei, und als ich wieder auf den ersten Kanal ging, erschien eine kurze Nachricht auf dem Bildschirm:

CHRISTLICHER KAPITALIST BERICHTET
GENEHMIGTES NACHRICHTENMONOPOL
BEDAUERT DIE NOTWENDIGKEIT
DIESER UNTERBRECHUNG
LOBET GOTT
SAGT DANK
DENKT RATIONAL
SEID FREI

Hatte Aimeric nicht gesagt, daß, als er noch ein Kind war, die letzten vier Gebote am Ende aller Bekanntmachungen eingefügt wurden? Vielleicht verwendeten sie immer noch die alte Standardform für etwas so Außergewöhnliches wie die Unterbrechung eines ganzen Kanals für so lange Zeit.

Ich öffnete die Rolläden, um zu sehen, was draußen los war, weil ich keine Lust hatte, ›Pfarrer Rationals Kinderstunde‹, ›Klassische Heilige Rationale Texte‹ oder ›Sonnenaufgangpredigt‹ zu hören.

Wir hatten den Regierungskomplex beinahe erreicht, als der Schwebewagen unerwartet hielt. Ich konnte mich nicht daran erinnern, daß so etwas jemals geschehen war, noch dazu sofort nach dem ebenfalls nie dagewesenen Ausfall des Nachrichtenkanals.

Der Wagen hob sich genauso plötzlich von der Spur, wie er angehalten hatte, und fuhr weiter. Als wir uns den Regierungsgebäuden näherten, sah ich noch etwas Seltsames – eine doppelte Reihe von kurzen, schwarzen Pfosten umgab die Anlage. Ich nahm zuerst an, daß es sich um neue Verkehrspuffer handelte – aber sie konnten über Nacht nicht so viele aufgestellt haben. Oder wuchsen sie an Ort und Stelle? Dann nahm ich an, daß es sich um eine öffentliche Installation für einen unbekannten Zweck handelte, sah jedoch, daß sich ein Pfosten bewegte und erkannte endlich, daß zwei Menschenreihen einander in einer Entfernung von wenigen Metern gegenüberstanden, und daß sie die schwere Kälteschutz-

Ausrüstung trugen. Mehr als alles andere machte mir die Tatsache, daß irgendwer im Morgensturm im Freien stand, klar, daß etwas wirklich nicht in Ordnung war.

Deshalb überraschte es mich nicht mehr so sehr, als ich sah, daß alle Männer mit Aufruhrwaffen ausgerüstet waren. Ich ging durch die beiden Reihen zum Parkplatz. In diesem Augenblick wäre ich lieber in jede andere Richtung gegangen, aber ich betrat das Gebäude.

Aimeric und Bieris waren bereits anwesend und sehr nervös. Hinter ihnen saß Shan, der kein Wort sagte, aber von zwei Botschaftswachen flankiert wurde. Sonst befand sich niemand in der Ratskammer, man konnte jedoch gelegentlich gedämpft zorniges Geschrei hören, das in den leeren Korridoren wie ein aggressiver Schlafwandler klang, der einen Alptraum hat.

Wir sprachen nicht miteinander. Wir wußten nicht, welche Äußerungen uns in den nächsten Minuten Schwierigkeiten bereiten konnten.

Der Rat kam in einer geschlossenen Gruppe herein. Es gab zwei große Überraschungen: Clarity Peterborough befand sich nicht unter ihnen, und Saltini war anwesend. Aimeric zuckte neben mir zusammen, und Bieris stieß ein seltsames, ersticktes Geräusch aus. Einerseits war uns wahrscheinlich klar geworden, was das bedeutete, und andererseits hatte keiner von uns Saltini als körperlich real empfunden.

Aimerics Vater, der ebenfalls auf dem Podium saß, sah grau und alt aus, als wäre er die ganze Nacht ohne Nahrung oder Ruhepause aufgeblieben. Als er das Gebet begann, riß er sich zusammen; ich hatte inzwischen ein wenig reason gelernt und begriffen, daß das Gebet direkt aus dieser Sprache übersetzt worden war. Die Stellen, an denen er lauter sprach und aufblickte – einmal zitterten seine Hände sogar, bevor er die Tischkanten umschloß –, waren die Abschnitte über Verständnis und gegenseitiges Einvernehmen, über Vernunft und Kompromisse, die Gewalt ausschlossen. All das sah sehr schlimm aus, aber es tröstete mich, daß er noch immer wetterte – wenn auch nur deshalb, weil nichts geschehen konnte, ehe er zu Ende war, und weil es wenigstens noch eine Diskussion gab.

Als er verstummte, bemerkte ich, daß eine Hälfte der Anwesenden lauter »Amen« sagte als die andere Hälfte. Ich hatte angenommen, daß wir der erste Punkt der Tagesordnung waren, doch statt dessen wandte sich der alte Carruthers direkt an Saltini. »Da die Sitzung jetzt eröffnet ist, nehme ich als Leitender Rationalisierer das Absolute Fragerecht in Anspruch. Warum bilden PÖP-Wachen noch immer Aufruhrsperren in der Stadt, wenn es nirgends zivile Unruhen gegeben hat, und mit welcher Machtbefugnis verhindern sie das Vorrücken der regulären Stadtpolizei in diese Stadtteile? In diesem Zusammenhang weise ich darauf hin, daß die Forderungen, die Sie vergangene Nacht gestellt haben, zur Gänze erfüllt wurden.«

Saltini breitete die Hände aus; das kleine, halbe Lächeln war diesmal wärmer und glücklicher als bei unserem ersten Gespräch. »Es waren keine Forderungen; es war ein absolut verfassungsgemäßes Ansuchen um Bewilligung gewisser Notfall-Maßnahmen durch das Pastorat für Öffentliche Projekte, und Sie erinnern sich vielleicht daran, daß eine Vorsorge zusätzliche Kräfte betraf, die vielleicht gebraucht wurden. Wir haben Grund zu der Annahme, daß der Ausbruch von Irrationalität – vor der wir Regierung, Kirche und Gesellschaft ausdrücklich zu schützen haben – auf die Reihen der Polizei übergriff, und da wir zur Zeit nicht in der Lage sind festzustellen, welche ihrer Mitglieder ein Risiko darstellen, ist es notwendig, sie vom ...«

»Vergessen Sie es. Ihre Antwort ist nicht befriedigend. Im Protokoll muß festgehalten werden, daß ich sie für falsch halte. Nächste Frage: Man hat Ihnen ein Pastorat ohne Kongregation bewilligt, damit Sie im Rationalisierungsrat eine Stimme besitzen; Ihre erste *For-*

derung in der vergangenen Nacht. Seither haben Sie vier Pastoren verhaftet, was dazu führte, daß Hilfspastoren, die Ihrer Einstellung positiv gegenüberstehen, in den Rat aufgenommen …«

»Natürlich«, gab Saltini zu, »da, wie ich erwähnte, diese Verschwörung zur Irrationalität sich bis in die höchsten Kreise der Gesellschaft erstreckt …«

»Und speziell Highly Reverend Clarity Peterborough einschließt, die, wie vereinbart, unantastbar bleiben soll …«

»Für alle Verbrechen, die vor Abschluß der Vereinbarung begangen wurden. Seither …«

»Was soll sie Ihrer Ansicht nach mitten in der Nacht getan haben?« brüllte Carruthers, der seine Wut nicht mehr unterdrückte.

Lange, kalte Stille trat ein, während alle warteten; schließlich sagte Saltini einfach: »In diesem Raum sind sechs Personen von einer anderen Welt anwesend, und es geht um die äußerst dringenden Angelegenheiten …«

»Mist!« Der Abscheu in der Stimme des alten Vorsitzenden klatschte Saltini ins Gesicht wie ein Fladen dieser Substanz.

Reverend Saltini erhob sich leicht. »Vielleicht wäre die einfachste Art, das alles in Ordnung zu bringen, eine Art Abstimmung? Eine Vertrauensfrage zum Beispiel oder eine nachträgliche Genehmigung …«

Carruthers seufzte. »Wir müssen noch anderes besprechen. Wir werden damit beginnen.«

»Na also. Jetzt stecken wir wirklich in Schwierigkeiten«, flüsterte Aimeric.

Bieris und ich starrten ihn an.

»Es kann nur bedeuten, daß Dad nicht sicher ist, wie die Abstimmung ausgeht.« Er sank zusammen und starrte auf den Boden. Bieris und ich wechselten rasch einen Blick; ich hoffte, daß ich nicht so verängstigt aussah, wie ich mich fühlte.

Carruthers und Saltini starrten einander noch immer

an; dann nickten beide. Wir kehrten zur ursprünglichen Tagesordnung zurück.

Als Aimeric sich erhob, um zu sprechen, wirkte er überraschend ruhig. Ich hatte keine Ahnung, wo er die Stärke hernahm, aber es gelang ihm, das Ganze genau wie wir es geprobt hatten darzulegen, ohne sich ein einziges Mal zu versprechen. Diesmal hatte ich die Graphiken übernommen und Bieris stand neben dem Bildschirm und zeigte auf die einzelnen Punkte.

Aimeric hatte den Standardplan darüber, wie die anschließende Depression gehandhabt werden mußte, sorgfältig bis ins letzte Detail entworfen und alles sehr vorsichtig auf eine Art und Weise ausgedrückt, die, wie er hoffte, für den Rat akzeptabel war. Das Problem bestand natürlich darin, daß der Standardplan nicht viel enthielt, was akzeptabel war, denn das Wesentliche an ihm war, daß man am Tiefpunkt Geld in die Wirtschaft pumpte, indem man für große öffentliche Arbeitsprojekte Kredite gewährte. Die sich daraus ergebenden Schulden sollten durch den bald darauf folgenden Boom und die steigenden Preise aus der Welt geschafft werden, vor allem, indem bei Beginn des Aufschwungs die Steuern drastisch erhöht wurden.

Das Problem bestand darin, daß es schwierig war, Formulierungen zu finden, dank denen ein Kaledonier bewußt Regierungsschulden in Kauf nehmen würde, indem man entweder das Verhältnis zwischen Entlohnung und Arbeit vergrößerte oder die Währung entwertete.

Während Aimeric sprach, wurde es immer stiller im Raum, und am Ende schien ihm nur noch sein Vater zuzuhören.

Als Aimeric sagte, »Ich bin bereit, alle Fragen zu beantworten, die Sie mir stellen – danke«, traten in Carruthers und Saltinis Nacken die Muskeln wie Stränge hervor, und sie sahen einander an.

Als der alte Mann den Mund öffnete, um zu sprechen, sagte Saltini: »Wie alle jetzt sehen, reicht die Verschwörung, die unseren Glauben und unsere Lebensweise vernichten will, bis in die höchsten Kreise. Ich verhafte Sie …«

»Wie Ihnen sicherlich bewußt ist«, knurrte Carruthers, »verbietet eine über fünfzehnhundert Jahre alte Tradition Polizisten jeder Art den Zutritt zu den Kammern …«

Saltini zuckte die Achseln. »Sollen wir abstimmen?«

Draußen wurde geschossen. Es waren einige wenige, vereinzelte Schüsse und leise, dumpfe Aufschläge, was wahrscheinlich bedeutete, daß sie – bis jetzt – Betäubungspatronen verwendeten, damit der Gegner das Bewußtsein verlor. Es folgte eine lange Stille, während der niemand atmete, dann fielen zwei weitere Schüsse und aus den Korridoren kam das Geräusch von rennenden Füßen.

Carruthers schob seinen Stuhl zurück und erhob sich. »Ich erinnere Sie daran, daß keine beschlußfähige Anzahl mehr vorhanden ist, wenn neun von uns den Raum verlassen.«

»Wir halten die Abwesenheit von irrational gewordenen Mitgliedern für eine seltsame Begründung, nicht zu handeln.«

Zwei PÖP-Männer betraten den Raum; niemand rührte sich. Im Korridor dröhnte ein Schuß und alle zuckten zusammen. Dann traten durch die andere Tür PÖP-Männer ein.

Sie führten Aimerics Vater sowie weitere vier Pastoren hinaus; Prescotts Mutter Anna Diligence war eine von ihnen. Sie brauchten etwa drei Minuten, um alles zu ratifizieren, was Saltini getan hatte, den Ausnahmezustand zu erklären und gegen Aimerics Vorschlag zu stimmen. Zwei Minuten später waren sie nach einem weiteren Gebet fort.

Mir fiel etwas ein, das mein Vater einmal gesagt hatte, als er Mitglied der gesetzgebenden Versammlung war: »Daß hier eine Demokratie herrscht, erkennt man daran, daß nichts weitergeht.«

Wir drei sowie der Botschafter mit seiner Begleitung blieben im Raum zurück; wir waren von PÖP-Polizisten umgeben und wußten nicht, ob wir uns frei bewegen konnten oder nicht. Eine lange Minute verging; an der unbehaglichen Art, wie die Polizisten von einem Fuß auf den anderen traten, merkte ich, daß sie ebenfalls keine Ahnung hatten. Ich zog gerade in Betracht aufzustehen, lässig zur Tür zu gehen und zu sehen, was dann geschah, als Saltini hereinkam. Er lächelte noch immer, aber diesmal gespannt und unfreundlich.

Er kümmerte sich nicht um uns, sondern ging direkt zu Botschafter Shan. »Was noch zu erledigen ist, ist sehr einfach. Sie haben Ihren extraterritorialen Status, und ich glaube nicht, daß wir stark genug sind, um Sie hinauszuwerfen, denn Sie könnten durch den Springer eine Armee in die Botschaft bringen. Außerhalb des Territoriums der Botschaft und entlang der Demarkationslinie wird das kaledonische Gesetz maßgeblich sein.«

»Diese Angelegenheiten können besprochen werden, sobald es erforderlich ist«, antwortete Shan ruhig.

»Wie Sie wahrscheinlich erwarten, werden wir sofort aufhören, für Ihre sogenannten ›Berater‹ zu bezahlen – ›Agitatoren‹ wäre ein besseres Wort gewesen. Ich glaube wirklich, daß all das unnötig gewesen wäre, wenn Sie uns Ihre Leute nicht aufgezwungen hätten.« Nachdem Saltini jetzt die Oberhand hatte, gestattete er sich ein wenig Zorn.

»Ihnen ist natürlich klar«, wandte Shan ein, »was dies bedeutet. Es bedeutet, daß sie nicht nach Hause zurückkehren können. Und ich verfüge leider in der Botschaft über keinen Schlafplatz für sie.«

Ich genoß es, Saltini entsetzt zu sehen – so sehr, daß ich erst einen Augenblick später erfaßte, was Shan gesagt hatte.

Saltini jammerte beinahe. »Es sind Ihre Leute.«

»Sie sind bezahlte Angestellte Ihrer Regierung. Wenn Sie wollen, daß diese Personen nach Hause zurückkehren, müssen Sie den Fahrpreis bezahlen. Jedenfalls macht eine Springerreise von sechseinhalb Lichtjahren für drei Personen angesichts unserer Tarife nicht mehr als zwei Tage des Betriebsbudgets Ihrer Regierung aus. Ich sehe da keine Schwierigkeit. Falls sie jedoch als hier ansässige Aliens dableiben wollen, würde ich natürlich annehmen, daß Sie sie auch gemäß den existierenden Anstellungsverträgen mit Ihrer Regierung unterbringen müssen. Die Belästigung hier ansässiger Aliens, oder die Verweigerung der Rechte, die sie auf ihren Heimatplaneten besitzen – zum Beispiel die volle Erfüllung der Arbeitsverträge – sind einige der möglichen Gründe, aus denen der Humanitäre Rat das Privileg Ihrer Kultur beenden würde.«

»Ich hatte tatsächlich Heimweh«, mischte sich Aimeric ein, »und ich hasse es, mitten in der Arbeit abzureisen.«

Bieris' Gesicht war ausdruckslos; sie sagte sofort: »Ich will bleiben.«

Ich verstand jetzt, was Shan anstrebte. Er bekam drei Leute, die das Recht hatten, in Utilitopia zu reisen, und die der PÖP nicht anrühren durfte. Bei den Manövern, die dem Staatsstreich sicher sofort folgen würden, waren diese Leute unschätzbar ...

Oder nicht. Man konnte es nicht wissen. Vielleicht wollte Shan uns nur dazu gebrauchen, Saltini zu schikanieren.

Inzwischen herrschte zu Hause ein wildes Durcheinander, ich mußte meinen Ruf wiederherstellen, meine Stellung zurückerobern – und vergangene Nacht hatte ich tatsächlich zum ersten Mal seit meiner Kindheit ernsthaft darum *gebetet*, nach Hause zurückzukehren.

Außerdem blieben Aimeric und Bieris hier. Sie würden genügen; Bieris gefiel es hier ohnehin besser als mir, und Aimeric war durch seine Kenntnisse für Shan wertvoll. Was konnte ich? Musik, Dichtkunst und Duellieren – und auch das nur mit bloßen Händen und Neuroducern statt mit echten Waffen …

Außerdem war ein wirtschaftlicher Schneesturm im Anzug; Saltini würde wahrscheinlich einen Weg finden, mir das Zentrum wegzunehmen, und ich würde als Stallbursche enden.

Saltini beobachtete mich aufmerksam, als faszinierte ich ihn. Er wußte bestimmt alles, worüber ich nachgedacht hatte, denn er hatte zweifellos meine Post gelesen und durchschaute Shans Pläne besser als ich.

Er nahm sicherlich an, daß ich vollkommen irrational war.

»Das Zentrum ist mein eigentlicher Arbeitsplatz«, sagte ich. »Ich kann es nicht verlassen, wenn alles erst eingerichtet wird.«

Wahrscheinlich hätte es mich verletzen müssen, daß alle außer Shan überrascht waren.

Saltini sah uns der Reihe nach an. »Ihnen ist sicherlich klar, daß das Budget gekürzt wird. Der Posten eines Professors der okzitanischen Literatur wird wahrscheinlich bald auf der Strecke bleiben. Eine Farmarbeiterin, die der Farm zu oft fernbleibt, könnte für überflüssig erklärt werden. Und was das Zentrum betrifft – wahrscheinlich verlassen Sie sich darauf, daß es technisch gesehen ein von unseren Budgetkürzungen unabhängiges Unternehmen ist. Ihre Studenten und ihre Familien werden im Augenblick auf schwere Irrationalität untersucht, und diese Tatsache wird ihnen nachdrücklich vor Augen geführt. Und wenn niemand inskribiert …«

Er ging, ohne die Drohung zu beenden. Es war nicht notwendig gewesen.

Beim Hinausgehen sagte Shan mir leise »Danke«.

Leider fühlte ich mich dadurch nicht besser.

Die Schwebewagen verkehrten wieder reibungslos, und ich gelangte ohne weiteres in das Zentrum. An einigen

Ecken standen noch PÖP-Wachen herum, aber der Morgensturm war vorbei. Sie hatten im hellen Sonnenschein ihre Parkas geöffnet oder über den Arm gelegt und sahen jetzt eher wie verlegene Türsteher aus und nicht mehr wie drohende Gestalten. Ich schaltete die Nachrichten ein, begriff, daß es sich ausschließlich um Lügen handelte, vielleicht mit Ausnahme der Erklärung, daß sieben Stadtpolizisten tot waren – sogar hier behaupteten sie, daß die Aufrührer die Täter waren, als hätte irgendwer in dem schwarzen Sturm an Plündern gedacht. Für sie war es wichtiger, etwas zu sagen, auch wenn es unglaubwürdig war, denn die Story konnte später verändert oder gelöscht werden.

Der Schwebewagen glitt in das Areal hinter dem Zentrum, schob seine Räder hinunter und fuhr zu der Treppe. Ich ergriff meinen Parka, ohne ihn anzuziehen, und ging die Treppe hinauf.

Thorwald erwartete mich an der Tür.

»Etwas sehr Dringendes ist eingetreten«, sagte er ohne Umschweife.

»Ja, ich weiß.«

»Sie haben gedroht, jeden Studenten des Zentrums von allen Berufen außer allgemeiner körperlicher Arbeit auszuschließen. Weil wir alle so irrational sind, daß man uns nichts anderes anvertrauen kann. Es kam heute morgen herein, sofort nachdem du gegangen warst.«

Natürlich. Saltini war sicher gewesen, daß ich gehen würde, hatte sich aber vergewissern wollen. Er hatte wahrscheinlich den Abbruchfirmen bereits befohlen, das Gebäude abzureißen. Dann würde es für mich ganz bestimmt die Schaufel sein. Vielleicht konnte ich bei den seltenen Gelegenheiten, wenn es warm genug wurde, an Straßenecken singen oder so etwas. Wahrscheinlich gab es schon eine Verfügung dagegen.

»Einige Studenten wollten mit dir darüber sprechen«, fuhr Thorwald fort.

»Klar. Wahrscheinlich sollte ich sie nicht anrufen. Kommen sie hierher?«

»Sie sind hier. Oben in der großen Halle.« Seine Stimme klang komisch – ich stellte mir zwei oder drei Studenten, vielleicht Margaret oder Paul vor – oder wagte ich, auf Valerie zu hoffen? – die in dem großen, leeren Gebäude saßen, hörten, wie die Worte widerhallten und spürten, daß alles entschwand. Wenn sie gekommen waren, um Auf Wiedersehen zu sagen, hatten einige von ihnen es bestimmt für die Mühe wert gehalten. Es war eine besondere Art Mut, solche menschlichen Gefühle zu zeigen.

Als wir in den ersten Stock hinaufkamen, in dem sich die Große Halle befand, fragte Thorwald: »Wenn du das Zentrum offenhalten kannst – habe ich dann noch meinen Posten?«

»Immer«, antwortete ich und legte ihm den Arm um die Schultern. Er schien zu erschrecken – Kaledonier berühren einander höchst selten –, erwiderte jedoch nach einem Augenblick meine Geste.

Es würde eine kalte, einsame Dekade mit Scheißeschaufeln sein, aber vielleicht konnten Thorwald, ich und einige der anderen gelegentlich zusammenkommen und vielleicht würde es geduldet werden.

Wir öffneten die Tür zur Großen Halle. Ich hatte recht gehabt, denn Margaret und Valerie waren hier …

Und Paul und Prescott – und so ziemlich jeder. Der Raum war gedrängt voll.

»Wir wollten dir nur sagen«, begann Margaret ohne Einleitung, »daß wir abgestimmt haben, und wir sind alle bereit, mehr für den Unterricht zu bezahlen, um das Zentrum offenzuhalten und deine Kredite abzuzahlen.«

»Nachdem wir alle hierhergekommen waren und der PÖP sah, warum, ließ Saltini sein Gespräch mit dir und den anderen live hierher übertragen, während er versuchte, dir solche Angst zu machen, daß du in der Botschaft bliebst«, fügte Paul hinzu. »Wir sahen, wie du nicht nachgabst.«

Soviel hängt von einem Tonfall, von der Haltung der anderen ab, wenn sie jemandem sagen, er solle etwas tun, was er nicht tun will. Ein kleiner Zufall in die andere Richtung, und meine Freunde wären ruhig auseinandergegangen, weil sie wußten, daß ich sie im Stich gelassen hatte.

Ich war nicht ganz das, was sie von mir annahmen, und das einzig Anständige, das ich jetzt tun konnte – das einzige, das den verborgenen Fleck von meinem *enseingnamen* nehmen würde – war, so zu handeln, als wäre ich so, wie sie annahmen. Ich konnte nicht zulassen, daß sie sich irrten.

Wenn mir jemand seinerzeit im Quartier des Jovents gesagt hätte, daß ich vor einer Menschenschar in Tränen ausbrechen und weinen würde wie eine *donzelha*, und nicht einmal mein Gesicht ordentlich verbergen würde – ich hätte ihn herausgefordert, gegen ihn gekämpft, wahrscheinlich auf einen Kampf bis zum ersten Tod bestanden.

Doch als ich endlich atmen konnte, stammelte ich nur: »Es tut gut, zu Hause zu sein.« Und weil ich wußte, daß sie mein Gefühlsausbruch beunruhigen würde, fügte ich hinzu: »Wir haben eine Menge Arbeit vor uns – kommt jetzt, *mes companho*, vergeuden wir nicht den ganzen Tag.«

DRITTER TEIL

DIE LANGE, LANGE STRASSE

1

Noch lange danach bestand meine Erinnerung an die nächsten Tage aus dem verzweifelten Bedürfnis zu schlafen. Saltinis Coup war innerhalb von vier Stunden vollendet worden, und die letzten unabhängigen Pfarrer von Utilitopia waren verhaftet und von der Außenwelt isoliert. Als er das Hinterland unter Kontrolle hatte – was nicht schwierig war, da die meisten der konservativeren abgelegenen Siedlungen von Anfang an auf seiner Seite gestanden hatten – wurde die Kommunikation nach und nach wieder hergestellt.

Bruce war an diesem Tag drei Stunden lang in Haft, und Bieris verbrachte im Sturm des Zweiten Morgens eine sehr schreckliche Zeit vor den Dienststellen des PÖP und versuchte, mit jemandem zu sprechen und eine Kaution vorzuschlagen. Hunderte Freunde und Verwandte der Verhafteten standen auf der Straße, die PÖP-Katzen brausten regelmäßig durch die Menge, automatische Kameras hielten sie von den Stufen aus fest, und Polizisten mit Betäubungsgewehren bildeten einen Kreis um sie. Wir mußten einander alle paar Minuten anrufen, weil die Polizei nicht damit einverstanden war, daß ich den Fonds des Zentrums für Bruces Kaution verwendete, und Einwände erhob, die ich widerlegte und damit den Fonds bis zum nächsten Einwand freibekam. Bieris mußte also hierbleiben, unabhängig davon, ob sie tatsächlich Geld besaß, mit dem sie die Kaution bezahlen konnte.

Es war schlimm genug, wenn man dieses Problem lösen wollte, während man an einem Schreibtisch saß und die Gegensprechanlage eingeschaltet hatte; ich konnte mir kaum vorstellen, wie schwer es für Bieris gewesen war, die körperlich klein und überhaupt nicht dazu geeignet war, drei Stunden lang im gefrierenden Regen zu stehen und die Gesichtsmaske die meiste Zeit offenzulassen, weil die Polizisten bewußt die Lautsprecher leise stellten. Sie war jedoch zäh und daran gewöhnt, im Freien zu arbeiten, aber als wir Bruce endlich zurückbekamen, war sie blau und zitterte vor Kälte. Sie hatte mir erzählt, daß der visuelle Kanal ihres Handys nicht eingeschaltet gewesen war, weil sie Angst hatte, daß ich einen der Studenten im Zentrum hinschicken würde, um sie zu ersetzen.

Die Angst war sicherlich berechtigt, aber ich wußte genauso gut wie sie, daß an diesem Tag alle, die sich nicht im Zentrum aufhielten, in Gefahr waren, verhaftet zu werden. Als die gesetzlichen Bestimmungen in den nächsten Tagen klar wurden, bot das Zentrum eigentlich keinen Schutz, aber Shans entschiedene Antwort hatte Saltini offenbar abgeschreckt, und er war nicht sicher, ob das Zentrum unter dem gleichen Schutz stand wie die Botschaft. Noch nervöser mußte es ihn machen, daß eine Stunde nach Shans Rückkehr in die Botschaft vier Kompanien der Sonderpolizei des Rats durch den Springer kamen. Angestellte der kaledonischen Botschaft, von denen einige Saltinis Spione waren, berichteten, daß die Sonderpolizisten erzählt hatten, sie hätten sich für den Fall, daß das Botschaftspersonal gerettet werden mußte, stundenlang in Alarmbereitschaft befunden.

Ich erfuhr all das natürlich erst viel später, was nicht gut war, weil ich ebenfalls Angst hatte; hätte ich gewußt, daß so viel Hilfe zur Hand war, hätte ich mich besser gefühlt.

Thorwald erwies sich als unschätzbar. Er übertrug Margaret und Paul Aufgaben, und sie erfanden ein System für Schlafplätze, für die Verständigung der Familien und für die Versorgung aller. Im Gebäude befanden sich beinahe zweihundert Menschen; zum größeren Teil waren es inskribierte Studenten, die Angst hatten, nach Hause zurückzukehren, weil in der Stadt noch immer Ausgangsverbot herrschte und die PÖP-Katzen weiterhin durch die Straßen rollten und abtrünnige Pfarrer, Leute, die vor zwanzig Jahren Mitglieder der Liberalen Gemeinschaft gewesen waren, die älteren Leute in Clarity Peterboroughs Kongregation, und anscheinend jeden mitnahmen, der jemals etwas Unfreundliches über Saltini in sein Bier gemurmelt hatte.

Immer wieder kam von unten lautes Jammern oder ein kleiner Ausbruch, weil jemand gerade erfahren hatte, daß ein Bruder, ein Geliebter oder ein Verwandter verhaftet worden war. Es machte meine Konzentration zunichte, während ich meinen letzten Streit mit den KIs durchging... Bieris war die kritische Instanz im Zentrum, aber sie würde erst wieder funktionieren, wenn Bruce entlassen wurde – »Einwand: Übertriebene Rücksichtnahme auf persönliche Gefühle der Angestellten ist...« Bruce war ein Hauptlieferant des Zentrums, und es lag in meinem Interesse, daß die Arbeit nicht unterbrochen wurde – »Einwand: Der Ersatz kann billiger sein...« Bieris unterschrieb einen Vertrag, in dem sie mir Überstunden mit einem wesentlichen Gewinn zugestand, vorausgesetzt, ich bot mich als Kaution für Bruce an – »Einwand: Bieris' wirkliche Beziehung zu dem Verhafteten ist nicht solcher Art, daß es für sie rational wäre, diese Mühe aufzuwenden...«

Sie ließen Bruce spät während des Zweiten Lichts frei und mit ihm Hunderte weiterer Häftlinge, denen sie offensichtlich nur Angst hatten einjagen wollen, und da fanden wir heraus, wo sich Aimeric befand. Als eingebürgerter Okzitaner und Botschaftsangehöriger war er vor ihnen genauso sicher wie Bieris und ich, daher war er unten beim Hauptverwaltungsbüro des Rationalisierungsrats gewesen und hatte versucht, die Freilassung seines Vaters und Clarity Peterboroughs zu erreichen. Es gelang ihm nicht, aber er erfuhr wenigstens, daß sie binnen einen oder zwei Tagen in Hausarrest entlassen werden sollten.

Es war nicht einmal mehr eine Stunde bis zur Dunkelheit, als Aimeric, Bruce und Bieris endlich einen Schwebewagen zum Zentrum ergatterten. Sobald ich wußte, daß sie unterwegs waren, ging ich hinunter, um mich umzusehen; ich begutachtete alles, was Thorwald eingerichtet hatte und war mit allem einverstanden. Margaret hatte die Führung übernommen – Thorwald war oben und versuchte, die letzten fünf Leute im Sonnenraum unterzubringen.

»Wenn wir Glück haben«, sagte Margaret leise, »wird Paul zum ersten Mal in der kaledonischen Geschichte eine Datenbank knacken – vielleicht können wir dann herausbekommen, wer vermutlich verhaftet wird und wer nicht.«

»Habt Ihr denn keine Angst vor …?« Ich zeigte auf die Ecken.

»Vor diesen jedenfalls nicht«, erwiderte sie grinsend und warf eine Handvoll Wanzen auf den Tisch. »Und sie wissen, was wir versuchen. Sie haben jedoch nie die Tatsache, daß sie die Menschen bespitzeln mußten, mit der Idee in Einklang bringen können, daß es das ist, was die Menschen rational wollen. Wir nehmen an, daß sie während der ersten Wochen nach der Machtübernahme noch doktrinärer sein werden … und wir hoffen, daß sie nicht fähig sein werden zuzugeben, daß diese Wanzen Eigentum des PÖP waren und sie somit nicht imstande sein werden, uns anzuklagen.«

»Das ist eine ausgezeichnete Methode«, sagte ich. Es klang schärfer als ich wollte.

Zuerst antwortete sie nicht. Vielleicht war das triefnasse, kalte, gelbe Sonnenlicht im Zimmer daran schuld, aber die Schlaglichter auf Margarets Gesicht glänzten wie Spiegel, so daß ihre Haut verblüffend feuchtkalt und fettig aussah; ihre kurzgeschnittenen, hellen Haare sahen wie Schwamm aus, der auf ihrem

Schädel wuchs. Ich merkte, daß ich sie keineswegs schmeichelhaft anstarrte und wandte meinen Blick ab. Als ich sie wieder ansah, erkannte ich, daß sie es bemerkt hatte und ebenfalls nicht darüber sprechen wollte.

Ich hatte mich noch nie so geschämt.

Einen Augenblick später lächelte sie mich schüchtern an, als hätte sie Angst, daß ich sie anschreien würde, und sagte: »Falls sie uns anklagen, kommen wir eben ins Gefängnis. Historisch befinden wir uns in guter Gesellschaft: Jesus, Petrus, Paulus … Adam Smith wurde in der Threadneedle Street auf dem Scheiterhaufen verbrannt, und Milton Friedman wurde in Zürich von Kannibalen aufgegessen.«

»Hoffentlich kommt es nicht so weit«, sagte ich hastig. Ich wußte natürlich, wer die drei ersten waren, und später war ich froh, daß ich keine Ahnung hatte und deshalb nichts über die letzten beiden gesagt hatte, denn es stellte sich heraus, daß sie in die kulturvariante Geschichte gehörten – die mythische Geschichte, die Gründer von Kulturen in die wirkliche Geschichte einschleusen durften. Das hier gehörte zu den dümmsten Dingen, die während der Diaspora geschahen, denn es führte zu dauernden tiefen Spaltungen zwischen den Tausend Kulturen. Als ich zum ersten Mal hörte, wie ein Interstellar an einer Straßenecke eine Rede hielt und behauptete, daß Edgar Allan Poe nicht 1848 während der Revolution in Paris starb, daß Rimbaud nie König von Frankreich gewesen war, und daß Mozart nicht von Beethoven in einem Duell getötet wurde, forderte ich ihn heraus und erledigte ihn wie einen tollwütigen Hund. *Deu sait* wie die körperlich und emotionell erschöpfte Margaret reagiert hätte, wenn ich ihr widersprach.

Was sie, Thorwald und Paul getan hatten, war einfach verblüffend. Ich hätte mir nie vorgestellt, daß wir für die Leute nicht nur so viele Plätze zum Schlafen hatten, sondern auch zum Waschen und zum Essen. Während ich vor der Gegensprechanlage gesessen hatte, hatten sie das Gebäude praktisch in ein gut geleitetes Wohnheim oder Hotel verwandelt.

»Jetzt komme ich zu einer heiklen Frage«, sagte Margaret. »Thorwald und du haben die letzten Einzelzimmer …«

»Du könntest zwei Betten in mein Zimmer stellen, ohne daß es zu eng wird«, unterbrach ich sie. »Muß noch jemand untergebracht werden?«

»Ich habe noch ein Zimmer, aber es ist das Gästezimmer, in dem für gewöhnlich Bieris oder Aimeric schlafen, ihre Sachen …«

Ich dachte an die offensichtliche Zuneigung, die sich zwischen Bruce und Bieris entwickelte, und die genauso offensichtliche Schwierigkeit, die es Aimeric bereitete, sich damit abzufinden, und wollte gerade etwas darüber sagen, als alle drei zur Tür hereinkamen. Sie waren tropfnaß und erfroren, vor allem Bruce, weil sie ihn in einem Hof festgehalten hatten, ohne ihm entsprechende Kleidung zu geben, und es war klar, daß man sie trockenlegen, sie füttern und wärmen mußte. Es ist erstaunlich, wie unwichtig persönliche Angelegenheiten unter gewissen Umständen werden.

Margarets Tüchtigkeit war beinahe erschreckend; innerhalb von zwei Minuten hielten sie trockene Kleidung in den Händen und waren zu den Duschen unterwegs, und in der Küche waren ein großer Topf heißer Suppe und warme Brötchen bestellt worden. »Sie werden leider dafür bezahlen müssen«, meinte Margaret. »Nur so sind wir imstande, genügend Vorräte anzulegen um Essen für alle zu haben.«

»Kein Problem«, meinte ich. »Wer ist in der Küche?«

»Prescott. Er versteht es anscheinend recht gut, auf Knöpfe zu drücken und Vorräte zu bestellen; wenn er so bleibt, könnte ich mich entschließen, ihn als menschliches Wesen zu betrachten. Ich bat Val, es zu tun, aber sie war damit beschäftigt, hysterisch zu sein und sich von drei Männern, von denen keiner Paul war, trösten zu lassen.«

Ich hatte Margaret noch nie so bissig erlebt, aber sie war müde und nicht auf der Höhe.

Wenn ich es mir recht überlegte, hatte zu Hause niemals jemand eine attraktive *donzelha* kritisiert. Andererseits erwartete niemand von ihnen, daß sie etwas taten, deshalb weiß man nicht, wobei sie versagt hätten.

Margaret zeigte mir die Geschäftsbücher. Das Zentrum würde wahrscheinlich dank ihr als Hotel und Restaurant mehr Geld einnehmen als jemals als Bildungsanstalt. Außerdem hatte sie es so eingerichtet, daß wir endlos weitermachen und sogar unterrichten konnten. »Übrigens, du bist engagiert«, sagte ich.

»Engagiert?«

»All diese Menschen und so viel zusätzliche Arbeit – ich brauche einen zweiten Assistenten«, erklärte ich. »Thorwald ist in vieler Hinsicht ein phantastischer Assistent, aber ich möchte, daß du von nun an die geschäftliche Seite übernimmst.«

Sie begann zu protestieren, aber ich unterbrach sie. »Wie willst du sonst beweisen, daß es für dich rational war, all die Arbeit zu machen, die du heute geschafft hast?«

Darauf fiel ihr keine Antwort ein, aber tiefe Röte überzog Hals und Gesicht, und mir wurde klar, daß ich etwas ermutigt hatte, was ich eigentlich verhindern wollte. Trotzdem, ich brauchte sie und würde sie sicherlich so wenig wie möglich verletzen, und vielleicht würde sie von selbst darüber hinwegkommen. Vielleicht mit Thorwald – obwohl er zu jung war; Margaret war meinem Alter viel näher… doch dafür hatten wir später Zeit, und ich durfte nicht hier sitzen und über sie grübeln; das konnte auf zu viele Arten ausgelegt werden.

Die Sprechanlage piepste; Bieris rief uns vom Umkleideraum der Frauen aus an. »Möchtest du, Giraut, daß ich in deiner Schuld stehe und für immer deine Sklavin bin?«

»Oberflächlich gesehen ein großzügiges Angebot. Was ist das Schreckliche, das ich tun muß, um es in Anspruch zu nehmen?«

»Verlege Bruce in meinen Raum und laß Aimeric wissen, daß ich dich darum gebeten habe. Nimm Aimeric in dein Zimmer.«

»Lieber würde ich meine Genitalien stückweise an die Ratten verfüttern.« Hinter mir schnappte Margaret nach Luft und gab erstickte Geräusche von sich; anscheinend hatte sie sich noch nicht an die irdischeren Seiten des okzitanischen Humors gewöhnt.

»Aber wirst du es tun?«

»Auf ewig, hast du gesagt, *companhona?* Rücken massieren. Torte an meinem Geburtstag. Mir zuhören, wenn ich Blödsinn rede.«

»Der letzte Teil ist der schwerste, aber von mir aus.«

»Dann werde ich es tun.« Wir schalteten ab. Es war ein sehr seltsames Gespräch gewesen; wir hatten so miteinander geredet, bis wir vierzehn oder so waren. Und woher hatte sie gewußt, daß ich so reagieren würde?

Neben mir seufzte Margaret. Der Seufzer klang beunruhigend romantisch. »Das wird nicht leicht sein, nicht wahr?«

»In Noupeitau wäre es schwieriger. Aimeric würde Bruce zum Duell herausfordern müssen, selbst wenn es ihm gleichgültig wäre.«

»Aber sobald das Duell ausgetragen ist, würde alles vorüber sein, oder?« Sie war verwirrt. »Ich meine, neulich, als du und Thorwald …«

»Ach, das war ein Unfall. Er war viel aufgeregter als ich. Nichts Persönliches.« Ich zuckte die Achseln. »Aimeric und Bieris waren seit ungefähr sechs Monaten zusammen. Das ist eine sehr lange Zeit, um bei einer *en-*

tendedora zu bleiben. Vielleicht nahmen sie es sogar so ernst, daß sie daran dachten zu heiraten, sobald Bieris fünfundzwanzig ist. Daher kann das Verhältnis so eng gewesen sein, daß er die Entwicklung sehr widerwillig zur Kenntnis nimmt. Doch der durchschnittliche Okzitaner…« Es fiel mir schwer, es zuzugeben, aber ich wußte nicht, wie ich mich daran vorbeischwindeln sollte, und konnte mir nicht vorstellen, daß ich Margaret belog. »Ja also, der durchschnittliche Jovent beachtet seine *entendedora* kaum, weiß sogar manchmal nicht, wie sie aussieht. Es muß sie verehren und ihr dienen, aber nicht eine dauerhafte Beziehung herstellen… das geschieht meist später, wenn man das Quartier verläßt. Natürlich kommt es vor, daß jemand seine *entendedora* heiratet – mein Vater tat es –, oder daß ein Paar sowohl befreundet als auch ineinander verliebt ist. Aber all das erwartet man nicht, und es wird eher als eine Art… Hobby betrachtet. *Fin'amor* ist so ähnlich wie duellieren – etwas, das man tut, während man darauf wartet, erwachsen zu werden.«

Margaret schluckte krampfhaft. »Ist es zu persönlich, wenn ich frage…?«

Ich lachte und wurde wegen etwas verlegen, das ich noch vor kurzer Zeit für so natürlich gehalten hatte wie das Atmen. Es war ein seltsames Gefühl, aber ich hatte noch immer den Eindruck, daß ich an jenem Morgen zur Welt gekommen war, an dem ich mich bereiterklärt hatte, auf Nansen zu bleiben und zu meinen kaledonischen Freunden zu stehen. Noch etwas Neues würde mich nicht umbringen.

Sie wirkte ebenfalls verlegen. Vielleicht entsprach die Frage zu sehr ihren Gedanken? Oder vielleicht hatte mein Lachen den Eindruck gemacht, daß die Frage unsinnig war. »Es ist nichts Persönliches«, sagte ich schnell, »und ich lache nur, weil ich die Frage nicht verstanden hätte, bevor ich hierher kam. Ich hatte keine Ahnung, was den *donzelhas* durch den Kopf geht; ich kann dir sehr viel über Garsenda Mont-Verais Körper, ihre Augenfarbe und was sie gern – aus Spaß – tat erzählen.« Margaret war jetzt krebsrot, und mir fiel ein, daß ich vielleicht mit der ältesten Jungfrau sprach, die ich jemals kennengelernt hatte. »Aber ich habe keine Ahnung, was sie fühlte oder dachte.«

Margaret verzog das Gesicht und schüttelte den Kopf, schwieg jedoch.

»Du wolltest etwas sagen«, erinnerte ich sie, »und ganz gleich, was es ist – ich werde nicht beleidigt sein.«

»Ja also … es sieht so aus, als gäbe es immer einen Haken. Wir alle brauchen Zärtlichkeit und Aufmerksamkeit, aber wenn man es von jemandem bekommt, der nicht einmal weiß, wer man ist …« Sie zuckte die Achseln und breitete die Hände aus. Ihr Lächeln wirkte genauso verwaschen wie ihre ganze Person. »Ich möchte nicht wie ein Prediger klingen, aber es hört sich an, als gäbe es immer einen Kompromiß.«

»Wahrscheinlich. Vermutlich passen manche Leute besser in manche Kulturen als andere. Es gibt hier Menschen, die auf Nou Occitan verzweifelt wären, und es gibt Okzitaner, die sich zu dieser Kultur hingezogen fühlen würden.«

»Wahrscheinlich.« Mir gefiel ihr eigentümliches Lächeln beinahe. »Wenn der Preis eines Springers sinken wird – angeblich wird das in zehn oder zwanzig Jahren der Fall sein – werden wir alle einen Ort finden können, der uns zusagt. Immer vorausgesetzt, er wurde nicht dadurch zerstört, daß ihn alle anderen gefunden haben.«

Wir saßen lange schweigend nebeneinander, und meine Augen versuchten, sie zu zerlegen und eine Möglichkeit zu finden, sie neu zu ordnen, so daß ich sie würdigen konnte, aber ich schaffte es beim bestem Willen nicht. So klar und endgültig wie Valeries Erscheinung Schönheit und Symmetrie ausstrahlte, so sehr zwang Margarets Aussehen den Blick des Partners auf einen Fehler, der alle anderen in den Schatten stellte.

Während wir so dasaßen und immer verlegener wurden, kam Bruce aus dem Unkleideraum für Männer herauf, und ich sagte ihm, wie die Zimmeraufteilung aussah. Er nickte und sah dabei nicht sehr glücklich aus, trug aber seine Tasche kommentarlos hinauf.

Ich wußte nicht, was ich Aimeric sagen würde, doch bevor ich es mir überlegen konnte, kam er die Treppe herunter. Einen Augenblick lang bedauerte ich, daß ich es vor Margaret tun mußte, begriff jedoch sofort, daß sie sich irgendwie in Luft aufgelöst hatte – worauf ich fand, daß sie mir in dieser Situation vielleicht eine Hilfe gewesen wäre. Wie sie gesagt hatte – es gibt immer Kompromisse.

Aimeric grinste mich nicht sehr überzeugend an. »Ist Bieris schon heruntergekommen?«

»Noch nicht.«

»Hör mal, kann ich bei dir unterkommen? Damit kann sie es sich aussuchen, ob sie Bruce in das Gästezimmer einlädt oder es in einen Mädchenschlafsaal verwandelt, was immer ihr lieber ist. Ich möchte nicht, daß sie sich verpflichtet fühlt, mir direkt zu sagen, wie sie sich entschieden hat.«

In Noupeitau hätte ich gesagt, daß dieser Mann keinen Stolz hatte und vor einer *donzelha* zu Kreuze kroch. Hier sagte ich ohne zu überlegen, »*Que merce.*«

Er starrte mich an. »Du hast dich wirklich verändert.«

»Nicht so sehr.« Mir fiel plötzlich etwas ein, das mir letzte Nacht durch den Kopf gegangen war. »Wenn wir zurückkehren – möchtest du dann mein Secundo gegen Marcabru sein? Er hat mir einen unglaublich beleidigenden Brief geschrieben, weil ich mich ausschließlich für kaledonische Angelegenheiten interessierte, und mir fiel gerade ein, daß ich – falls wir durch ein Wunder pünktlich heimkommen sollten – das Vergnügen haben könnte, den Prinzgemahl zu ermorden.«

»Abgemacht. Seine letzten Briefe an mich waren auch unerträglich. Aber ich mußte nicht die Freundschaft mit ihm abbrechen; wir standen uns nicht so nahe. Ich habe nie begriffen, was du in ihm gesehen hast.«

Ich zuckte die Achseln. »Er war lange Zeit mein *companhon;* wir haben viel zusammen erlebt. Aber ich habe ihn nie wirklich gekannt. Seit ich hier bin, habe ich in seinen Briefen sehr viel entdeckt – und deshalb möchte ich es gern mit ihm aufnehmen.«

»Dann bin ich dein Secundo. Fordere diesen schwanzlosen kleinen Angeber heraus und stutze ihn zurecht.« Er schlang sich seinen Sack über die Schulter, wir gingen zusammen die Treppe hinauf, und seine Hand lag leicht auf meiner Schulter.

Die Gefühle, die ich beim Hinaufgehen hatte, verwandelte ich später in ein Lied, von dem viele Leute sagen, daß es mein bestes ist, aber damals überwältigte es mich einfach; ich unterdrückte ein hartes, schmerzhaftes Schluchzen, schaffte es aber nicht, meine Tränen hinunterzuschlucken.

Aimerics Hand umfaßte meine Schulter fester. »Was ist los, Giraut?«

Ich schniefte kurz, dann hatte ich mich wieder in der Gewalt. *Deu,* ich hatte zweimal an einem Tag vor anderen geweint; was für ein Jovent war ich noch? »Ach, mir ist nur etwas eingefallen. Wir vier – du und ich, Marcabru und Raimbaut… Ich habe auch Raimbaut erst wirklich gekannt, als ich seinen Psychebehälter trug, und erst da fand ich heraus, welche Freude er an verschiedenem hatte oder was für einen dunklen Sinn für Humor er besaß. Als er sich in sich zurückzog und sich auflöste, empfand ich seinen Verlust stärker als bei seinem Tod; da gab es mehr zu verlieren, wenn du verstehst, was ich meine. Und gerade jetzt tut es mir leid, daß ich ihn, als er noch lebte, nicht gekannt habe, nicht wirklich gekannt habe, als Freund, nicht als weiterer Jovent *companhon.*«

Aimeric nickte. Er sah ein wenig komisch aus – seine Glatze war größer denn je zuvor, und seine okzitanische Kleidung war hoffnungslos schäbig – schließlich ziehen wir uns in unserem Zwanzig-Stunden-Tag dreimal um, und unsere Kleidung ist nicht dazu geschaffen, Stunde um Stunde getragen zu werden, wie es die Kaledonier tun. Er sah wie die alten Trinker aus, die sich um das Quartier herumtreiben und mit den Geschichten aus ihren Joventtagen die Aufmerksamkeit auf sich lenken wollen, weil sie als Erwachsene versagt haben. Doch als ich auf der langen, grauen Treppe stand und das letzte schmeichelnde Sonnenlicht an einer Säule oberhalb von uns zerspritzte, betrachtete ich ihn wirklich und merkte, daß er genau wußte, wie er aussah und sich weigerte, sich etwas daraus zu machen, weil er sich dieses Aussehen redlich erworben hatte. Es war mehr, als die meisten Menschen schaffen, und in diesem Augenblick liebte und achtete ich ihn deshalb und auch wegen einer Menge anderer Dinge, die zum Teil Jahre zurücklagen. »Wenn von nun an Menschen meinen Weg kreuzen, werde ich sie durchschauen«, sagte ich.

»Wir wissen von den anderen nie genug«, stellte er abschließend fest.

»Ich bin sehr froh darüber, daß du mein Secundo sein willst. Soll ich ihn ohne Limit herausfordern?«

»Warum nicht? Zeig dem sadistischen Schuft, was für ein Gefühl es ist.« Sein Grinsen hätte genauso gut zu einem Hai gepaßt, und ich war sicher, daß das meine ihm ähnlich war. Unsere Hände umfaßten einander, und ein Ring, der sich geöffnet hatte, als er das Haus meines Vaters in Elinorien betrat, schloß sich in diesem Augenblick um uns.

»Wie halten sie sich?« fragte ich Aimeric, während in meinem Zimmer ein Bett für ihn und ein zweites für wen auch immer aufgestellt wurde. »Ich meine deinen Vater und Reverend Peterborough.«

»Dad trägt es wie ein Märtyrer ... aber das bedeutet hier nicht das gleiche wie in Nou Occitan. Ihm sind

Menschen aus der Vergangenheit sehr bewußt, die für ihren Glauben sehr viel ertragen haben, und er – versucht, es ihnen gleichzutun.« Aimeric seufzte. »Clarity hingegen … es geht ihr gar nicht gut, Giraut.« Er setzte sich auf die Frühstücksbank, und ich sah, wie sich die Spannung in seinen Muskeln löste, nicht, weil er sich besser fühlte, sondern weil seinem Körper klar wurde, daß er hier nicht kämpfen und nichts erreichen mußte. »Ihr Weltbild – was sie ihrer Kongregation immer erzählte, und ihre Einstellung zu etlichen Dingen – all das beruhte auf der Idee, daß das kaledonische System im Grunde gut, fair, rational ist und nur ein bißchen zurechtgebastelt werden muß, daß das ganze Problem die Schuld einiger Halsstarriger oder einiger unbeugsam moralischer Leute ist, die das System nicht so funktionieren lassen, wie es sollte, oder so ähnlich. Sie glaubt übrigens wirklich an den sanften, vernünftigen, liebenden Gott …«

»Und jetzt tut sie es nicht mehr?«

»Lobe Gott. Danke ihm. Denk rational. Sei frei. Querozas vier Gebote … und Queroza lehrte, daß sie alle das gleiche sind; wir loben Gott, indem wir ihn nachahmen, da er das oberste rationale Wesen ist, wir danken ihm dafür, daß wir rational sind, und indem wir all das tun, müssen wir nicht mehr gegen die rationale Welt kämpfen, auf der wir leben, und deshalb sind wir frei. Frei in dem Sinn eines Körpers im freien Fall, verstehst du; du spürst die Schwerkraft nicht, wenn du genau das tust, was die Schwerkraft von dir will.« Er seufzte und erschauerte; ich konnte nicht herausbekommen, ob er fror oder ob es Mitgefühl war. »Clarity glaubt an all das. Weil sie – du kennst sie. Sie ist großzügig, freundlich und liebt jeden – und weil sie so ist, sind diese Ideen für sie besonders wichtig. Sie weiß nicht – ich glaube nicht, daß man es wissen kann, wenn man sein Leben lang in Kaledonien lebt –, daß sie nicht wegen der Worte gut und freundlich war, sondern daß die Worte diese Dinge bedeuteten, weil sie gut und freundlich war.« Er blickte wieder in die Ferne – und plötzlich wußte ich mehr als zuvor über sein erstes Jahr in dem Haus meines Vaters in Elinorien – wie erstaunt er wahrscheinlich war, wenn er sah, daß sich die Menschen anständig benahmen, obwohl ihr Glaube für ihn ein absoluter Greuel war. Daß er zwischen Zorn und Ausschweifungen wechselte, war genauso leicht zu erklären wie der Morgensturm.

»Was tut sie also?« fragte ich nach einem langen Augenblick.

»Sie bewegt sich viel zu wenig. Sie spricht kaum. Ich brauchte lange, bis ich sie dazu brachte, über mich eine Botschaft an ihre Kongregation zu senden. Und was sie sagt… Ich glaube, daß sie im Augenblick nicht leben will. Sie hat Gott aufgegeben, jedenfalls den Gott, den sie immer gekannt hat. Saltinis Coup – den die frömmsten Gläubigen Kaledoniens ausgeführt haben – hat sie auf die Idee gebracht, daß sie sich ihr Leben lang geirrt hat. Wenn sie sie freilassen, wird sie keine Bedrohung mehr darstellen; sie wird einfach zu Hause sitzen und die Wand anstarren. Sie hat keinen Kampfgeist mehr; das geschieht, wenn man wirklich an etwas glaubt und dann herausfindet, daß es nie wahr war.« Er stand auf und begann sich auszuziehen. »Ich bin zu müde, um zu essen. Ich muß schlafen. Dad geht es jedenfalls gut; Saltini hat es nur geschafft, ihn in einen glühenden Liberalen zu verwandeln. Ich bin froh, daß wir den alten Drachen auf unserer Seite haben – er wird ein echter Aktivposten sein.«

»Ich habe bis jetzt nicht gewußt, daß wir bereits eine Seite darstellen.«

»Oh? Nun, wir werden es tun.« Er warf seinen Mantel in die Waschmaschine. »In jeder Gesellschaft gibt es unzählige Gründe dafür, warum man mit der vorhandenen Ordnung nicht glücklich ist. Doch solange jeder einen wesentlichen Anteil daran hat, verdichtet sich dieses Unglücklichsein nie zu etwas genügend Zusammenhängendem, das die Sachlage ändert. Klassischer Fehler – die ökonomische Spieltheorie der Coups –, wenn eine kleine Faktion sich das Ganze zu eigen macht, übernimmt sie das Unglück jedes einzelnen. Ich wette, daß Saltini in drei Jahren an Shans Tür klopfen und um Asyl sowie einen sicheren Sprung auf eine andere Welt bitten wird.«

Da ich in einer Millionenstadt in einem von zwei Gebäuden saß, die sich noch nicht in Saltinis Händen befanden, und da meine Streitkraft ausschließlich aus einigen hundert unbewaffneten, verängstigten und erschöpften gesellschaftlichen Außenseitern bestand, schloß ich daraus, daß Aimeric an Unterkühlung litt. Während er seine Stiefel in die Ecke schleuderte und den Pyjama anzog, tauchte Thorwald mit einer Suppe und Brötchen für ihn auf. Aimeric nahm alles entgegen und setzte sich hin, um zu essen, als wäre er ein Kind, das von einem langen Spieltag im Schnee nach Hause kommt. »Und wenn du fertig bist, sofort ins Bett«, fügte Thorwald wie eine echte Mutter hinzu. »Mister, das heißt, Giraut, einige von uns trinken in der kleinen Küche Kakao, falls du zu uns kommen und die Lage mit uns besprechen willst.«

»Natürlich.« Wir verließen Aimeric, der sein Abendessen verschlang und dann ins Bett gehen würde. Als wir die Tür schlossen, sagte ich: »Ich bin von deiner heutigen Leistung sehr beeindruckt, Mr. Spenders.«

Er grinste. »Ich werde mich in einiger Zeit daran gewöhnt haben, deinen Vornamen zu verwenden – ich könnte mich sogar an deine scheußliche Gewohnheit zu spotten gewöhnen – Giraut.«

Ich lachte und leugnete nicht, daß ich es getan hatte; offensichtlich genügte das Lachen als Entschuldigung. Während wir die Treppe hinuntergingen, hörte ich ein ungewohntes Summen, begriff jedoch sofort, daß sogar in einem sehr großen Gebäude zweihundert Menschen genügend Lärm machen, um einem ständig bewußt zu sein. Zu meiner Verblüffung – ich mochte das Zentrum ganz besonders, weil es meinen Vorstellungen so genau entsprach – verursachten die Eindringlinge zwar Unordnung und Verwirrung, aber durch sie wirkte das Gebäude wesentlich wärmer und menschlicher als… ja also, als jedes Haus, in dem ich je gelebt hatte.

Es war ein flüchtiger Gedanke, aber er war die zweite Idee an diesem Tag für einen guten Song. Ich erinnerte mich an einen Dichter aus der Vor-Raumflugzeit namens Wordsworth, dessen Werke ihr Feuer dank seines Aufenthalts in Frankreich erhalten hatten, als das *Ancien Régime* gestürzt wurde… vielleicht würde ich, wenn all das vorbei war, Themen für meine Lieder haben und dadurch einen Vorsprung vor vielen anderen okzitanischen Künstlern gewinnen.

In der Küche befanden sich zufällig nur Paul, Thorwald, Margaret, ich und eine riesige Portion Lasagne, die jemand gebacken hatte. Mein Magen verkrampfte sich, und ich merkte plötzlich, daß ich vor der Ersten Dunkelheit zum letzten Mal gegessen hatte. Den anderen ging es genauso; zuerst waren wir nur damit beschäftigt, das wunderbar heiße Essen zu verschlingen.

»Also gut«, begann ich schließlich. »Da wir endlich einander gegenübersitzen, Paul, bist du ebenfalls engagiert. Du hast sicherlich angenommen, daß es dazu kommen wird.«

»Klar.« Paul lehnte sich zurück und seufzte. »Wenn mir jemals jemand gesagt hätte, daß ich froh sein würde, einen Job zu haben, der so viel Arbeit macht…« Er grinste. »Du bringst uns jedenfalls sehr gut bei, nicht rational zu sein.«

Ich faßte es als Kompliment auf. »Was wurde aus deinem Angriff auf die Datenbanken des PÖP?«

»Leider nichts. Die kommerziell erhältlichen generischen KIs sind alle bis zur x-ten Potenz asimoviert worden. Sie können zwar Menschen nicht verletzen, aber sie können Menschen auch nicht helfen, gewisse religiöse Vorschriften zu verletzen. Das ist sehr sorgfältig in sie implantiert worden – es gibt keine Möglichkeit, es zu entfernen, während wir sie auf unsere Bedürfnisse einstellen. Ich machte zwei von ihnen wahrscheinlich vollkommen verrückt, bevor mir klar wurde, daß es einfach nicht möglich ist.« Er trank einen kräftigen Schluck vom warmen, roten Babylon-Becken-Wein, von dem Thorwald einige Krüge organisiert hatte. »Sie besitzen eine Menge KIs, die seit über hundert Jahren für den PÖP arbeiten und von denen etliche nur damit beschäftigt waren, Simulationen durchlaufen zu lassen. Innerhalb von zwanzig Sekunden nachdem ich begonnen hatte, eine der Banken zu knacken, hatten sie sich von so gut wie keinen Abwehrmechanismen zu einem vollständigen Satz selbstverbessernder Geräte entwikkelt. Um es mit ihnen aufzunehmen, hätten wir zehntausend KIs von außerhalb unserer Kultur zu einem koordinierten Angriff gebraucht.«

Ich zuckte die Achseln und nickte. Das war seit tausend Jahren die Geschichte des Datenplünderns; tausend Teile des Angriffs konnten durch ein Tausendstelteil der Verteidigung zurückgeschlagen werden. Es war jedenfalls den Versuch wert gewesen. Wahrscheinlich versucht es jeder gute Einbrecher zuerst bei den Türen und Fenstern, bevor er eines aufbricht – es könnte ja sein, daß eines nicht verriegelt ist.

»Ich habe einen Aktenstapel gefunden, aber das nützt uns nur halb«, sagte Paul. »Es sieht so aus, als wären Saltini und seine Helfer Selektivisten.«

»Was?« fragte Thorwald verblüfft.

»Was hast du gefunden?« fragte Margaret.

»Die Akten enthielten eine Liste der Maßnahmen, die der Rationalisierungsrat innerhalb der nächsten drei Monate ratifizieren wird. Es geht vor allem darum, daß Saltinis ›Notfallmaßnahmen‹ zu ständigen gesetzlichen Regelungen werden sollen; dazu kommen noch einige der Sabbath-Regelungen, die sie seit Jahren durchsetzen wollen. Sie wollen aber auch den Selektivismus zur Doktrin erheben – was von unserem Standpunkt aus das Beste ist, was sie tun können. Wenn wir eine Rebellion auslösen wollen ...«

»Wenn es euch nicht zu große Mühe macht«, mischte ich mich ein, »möchte ich wissen, was Selektivismus ist.«

Margaret grinste. »Wenn Verstand vorhanden ist, entwickelt sich das Leben schneller, und noch schneller entwickelt es sich, wenn ein rationaler Verstand vorhanden ist.«

Ich hatte sie wahrscheinlich verständnislos angesehen, denn Thorwald griff ein. »Es ist eine verrückte Erklärung, die einige unserer ultrareligiösen Mitmenschen benützen, um zu beweisen, warum das hier bereits ein lebender Planet war, als wir hierherkamen. Ihnen zufolge ist die Intelligenz der rationale Zweck des Lebens, und wenn Intelligenz vorhanden ist, entwickelt sich das Leben schneller. Weil diese Welt dazu prädestiniert war, das Heim des Rationalen Christentums zu werden, genügte diese Prädestination, um die planetäre Entwicklung tausendmal schneller ablaufen zu lassen, als es sonst der Fall gewesen wäre.«

Es fiel mir schwer, nicht zu kichern, aber ich hatte mir vorgenommen, über nichts Kaledonisches zu lachen.

Paul seufzte. »Im übrigen könnte jeder schwachsinnige Theologe diese Theorie auseinandernehmen; da Gott die unendliche Intelligenz und im Universum allgegenwärtig ist, würde – wenn der Selektivismus wahr wäre – alles – Felsen, Sterne und sogar das Vakuum – lebendig sein.«

»Sie wollen es tatsächlich zu einer Doktrin erheben?« fragte Margaret, als könne sie es noch immer nicht glauben.

»Kann mir jemand erklären, was sich dadurch ändert?«

»Man muß schwören, daß man die ganze Doktrin glaubt, bevor man zur Kommunion gehen kann«, erklärte Thorwald, »und man muß, bevor man zur Abstimmung geht, drei Tage lang kommuniziert haben.«

»Sie wollen also allen Bürgern außer ihren eigenen, verrückten Anhängern das Wahlrecht entziehen? Das sieht mir nicht nach Fortschritt für unsere Seite aus...«

»Ha. Wartet bis ihr seht, was geschieht, wenn der durchschnittliche sture Kirchengeher schwören muß, daß er die offensichtliche Scheiße glaubt, bevor er gegen eine Steuererhöhung stimmen kann. Paul hat recht. Wir werden von ihnen jede Menge Zuwachs bekommen.«

Ich glaubte ihm unbesehen. Obwohl ich bis zum Hals in der kaledonischen Politik steckte, konnte ich sie nicht begreifen.

»Gibt es außer einer zweiten Portion noch etwas, das wir heute abend besprechen müssen?« fragte Margaret, während sie sich noch eine Scheibe Lasagne abschnitt. »Inoffiziell finde ich, daß wir im Augenblick nahe daran sind, das Exekutivkomitee des Widerstandes zu sein.«

Thorwald grinste. »Ich habe eine leicht verrückte Idee, also sehen wir nach, ob sie allen gefällt. Wir sollten eine künstlerische Bewegung gründen.«

Die Idee fiel mit Pauken und Trompeten durch. Nicht einmal ich, ein Okzitaner, konnte mir ein weniger lohnendes Projekt vorstellen. Aber Thorwalds schiefes Lächeln bedeutete, daß er etwas vorhatte.

Alle aßen; die Lasagne waren gut, wir hatten noch Hunger, und wir hatten keine Lust, ihm die Genugtuung zu verschaffen.

Nach weiteren drei Bissen warf Paul uns beiden einen Blick zu und sagte: »Okay, Thorwald, ich halte es nicht mehr aus. Warum eine künstlerische Bewegung? Warum gründen wir kein Nähkränzchen oder einen Rollstuhlrenn-Club?«

»Die könnten auch funktionieren«, bestätigte Thorwald fröhlich. »Aber bedenkt folgendes: Was tut eine künstlerische Bewegung rationalerweise?«

»Anerkennung suchen«, sagte ich. »Ich sehe, worauf du hinauswillst. Wir könnten alles Mögliche sagen – und vielleicht auch alles Mögliche tun – und behaupten, daß es Kunst ist. Aber haben sie euch nach der letzten Nacht nicht für immer stillgelegt?«

»Ja, aber damals hatten wir noch kein Manifest«, erwiderte Thorwald.

»Und jetzt haben wir eins?«

»Wir werden morgen eins haben«, antwortete Thorwald und schnitt sich die dritte dicke Scheibe Lasagne ab. »Wenn das da übrigens ein Beispiel dafür ist, was Prescott leisten kann, schlage ich vor, daß Giraut ihn morgen früh als Küchenchef engagiert.«

Prescott war tatsächlich ausschließlich im Kochunterricht gut gewesen, und ich hatte bereits daran gedacht, konnte aber mit vollem Mund nicht sprechen, sondern nickte nur heftig.

»Und wer wird das künstlerische Manifest schreiben?« erkundigte sich Margaret. »Ich bin erschöpft und habe jetzt vor, in den Umkleideraum zu laufen, heiß zu duschen und dann in etwa fünf Minuten zu einem der freien Betten zu rennen.« Sie trank ihr Glas Babylon-Becken-Rotwein aus und warf ihr Geschirr in den Regenerator. »Wenn wir tatsächlich vorhaben, morgen früh mit der Revolution zu beginnen, haben wir noch eine Menge zu erledigen.«

»Es sind nur noch zwei Betten frei«, sagte Thorwald, »eines in meinem und eines in Girauts Zimmer; Margaret und Paul sind die einzigen, die nicht untergebracht wurden. Zieht einer von euch etwas vor?«

Margaret wurde purpurrot – der Nachteil sehr heller Haut – und ich wußte genau, was sie vorzog, aber bevor ich mir überlegen konnte, was ich sagen sollte (sie einladen und dadurch ermutigen, aber würde sie das Gefühl haben, anerkannt zu sein? Paul einladen und Margarets Gefühle verletzen, während sie müde und entmutigt war?) Paul nahm eine Münze aus der Tasche und warf sie hoch. »Was wählst du, Margaret?«

»Kopf.«

Er legte sich die Münze aufs Handgelenk. »Du kommst zu Aimeric und Giraut. Der Raum hat eine Dusche, deshalb kannst du direkt hinaufgehen.«

»Danke.« Wäre sie ein wenig schneller gewesen, so hätte es einen Überschall-Knall gegeben.

»Was ist bei der Münze oben gelegen?« fragte ich.

»Natürlich Adler. Das arme Ding hat verloren.« Sogar ein Zweijähriger hätte Pauls unschuldigen Gesichtsausdruck durchschaut.

»Ja.« Ich wirkte offenbar nicht sehr glücklich.

»Giraut«, sagte Thorwald.

»Ja?«

»Du mußt dich nicht in Margaret verlieben. Du mußt nur sehr freundlich zu ihr sein. Du bist der erste Mann, für den sie sich jemals interessiert hat; selbst wenn du sie enttäuschen mußt, tu es sanft.« Er grinste mich an. »Sonst müßte ich versuchen, dir die Nase zu brechen.«

»Dazu bist du nicht gut genug«, erklärte ich mürrisch, während ich das Geschirr in den Regenerator warf.

»Das stimmt, aber wenn ich dich zwinge, mich zu verprügeln, damit du dich verteidigst, wirst du von dem ärgsten Schuldbewußtsein geplagt werden, das es je gegeben hat.«

»Das Schreckliche daran ist, daß du recht hast, Thorwald. Aber Margaret ist ein großartiger Mensch, und ich werde sie nicht bewußt verletzen. Doch junge Herzen sind zart ...«

»Ich habe verstanden.« Er streckte feierlich die Hand aus und ich schlug ein. In diesem Augenblick fiel mir auf, daß ich hier wahrscheinlich mehr wahre Freunde hatte als jemals in Nou Occitan.

Als ich die Treppe hinaufging, wurde mir allerdings klar, daß ich in eine Lage manövriert worden war, in der es beinahe unmöglich sein würde, Valerie zu umwerben, und das Manöver hatte sich Paul ausgedacht.

Ich mußte aufhören, die Kaledonier beim großen *fin'amor*-Spiel zu unterschätzen.

Als ich das Zimmer betrat, schliefen Aimeric und Margaret wie Tote. Ich beschloß, am Morgen die Macht der Erschöpfung zu meiner Verteidigung zu verwenden, und im nächsten Augenblick berührte mein Kopf das Kissen, und ich schlief.

2

Der Wecker schrie mir ins Ohr: »Zeit aufzustehen! Zeit aufzustehen!« Ich hätte vielleicht weitergeschlafen, nachdem ich den Abschaltknopf gedrückt hatte, aber Aimeric stöhnte sich aus dem Bett und stolperte herum, und Margaret wiederholte die gleichen nicht sehr phantasievollen Obszönitäten immer wieder.

Als ich aufstand, wurde mir klar, daß ich mit meinen Zimmergenossen eine sehr schlechte Wahl getroffen hatte; Aimeric hatte es bereits vor mir ins Bad geschafft und Margaret war eindeutig die zweite in der Schlange.

Im Pyjama war sie auch nicht beeindruckender.

Mufrid war noch nicht aufgegangen, aber der Mond schien durch die schmalen Fenster herein, also war es schon sehr hell. Ich schwankte zum Lichtschalter und drückte darauf, worauf Margaret schmerzlich blinzelte. »O Gott«, stöhnte sie, »wir haben einen ganzen Tag vor uns.«

»Vielleicht können wir während der Ersten Finsternis ein langes Nickerchen machen«, sagte ich nicht sehr hoffnungsvoll. Wenn ich es mir recht überlegte, sah sie zu dieser Zeit und im Pyjama zwar auch nicht besser aus, aber im Gegensatz zu Garsenda oder meinen Familienmitgliedern war sie so anständig, morgens mürrisch und unkonzentriert zu sein.

Aimeric tauchte auf; in dem Augenblick, in dem Margaret im Bad verschwand, stürzte er sich in seine Kleidung und versuchte, fertig zu sein, bevor sie herauskam. Wäre ich besser aufgelegt gewesen, so hätte ich es vielleicht unterhaltsam gefunden; als sie herauskam, war zwar der Anstand gewahrt, doch Aimerics Würde war irgendwo in dem Kleidungsstück verschwunden, das jetzt auf halbem Weg um seinen Kopf flatterte, während seine Arme wie blinde Schweinchen in einem Sack die Ärmel suchten.

»Ich wäre bereit gewesen, in den Korridor hinauszugehen.« Margarets Mundwinkel zuckten.

»Ich nicht«, widersprach ich. »Ich hätte es um nichts in der Welt versäumen wollen.«

Endlich tauchte Aimerics Kopf auf, aber seine langen Haare waren so gleichmäßig verteilt, daß wir nicht sofort wußten, ob wir die Vorder- oder die Hinterseite des Kopfes sahen. Während er sich die Haare aus dem Gesicht schob, bemerkte er: »Ich *hasse* Menschen, die morgens fröhlich sind.«

Mir wurde klar, daß ich einer von ihnen wurde. Ich verduftete unter die Dusche, und als ich herauskam, kämmte sich Aimeric und Margaret war größtenteils angekleidet. Vielleicht waren sie in bezug auf Nacktheit zwangloser als wir? Ich mußte Aimeric unter vier Augen fragen, aber im Augenblick …

»Ich höre ein Einhorn im Korridor«, sagte Margaret. »Gehen wir lieber hinaus und sehen es uns an.« Als sie durch die Tür trat, bürstete sie noch immer ihr Haar, obwohl ich nicht begriff, was es ausmachen konnte, wenn man mit einem Satz Borsten durch einen zweiten Satz Borsten fuhr.

Während ich mich anzog, fragte ich Aimeric. »Also – ja …«, begann er. »Ja, Kaledonier sind in Gesellschaft von Familienmitgliedern oft nackt. Oder auch in Gesellschaft von Leuten, die zu alt oder zu jung sind, um interessant zu sein.«

Er war also aus einem ganz anderen Grund verlegen als ich. So ähnlich fühlt man sich, wenn einen ein Beamter plötzlich mit *senhor* anredet; man kommt sich plötzlich hoffnungslos alt vor.

Im nächsten Augenblick war ich angekleidet, und wir gingen gemeinsam zum Frühstück hinunter; wir waren noch immer etwas mürrisch, aber im allgemeinen guter

Stimmung. Margaret hatte unsere Gäste für die Mahlzeiten in Schichten eingeteilt, und wir bekamen die erste Schicht – das bedeutete heute, daß wir noch weniger schlafen würden, aber wir kamen nicht um die Tatsache herum, daß die Okzitanier und der kaledonische Stab heute wach und für alles bereit sein mußten.

Wir merkten bald, was ›alles‹ war. Während wir in der kleineren, gemütlicheren Küche mit dem Frühstück beinahe fertig waren (ich war angewidert, weil Bieris genau wie auf unseren Camping-Reisen wach und fröhlich war) meldete sich die Sprechanlage.

Prescott, der die Anrufe auf dem Küchentelefon entgegennahm, überwachte gleichzeitig eine kleine Mannschaft von Köchen. »Es tut mir leid«, sagte er, »ich hatte gehofft, daß ihr in Frieden essen könnt, aber es sieht nicht so aus. Wir müssen auf wirklich schlechte Nachrichten gefaßt sein; Saltini will in fünf Minuten mit Giraut sprechen. Er sagt, daß alle zuhören können, die Lust dazu haben.«

Das bedeutete wenigstens, daß er nicht vorhatte, private Abmachungen mit mir zu treffen. Ich faßte es als Kompliment auf, trank die letzte Tasse Kaffee und stellte die Sprechanlage im kleinen Raum auf einen größeren Winkel ein, so daß wir alle ihn und er uns alle sehen konnte.

»Ich hätte darauf gefaßt sein müssen, daß ich euch alle sehen würde«, begann Saltini mißmutig. Es war das erste Mal, daß er sein widerliches Lächeln nicht aufgesetzt hatte. »Obwohl es mich überrascht, daß ihr so früh am Morgen auf seid.«

Die Puritaner haben in allen Zeitaltern den Morgen als tugendhafte Zeit betrachtet. Ich unterdrückte das Bedürfnis, ihm zu erzählen, daß wir die ganze Nacht aufgewesen waren und Sodomie begangen hatten, und sagte: »Gibt es etwas Dringendes?«

»Nur eine kleine Änderung in unserer Politik, die in sechs Stunden in Kraft tritt. Wir glauben, daß viele der Leute, die sich im Zentrum niedergelassen haben, wahrscheinlich innerhalb ihrer Familien sehr negative, störende, irrationale und anti-christliche Kräfte sind. Da die meisten von ihnen nicht imstande waren, sich für eine höhere Ausbildung zu qualifizieren, hat eine unverhältnismäßig große Zahl bei ihren Eltern gelebt, obwohl etliche über das normale Alter dafür hinaus sind. Wahrscheinlich ist es bei sozialen Außenseitern immer die gleiche Situation. Da wir den Eindruck haben, daß zahlreiche Familien durch die schädliche Anwesenheit dieser Leute geschwächt wurden, und da die Vorsehung sie aus diesen Familien entfernt hat, wollen wir diese wünschenswerte Situation beibehalten. Deshalb haben wir beschlossen, eine Allgemeine Einstweilige Verfügung zu beantragen – und die Richter hatten die Güte, sie uns zu bewilligen – , laut der wir diese Leute sofort bei Ihnen abladen werden. Sie dürfen weder Kontakt mit ihren Familien aufnehmen, noch in ihr Elternhaus zurückkehren. Ich gratuliere Ihnen dazu, daß Ihre Gäste Langzeitmieter sein werden, obwohl Sie nur eine kurzzeitige Unterbringung vorgesehen hatten.«

»Ich spreche jetzt ausschließlich als Geschäftsmann«, erwiderte ich, »denn als solcher kann ich die zusätzlichen Einnahmen immer brauchen.« Und wenn ich als menschliches Wesen denke, möchte ich dich fünf Minuten lang allein in einem Raum haben, um zu sehen, wie oft ich dir Faustschläge und Tritte versetzen kann und trotzdem noch genügend Zeit habe, dich zu erwürgen.

Saltinis kleinliche Grausamkeit faszinierte mich; sie war genauso Kunst wie das Foltern eines besiegten Gegners durch Marcabru.

»Wenn Sie gestatten, Sir, hätte ich eine Frage«, meldete sich Thorwald.

»Moment – Thorwald Spenders, nehme ich an – anhängiges Verfahren wegen Aufstachelung zum Aufruhr bei der Vorstellung des Gelegentlich Mobilen Kabaretts?«

»Anhängiges Verfahren wegen ungerechtfertigter Einmischung der Polizei bei einer bewilligten öffentlichen Unterhaltung, ja, Sir, das bin ich. Mein Partner gehört auch dazu.« Er zeigte auf Paul. »Aber meine Frage hat nicht direkt mit diesem Ereignis zu tun.«

»Da ich annehme, daß es sich nicht um einen anhängigen Gerichtsfall handelt, kann Ihnen der Vorsitzende des Rationalisierungsrates rechtmäßig einen Rat geben, was immer Sie auf dem Herzen haben. Vergessen Sie nicht, daß ich im Augenblick sehr beschäftigt bin.«

»Ja, Sir. Auch ich habe hier im Zentrum Pflichten zu erfüllen.« Thorwald hätte genausogut eine angenehme, wenn auch formelle und hochgestochene Konversation mit jemandem führen können, der so alt war wie seine Eltern. Ich vermied es, auf den Bildschirm zu schauen, weil ich befürchtete, daß sich meine Bewunderung für Thorwald auf meinem Gesicht spiegelte. »Meine Frage betrifft den Tatbestand, daß ich bei den zuständigen Behörden kein Gesetz oder kein Verfahren für die ordentliche Registrierung einer neuen künstlerischen Bewegung finde. Soll ich mich mit meinem nächsten Schritt an den Generalrat wenden, oder soll ich dem Rationalisierungsrat ein Ansuchen um eine private Bewilligung vorlegen?«

Aimeric erklärte mir erst später, was an Thorwalds Frage so brillant war. Der Generalrat war eine große Versammlung von KIs, der oft über die Zentrumspolitik entschieden hatte und beurteilte, ob Aktivitäten rational oder nicht rational waren. Sie konnte nur im Lauf der Zeit untergraben werden; wenn Saltini lange genug an der Macht blieb, würde das System der Rechtsfälle die Politik des Generalrats verändern. Doch zur Zeit legte der Generalrat das kaledonische Recht meist auf traditionelle Art aus, und das bedeutete, daß es relativ leicht sein würde, eine Entscheidung zu erreichen, die Saltini zwar überhaupt nicht gefallen würde, die er aber – falls er sich an seinen papierdünnen Anspruch auf Legitimität klammerte – befolgen mußte.

Wenn er andererseits zuließ, daß der Fall als privates Ansuchen um eine Bewilligung bearbeitet wurde, schuf er einen Präzedenzfall, laut dem künstlerische Bewegungen prinzipiell erlaubte Tätigkeiten waren – und von da an würde sich der Generalrat nach diesem Präzedenzfall richten. Wenn er jedoch das Ansuchen ablehnte, dann mußte er Gründe darlegen – und indem man diese Gründe umging oder umdrehte, konnte der nächste Versuch vermutlich das Hindernis des Generalrats durchsegeln.

Im wesentlichen konnte Saltini es entweder darauf ankommen lassen, wie der Generalrat sofort entscheiden würde – und damit riskieren, daß der ganze Fall seiner Intervention entzogen wurde – oder er war gezwungen, eine politische Lösung für dieses Problem auszuarbeiten und zu hoffen, daß wir nicht imstande sein würden, den Spieß umzudrehen.

Der schlaue alte Pastor hatte seine derzeitige Stellung nicht erreicht, indem er zögerte; er lächelte, obwohl es eher aussah, als hätte er Zahnschmerzen, und sagte: »Ich sehe, was Sie meinen. Es gibt keine Präzedenzfälle. Lassen wir es einfach an den Generalrat gehen; falls es mit dessen Entscheidung Probleme gibt, können wir uns überlegen, ob wir es als Antrag einer Privatperson behandeln.« Aimeric erklärte mir später, daß es ein riskantes Vorhaben war; wenn der Generalrat Thorwald abwies, hatte Saltini gewonnen; wenn nicht, hatte Thorwald freie Bahn. Saltini spielte einfach um den Einsatz, der das strittige Problem ein für allemal lösen würde.

»Danke, Sir.« Thorwald lächelte und nickte korrekt, doch ich entdeckte einen Hauch von *dojo* in seiner Haltung.

»Wenn es nichts mehr zu besprechen gibt …«

Es gab nichts, also nickte Saltini höflich und verschwand vom Bildschirm. Wir mußten jetzt mehr als hundert verängstigten jungen Leuten erklären, daß es ihnen gesetzlich verboten war, sich mit ihren Familien in Verbindung zu setzen. Ich war sehr froh darüber, daß Margaret es am Vorabend geschafft hatte, alle Familien zu verständigen, so daß die Eltern wenigstens wußten, wo sich ihre Kinder aufhielten und daß sie sich in relativer Sicherheit befanden, auch wenn sie nicht mehr mit ihnen sprechen konnten.

Die erste Stunde des Ersten Lichts war zermürbend; ich hatte das Gefühl, daß ich zehn zusätzliche Ohren und vier zusätzliche Gehirne brauchte. Wenn mir Margaret nicht geholfen hätte, wäre ich wahrscheinlich in mein Zimmer geflüchtet und hätte mich wimmernd unter die Decke verkrochen. Erstens stellte sich heraus, niemand außerhalb des Zentrums wußte, daß wir *alle* Familien informiert hatten, deren Kinder sich bei uns befanden, deshalb mußten sich etwa hundert Leute, deren Verwandte verschwunden waren, bei uns erkundigen, und wir mußten sie mit der schlechten Nachricht fortschicken, daß wir es ebenfalls nicht wußten. Einige von ihnen waren Studenten des Zentrums, die es noch nicht bis hierher geschafft hatten; vier wurden später tot aufgefunden; man hatte ihnen den Schädel eingeschlagen oder sie waren in Pfützen ertrunken, nachdem man sie in einem engen Gäßchen betäubt hatte. Natürlich nahm man an, daß alle vier angegriffen worden waren, »vermutlich während der nicht lange zurückliegenden kurzen zivilen Unruhen von Elementen, die sie berauben wollten«. Für eine von ihnen, eine junge Frau namens Elizabeth Lovelock, mußten wir das Begräbnis im Zentrum durchführen, weil ihre Familie sich weigerte, sich mit ihr zu befassen.

Sie war der schlimmste Fall. Jemand, wahrscheinlich mehrere Jemands, hatten sie vergewaltigt und ihr die Zähne mit einem ›stumpfen Gegenstand‹ eingeschlagen (womit man geschickt das Wort ›Betäubungspistole‹ umging); danach hatte man ihr eine große Dosis Betäubungsmittel injiziert, so daß sie durch das Blut in ihrem Mund ertrunken war. (»Was hatte sie getan, damit sie eine solche Dosis erhielt? Wehrte sie sich gegen die Festnahme, indem sie zu laut schrie?« Margaret war explodiert, als die Tatsachen bekannt wurden.) Natürlich sagte der PÖP, er versuche herauszufinden, welcher Stadtpolizist es getan hatte; dabei hatte die Stadtpolizei überhaupt keine Information über den Fall erhalten.

Die Leiche sollte später zu uns gebracht werden. Der Highly Reverend Peter Lovelock schickte uns eine kurze Mitteilung, in der er uns wissen ließ, daß wir, da wir seine Tochter in ihrem ›liederlichen, ungehorsamen Verhalten‹ bestärkt hatten, mit dem ›widerlichen Abfall, der von ihr übrig war‹, tun konnten, was wir wollten. Das war alles, was wir je von ihrer Familie hörten. Ich nahm ihn im Geist in eine Liste für persönliche Rache auf, aber ich lernte ihn nie kennen. Ich würde gern berichten, daß er verdientermaßen ein übles Ende fand, aber da er der Pastor einer kleinen, abgelegenen Kongregation weit oben an der Küste war, ging er wahrscheinlich als das angesehenste und geschätzteste Mitglied seiner Gemeinde in Pension. Die Gerechtigkeit stellt sich nicht immer dort und dann ein, wo und wann man es will.

Wir entdeckten auch, daß wir jetzt eine Tochterunternehmen in Form einer Herberge hatten und Warenkredite bei einer Schar von Nahrungsmittel-Großhändlern einrichten mußten. Uns wurde schnell klar, daß dies ausschließlich ein diplomatisches Problem war – und Bruce, der anscheinend jeden kannte, war unschätzbar. Er steuerte uns zu liberal orientierten Lieferanten, von denen wir erwarten konnten, daß sie uns etwas nachlasssen würden, und weg von Reaktionären, die vielleicht versuchen würden, uns durch Papierkrieg, knappe Kredite und verspätete Lieferungen lahmzulegen.

Es war noch nicht Erster Mittag, als ich einen Augenblick Zeit hatte hinaufzulaufen und nachzusehen, was die anderen trieben. Auf keinen Fall hatte ich erwartet, daß Thorwald und Paul damit beschäftigt waren, ›Das Inessentialistische Manifest‹ zu entwerfen. Ich unterdrückte meinen Ärger, obwohl es mir schwerfiel, wenn ich daran dachte, das Margaret unten die Arbeit von *deu sait* wie vielen Leuten erledigte. ›Unwesentlich‹ war die genau passende Beschreibung dieser Zwei-Personen-Bewegung. »*Companho*«, sagte ich so vernünftig, wie es mir möglich war, »gibt es einen Grund, warum das da nicht warten kann?«

»Na ja«, meinte Paul, »ich nehme an ...«

Thorwald schüttelte den Kopf. »Wenn ich die Idee nicht zu dir hinüberbringen kann, Paul, sollte ich wahrscheinlich aufgeben. Wenn wir dieses Manifest richtig formulieren, Giraut, haben wir einen gesetzlichen Schild, hinter dem wir die gesamte Dissidentenbewegung verstecken können. Ohne diesen Schild wird uns Saltini solange einzeln abwürgen, bis wir nicht mehr existieren, eine Verhaftung, dann einen Knebelbefehl und so weiter; mit dem Schild können wir ihn irgendwann entmutigen. Und wir müssen es geschafft haben, bevor er einen Weg findet, um es zu verhindern. Ich weiß, daß du zuviel arbeitest und zu wenig schläfst, *companhon*. Paul und mir geht es genauso, und die arme Margaret kann sich wahrscheinlich kaum noch auf den Beinen halten. Aber wenn ich das da nicht innerhalb von zwei Stunden fertig und dem Generalrat unterbreitet habe, wird Saltini mir zuvorkommen und wir werden endgültig aus den Kommunikationskanälen ausgesperrt sein.«

Ich starrte ihn an. Er war ein Teenager; noch Anfang dieser Woche hatte er sich wie ein sehr junger Jovent benommen, mit den dazugehörenden Wutausbrüchen und mangelnder Disziplin. Durch die Krise war er – gib es zu – erwachsener geworden, als ich es vor hundert Tagen gewesen war. Deshalb hatte er Anspruch auf die prinzipielle Achtung, die einem vertrauenswürdigen Freund zustand. »Wenn du sagst, daß das, was du tust, notwendig ist, dann glaube ich dir«, antwortete ich. »Aber es gibt einiges, das ihr wissen solltet.«

Ich erzählte ihnen kurz den Lovelock-Fall, mußte aber mittendrin noch einmal beginnen, weil Aimeric gerade hereinkam und es noch nicht wußte. (Seltsamerweise wurde ich bei jeder Wiederholung wütender statt ruhiger.) Als Okzitaner war ich wahrscheinlich durch die Häufigkeit, mit der ich es mit Gewalttätigkeit zu tun hatte, abgehärtet, aber der Gedanke an diese Brutalität einer *donzelha* gegenüber drehte mir den Magen um; Thorwald und Paul waren maßlos empört. Der kalte Zorn in ihren Augen, als ich fertig war – und Aimerics starrer Blick – sagten mir besser als Worte, daß alles, was Kaledonien meinen Freunden bis jetzt gewesen war, sich vollkommen geändert hatte.

»Ich muß es Dad und Clarity erzählen«, meinte Aimeric schließlich. »Vielleicht wird es Clarities Kampfgeist wieder wecken – und Dad wird vielleicht einiges einfallen, das man tun kann. Ich habe gerade mit dem PÖP telefoniert; anscheinend werden die meisten wichtigen politischen Gefangenen innerhalb der nächsten zwei Stunden in Hausarrest entlassen, was bedeutet, daß ich sie besuchen kann, sie aber nirgends hingehen können. Ich soll auch Botschafter Shan anrufen. Wahrscheinlich soll ich ihn über alles informieren.«

Alle nickten. Bis jetzt hatte der Humanitäre Rat so entschieden auf unserer Seite gestanden, wie wir es uns nur wünschen konnten.

Paul und Thorwald wandten sich wieder der Seite vor ihnen zu, und ich ging hinunter. Fünf Krisen explodierten gerade, aber Margaret hatte sie alle im Griff. Sie machte mich auf eine weitere Krise aufmerksam. »Wir müssen den Unterricht bald wieder aufnehmen – sonst kann der PÖP die Leute zwingen, ihr Geld zurückzuverlangen. Hättest du Zeit, dir zu überlegen, was wir tun müssen, um das Zentrum wieder als solches zu betreiben, auch wenn es das führende Häretikerhaus Utilitopiens ist?«

Vielleicht war es nur *merce,* oder ich wollte mein Talent für Schmeicheleien nicht verkümmern lassen, denn ich sagte ihr, daß ich ihr nichts, worum sie mich bat, abschlagen konnte. Sie errötete wieder und konnte mir nicht in die Augen sehen, aber sie war sichtlich über die Aufmerksamkeit überglücklich. Ich genoß ihre Freude zutiefst; wenn sie so entzückt war, wirkte sie körperlich beinahe akzeptabel.

Beinahe.

Ich saß oben in meinem Büro an einem Terminal und suchte eine Möglichkeit, alle Bewohner des Zentrums so unterzubringen, daß alle Gruppen regelmäßig unterrichtet werden konnten, als es leise klopfte. *»Venetz.«*

Valerie kam zögernd herein; sie sah aus, als würde sie jeden Augenblick fliehen. »Sind Sie beschäftigt?«

»Sehr, *midons,* aber für Sie habe ich immer Zeit.«

»Ich wollte nur ... na ja, sehen, wie es Ihnen geht und vielleicht erfahren, wie es steht.«

Mir fiel auf, daß der Unterschied zwischen Valerie und Margaret darin bestand, daß beide kaledonische Übung im Flirten hatten – das heißt, überhaupt keine –, aber wo Margaret einfach so gut es ging ein Gespräch anfing, *versuchte* Valerie zu flirten und versagte dabei elend. Doch als ich ihre helle Haut, die riesigen, leuchtenden Augen ... die Kurven ihres Körpers betrachtete, fand ich, daß Geschicklichkeit und Gedankenaustausch äußerst gut umsetzbar waren.

»Also«, begann ich, »ich bin erschöpft, weil ich zu wenig schlafe, und vor mir liegt viel mehr Arbeit, als ich normalerweise schaffen kann. Aber der PÖP kann mich vorläufig wenigstens nicht persönlich angreifen, was man von den meisten von euch nicht sagen kann, deshalb versuche ich, meinen Anteil an der Arbeit zu leisten.« Es klang viel müder und pflichtbewußter, als ich vorgehabt hatte; kaledonischer, wenn Sie wollen.

Ihr Lächeln war noch immer herzlich, und indem sie den Blick ein wenig senkte, wirkte sie irgendwie geheimnisvoll; für eine geschlechtsreife Okzitanerin wäre es unglaublich primitiv gewesen, aber schon der Versuch war beachtlich. »Ich weiß, wieviel Sie für uns alle getan haben. Haben Sie … hatten Sie jemals Gelegenheit, ein wenig daran zu denken, wie wir zusammen eine – Jam Session machten?«

Sie betonte ›Jam‹ gerade genug, um sicher zu sein, daß ich mich daran erinnern würde, was es im örtlichen Slang bedeutet. Die Gefahr, daß ich es vergessen würde, hatte nie bestanden.

»Es war so ziemlich das letzte angenehme Erlebnis, das ich hatte. Wollten Sie in diesem Zusammenhang über etwas Bestimmtes sprechen?«

»Nur daß ich … sehr gern wieder mit Ihnen auftreten würde. Und da Paul und Thorwald so eisern entschlossen sind, diese Inessentialistische Bewegung auf die Beine zu stellen, könnte es mehr Gelegenheiten für Darbietungen geben, und … Sie wissen ja. Ich wollte wissen, ob Sie in dieser Hinsicht dasselbe fühlen wie ich.«

»So was wie das Elementarste in unbeantwortbaren Fragen, nicht wahr?« Ich wußte nicht, warum ich auf diese Art neckte und abwehrte – vielleicht befürchtete ich, daß sie demnächst einen deutlicheren Vorschlag machen würde, oder ich befürchtete vielleicht, daß sie es nicht tun würde. Ich wollte jedenfalls nicht, daß sie ging, und ich genoß es, daß sie leicht errötete, wobei es mir gleichgültig war, ob es Verlegenheit oder Erregung war. »Doch wie sollen wir als echte Künstler noch bevor sie mit ihrem Manifest fertig sind wissen, ob wir Inessentialisten sind oder nicht?«

Wenn die PÖPs eine Wanze zurückgelassen hatten, würde ihnen das vielleicht Kopfschmerzen bereiten.

»Oh, aber … ich glaube, daß alle Künstler es sind. Paul hat mir davon erzählt; seine Augen waren voller Licht, und allein wenn man ihm zuhörte … er sagte, es ginge um die Idee, daß Kunst keinem Zweck dienen kann, daß Kunst ein Zweck an sich ist, das ist das einzige, woran ich mich genau erinnern kann.« Ihre Augen waren ›voller Licht‹, und die Erwähnung von Pauls Namen hatte bei mir einige Gedanken ausgelöst. Erstens befand ich mich mitten in einer wirklich gefährlichen politischen Krise, in der Paul nützlich gewesen war, Valerie hingegen nicht, und aus dem, was mir Margaret erzählt hatte, schloß ich, daß Valerie ein ziemliches Chaos unter den bei uns untergebrachten Studenten angerichtet hatte, so daß Paul einen Grund mehr hatte, sich Sorgen zu machen.

Der zweite Gedanke, der mich praktisch blendete, war, daß mich zwar ihr Gesicht und ihr Körper erregten, und daß ihre klare Stimme und ihre Leidenschaftlichkeit großartig waren, daß ich sie aber nicht sehr gut kannte, und daß ich das, was ich kannte, nicht mochte.

Ich wäre nie auf den Gedanken gekommen, daß ich eine *donzelha* mochte oder nicht mochte. Marcabru hatte anscheinend *tatsächlich* Briefe von einem Fremden namens Giraut bekommen.

Ich weiß nicht, was ich während dieser langen Überlegung getan habe – vielleicht fuhr ich mir mit den Fingern durchs Haar –, aber etwas an der Art, wie ich es tat, mußte ihr den Eindruck vermittelt haben, daß sie nicht weiterkam, denn sie plauderte noch kurz, verabschiedete sich dann und verschwand.

Der Stoß von Problemen vor mir nahm meine Aufmerksamkeit sofort in Anspruch; wenn wir alle, die im Duellierraum schliefen, auf Schicht zwei verschoben, dann würde die Einteilung der Küche ein wenig darunter leiden, aber andererseits …

Margaret brachte mir aus der Küche den Lunch. Wir hatten jetzt die Kaution für ein Dutzend Studenten erlegt und dadurch sie plus einer Person als neue Bewohner. »Zum Glück sind sie nur zusätzliche Zahlen in einem existierenden Problem«, meinte ich.

Sie schenkte mir Kaffee ein, bevor sie antwortete, und reichte mir ein Sandwich. »Es ist zu früh zum Essen, aber wir werden vielleicht nicht dazu imstande sein, wenn die Überreste eintreffen.«

Ich hatte es beinahe geschafft, es zu vergessen. »Müssen wir nur Elizabeth Lovelock begraben?« fragte ich.

Sie nickte. »Das Problem, einen Pastor zu finden, wodurch es legal wird, ist beinahe gelöst. Der Vorsitzende – ich meine Aimerics Vater, er ist nicht mehr Vorsitzender, aber ...«

»Auch für mich wird er immer der Vorsitzende sein. Zumindest im Vergleich zu dem, der jetzt auf diesem Stuhl sitzt. Er hat sich bereit erklärt, das Begräbnis für uns durchzuführen? Das ist schrecklich politisch; womöglich kommt er deshalb ins Gefängnis.«

»Auch wenn das geschieht, ist es noch immer politisch gesehen sehr gut. Aber es geht um mehr als um seine Bereitschaft, das Begräbnis abzuhalten. Ich wollte dich fragen, ob wir noch einen Raum umgestalten und in ihm ein Waschbecken und eine Toilette wachsen lassen können, weil ich dem Vorsitzenden Carruthers gern einen eigenen Raum geben möchte.«

»Er ist da?«

»Ja. Er hat okzitanische Küche, okzitanische Dichtkunst und Anfangsgründe des Okzitanischen belegt. Er behauptet, daß er Gottes Willen zu gut kennt, um es mit Malerei oder Musik zu versuchen, und daß Tanzen und Duellieren nichts für einen Mann seines Alters sind.«

»Hmmm. Beim Duellieren bin ich nicht so sicher. Er hat das Zentrum wahrscheinlich als seine Adresse angegeben, damit er den Hausarrest hier verbringt. Wie können wir ihm die Erlaubnis verschaffen, beim Begräbnis mit uns zum Friedhof zu gehen – oder brauchen wir ihn nur für die Bestattung hier?«

»Was ist ein Friedhof?«

Das war ein terstadt-Wort, deshalb war ich überrascht. »Wo man Tote begräbt.«

»Du meinst – wörtlich?« Sie war wirklich erschrokken.

Ich hatte den Verdacht, daß ich es bald ebenfalls sein würde. »In Okzitanien begraben wir die Leichen im Boden«, stammelte ich. »Was tut ihr hier ... äschert ihr sie ein, oder ...«

»Ja also, wir ...« Ihre Stimme wurde sehr leise, und sie blickte zu Boden.

»Es ist schon in Ordnung, ich bin beinahe erwachsen, du kannst es mir sagen.«

»Mir wurde gerade klar – wir sahen das vergrößerte Bild von deinem Freund – Raimbaut?«

»Raimbaut«, bestätigte ich. »Du meinst das Begräbnis auf der Serra Valor. Ihr macht es hier offensichtlich anders ...«

»Ja, aber wenn du hörst, wie anders, wirst du wahrscheinlich entsetzt sein, und obwohl ich dich wirklich mag, Giraut, bist du manchmal so zimperlich und komplizierst alles so ...«

»Moment mal, *companhona*. Ich gebe zu, daß ich oft auf eure Sitten schlecht reagiere, aber überlasse es mir, schlecht zu reagieren.«

Es sah aus, als wolle sie mich anfahren, doch dann schluckte sie und nickte, weil sie offenbar fand, daß ich recht hatte. »In Ordnung. Es gibt hier keine Friedhöfe, weil wir nach der Beisetzung die Leichen nicht aufbewahren. Nach der Beisetzung werden einige von Elizabeths guten Freunden – falls sie hier welche hatte, und ich habe bis jetzt noch keine gefunden – ihre Leiche hinunter zum Haupttor des Regenerierungssystems bringen und sie mit ihrem gesamten Besitz dort hineinschieben.«

»Das ist widerlich.«

»Ich wußte, daß du so reagieren würdest.«

Ich stand auf, aber infolge der vielen Betten hatte ich nicht genügend Platz, um herumzugehen, deshalb setzte ich mich auf den Schreibtisch, stellte die Füße auf den Stuhl und aß weiter. Nach einem Augenblick sagte sie: »Es tut mir leid, aber du mußtest es früher oder später erfahren, und wir *machen* es so.«

Das Bild, das ich jetzt vor mir sah, erschreckte mich. *Alles* – Küchenreste, Fußbodenkehricht, schmutziges Geschirr, *die Toilette!* – landet im Regenerierungssystem, wo es ein Ultraschall-Gerät in etwas verwandelt, das man mit Wasser vermischen kann; der Schlamm wird dann abgesaugt und dem Fusionsreaktor der Stadt zugeführt, so daß buchstäblich jedes Atom Abfall in der Stadt wiederverwertet wird. Ich begriff plötzlich, worum es in Annas Gedicht eigentlich gegangen war, und war froh, daß ich es nicht gewußt hatte, während ich zuhörte. Elizabeths armer, zerschlagener Körper wurde in Ionen aufgelöst und massen-spektrographiert; der größte Teil würde als Dünger oder einfach als frisches Wasser wiederverwertet werden, einiges als wertvolle Leichtmetalle … und unterwegs würde sie sich mit dem Müll der Stadt vermischen.

Schließlich seufzte ich. Rimbaut war in seiner Steinkammer mumifiziert, die vollkommen wasserdicht war und auf der trockenen Wüstenseite der Serra Valor lag. Wir hatten ein kleines Gerät zurückgelassen, das eine oder zwei Stunden nachdem er beigesetzt war, starke, kurzlebige Radioaktivität auslöste, so daß es im Grab buchstäblich nichts mehr gab, das ihn fressen konnte; wann immer die Große Akademie einen toten Künstler zum Heiligen ausrief, auch wenn es Generationen später war, wurde er ausgegraben; die Körper waren immer perfekt erhalten. Meine Laute hatte mich eine Jahreszuteilung gekostet, weil sie drei Knöchelbeine der heiligen Agnes enthielt, die zu Stimmwirbeln verarbeitet worden waren. (Agnes die Malerin – Reliquien von Musikern überstiegen meine finanziellen Möglichkeiten und würden es immer tun, bis ich irgendwie eine ewige Peerswürde erhielt.)

Wie wohl ein Kaledonier reagiert hätte, wenn er das

erfuhr? Würde er es als vernünftiges Recycling betrachten, oder als Ehrung, oder würde er die Vorstellung, Leichenteile mit sich herumzutragen, als widerlich empfinden?

»Ich werde damit fertigwerden«, meinte ich. »Ich brauche einige Zeit, um mich an eure Eigenheiten zu gewöhnen, und du mußt mir gelegentlich eine Reaktion zubilligen, aber ich werde damit fertigwerden.«

Margaret hatte das anscheinend nicht erwartet. Sie sagte lächelnd: »Dann ist es gut, denn vielleicht werden wir beim Begräbnis Elizabeths Freunde sein. Vorläufig glaube ich sogar, daß wir ihre Lobreden halten müssen.«

»Wie viele müssen es sein?«

»Drei, aber eine wird vom Pastor und eine normalerweise von der Familie gehalten. Wir müssen Einzelheiten suchen, die wir Pastor Carruthers erzählen können… alles, was es hier an Familie gibt, ist ein entfernter Vetter, der sich nicht daran erinnern kann, daß er jemals mit ihr gesprochen hätte. Zum Glück ist es Thorwald. Du oder ich oder irgendwer muß der Freund sein. Sie hat anscheinend keine gehabt.«

»Das arme Mädchen.« Ich erschauerte. »Und sie befand sich hier im Zentrum?«

»Sie inskribierte als erste. Soviel ich weiß, war es ihr einziger Rebellionsversuch, es sei denn, man rechnet die Anwesenheit beim Kabarett dazu – und die überschneiden einander zu ungefähr neunzig Prozent. Sie hatte eine feste Anstellung, und da sie nicht vom Durchschnitt abwich, bekam sie alles, was sie haben wollte; Aimerics Dichtkunst-Gruppe, die, in der gelesen wurde, Grundlagen des Okzitanischen bei Bieris, die sich nur an ihr Gesicht erinnern kann und nicht glaubt, daß sie viel Konversation gemacht hat – und deine Musikverständnisgruppe.«

Ich ging im Geist die dreißig Studenten in der Gruppe durch und entschied mich schließlich für eine von drei Studentinnen, die in der letzten Reihe saßen, aufmerksam zuhörten und nie sprachen. »Wissen wir noch etwas über sie?«

»Sie war ein Einzelkind. Anscheinend sehr schüchtern. Ihr akademischer Stundenplan deckt sich mit dem eines jungen Mitarbeiters, in den sie vielleicht verliebt war, aber er kam nicht ins Kabarett und ist einer der wenigen, die die volle Rückzahlung des Schulgelds verlangten. Sie hatte nach ihrem achtzehnten Geburtstag nie eine Kopie für den Psychespeicher machen lassen, so daß sie drei Jahre verloren hat, und wir können niemanden finden, der ihr nahesteht und sie tragen würde. Vielleicht werde ich mich freiwillig dazu melden müssen, oder ich kann Val dazu überreden, wenn sie das hysterische Theater aufgibt, das sie gemacht hat, und sich bereit erklärt, nützlich zu sein.«

»Sie hat mich besucht und wirkte ziemlich normal. Sehr Valerie, aber normal.«

Margaret seufzte und kratzte sich am Kopf; die Bewegung erinnerte mich eindeutig an einen Affen. »Sie scheint Fortschritte zu machen.«

»Sie hat nichts erreicht«, sagte ich leise. Vielleicht wollte ich nur sehen, wie Margaret auf diese Information reagierte.

Sie grinste, und das gefiel mir. »Du hast also bemerkt, daß sie von allem Okzitanischen fasziniert ist.«

»Ich gestehe, daß ich die Faszination erwidern könnte, aber Paul ist so ...«

»Um so viel wertvoller? Sicherlich. Und sie hat es eindeutig im Lauf der Jahre geschafft, ihn immer wieder aus der Fassung zu bringen und ihn zu verletzen.«

»Er hilft ihr dabei«, wandte ich ein. »Es ist eine Schande, daß ich ihm keinen Intensivkurs in okzitanischem Verhalten in solchen Situationen verpassen kann. Dank unserem *enseingnamen* hätte er sie längst fallengelassen – weil wir im *fin'amor* durch den Partner so verletzlich sind, haben wir die kunstvolle Technik entwikkelt, wütend hinauszustürmen.«

»Die könnte er bestimmt brauchen«, stimmte Margaret zu. Dann fiel ihr etwas ein, und bevor ihr schüchternes Lächeln sich in eine unangenehme Frage verwandeln konnte, sagte ich: »Die arme Elizabeth Lovelock war also eine Person aus dem Niemandsland. Wie um alles in der Welt kam es zu ihrem Tod?«

Margarets Gesichtsausdruck änderte sich genauso schnell wie ich gehofft hatte. »Anscheinend war sie zur falschen Zeit am falschen Ort. Es gab eine winzige Anti-Saltini-Demonstration von einigen ultraorthodoxen Gläubigen – nicht mehr als zwanzig – in der Nähe ihres Hauses, und die Stadtpolizei versuchte, sie vor dem PÖP zu schützen. Mindestens vier Polizisten starben, als die PÖP-Leute sie überfielen; einige Demonstranten befinden sich noch immer im Krankenhaus. Elizabeth Lovelock kam vom Kabarett nach Hause – aus dem Zeitpunkt schließe ich, daß sie zu den Leuten gehörte, die uns halfen, den Saal auszuräumen, und noch immer fiel das arme Ding keinem von uns auf – und zwischen der Schwebewagenhaltestelle und ihrem Haus erwischten sie sie, und dann geschah es. Wir werden wahrscheinlich nie mehr darüber erfahren. Einige Details der Autopsie sind einfach schrecklich, Giraut; der Coroner sagte, es gäbe Hinweise ›auf systematische Folter durch sexuelle Demütigung‹. Der Coroner ist wahrscheinlich liberal und versuchte, sich zu vergewissern, daß es zu Anklagen kommen wird. Das arme Mädchen. Sie hatte sicherlich das Gefühl, daß sie endlos litt, bis sie sie schließlich töteten.«

In Margarets Augen standen Tränen, und ich ging ohne zu überlegen zu ihr, setzte mich neben sie aufs Bett und legte ihr den Arm um die Schultern. Sie fiel beinahe gegen mich, aber es war nicht Verlangen; sie war einfach erschöpft und hatte sich viel zu lange um viel zu viele Leute gekümmert, ohne Zeit für ihre eigenen Gefühle zu haben. »Das ist dumm«, sagte sie und schnüffelte weiter an meiner Schulter.

»Nein, es ist natürlich. Du hast eine zu schwere Last zu lange getragen, und wir können sie dir noch immer nicht abnehmen; was Elizabeth zugestoßen ist, könnte einem Stein Tränen entlocken.«

»Ich muß immer denken – wenn sie wenigstens einen Freund gehabt hätte, jemanden, der sie begleitet oder sie nur einige Minuten aufgehalten hätte … oder wenn es jemanden gäbe, der jetzt für sie sprechen könnte …«

Ich drückte sie an mich, rieb ihr sanft den Nacken und fragte mich, wie ich in eine Welt geraten konnte, in der solche Sachen geschehen. Sie hielt lange still, doch dann richtete sie sich auf, wischte sich das Gesicht ab und stellte fest: »Das war absolut würdelos.«

»Ich werde es niemandem verraten«, versprach ich und reichte ihr ein Papiertaschentuch. »Gib noch nicht auf, sieh dich weiterhin um. Auch wenn sie so unauffällig war, gab es vielleicht einen Freund. Und es muß jemanden geben, den man dazu zwingen kann, ihren Psychebehälter zu tragen. Dein Gefühl für sie wäre ohnehin nicht gut für sie – sie würde sehr wahrscheinlich Selbstmitleid empfinden. Obwohl sie *deu sait* ein Recht auf Selbstmitleid hätte … fang nicht wieder an, sonst weine ich mit.«

Sie zwang sich zu einem fröhlichen Gesicht, wofür ich ihr dankbar war. Auf dem Weg in mein Zimmer fiel mir ein, daß ich seinerzeit eine Menge tränenüberströmter *donzelhas* in den Armen gehalten hatte, aber dies war das erste Mädchen, das wirklich Grund zum Weinen hatte und um das ich mich gesorgt hatte, als die Tränen versiegten.

Schließlich war ich auch deshalb nach Kaledonien gekommen, um neue Erfahrungen zu sammeln.

Nach etwa einer Stunde hatte ich den Unterrichtsplan geschafft; als ich auf die Uhr blickte, stellte ich fest, daß ich die gesamte Zeit verbraucht hatte, die ich für das Schläfchen während der Ersten Dunkelheit vorgesehen hatte, und daß ich zudem schon lange nicht mehr unten gewesen war. Natürlich hätte mich jemand gerufen, wenn es zu einer echten Krise gekommen wäre, da ich aber der Hauptverantwortliche war, wollte ich nicht erst dann davon erfahren, wenn die Krise bereits ausgebrochen war. Ich warf einen betrübten Blick auf mein Bett, spritzte mir Wasser ins Gesicht, fuhr mir rasch mit dem Kamm durch die Haare und ging hinunter.

3

Der erste, der mich auf der Treppe aufhielt, war Aimerics Vater, der mich schüchtern fragte, ob er irgendwann einen der größeren Räume als Kapelle benützen konnte. Das war relativ einfach zu bewerkstelligen, also notierte ich es mir und versprach ihm, daß ich ihn bald verständigen würde.

»Danke. Es tut mir leid, daß ich Sie mit einer Kleinigkeit belästigen muß, aber leider hat mich ein Leben in der Regierung und der Verwaltung geprägt. Übrigens hat man mich auch deshalb hinaufgeschickt, statt die Sprechanlage zu benützen, weil wir Sie unauffällig davon verständigen wollten, daß die Leiche der jungen Lovelock eingetroffen ist. Thorwald und Margaret bringen sie gerade in einen kalten Lagerraum unterhalb der Küche.«

»Haben Sie sie gesehen?«

Carruther nickte mit steinernem Gesicht. »Ja. Ich habe vorgeschlagen, daß wir sie weder einbalsamieren noch wiederherstellen und den Sarg offenlassen. Die anderen waren einverstanden. Daß diese Entscheidung richtig war, wird durch die Tatsache bestätigt, daß Reverend Saltini mich innerhalb der letzten Stunde viermal angerufen und mich beschuldigt hat, ihren Tod zu ›politisieren‹ und ›Märtyrer zu schaffen, wo es nur Mißgeschick und Unzurechnungsfähigkeit gab‹.«

Ich explodierte. »›*Unzurechnungsfähigkeit!*‹ Nach allem, was diese angeheuerten Schläger ihr angetan haben …« Ich war zu wütend, um weiterzusprechen.

Carruthers Lippen zuckten leicht, als befände er sich in der gleichen Gemütsverfassung, wolle ihr aber nicht nachgeben. »Ich muß gestehen, daß ich genauso reagierte. Außerdem – und das ist wichtiger – hat der Generalrat bestätigt, daß meine Reaktion rational war, so daß Saltini keine Chance mehr hatte, mich als verrückt oder senil internieren zu lassen. Um einen Politiker zu zitieren, dessen Stil ich immer gemocht habe, wollen wir sehen, ob Saltini, der den Tiger bestiegen hat, ihn auch reiten kann.«

Als ich zur Laderampe kam, war die Arbeit bereits getan und Elizabeth Lovelocks Körper dezent verhüllt. Thorwald, Paul, Aimeric und Margaret waren zutiefst empört und ich mußte ihnen gut zureden, bis sie hinaufgingen. »Das Begräbnis wird morgen früh stattfinden«, erklärte ich, »und danach können wir vermutlich den Unterricht wieder aufnehmen. Jeder von uns braucht jetzt etwas Normalität.«

Aimeric trank seinen Kaffee und nickte. »Wenn mich niemand hier braucht, besuche ich Clarity. Ich habe sie angerufen und sie klingt etwas besser, aber ich möchte mich selbst davon überzeugen.« Er machte sich sehr ruhig auf den Weg – offenbar lastete ein großes Gewicht auf seinen Schultern und die Anstrengung war deutlich zu merken.

Trotz unserer besten Absichten begann der Unterricht nicht am nächsten Tag. Vor allem war das Begräbnis aufwühlender als erwartet; sogar Carruthers, der Aufruhr auslösen wollte, war überwältigt. Dadurch, daß die Leiche weder einbalsamiert noch gereinigt worden war, sondern in der Kleidung ›begraben‹ wurde, in der sie in das Leichenschauhaus gebracht worden war, sah man drei empörende Tatsachen: Den brutal zermalmten Mund und das gebrochene Kinn, das Blut, das ihre Kleidung von den Knien bis zur Taille durchtränkt hatte, und die schreckliche Qual auf dem noch erhaltenen Teil ihres Gesichtes. Man mußte sich beherrschen, um nicht zu schreien und zu erbrechen.

Carruthers nützte all das voll aus; seine Verurteilung

des Totschlags wies nach, daß es sich um ein Verbrechen handelte, und der Teil seiner Lobrede, den er auf reason hielt, bewies hieb- und stichfest, daß Saltini direkt für das Geschehene verantwortlich war.

Dann stand ausgerechnet Valerie auf, und ich fragte mich, wieso sie plötzlich eine Freundin von Elizabeth Lovelock war – bis ich die frische Narbe auf ihrem Nacken sah. Offensichtlich hatte Margaret Druck ausgeübt; Valerie würde zur Abwechslung wenigstens einmal etwas Nützliches tun, dachte ich mißmutig.

Valerie blickte zu Boden; sie wirkte schüchterner und ruhiger als bei ihrem Auftritt. »Ich glaube ... dieses Begräbnis ist sehr ... ungewöhnlich. Ich kenne Elizabeth erst seit wenigen Stunden. Sie möchte Ihnen übrigens sagen, daß ihre Familie sie immer Betsy genannt hat und daß es sie freuen würde, wenn Sie sie mit diesem Namen im Gedächtnis behielten. Sie mußte viel nachholen; ihre letzte Persönlichkeitskopie wurde noch vor Einführung des Springers gemacht. Aber ... es funktioniert sehr gut, die Ärzte sagen, besser als sonst. Wir haben ein wenig experimentiert, und wenn Sie alle sehr ruhig sind und mich nicht erschrecken, kann ich vielleicht ... Betsy meine Stimme leihen, so daß sie selbst zu Ihnen sprechen kann.«

Im Raum war es so still, daß ich mich fragte, ob alle plötzlich den Atem anhielten oder sich darauf konzentrierten, geräuschlos zu atmen. Dann begann Valerie mit einem leicht anderen Akzent zu sprechen; sie hatte sich nicht immer ganz unter Kontrolle, aber es war gut verständlich. »Ich ... ich wollte nur ... ich wollte nur s-sagen, daß ich m-mein Leben lang sehr einsam war, und das kam wahrscheinlich durch die Art, wie wir Kaledonier leben. Es ist eine sehr kalte Kultur, und wir sind keine glücklichen Menschen. Ich betrachte Valeries Erinnerungen an das Zentrum und das Kabarett, und obwohl ich mich selbst nicht daran erinnern kann, b-bin ich so glücklich, weil ich weiß, daß diese Dinge in meinem Leben waren, bevor ich starb. Sie werden v-versuchen, euch einzureden, daß die Saltinis und der PÖP, und die Männer, die meinem K-Körper dies an-an-antaten, die Ausnahmen sind, aber das stimmt nicht. Reverend Carruthers oder Reverend Peterborough sind die Ausnahmen, Leute, die andere Leute anständig b-behandeln. Das Ding, das Sie im Sarg sehen und das ich w-war, ist das, was g-geschieht, wenn man versucht, die Menschen Ideen anzupassen.

Ich war immer sehr schüchtern, aber ich will versuchen, weiter zu Ihnen zu sprechen, vor allem weil ich jetzt Valerie bei mir und nicht mehr solche Angst habe. Und ich werde mich sehr bemühen, jemand zu s-sein, für den sie einen Körper w-wachsenlassen können, denn die Ä-Ärzte sagen, daß ich mich gut halte. Ich erwarte-warte-warte also, bald wieder in Fleisch und Blut bei Ihnen zu sein, und inzwischen g-gewinnen Sie bitte, damit die Welt sich dazu ei-eignet, in ihr zu leben. Das ist all-alles, was ich sagen will.«

Die Stimme war ein wenig weinerlich und verschämt, als wäre Betsy eine jener Seelen gewesen, die beinahe von Geburt an unterdrückt werden, sei es durch äußerliche Kräfte oder innere Schwäche. Dennoch hatte sie ihre Würde bewahrt, ihren Platz unter uns beansprucht, und das Begräbnis endete vollkommen absurd unter tosendem, tränenreichem Applaus.

Vielleicht war unsere Reaktion nur politisch; die Nachrichtenkanäle würden das, was sie gesagt hatte, verbreiten und Saltini schweren Schaden zufügen, und wir wußten das sofort. Vielleicht war es einfach der Mut, den wir bewunderten, wenn eine so altmodische Persönlichkeit Halt fand und sich so rasch für eine Seite entschied.

Aber wenn Sie mir gegenüber einen dieser Gründe erwähnen, dann stehen Sie einer Herausforderung *atz sang* gegenüber, sogar heute noch. Wir applaudierten deshalb, weil menschlichen Wesen, die gezwungen sind, einen

Schrei nach Liebe zu hören – wirklich zu hören –, kaum etwas anderes übrigbleibt, als diese Liebe zu geben. Zumindest möchte ich das von meiner Spezies annehmen.

Irgendwie war es ein Antiklimax, aber als Thorwald als Verwandter vortrat, gab es wieder eine Überraschung, denn er hatte eine Laute bei sich.

Er war kein vollendeter Musiker, aber er spielte gut genug und hatte genügend Übung, um zu entsprechen, und was er sang, war eine freie Übersetzung des *Canso de Fis de Jovent.* Normalerweise hasse ich es, wenn Standardstücke aus einem flüchtigen Grund oder wegen einer banalen Gelegenheit frei wiedergegeben oder verändert werden, obwohl das in Nou Occitan gang und gäbe ist. Diesmal war er jedoch von der Übersetzung ausgegangen, und was er getan hatte, war klug und passend – er hatte die typisch okzitanischen Stellen entfernt und den Mut angesichts von Verlust, von Vergeudung betont. Es war wirklich beeindruckend; alle weinten, ohne sich zu schämen.

Auf dem Weg aus dem Halle blieb jeder stehen, um Valerie in die Augen zu blicken und dadurch Betsy zu grüßen. Dann trugen wir endlich den armen, zerbrochenen Körper zum Regenerator hinunter und schoben ihn hinein.

Ich hatte gerade beschlossen, den Unterricht abzusagen – ich konnte mir nicht vorstellen, daß an diesem Tag sehr viel gelernt würde –, als mein Handy klingelte. Ich zog es aus der Tasche und stand Botschafter Shan gegenüber. »Sie sind meiner Ansicht nach die logische Person für diese Ankündigung; bitte informieren Sie das Zentrum. Der Basar in dem Areal der Botschaft wird in sechs Stunden eröffnet – genau am Ende der Ersten Dunkelheit.«

»Ist das nicht früh?«

»Sehr.«

»Ich habe geglaubt, daß wir eher verständigt werden…«

»Das war der Fall. Jetzt ist er es nicht mehr. Und wenn Saltini diese Leitung nicht angezapft hat, weiß er es noch immer nicht. Er ist der letzte auf meiner Anruf-Liste. Bitte sehen Sie zu, daß es sich herumspricht.«

»Ja«, erwiderte ich wie ein echter Kaledonier – das heißt, ich bemühte mich, niemandem zu zeigen, daß ich es genoß.

»Und – wenn ich es erwähnen darf, Giraut – das Begräbnis war großartig. Einfach großartig.«

»Ich habe nur das Gebäude zur Verfügung gestellt. Die Arbeit haben andere gemacht.«

»Dann geben Sie mein Kompliment bitte an diese Personen weiter. Ich muß noch viele Anrufe tätigen; ich werde bald länger mit Ihnen sprechen.«

Und damit war er fort.

Ich schaltete die allgemeine Sprechanlage ein und gab bekannt, daß in sechs Stunden alle Wunder der Tausend Kulturen in der Botschaft ausgestellt sein würden. Saltinis offensichtliche Angst vor dem Humanitären Rat bedeutete, daß alle gemeinsam hin- und zurückgehen mußten und daß es dann sehr unwahrscheinlich war, daß sie in Schwierigkeiten geraten würden.

Ich hatte vermutet, daß ich zur Eröffnung des Basars einen Tag freigeben mußte; doch eine Stunde vor Einlaß bildeten meine Studenten vor der Botschaft eine Schlange; zwanzig Minuten später waren sie nur noch fünf Prozent der Schlange. Ich hatte als Teenager einen Basar gesehen und war geblendet gewesen, aber natürlich war jeder darauf folgende Basar größer gewesen, weil immer mehr Kulturen hinzukamen. Dieser hier war wieder wesentlich größer, weil Nou Occitan ein Intensivprogramm gestartet hatte, um einen Springer zu bauen, und wir hatten Verbindung mit vielen anderen Kulturen aufgenommen. Die meisten äußeren Kolonien nahmen wie Kaledonien erst jetzt Verbindung auf, und einige wenige wie St. Michael hatten es noch nicht getan.

Zur Zeit existierten 1238 Kulturen, von denen über elfhundert vertreten waren. Viele hatten einfache Stände mit einem oder zwei gelangweilten Vertretern (»THORBURG. BEWAHREN DIE MILITÄRISCHE TRADITION … WEIL WIR SIE VIELLEICHT WIEDER BRAUCHEN KÖNNEN … ERKUNDIGEN SIE SICH NACH UNSEREN FREMDENLEGIONEN« machte relativ wenig Geschäfte; es gab eine Menge Leute beim JOBS IN HEDONIEN-Stand, bis sie feststellten, daß das, was die Hedonisten suchten, Leute waren, die in traditionellen Kulturen aufgewachsen waren und eigentlich abgeneigt oder – was noch besser war – entsetzt waren, denn sie wurden zum sexuellen Mißbrauch bei Orgien verwendet.) Andere – vor allem die Vereinigten Kulturen von Dunant, ein Amalgam der äußerst gemischten Kulturen des ältesten besiedelten Kolonialplaneten – hatten große Pavillons mit einem unglaublichen Sammelsurium von zur Schau gestellten Produkten.

Ich plauderte mit Major Ironhand am Thorburg-Stand, vor allem, weil er mir ein wenig leid tat – die Leute machten einen Bogen um seinen Stand, als hätte er unter dem Tisch eine Bande von Schlägern versteckt, die nur darauf warteten, hervorzuspringen und sie in Uniformen zu stecken. »Nou Occitan«, sagte er. »Ja, ich war einige Monate lang an dem dort abgehaltenen Basar stationiert. Wir fanden sogar einige Rekruten, und ich muß sagen, daß es eine fröhliche Zeit war; ich liebte die simulierten Kämpfe, und es war bestimmt hübsch.«

Im Lauf des Gesprächs stellte sich heraus, daß er einige Orte besucht hatte, die ich ebenfalls kannte. Die Thorburger flechten ›in Friedenszeiten‹ – was seit sechshundert Jahren der Fall ist, so daß jeder sich fragt, was sie tun werden, wenn tatsächlich mal ein Krieg ausbricht – ihre Haare zu einem Zopf, und er hatte sich offenbar den Zopf in die Jacke gesteckt und war ausgezogen, ein Jovent zu sein. Anscheinend hatte er ein gutes Gefühl für Musik und Poesie, war also nicht nur ein Raufbold, wie ich zuerst befürchtet hatte. Andererseits bemerkte ich, daß es für ihn sehr leicht gewesen war, sich der okzitanischen Gesellschaft anzupassen (die meisten Ausländer hielten sich auf dem Gelände ihrer Botschaft auf), und daß er mehrere Kompanien von Okzitanern ausgehoben hatte, so daß sie eine eigene Legion bilden konnten. »Die am besten aussehende Uniform des Heeres«, erzählte er grinsend, »weiß Gott, aus welchem Geschichtsbuch man sie geholt hat. Tolle Leute, wenn es ums Trinken und Blödeln geht, aber schneidig und diszipliniert im Dienst.« Thorburg war praktisch ein Paria unter den Tausend Kulturen – nicht einmal die vielen Kulturen, die ihren Planeten mit ihnen teilten, mochten sie sehr – und ich fand es unangenehm, daß wir Okzitaner uns so gut mit ihnen vertrugen. Als ich später mit Aimeric darüber sprach, behauptete er, es käme daher, weil wir die einzigen beiden wirklich romantischen Kulturen sind. Nachdem ich erfahren hatte, daß Major (der Name kam mir komisch vor, aber er mochte es, wenn man ihn damit ansprach) etwa ein Jahr lang hierbleiben würde und ich daher noch oft Gelegenheit haben würde, mit ihm zu sprechen, schlenderte ich durch das Gewühl.

»Giraut! Giraut Leones!«

Ich drehte mich um und stand Garsenda gegenüber. Mir blieb der Mund offenstehen, und sie kicherte. »Sei gegrüßt. Wir müssen miteinander sprechen. Aber komm zum okzitanischen Stand hinüber – ich bin dort allein und kann ihn nicht unbeaufsichtigt lassen.«

Ich folgte ihr benommen. Sie trug die traditionelle okzitanische Kleidung, aber ihr Schmuck sah mehr interstellar aus.

»Wie geht es dir?« fragte sie, während sie mir eine Tasse mit starkem Kaffee reichte, der deutlich nach zu

Hause schmeckte. »Ich meine, wir wissen alle, was du getan hast, aber wie fühlst du dich? Hast du noch Gelegenheit zu spielen?«

»Ihr wißt alle, was ich getan habe?«

Garsenda lächelte und blinzelte mir zu. »Hör mal, als erstes … als wir mit *fin'amor* anfingen wußtest du, daß ich ein Kletterer bin, oder?«

Ich nickte; wahrscheinlich hatte ich es gewußt. Nichts ist schmeichelhafter als von einem Mädchen, das in die gute Gesellschaft aufgenommen werden will, als logische Tür verwendet zu werden.

»Ich muß zugeben, daß ich nicht sehr geschickt bin; ich habe dich verloren, bevor du hierher kamst, und wenn man bedenkt, was für einen Status du zu Hause hast – vor allem, seit Marcabru sich als Prinzgemahl so lächerlich gemacht hat …«

»Ich habe nur Briefe von meinem Vater über das Wetter und seine Tomaten sowie Briefe von Marcabru bekommen.«

Garsenda verzog das Gesicht. »Das kann ich mir vorstellen. Setz dich, setz dich! Dank deines Zentrums haben alle das okzitanische Zeug gesehen, und keiner kommt her, obwohl mir die KI erzählt, daß Musik, Kunst und Schnittmuster tonnenweise bestellt wurden. Ich werde großartig dastehen, ohne sehr viel tun zu müssen.«

»Wie bist du zu diesem Job gekommen?«

»Sie suchten jemanden, der altmodisch gelebt hatte und bereit war, es für eine Weile wieder zu tun. Du wärst erstaunt, wie wenige noch vorhanden oder bereit sind, es zuzugeben. Marcabru und Idiotisches Mädchen versuchten, die Loslösung vom Humanitären Rat oder wenigstens einen sehr eingeschränkten Kontakt zu erzwingen, um die Interstellaren zu zermalmen. Die Idee hatte nicht die geringste Chance – zu viele Leute mögen Kaffee aus Fort Liberty, Sportartikel aus Sparta … du weißt es ja. Dennoch gelang es unseren Monarchen, ständig kleine Belästigungen zu erfinden; sie vernichteten damit praktisch die Altmodischen, weil die meisten Marcabru nicht ausstehen können. Sogar Pertz hat zu den Interstellaren gewechselt, weil sie es geschafft haben, die Altmodischen als peinlich hyperkonservativ hinzustellen. Daher war ich eine der wenigen Bewerberinnen – vielleicht zum Teil deshalb, weil ich mir einen Ruf als Interstellare gemacht hatte.

Und woher wir wissen, was du vorhattest – natürlich las Marcabru deine Briefe bei Hof laut vor – ach, das habe ich dir nicht erzählt, aber wir brachten endlich ein paar Interstellaren an den Hof, und obwohl das Idiotische Mädchen praktisch in Ohnmacht fiel ...«

»Sie ist und bleibt die Königin«, unterbrach ich sie sanft.

»Nein, die Königin ist er. Sie sitzt in ihrem Zimmer und schreibt Gedichte, die niemand außer ihr versteht, während er in seltsam altmodischer Aufmachung – viel extremer, als sie je jemand trug – durch den Palast wandert und jeden, den er sieht, zu einem Kampf herausfordert. Jedenfalls blieb Wilson auch dann in seiner Umlaufbahn, als die Interstellaren den Zutritt erlangten.«

Ich schüttelte ungläubig den Kopf. »Du hast mir in den letzten fünf Minuten mehr erzählt als während der ganzen Zeit, in der wir in *fin'amor* waren.«

»Es gibt eben jetzt mehr zu sagen als damals.« Sie schob die Haare zurück, und ich sah, daß die Verletzungen an ihren Ohren verheilt waren.

»Du bist also für immer zum altmodischen Stil zurückgekehrt, oder ...«

»Nein, das ist mehr oder weniger ein Kostüm. Ich will dir die Geschichte zu Ende erzählen, weil es um etwas geht, das du wissen mußt, und ich befürchte, daß wir später weniger Zeit zum Sprechen haben werden. Marcabru schlug zuerst eine Menge Kapital aus der Idee, daß du herausbekommst, wie der Rest der Tausend Kulturen aussieht; laut ihm waren sie graue, kunstlose Gebiete, wir waren der letzte Vorposten der Zivilisation … aber nach einer Weile … alles, was du über diese Leute sagtest … laß dich nicht aus der Fassung bringen, Giraut, denn für die Interstellaren bist du ein Held. Das gilt auch für Bieris – mindestens fünfhundert Maler dürften sie jetzt imitieren – aber du bist der wirkliche Held.«

Ich schnappte nach Luft. »Ich? Was habe ich getan?«

»Die Briefe. Du hast uns die lebendige kaledonische Kultur gebracht; sogar trotz Marcabrus sarkastischen Lesungen. Es gibt hier mindestens zwanzig Leute, die ich kennenlernen möchte – Thorwald, Paul, die wunderbare Valerie, von der du sprichst – wir haben Botschafter Shan heute morgen kennengelernt, und er ist genauso, wie du ihn beschreibst.«

Ihre Augen glänzten, und sie war so aufgeregt, daß ich fragte: »Du hast aber doch sicher die Möglichkeit gehabt, dir Utilitopia genau anzusehen, oder den Morgensturm zu erleben, oder …«

»Ich werde nicht dazukommen, viel zu reisen – ich bin so frustriert, weil ich nur einige Kilometer von der Bow-Spalte entfernt bin und nie die Möglichkeit haben werde, sie oder die Sodom-Spalte zu sehen …«

Ich begann leise zu lachen, weil das Ganze so absurd war; doch obwohl wir gerade von den beiden häßlichsten Dingen in Kaledonien gesprochen hatten, bedauerte ein Teil von mir, daß wir nicht eine Woche lang die Schönheiten Kaledoniens besuchen konnten. Vielleicht war es Loyalität meinen kaledonischen Freunden gegenüber.

»Also gut«, sagte ich. »Soll ich dir schreiben, sobald du nach Hause zurückgekehrt bist? Ich habe gestern abend Marcabru eine Herausforderung ohne Limit geschickt, also werde ich ihm nicht wieder schreiben.«

Sie zuckte die Achseln, und die schönen, schwarzen Haare wirbelten um ihr Gesicht. »Ich bin eine elende Briefschreiberin, Giraut, aber für dich würde ich eine

Ausnahme machen. Besonders ...« – sie lächelte mich an, und ich bemerkte eine Wildheit, die ich in den alten Zeiten nie entdeckt hatte –, »... da ich sicher bin, daß es zu gesellschaftlichem Ansehen führen kann.«

»Mindestens einer von uns hat sich wirklich verändert«, murmelte ich.

Garsenda lächelte. »Beide, aber ich bin froh darüber. Wir könnten jetzt Freunde sein.«

Das stimmte. »Und was ist aus dir geworden?« fragte ich.

Die blauen Augen lachten mich an – vielleicht war das Lachen etwas dekadent, aber ich mochte es trotzdem. »Als du mich zum letzten Mal sahst – na ja, ich sah es im Playback. Du warst empört und hattest das Recht dazu. Auch für mich war es eine seltsame Zeit. Aber du weißt wahrscheinlich nichts von dem Aufruhr unter den Interstellaren, weil ich wetten könnte, daß er es dir nicht erzählt hat.«

Sie erzählte es mir. Von allen Tausend Kulturen hatte Nou Occitan zu den extremsten Planeten gehört, die dem Unterschied zwischen den Geschlechtern Geltung erzwangen und dazu die strengsten und kompliziertesten Höflichkeitsregeln erfunden hatte. Als der Zusammenschluß auch hier Aufruhr und Veränderungen ausgelöst hatte, war Nou Occitan nicht in die von den Tausend Kulturen vorgegebene Richtung davongeschwankt, sondern hatte sich seines unterdrückten Bevölkerungsteils besonnen. »Man könnte also sagen, daß viele von uns *donzelhas* einfach das spielten, wovor wir uns in unserer Kultur gefürchtet hatten. Sadoporno gefällt auf der Erde nur einer Minderheit, und in praktisch jeder anderen Kultur – die Leute in dem Hedon-Stand haben mir erzählt, daß sie bis jetzt drei Bestellungen aus Kaledonien erhalten haben, und alle betreffen nur sehr mildes Zeug. Aber in einer Kultur wie auf Nou Occitan, die den Unterschied zwischen den Geschlechtern und die Gewalttätigkeit betont – wußtest du, daß dies einer unserer größten Importe sofort nach der Vereinigung war? Es ist überall hintergründig vorhanden. Also stiegen viele von uns zuerst darauf ein, so wie man eine Phase durchläuft, in der man hyperanpassungsfähig ist, und treibt sofort nachher seine Eltern auf die Palme. Doch es trieben sich dort noch eine Menge anderer Ideen herum, und vielen von uns dämmerte bald, daß wir Objekte der Vergewaltigung waren, die tatsächlich vergewaltigt wurden, und daß dies keine große Verbesserung im Vergleich zu dem Zustand war, in dem wir nur Objekte der Vergewaltigung gewesen waren.«

Ich war ziemlich sicher, daß sie all das nicht selbst erfunden hatte, aber sie glaubte und verstand es offensichtlich … schlimmer war, daß ich es ebenfalls verstand, obwohl mir die Formulierung nicht sehr gefiel. »Ja also«, begann ich, »das ist, wußtest du … ich würde die symbolhafte Sprache jetzt genau beobachten. Weißt du, daß wir hier eine politische Krise durchmachen und daß es einen Staatsstreich gegeben hat?«

Sie strahlte mich an, als wäre ich eine Berühmtheit unter den Studenten. »Natürlich. Kurz bevor ich hierher kam, nahm ich an einer Demonstration teil, die den Humanitären Rat dazu bringen wollte, gegen das Saltini-Regime einzugreifen.«

Ich erzählte ihr von Betsy Loveloc. »Du siehst also, daß hier das Wort ›Vergewaltigung‹ belastet ist.«

Sie nickte ruhig, sagte jedoch: »Hast du eigentlich gewußt, Giraut, daß echte Vergewaltigungen auf Nou Occitan weit verbreitet waren?«

Ich öffnete den Mund, doch dann begann ich zu denken – *deu sait,* daß ich nie eine Frau bedroht hatte … vielleicht hatte ich einmal mit einer unwilligen Jungfrau gerungen, doch als wir soweit waren, war sie schon willig genug … doch wußte ich, was in ihr vorgegangen war? Vielleicht hatte sie nur Angst gehabt und sich unterworfen.

Und ich hatte genügend Jovents gekannt, die den

Neuroducer gegen *donzelhas* eingesetzt hatten, die nicht … Marcabru hatte einmal mir gegenüber damit geprahlt, daß er ›eine kleine Eisprinzessin‹ dazu gebracht hatte, »sich vor mich hinzuknien, ihren hübschen Mund zu öffnen und mich damit wie die Dirne zu befriedigen, die sie in Wirklichkeit war«, indem er sie mit dem Degen bedrohte und ihr sagte, er würde den Neuroducer verwenden und ihr das Gefühl geben, daß er ihre Brüste abgeschnitten und sie vom Anus bis zur Vagina aufgeschlitzt hatte. Er hatte es getan, weil er gegen ihren *entendedor* kämpfen wollte; er wußte, daß sie, wenn er seine Drohung wahrmachte, sie als real empfinden würde – ich hatte es für Wildheit, eine Grausamkeit gehalten, die ich nicht begangen hätte, aber ich hatte bewundernd den Kopf geschüttelt. Schließlich ist Blutdurst Teil des *enseingnamen.*

Garsenda hatte mich schweigend beobachtet und schließlich gefragt: »Wie ich sehe, war es für dich neu?«

»Nicht, wenn ich darüber nachdenke.«

»Du warst mein vierter *entendedor,* Giraut, und der erste, der mich nie dazu zwang.« Sie seufzte. »Ich wollte nur … nein, dir nicht direkt danken. Du warst mir gegenüber nicht gerade nett, aber du gestandest mir ein wenig Würde zu. Du brachtest mich auf die Idee, daß ich vielleicht nicht nur dazu gut war, um mir zwischen zwei Vergewaltigungen die Seufzer des Mannes anzuhören. Daher ging ich zu den Interstellaren; ich brauchte nicht lange, um zu … du weißt ja. Ich fand die wirklich neuen Ideen. Du warst ein Teil des Weges zu dem Punkt, an dem ich mich jetzt befinde, und du warst mir eine große Hilfe. Eigentlich aber wollte ich dir sagen, daß du so unglücklich wirktest, als ich die Aufnahme sah, die die Autokamera gemacht hatte …«

»Ich war unglücklich. Aber es war auch ein Teil meiner Erziehung.« Als ich aufstand, war ich leicht benommen. »Ich werde versuchen, dich öfter zu besuchen, bevor du zurückreist. Und falls du Zeit hast, komm bitte ins Zentrum und lern alle kennen. Wenn ich zurückkomme… besuchen wir einander. Vielleicht können wir Freunde werden.«

Sie drückte sich an mich. Ihr wunderbarer Körper weckte eine Menge sehr peinlicher Erinnerungen, die sich auch physiologisch auswirkten, aber ich schaffte es, dieses Problem vor ihr zu verbergen.

Als ich auf Bruce und Bieris stieß, schlenderten sie öffentlich Hand in Hand herum, und ich war froh, weil sie es jetzt allen zeigten. Ich schickte sie zu Garsenda, die Bruce kennenlernen wollte. Außerdem war es möglich, daß sie und Bieris jetzt Freundinnen wurden, wenn Bieris den Eindruck überwinden konnte, den Garsenda auf uns alle gemacht hatte – daß sie eine Närrin war.

Zu der Eröffnung des Basars waren etwa zehntausend Menschen gekommen, und ich hatte nicht die geringste Ahnung, was sie dachten – aber so war es mir schon oft ergangen.

Im hellen Schein der bernsteinfarbenen Beleuchtungskörper überkam mich eine Müdigkeit, die anscheinend aus meinen Knochen kam und meine Muskeln belastete. Einen Augenblick lang nahm ich an, daß mir etwas Neues bewußt geworden war, das ich für einen Song festhalten mußte, und dann begriff ich, daß ich einfach nicht genug geschlafen hatte. Im Zentrum würde es jetzt still sein, und es würden nur wenige Krisen ausbrechen. Thorwald kam vorbei, und ich warf ihm die Karte zu, damit er die Leute in der Katze des Zentrums zurückbringen konnte, dann setzte ich mich in einen Schwebewagen und fuhr nach Hause. Eine heiße Dusche für mich allein war reiner Luxus, und zwischen saubere Laken zu schlüpfen und den Wecker auf zehn Stunden in der Zukunft einzustellen war das Paradies.

Ich erwachte in der Dunkelheit plötzlich mit einem eindeutig wunderbaren Gefühl. Ich war ein wenig verwirrt, aber ich langte hinunter, fand einen kurzgeschnittenen Haarschopf und ergriff Margarets Hände. Sie hob den Kopf, um Luft zu holen, und flüsterte: »Es ist in Ordnung. Aimeric bleibt über Nacht bei Reverend Peterborough.«

Ich bückte mich und küßte sie. »Margaret, das ist reizend von dir, aber wieso …«

»Garsenda hat mir erzählt, daß du gern so aufgeweckt wirst, und wie ich es genau tun soll …«

Ich hätte es erraten müssen. »Ich liebe es. Ich bin nur ein wenig überrascht. Es ist nicht … es entspricht nicht meiner Vorstellung davon, wie du wirklich bist. Obwohl ich entzückt bin«, fügte ich schnell hinzu. Was hatte Garsenda ihr noch alles erzählt? Es gibt eine alte okzitanische Weisheit – du darfst deine jetzige *entendedora* erst dann mit der vergangenen bekannt machen, wenn du sicher bist, daß einer von euch drei sofort sterben wird.

»Ich hatte Angst, daß du sonst nie auf diese Idee kommen würdest. Ich kann nicht gut flirten. Und ich habe schon früher daran gedacht, bevor ich Garsenda kennenlernte.« Sie zögerte. »Mache ich es richtig?«

»Perfekt.« Garsenda hatte ihr zweifellos detaillierte Anweisungen erteilt. Ich versuchte noch immer, mich zu entscheiden, ob ich mich bei ihr bedanken oder sie umbringen sollte. Vermutlich beides. »Was fühlst du dabei?«

Sie antwortete nicht, sondern zog sich ein wenig in sich zurück. Mein Fehler, die Liebe soll nicht unterbrochen werden. Ich zog sie an mich und begann, sie zu liebkosen und ihr zärtliche Koseworte aus der Kindersprache zuzuflüstern. Margaret war erwachsen und nicht besonders verängstigt, aber es war das erste Mal, jedenfalls zwischen uns, und sie war wesentlich aufgeregter und gespannter als ich, also mußte ich tröstlich und zärtlich sein.

Ich genoß es sehr. Ihre Brüste waren klein und schlaff, ihre Oberschenkel dick, ihre Hüften breit, ihr Hintern flach, und das alles merkte man auch in der Dunkelheit, aber so war sie eben, und das war für mich wichtiger, als ich angenommen hatte. Als ich sie bestieg, war ich wahrscheinlich genauso erregt wie sie.

Garsenda hatte sie wenigstens nicht gelehrt, sich in jeder Hinsicht wie eine Okzitanerin zu benehmen. Margaret schlug nicht um sich, schrie nicht und tat auch nicht so, als würde das Verlangen sie mitreißen. (Ich hatte das ohnehin immer als Ablenkung empfunden). Die wilde Ehrlichkeit ihrer Reaktion war bestimmt nicht gespielt; es war viel erregender als alles Künstlerische, das eine durchschnittliche *donzelha* getan hätte.

Ich schlief also nur neun Stunden, aber es war noch immer wunderbar, und als wir am nächsten Morgen erwachten, fühlte ich mich vollkommen, unlogisch glücklich. Ich hätte um nichts in der Welt auf Margarets Lächeln verzichten wollen.

4

Das Beste, was dann geschah, war, daß viele Tage lang nichts Ungewöhnliches geschah. Bieris und Bruce übersiedelten wieder hinaus ins Sodom-Becken, da sie sich offenbar jetzt in Sicherheit befanden. Laut Aimerics Bericht an Shan war dank des Basars etwa ein halbes Prozent von Kaledoniens Geldvorrat innerhalb von achtundvierzig Stunden verschwunden. Am Ende des dritten Tages gab es offiziell einige Arbeitslose, für die jetzt die Versicherung sorgte. Etwa die Hälfte der im Zentrum wohnenden Leute, und zwar diejenigen, die eigene Wohnungen besaßen oder nicht von ihren Familien verstoßen worden waren, übersiedelten nach Hause. Doch von unserer Kern-Gruppe blieben die meisten hier; mit einigen Umstellungen gelang es uns, Margaret und Paul eigene Zimmer zur Verfügung zu stellen und Thorwald bekam seine Wohnung wieder.

Margaret schlief meist in meinem Zimmer und gewöhnte sich an, sich jedesmal, wenn wir zusammen waren, an mich zu lehnen oder mir eine Hand auf den Arm zu legen. Zu meiner Überraschung gefiel mir das sehr gut.

Betsy und Valerie, die sich Valeries Körper teilten, wurden so routiniert, daß die Leute sie einfach als zwei Menschen ansprachen. Betsy hatte nie in ihrem Leben die Aufmerksamkeit eines Mannes erregt, und Valerie hatte nie genug davon bekommen, also machten sie sich daran, der männlichen Bevölkerung der Stadt den Kopf zu verdrehen. Als Margaret einmal etwas besorgte, unternahm ein Mädchen mir gegenüber einen Annäherungsversuch, und zu meiner Verblüffung fiel es mir nicht nur nicht schwer zu widerstehen, sondern ich ärgerte mich darüber.

Ich entdeckte bei Valerie und Betsy auch etwas Gemeinsames – beide schmollten, wenn sie enttäuscht waren. Ein weiterer Grund, sich nicht hineinziehen zu lassen.

Eine von Valeries Zimmergenossinnen erzählte mir später, wie merkwürdig es war, wenn Valerie im Schlaf sprach und die beiden einen Streit fortsetzten. Doch was immer sie an Meinungsverschiedenheiten hatten – der Öffentlichkeit gegenüber bildeten sie eine geschlossene Front.

Der Unterricht begann wieder, und ich stellte fest, daß die frühere mangelnde Aufnahmefähigkeit der Studenten auf die wachsamen Augen des PÖP zurückzuführen waren, denn obwohl der PÖP alle staatlichen Ämter übernommen hatte, war allgemein bekannt, daß die meisten Wanzen entfernt worden waren (Paul und Margaret spürten immer noch welche auf und entfernten sie). Außerdem war jeder Student für das Gefängnis und die Umerziehung reif, daher spielte es keine Rolle, wenn sie sich vollkommen normal benahmen. Es kam zu keiner Explosion an Kreativität – die Studenten suchten noch immer ihren Weg und fanden ihn allmählich – aber sie interessierten sich lebhaft für alles und waren bereit, zu diskutieren und auszuprobieren, was es vorher nicht gegeben hatte.

Diese Tage waren natürlich nur die Flaute, bevor der Sturm losbrach, aber ich genoß sie trotzdem. Ich hatte nicht nur Gelegenheit, meine Energie zu regenerieren und mich an die neue Ordnung in meinem Leben zu gewöhnen, sondern ich sammelte auch Kräfte.

Die Konzentration auf das Unwesentliche, die Thorwald und Paul im Manifest proklamiert hatten, war eine wunderbare Idee, wenn man Kaledonier war; für einen Okzitaner war sie schmerzhaft selbstverständlich. Das zentrale Dogma besagte, daß die Kunst unwesentlich sein *sollte,* daß die Kunst darin bestand, neben den körperlichen Funktionen und der Arbeit alles zu tun, was einem Vergnügen machte; dadurch war die Kunst ein Angriff auf den reinen Funktionalismus – aber *im Namen des größeren Vergnügens und der höheren Rationalität.* Die KIs des Generalrats bekämpften diese Erklärung während einer für Maschinen erstaunlich langen Zeitspanne, doch mit Hilfe von Aimerics Vater (den die ganze Geschichte offensichtlich amüsierte) hatten sie einen hieb- und stichfesten Fall geschaffen, und die Unwesentlichkeits-Bewegung wurde als rechtmäßige, rationale Strömung innerhalb der kaledonischen Gedankenwelt registriert.

Niemand nahm an, daß einer der wichtigsten Grundsätze eine so große Rolle spielen würde, wie sich später herausstellte; die Unwesentlichkeits-Lehre enthielt die Behauptung, daß man eine gewisse Anzahl von Erfahrungen aus einer Laune heraus machen muß, einfach, um sie zu erleben, vor allem, wenn sie noch nie jemand erlebt hat. Aimeric wies darauf hin, daß, wenn es die Unwesentlichkeitslehre schon früher gegeben hätte, er, Bruce und Charlie wahrscheinlich ohne Schwierigkeiten die Erlaubnis bekommen hätten, über die Sodom-Spalte zu wandern.

»Natürlich, und wieviel Gutes sich daraus ergeben hätte«, bemerkte Carruthers. Wir saßen alle in der Haupthalle, wie wir es immer in der letzten Stunde vor der Schlafenszeit taten. Gelegentlich sangen wir die Lieder der Cowboys am Lagerfeuer, oder erzählten Witze und Geschichten, oder diskutierten über politische und religiöse Streitigkeiten. Diesen Diskussionen konnte ich nur mit Mühe folgen, auch wenn Margaret bemüht war, sie mir zu erklären. An diesem Abend hatte noch niemand ein Musikinstrument hervorgeholt; die meisten Anwesenden unterhielten sich in kleinen Gruppen. Ich saß in meiner bevorzugten Ecke und Margaret hatte sich auf die Bank neben mir gesetzt, so daß ich ihr den

Arm um die Schultern legen konnte, während wir miteinander sprachen.

Aimeric war erstaunt. »Du wolltest doch nicht, daß wir die Wanderung unternehmen und warst gegen alles, was wir taten.,.«

Der alte Reverend trank grinsend sein Bier. »Natürlich. Damals war ich ein zähes altes Schwein. Manche von uns brauchen Jahrzehnte, um endlich jung zu werden, und andere brauchen einen entsetzlichen Schock dazu.«

Clarity Peterborough hatte kürzlich die Erlaubnis erhalten, gelegentlich das Zentrum zu besuchen; sie war da, saß in Aimerics Nähe und warf ihm immer wieder Blicke zu, als wäre er ihr Leibwächter. »Auch du übertreibst den Unterschied zwischen damals und heute«, mischte sie sich ein. »Sei ehrlich, Luther. Es kam hauptsächlich deshalb zu der Auseinandersetzung zwischen dir und Aimeric, weil ihr zwei Männer in einem Haushalt wart...«

»Und weil keine Frau da war, die den Vermittler spielen konnte, ja, das weiß ich und sagte es immer wieder«, gab Carruthers zu. »Schließlich stimmte es. Ich habe dir nie dafür gedankt, daß du mich in den ersten Jahren nach Ambrosius' Abreise – entschuldige, aber damals warst du noch Ambrosius – so oft besucht hast. Ich war schrecklich einsam, und deine Besuche taten mir sehr gut.«

Peterborough lächelte, und irgendwie verschwanden zwanzig oder dreißig Jahre. »Das Vergnügen war ganz auf meiner Seite. Ich weiß, daß ein junger Pastorlehrling sehr viel Zeit bei seinem Mentor verbringen muß, aber du weißt, wie selten das der Fall ist – die meisten enden schließlich nur als unbezahlte persönliche Diener. Erstens halfst du mir, eine eigene Vorstellung von dem zu bekommen, was ich tun sollte, und da ich tatsächlich etwas lernte, war es nur natürlich, daß ich in deiner Nähe blieb. Zweitens war es die beste Möglichkeit, etwas Neues über Ambrose zu erfahren.«

Aimeric richtete sich auf, als hätte er sich auf der Bank einen Splitter eingezogen.

Der alte Carruthers grinste noch breiter und machte einen uncharakteristisch kräftigen Zug aus seinem Bierglas. »Ich hatte immer den Verdacht, daß das dahintersteckte.«

Aimerics relativ junges Aussehen infolge des Kälteschlafs, eines Vierteljahrhunderts ohne Gefährdung durch ultraviolette Strahlen und vor allem eines weniger verbitternden Lebens, hatte mich wieder einmal dazu verleitet, ihn für jünger zu halten, als er war. Er mußte beinahe genauso alt sein wie Reverend Peterborough. »O ja. Ich war seit meinem zwölften Lebensjahr entsetzlich in den örtlichen rebellischen Häretiker verliebt. Brave Mädchen, die Stipendien bekommen, alle Hausaufgaben machen und alles richtig machen wollen, entwickeln ein verhängnisvolles Interesse für intelligente böse Jungen.«

»Ich habe noch nie erlebt, daß Aimeric sich so verfärbt«, bemerkte ich beiläufig. Margaret bohrte mir den Ellbogen in die Rippen.

Thorwald und Valerie stimmten ihre Instrumente, und zu meiner angenehmen Überraschung spielten sie Balladen aus meiner Serras Verz-Gruppe sehr schön im Duett. Wir hörten anerkennend zu.

Als die beiden fertig waren, bedeutete mir Thorwald, mich ihnen anzuschließen. Ich wollte gerade höflich ablehnen – erstens gefiel mir ihre Musik zu sehr, und da ich an diesem Tag zwei Musikklassen unterrichtet und in der Musikverständnisstunde vorgespielt hatte, schmerzten meine Finger ein wenig und waren müde – als Valeries Gesicht plötzlich schlaff wurde und sich dann leicht veränderte. »T-tun das Okzitaner wirklich? Wandern sie lange durch den Wald, nur weil es angenehm und hübsch ist?«

»Ja, Betsy«, bestätigte ich. »Es ist schwer zu erklären, was daran so anziehend ist, man muß es selbst tun –

und dann versteht man es und kann es niemand anderem erklären.« Ich weiß nicht, ob ich durch meine Lieder Heimweh bekommen hatte, oder ob es die Erkenntnis war, daß ich – falls ich zu Hause geblieben wäre – jetzt oben in Terrbori wäre, um die ersten wilden Blumen an der Südküste zu sehen und in den tosenden Flüssen Eisforellen zu fischen. Vielleicht wollte ich mich auch nur reden hören, denn ich begann, von Abenteuern in der Wildnis zu erzählen; einige davon hatte ich zwölf Jahre zuvor mit meinem Vater erlebt. Anscheinend gefielen ihnen die Geschichten, also erzählte ich weiter. Dann erzählte Aimeric von seinen Reisen mit Charlie und Bruce und von ihren Wanderungen. Damit verging beinahe die ganze Stunde, und es tat mir leid, daß ich nicht dafür gesorgt hatte, daß Valerie und Thorwald weitersangen.

Der Anfang von großen Ereignissen kann oft unbedeutend sein; am nächsten Abend wollten alle über eine Idee sprechen, die Paul als ›künstlerisches Erlebnis‹ vorgeschlagen hatte. Da die großen Passagier-Katzen immer einige Betten für den Fall enthalten, daß sie nachts festsitzen, wäre es nicht zu schwierig, zwei Katzen als Schlafwagen auszurüsten und dann über einen der vielen Pässe eine Überlandfahrt zu den ›Pessimals‹ zu unternehmen und von dort ans Meer hinunterzufahren. Die Westküste war im allgemeinen recht sonnig und warm – nach lokalen Maßstäben –, das heißt, es war wie ein kühler Herbsttag auf einer der Inseln vor den polaren Kontinenten auf Wilson. Wir wollten ein bis zwei Tage auf dem Strand spielen, vielleicht Hühner jagen oder verwilderte Getreidearten sammeln, und dann über einen anderen Paß zurückkehren. Wenn wir nur bei Tageslicht fuhren, würde die Reise etwa zwanzig der örtlichen achtundzwanzigstündigen Tage dauern.

Ich hatte angenommen, daß die Idee einer Camping-Spritztour während einer revolutionären Situation niemanden interessieren würde, aber Aimeric wies darauf hin, daß eine Menge Revolutionen wegen geringfügigerer Fragen ausgebrochen waren. Sie zeichneten innerhalb eines Tages einen Plan, den sie den Planungsbüros unterbreiteten, und erhielten im Austausch dafür eine Liste von über vierhundert Einwänden der KIs. Sie überarbeiteten die Liste innerhalb von zwei Tagen, indem sie sie an Arbeitsgruppen verteilten, und legten den KIs eine vollständige Antwort vor. Sie verteilten auch im Basar Flugblätter – was ihnen Shan erlaubte –, und verwandelten damit den Versuch, die Erlaubnis für die Expedition zu erhalten, in einen öffentlichen Streit.

Der Besitzer einer Medien-Korporation, der in Peterboroughs Kongregation ein prominenter Älterer gewesen war, erklärte sich bereit, das Unternehmen zu finanzieren, indem er die Teilnehmer verpflichtete, die Reise in Bild und Ton aufzuzeichnen. Diese Aufzeichnungen würden dann dem Publikum als reguläres Unterhaltungsprogramm vorgesetzt werden. Daraufhin bekamen die KIs Anfälle; sie konnten keinen rationalen Grund finden, aus dem man zulassen konnte, daß die Menschen irrationale Programme kauften. Als beinahe eine Million utilitopianer Medienabonnenten das System mit Ansuchen für eine solche Programmserie überfluteten, waren die KIs einem Totalausfall nahe.

Wir hatten nicht versucht, eine Million Ansuchen auszulösen, oder vielleicht nicht ernsthaft versucht. Alles ergab sich daraus, daß in unserem Flugblatt mit den Tagesnachrichten das Ansuchen um die Bewilligung der Expedition ständig vorkam, und das Flugblatt war unerwarteterweise beliebt geworden. Täglich kamen Tausende von Menschen in den Basar und machten sich und ihrer Wut über das neue Regime Luft; wenn sie nach Hause gingen, erzählten sie einander flüsternd von vertuschten und zensurierten Exzessen des PÖP – und von unseren Flugblättern, die oft kopiert und für Übertragungen gescannt wurden. Papiermedien waren unwichtig – die Stadt Utilitopia hatte vor Jahrhunderten aufgehört, sich durch sie auf dem laufenden zu halten, weil der Absatz so gering war. Doch laut einem Bericht, den Paul und Aimeric bei einem Überfall auf eine Datenbank ergattert hatten, stand fest, daß sich unsere Flugblätter an dritter Stelle der Neuigkeitenquellen befanden. Offenbar wollten alle Zornigen von uns hören.

Die Zahl der Zornigen nahm schnell zu, weil Kaledonien in eine klassische Depression geriet. Innerhalb von zehn Tagen waren die Preise durchschnittlich um dreißig Prozent gefallen, jeweils eine von acht Firmen mußte zusperren, und die Arbeitsplätze gingen so schnell verloren, daß der Fonds der Arbeitslosenversicherung, der während Generationen aufgefüllt worden war, angeblich in weniger als einem Jahr aufgebraucht sein würde. Viele erschrockene und zornige Leute hatten sich mit dem traditionellen kaledonischen Eigensinn dem Staatsstreich nicht deshalb widersetzt, weil sie Saltinis Theologie nicht zustimmten, sondern weil sie fanden, daß rationale Überredungskunst genügt hätte. Weil sie eine noch nie dagewesene wirtschaftliche Katastrophe voraussahen, entdeckten sie sehr rasch, daß sie insgeheim immer schon Liberale gewesen waren. Thorwald bekam sogar einen freundlichen Brief von seinen Eltern, und Margaret führte ein langes, inniges Gespräch mit ihrer Mutter, die das Verbot mißachtet und ihre Tochter angerufen hatte.

Die meisten Kaledonier hätten das Ansuchen, die Ausrüstung für eine Campingreise mieten zu dürfen oder diese Reise aufzuzeichnen und diese Aufzeichnung den Medien zu Verfügung zu stellen, als vollkommen irrational und uninteressant empfunden. Saltini sagte jedoch zu einem voraussichtlich gewinnbringenden Unternehmen, das niemandem schadete, nein und blähte es dadurch zu einer Sensation auf. Es war gefährlich, die Doktrin anzugreifen und zu propagieren, man könne die Bedürfnisse des täglichen Lebens so billig erzeugen, daß man sie der Bevölkerung schenken solle, solange die Depression anhielt. Genauso gefährlich war es, Saltinis Politik anzugreifen und vorzuschlagen, die Arbeitslosigkeit auf die Roboter umzulegen, auch auf Kosten der Effizienz, oder gar zu behaupten, daß es dumm war, Roboterarbeiten von Menschen ausführen zu lassen. Jede derartige Äußerung, vor allem in der Öffentlichkeit vor einer Menge, entsprach einem Ausflug in das Gefängnis, obwohl der PÖP die erste Welle politischer Häftlinge recht rasch freilassen mußte, weil sie das Gefängnis überfluteten. Doch es dauerte nur einige Tage, bis weitere Gefängnisse gewachsen waren, und jetzt konnten sie so viele Leute einsperren, wie sie wollten.

Aber zu sagen, daß die Unwesentlichkeit eine anerkannte Gedankenschule sei und daß diese besondere unwesentliche Aktivität niemandem schaden und sich vermutlich selber finanzieren würde, und daß es deshalb von der Regierung verrückt sei, nein zu sagen, bedeutete, daß wir uns der Regierung auf absolut legalem Boden stellten und unsere Ansichten als durch und durch rational verteidigten.

Saltini und der PöP erhoben also weitere Einwände, die Leute stellten sich hauptsächlich deshalb zu unseren Gunsten an, weil das Regime Einwände erhob, und die nicht überraschende Folge war, daß eine Million Haushalte davon überzeugt waren, daß sie das Programm sehen wollten. An dieser Stelle entschieden die KIs, daß es sich um eines der unerklärlichen Vergnügen handelte, auf denen die Menschen bestanden, machten kehrt und ließen Saltini keine andere Wahl als nachzugeben. Bei der Siegesparty am Abend unterbrachen wir unseren Gesang, damit jeder Zeit zu einem kräftigen Schluck hatte, und Thorwald zählte auf, was wir erreicht hatten. »Vor allem haben wir ein Verfahren erfunden, das Saltinis Regime zwingen kann, Dinge zu tun, die es nicht tun will, und zur Zeit ist jede Situation, die sie nicht ganz in der Hand haben, ein großer Fortschritt. Außerdem haben wir einen Präzedenzfall geschaffen, dem der Generalrat in Zukunft folgen kann, so daß Gesetz und Tradition ein wenig in unsere Richtung gezogen wurden. Und schließlich haben wir bewiesen, daß man in der Öffentlichkeit gegen das Regime opponieren kann und doch nicht ins Gefängnis kommen muß. Ich habe eigentlich keine Lust mehr, die Reise zu unternehmen; ich bin schon glücklich, weil wir so viel erreicht haben …«

Zu meiner Überraschung sagte Paul: »Ich habe mir ursprünglich nicht viel daraus gemacht. Es ging nur darum, Saltini zu zermürben, aber jetzt möchte ich die Reise wirklich unternehmen, und ich glaube, daß sogar die Leute, die uns ironisch beobachtet haben, jetzt wollen, daß wir uns auf den Weg machen. Wir sind zufällig über etwas gestolpert, das die Menschen wollten, obwohl sie nicht wußten, daß sie es wollten.«

»Und was wollten sie?« fragte ich.

»Ist euch klar, daß zum Beispiel die meisten Bewohner Utilitopias die Stadt nie verlassen haben?« Paul lehnte sich an die Bar. »Utilitopia bietet nicht viel Abwechslung – es gibt die Hügel und die Täler, den Strand und die Berge, und das ist so ziemlich alles. Es gibt keine ›Nachbarschaften‹ oder ›Bezirke‹ wie zum Beispiel in den Städten in Nou Occitan oder St. Michael. Die Menschen haben also entweder ihr Leben immer am gleichen Ort verbracht oder sie haben die kleinen Orte an der Küste besucht, die wie kleine Stücke von Utilitopia aussehen, oder sie waren vielleicht in Sodom, Gomorrha, Babylon oder Ninive. Das ist alles. Es hat keine Veränderung der Umgebung gegeben. Übrigens war der kürzliche Ausflug zu Bruces Farm das erste Mal seit Jahren, daß ich über die Grenzen der Stadt hinauskam, und das erste Mal, daß ich die Sodom-Spalte durchquert habe. Es fiel mir schwer zu glauben, daß alles, was ich sah, wirklich war!« Er begann aufgeregt zu gestikulieren. »Also, ich weiß, daß die Leute sagen, ich spräche immer wie ein berechnender Geschäftsmann, aber versteht ihr denn nicht, was das bedeutet? Der Mensch muß das Bedürfnis nach visueller oder durch die Umgebung bedingter Abwechslung haben, und wenn wir eine Möglichkeit finden, das Bedürfnis zu schaffen …«

»Wir könnten reicher sein als Gott.« Thorwald bemühte sich sehr, beiläufig zu sprechen, während er lästerte. Er konnte es noch nicht sehr gut.

Paul zuckte zusammen, grinste jedoch. »Ja. Es gibt natürlich noch das große Problem, daß viele KIs der Meinung sind, jedes Vergnügen, das sie nicht auf einen vollen Magen, einen befriedigenden Orgasmus oder den regelmäßigen Kirchenbesuch zurückführen können, sei äußerst verdächtig. Aber weil es uns gelang, sie davon zu überzeugen, daß es noch immer unbeachtete Formen des menschlichen Vergnügens gibt, werden wir sie vielleicht herumkriegen können.«

Margaret kratzte sich am Kopf. »Du bist wahrscheinlich der revolutionärste von uns, Paul. Kommst du dabei nicht sehr nahe an den Punkt, die Entscheidung, welche Vergnügungen rational sind und welche nicht, abzuschaffen?«

»Das ist tatsächlich der Fall.« Carruthers war hinter uns aufgetaucht. Thorwald zuckte so heftig zusammen, daß mir klar wurde, seine Karriere als Lästerer würde sich nur langsam entwickeln; er reagierte sichtlich so, als wäre alles, was wir vor einer Minute gesagt hatten, in der Luft hängen geblieben.

Es folgte eine gespannte kleine Pause, dann fügte Carruthers hinzu: »Und ich halte es nicht für etwas ausschließlich Negatives. Du bist wahrscheinlich nicht damit vertraut, Giraut, da du erst begonnen hast, reason zu lernen, aber in unserer mathematischen Theologie gibt es fast hundert verbotene Theoreme, die alle beweisen, daß ein Grundsatz einem anderen widersprechen kann. Es gehört zu den Grundlagen des Glaubens, daß Gott diese Widersprüche löst. Bis vor kurzem waren die verbotenen Theoreme eine der Hauptursachen, aus denen die Pastoren das Pastorat aufgaben. Beinahe jedes wesentliche Theorem – die verbotenen Theoreme acht, zwölf, dreizehn, vierzehn und zweiundvierzig, falls mein Gedächtnis sich nicht täuscht – enthalten genau das Problem des rationalen Strebens nach irrationalem Vergnügen.«

»Und mit ›wesentlich‹ meinen Sie …?«

»Wesentlich als Quelle von Uneinigkeit und Häresie. Eine Frage, für die die Kirche geschichtlich keine zufriedenstellende Antwort hat.« Er lächelte alle an. »Was einem alles über die Lippen kommt, sobald man sich, wenn auch unfreiwillig, für den Kurs der Abspaltung entscheidet.«

Thorwald errötete, aber Carruthers bemerkte es nicht.

Der alte Pastor fuhr fort: »Ich könnte wetten, daß, falls der Generalrat in bezug auf irrationale Vergnügen lockerer entschiede, er nur die Form der Auseinandersetzungen verändern würde, statt einen Umsturz zu bewirken.« Seine Augen funkelten. »Das halte ich für gut, denn ich habe keineswegs Lust, in meinem Alter eine vollkommen neue Theologie zu erlernen.« Mit einem abschließenden herzlichen Lächeln – es fiel mir jetzt immer schwerer, Carruthers nicht nur mit Aimerics Schilderung von vor vielen Jahren in Einklang zu bringen, sondern sogar damit, wie ich ihn gesehen hatte, als wir eintrafen – begab er sich zu Shan, der anscheinend eine komplizierte Geschichte genoß, die Prescott Diligence erzählte.

»Die Welt wird unerklärlich«, stellte Aimeric seufzend fest. »Du fährst also, Paul?«

»Ja. Erstens bin ich der Veranstalter – alle spezialisierten Katzen sind an mich geleased, und ich muß mich vergewissern, daß Eigentum, für das ich verantwortlich bin, nicht beschädigt wird. Andererseits sagte ich bereits, daß ich die andere Seite des Hügels sehen möchte. Es würde doch weder dir noch Giraut schwer fallen, das zu verstehen.«

Aimeric überhörte die Neckerei und fragte sehr ernst und scharf: »Du machst dir keine Sorgen wegen dem, was während deiner Abwesenheit geschehen könnte?«

Paul zuckte die Achseln. »Ich bin Kaufmann. Mein Interesse an der Freiheit besteht darin, daß ich durch sie Geld verdiene oder sie genieße. Ich befasse mich nur dann mit Politik, wenn ich in sie hineingeschubst werde.« Es war beinahe komisch – er wirkte fast wie eine Parodie der harten kaledonischen Kapitalisten, die ich bei Empfängen und während unserer Interviews, bei denen wir Daten für Aimeric sammelten, kennengelernt hatte. Und doch war es anders, denn ich merkte, daß er es nicht nur für wahr hielt, sondern daß er es als Teil seiner selbst betrachtete. Ich hatte einen noch nicht zwanzig Jahre alten Mann vor mir, der genau wußte, wer und was er war und was sich daraus für sein Leben ergab. Mir fiel ein, daß ich selten einen Mann oder einen Erwachsenen gesehen hatte, der noch nicht zwanzig war. Ich gehörte sicherlich nicht dazu. Während wir übrigen herausbekommen wollten, wer wir waren, hatte Paul diese Frage bereits beantwortet und sich auf den Weg gemacht.

Es war unentschuldbar, daß ich Neid empfand, deshalb zwang ich mich, dem Gespräch aufmerksam zu folgen. Paul entschuldigte sich unnötigerweise für seinen engen Blickwinkel, aber er hatte offenbar das Bedürfnis, es zu sagen, also hörten wir ihm zu, und dann wandte sich Aimeric an Thorwald: »Wirst du mitkommen?«

Er zögerte nicht. »Ich muß hierbleiben.«

Ich wußte nicht, wofür Aimeric sich interessierte, aber er schien auf etwas Bestimmtes zuzusteuern. Er sah Margaret an, und sie sagte: »Ich möchte fahren. Ich muß mir nur überlegen, ob ich es mir leisten kann.«

Eine lange Pause trat ein, dann fragte Aimeric: »Giraut?«

»Ich bin nicht sicher, *Companho,* warum du diese Meinungsumfrage machst, aber du kennst mich gut genug, um zu wissen, daß ich, wenn es mir Zeit und Pflicht erlauben, diese Chance gern ergreifen werde. Die Vorstellung, daß ich so viele Kilometer unberührten Landes durchqueren werde, vor allem ein Gebiet, das *wirklich* wild ist, weil niemand Flora und Fauna dafür geplant hat… Es würde mir sehr leid tun, wenn ich nicht fahren könnte. Aber ich bin nicht als Tourist hier, ich habe euch und dem Humanitären Rat gegenüber Pflichten, und das muß meine Antwort bestimmen. Würde es dir etwas ausmachen, Aimeric, uns zu erklären, warum diese Frage für dich so wichtig ist? Hoffst du, daß du im letzten Augenblick einen verbilligten Platz für die Reise bekommen wirst?«

Er lächelte ein wenig über den Witz, aber als er sprach, war er ernst. »*Companho, m'es vis,* daß man uns vielleicht hereingelegt hat. Warum hat Saltini nicht einfach erklärt, unsere Gesuche bewiesen, daß bei uns eine Massenepidemie von Irrationalität ausgebrochen ist? Dann hätte er einfach das Kriegsrecht erlassen und bis auf Giraut, mich und Bieris alle ins Gefängnis stecken können. Ich dachte also darüber nach, was Saltini und seine Genossen vorhatten, wenn sie unser Ansuchen bewilligten.«

»Gibt es eine Möglichkeit, daß es uns schaden könnte?« fragte Thorwald. Es fiel ihm offenbar schwer, es zu glauben.

»Vielleicht. Es hängt davon ab, wie schlau sie sind und ob sie Glück haben. Wir dürfen nicht vergessen, daß sie zumindest zur Zeit das Glück unter Kontrolle haben, weil sie diejenigen sind, die den Fahrplan bestimmen; bis jetzt reagieren wir nur auf das, was sie tun. Wenn sie klug genug sind, können sie dafür sorgen, daß sie Glück haben.«

Rings um uns bestand die Party noch aus einem Durcheinander von fröhlichem Geplauder, klirrenden Gläsern und gelegentlicher Musik; doch jetzt wirkte der Raum kühler und kleiner und alle Feiernden schienen weit entfernt zu sein, als wäre eisiger Nebel aus den Steinen aufgestiegen und hätte den Raum gefüllt, die Geräusche gedämpft, den Geruch von Nahrung und Wein übertönt und den Farben den Glanz geraubt.

Unsere kleine Gruppe war verstummt, und nach einer längeren Pause sagte Aimeric: »Anscheinend habe ich eure Party umgebracht. Es ist möglich, daß ich mich irre. Können wir uns in ein anderes Zimmer schleichen, vielleicht in die kleine Küche, und uns dort schnell beraten? Wenn ich nicht recht habe und ihr überzeugt mich davon, können wir weiter feiern; wenn ich recht habe, sollten wir wahrscheinlich entscheiden, was wir unternehmen wollen.«

Wir mußten uns nicht in die kleine Küche schleichen, weil wir fünf irgendwie als ›Das Komitee‹ bezeichnet wurden. Alle glaubten, daß das, was das Komitee tat, immer etwas Lebenswichtiges war. Daher überzeugte die Tatsache, daß wir zusammen verschwanden, ein Drittel der Gäste davon, daß eine neue Krise im Anzug war; das zweite Drittel glaubte, daß wir die Pläne für die nächste Revolution ausarbeiteten – wie waren sie eigentlich zu der Ansicht gelangt, daß es sie geben würde, ganz davon zu schweigen, daß unsere kleine Gruppe sie plante? Ich hoffte nur, daß uns die Gerüchte nicht ins Gefängnis bringen würden. Das letzte Drittel glaubte, daß wir zu einer besseren privaten Party unterwegs waren (als hätten wir irgendwo im Zentrum eine ganz andere Gruppe von Freunden, die irgendwie überragend waren und die noch niemand kennengelernt hatte). Als wir also gingen und allen höflich zunickten, lösten wir ein allgemeines Gespräch aus, das zu Gebrüll anstieg, als wir die Tür hinter uns schlossen. Margaret verdrehte die Augen, und ich drückte sie schnell an mich. Wir hatten beide genug von den Gerüchten, die jedesmal laut wurden, wenn ich und meine drei kaledonischen Angestellten zusammenkamen, um das Problem zu klären, wie wir einen der großen Schlafsäle reinigen konnten, oder was bei einer Party serviert werden mußte, oder ob es genügend Anhänger des okzitanischen Gesellschaftstanzes gab, um eine weitere Gruppe zu gründen.

Margaret und ich folgten den übrigen Hand in Hand. Es kam mir seltsam vor, daß ich einige Wochen zuvor geglaubt hatte, das Zentrum – und auch ich – könnten ohne jemanden wie sie funktionieren.

Die alberne Aufmerksamkeit dem ›Komitee‹ gegenüber hatte auch eine positive Seite. Die Leute hatten Angst, uns zu stören, wenn wir in die private Küche gingen; anscheinend hielten sie sie für den Geheimen Konferenzraum, während es in Wirklichkeit einfach ein Raum mit genügend Stühlen und einer Menge Sonnenschein am Morgen war, in dem man Kakao und Kaffee bekommen konnte.

Wir schlossen die Türen, machten es uns bequem und alle sahen Aimeric an. Er begann ohne Umschweife:

»Wir müssen das Problem vom Standpunkt des PÖP aus betrachten. Angenommen, sie erlauben die Expedition zur Westküste nicht. Dann halten sie erstens die Opposition in Schwung, indem sie zulassen, daß wir uns wegen eines Problems organisieren, das der Generalrat bereits für rational erklärt hat. Zweitens lassen sie uns Entscheidungen gewinnen, die für uns bei künftigen Fällen nützlich sein werden. Das alles wirkt zunehmend unvernünftig, weil es sich wirklich um eine Kleinigkeit handelt, und schließlich geschieht alles hier in Utilitopia. Das Zentrum ist das auffallendste Gebäude in der Hafengegend, und jeder Utilitopianer, der hier vorbeikommt, wird an den Streitfall erinnert. Je länger sie ihn am Leben erhalten, desto schlechter für sie.

Nehmen wir jetzt an, daß sie die Reise bewilligen. Erstens kühlt dadurch der heißeste Streit zwischen uns ab, und es ist euch doch klar, daß es beträchtliche Zeit dauern wird, bis wir einen anderen Streitfall finden und ihn ausbauen. Das heißt, daß genau dann, wenn wir den neuen Feldzug eröffnen müssen, sich einige unserer wichtigsten Leute auf der anderen Seite des Kontinents befinden werden. Das bringt mich zu dem zweiten Punkt, der noch wichtiger ist – sie haben sich jetzt ein zwanzigtägiges Fenster verschafft, in dem sie etwas unternehmen und auf das wir nicht effizient reagieren können. Vor allem deshalb, weil genau unsere prominenten Mitglieder – ich meine in den Medien prominent – an der Reise teilnehmen werden. Meiner Meinung nach haben sie deshalb zugestimmt, weil sie dadurch Gelegenheit bekommen, Verwirrung unter unseren Anhängern zu stiften. Ich möchte sogar wetten, daß sie nur deshalb so lange Widerstand leisteten, um uns an den Haken zu bekommen; wir haben inzwischen so lange und so erbittert um dieses nebensächliche Problem gestritten, daß die Expedition nicht abgeblasen werden kann. Deshalb wiederhole ich, *companho* – man hat uns hereingelegt.« Er lehnte sich zurück, sah sich um und fragte dann: »Würde jetzt einer von euch bitte meinen Verdacht zerstreuen?«

Thorwald räusperte sich; er zeichnete mit dem Finger ein unsichtbares Bild auf den Tisch, und blickte beim Sprechen nicht auf. Wie hatte es ein so junger Mann geschafft, so rasch erwachsen auszusehen? Zu Hause wäre er für einen Jovent zu alt gewesen … ich warf zufällig einen Blick in den Spiegel … wenn ich darüber nachdachte, galt das auch für mich. Er räusperte sich wieder, setzte zum Sprechen an und seufzte dann. »Ich kann euch die meisten dieser Fragen mühelos beantworten. Schließlich wird die Expedition alle Medieneinrichtungen mitnehmen – zwei bezahlte Mannschaften werden die Kameras und die Aufzeichnungsgeräte bedienen sowie die Verbindung zu den Satelliten aufrechterhalten. Dadurch hatte jedes Expeditionsmitglied die Möglichkeit, sofort eine Erklärung abzugeben. Das Problem besteht darin, daß Saltini die Kontrolle über die Medien und die Kommunikationsverbindungen zur Expedition übernehmen und dadurch verhindern kann, daß die Expeditionsmitglieder erfahren, was los ist. Er kann auch die Medien daran hindern, Erklärungen eines Expeditionsmitglieds zu veröffentlichen. Hier in Utilitopia kann immer einer von uns zum Basar gehen und Flugblätter verteilen, oder ein Podium errichten und eine Rede halten, aber die gesamte Expedition ist davon abhängig, daß Saltini ihre Verbindung mit den Zuhausegebliebenen toleriert.«

Aimeric verzog das Gesicht. »Um die Aufmerksamkeit von den Ereignissen in Utilitopia abzulenken, müßte Saltini verhindern, daß die Expedition etwas davon erfährt. Er müßte viel Zeit dafür aufwenden, daß die Bevölkerung von der Expedition ›gute Nachrichten‹ erhält. Selbst wenn sie alle Ereignisse in Utilitopia vor der Außenwelt geheimhalten, würde der normale Zuschauer den Eindruck bekommen, daß die bürgerlichen Freiheiten noch in Kraft sind.«

»Dann müssen wir eigentlich nur zwei kleine Probleme lösen«, sagte Margaret ruhig. »Es ist nicht so kompliziert, Aimeric, auch wenn es wichtig ist.«

Aimeric zog eine Augenbraue hoch, bedeutete ihr aber weiterzusprechen.

»Wir brauchen zweierlei. Erstens eine geheime Verbindung der Expedition mit jemandem in der Stadt, mit einer Art ›Totmann‹-Einrichtung, so daß die Expedition es merkt, wenn alle ihre Anhänger sich im Gefängnis befinden. Und wir brauchen die Möglichkeit, eine öffentliche Erklärung in Utilitopia zu verbreiten, so daß der PÖP nicht die Maßnahmen ergreifen kann, von denen Aimeric gesprochen hat. Löse diese beiden Probleme, und wir müssen uns nicht nur keine Sorgen mehr wegen des PÖP machen, sondern haben vielleicht sogar den Vorteil der Überraschung für uns und treffen sie mit etwas, das sie nicht erwarten.«

Aimeric wirkte jetzt ein wenig hoffnungsvoller, hob jedoch die Hände, als wäge er etwas ab. »Du hast recht, es könnte eine Gelegenheit sein ... aber es müßte funktionieren.«

»Das gilt für alles«, bemerkte Paul. »Ihr habt ohnehin schon festgestellt, daß wir die Expedition auf jeden Fall unternehmen müssen. Ich fühle mich jedenfalls besser seit ich weiß, daß nicht nur Saltini, sondern auch wir einige Karten im Ärmel haben.«

Es klopfte. Ich öffnete sie und Botschafter Shan sowie Reverend Carruthers kamen herein. Jetzt würden die Gerüchte erst richtig beginnen, nahm ich an, aber ausnahmsweise würden sie ein Gramm Wahrheit enthalten. Als ich die Tür schloß, sagte Carruthers: »Wir müssen über etwas Wichtiges sprechen, Freunde.«

Aimeric seufzte. »Das ist offenbar die Nacht der Entscheidungen. Ihr erzählt uns eure Ideen, wir erzählen euch unsere, und dann können wir gemeinsam deprimiert sein.«

Shan gestattete sich die Andeutung eines Lächelns. »Ich glaube nicht, daß Sie durch unsere Neuigkeiten deprimiert sein werden. Eher im Gegenteil. Darf ich mich setzen?«

Alle sagten verlegen gleichzeitig ja. Kaledonier fragen nie, genauso wenig wie Okzitanier, erstere, weil es irrational wäre, in diesem Fall etwas vorzuziehen, letztere, weil diese kleinliche Sorge um die Gefühle des anderen weibisch und jedenfalls *ne gens* waren. Ich habe seither gelernt, daß beide Kulturen dadurch im Vergleich zu anderen ungehobelt sind.

»Ich muß Ihnen kurz erklären, warum ich bis jetzt nicht in der Lage war, darüber zu sprechen oder etwas zu unternehmen«, begann Shan, sobald er saß und Thorwald ihm eine Tasse Kakao gebracht hatte. »Zunächst muß ich Ihnen einiges über die Beziehungen zwischen dem Humanitären Rat, seinen Botschaftern und den Tausend Kulturen im allgemeinen erzählen. Auf den inneren Welten – der Erde, Dunant und Passi im System Centauri sowie Cremer, Ducommun und Gobat leben beinahe neunzig Prozent der derzeitigen menschlichen Population und enthalten etwa vierhundert ihrer Kulturen. Das sind sechs Planeten von einunddreißig, und wenn einer von ihnen mit dem Rat brechen sollte, würden wir in große Schwierigkeiten geraten. Leider ist es so, daß auf ihnen sehr viele eigentümliche Kulturen entstanden sind, und obwohl sie sich mehr als die übrigen Tausend Kulturen kreuzten, hatten sie zudem viel mehr Kontakt miteinander, und im Gegensatz zu der Situation hier an der Grenze – ich weiß, daß Sie beinahe genauso lange wie die Kernwelten friedlich besiedelt und genauso fortschrittlich und urbanisiert sind, aber vom Standpunkt des Rates aus sind Sie insofern eine Grenzwelt, als Sie weit entfernt sind und über eine geringe Bevölkerung verfügen – also gut, ich habe das, was ich zu sagen habe, so lange aufgeschoben wie es mir möglich war. In der inneren Sphäre gibt es eine große Zahl potentiell explosiver traditioneller Haßgefühle. Das war einer der Gründe, warum wir dem Springer-Kontakt mit den Aurigan-Grenzwelten – der Kette isolierter Systeme, die zu Theta Ursa Major führen – Priorität gegeben haben und dann erst bestrebt waren, den Springer-Kontakt mit der Bootes-Hercules-Grenze herzustellen. Es ergab sich, daß sich Thorburg im Pollux-System, Chake Home direkt auf Theta Ursa Major und New Parris Island im Capella System befanden, und wir mußten uns vergewissern, daß die militärischen Kulturen dem Rat zur Verfügung standen, falls es sich als notwendig erweisen sollte. Um es ganz offen zu sagen, vor allem deshalb, weil es bei Ihnen so viele aggressivere religiöse und kulturelle Gruppen gibt.

Damit wir einen Rat mit hinreichend Zähnen bekamen, der einen Vernichtungskrieg zwischen den Tausend Kulturen verhindern konnte, mußten wir einige klassische Abkommen treffen, obwohl wir wissen, daß wir etliche davon später bedauern werden. Deshalb gibt es zusätzlich zu den Kulturen Vertreter der Welten mit der größten Bevölkerungsdichte, die ständige Sitze im Rat und – leider genau wie das alte UNO-System – auch das Vetorecht haben. Unabhängig davon, was an der Grenze geschieht, besteht ihre größte Sorge darin, daß keine kulturellen Rechte mißachtet werden dürfen, weil das einen Präzedenzfall für andere Kulturen schaffen könnte, die dann versuchen würden, ihre traditionellen Positionen zu festigen und vielleicht sogar ihren Nachbarn unerwünschte Dinge aufzuzwingen. Daher mußte ich mich in bezug auf das, was ich darf und was ich nicht darf, an sehr strenge Vorschriften halten.

Andererseits können wir keiner Kultur, mit der es zu einem Kontakt gekommen ist, gestatten, sich unserem Einfluß und unserer Kontrolle zu entziehen – aus dem genau gleichen Grund, aus dem wir ihre Rechte nicht mißachten können. Wir waren daher, wann immer es möglich war, bereit, die ursprüngliche Charta einer Kultur als verpflichtenden Vertrag zu behandeln und ihr verschiedenes aufzuzwingen, das sie nicht tun wollte, damit sie unter den Tausend Kulturen nicht zum isolierten Paria wurde.

Nun habe ich, sobald ich eine Vorstellung von der Situation hier hatte, den Humanitären Rat ersucht, mir bei der Auslegung der ursprünglichen Charta Kaledoniens und bei ihrer Durchsetzung einen gewissen Spielraum zu lassen. Um es offen zu sagen, geschah dies deshalb, weil die traditionelle kaledonische Kultur sehr wahrscheinlich für viele der Tausend Kulturen sehr ärgerlich sein würde, und infolge ihrer Verhaßtheit war es am besten, wenn man sie in ihrer Heimat ernstlich schwächte. Wenn man in Kaledonien liberalisierende Tendenzen ermutigte, konnte es leichter werden, sich mit allen Betroffenen auseinanderzusetzen. Weil ich glaube, daß Ehrlichkeit am ehesten die Reaktion auslöst, die ich möchte, gebe ich zu, daß dem Rat in diesem Fall die bürgerlichen Freiheiten gleichgültig sind – es gibt eine Menge weit tyrannischerer Kulturen, die wir in Ruhe lassen. Uns geht es darum, daß jede Kultur den anderen Kulturen grundlegende Toleranz entgegenbringt, und daß keine Kultur irgendwann messianisch wird oder in Jahrtausenden rechnet. Kurz gesagt, wollen wir den Sturz des Saltini-Regimes nicht deshalb, weil es eine repressive Diktatur ist, sondern weil es aus einer Bande eigensinniger Frömmler besteht, die wahrscheinlich woanders Konflikte anzetteln würde.«

Er sah sich im Zimmer um – alle nickten und keiner wirkte empört. »Merkwürdigerweise erzähle ich Ihnen diese harten, offenen Wahrheiten deshalb, weil ich Sie mag. Sie können keinesfalls erwarten, daß der Humanitäre Rat Ihre Probleme löst; er wird innerhalb der nächsten Tage auf Ihrer Seite eingreifen, aber er wird es nicht immer tun, obwohl es vielleicht irgendwann Zeiten geben wird, in denen moralisch gesehen eine Unterstützung viel gerechtfertigter wäre. Verlassen Sie sich also nicht darauf, daß so etwas mehr als einmal geschehen wird, und erwarten Sie keine Unterstützung, die über das hinausgeht, was ich Ihnen jetzt sagen werde.

Zufällig gibt es in der von Queroza entworfenen Charta einen Absatz über ›die Maximierung des Wohlergehens einzelner Bürger‹. Was Queroza damit meinte, könnte Ihnen einer Ihrer Theologen erklären, aber der Punkt ist für den Rat unerheblich. Wichtig ist, daß wir in der Lage sind, ihn so auszulegen, daß Saltini nicht imstande sein wird, seine wirtschaftlichen Probleme zu lösen, indem er zahlreiche Leute arbeitslos macht, so daß sie keinen Lohn mehr beziehen. Dadurch schränkt er den Verbrauch und die Importe ein. Wir werden ihn zwingen, entweder ein massives Sozialhilfeprogramm einzuführen, oder den Verlust der Charta zu akzeptieren.«

Es herrschte absolute Stille, bis Paul lang und leise pfiff. »Er springt also auf Ihren Befehl in der Öffentlichkeit durch die Reifen, die Sie ihm hinhalten, oder Sie übernehmen hier offen die Macht?«

»Entweder-oder.« Shans Lächeln klebte an seinen Lippen und erreichte nie seine Augen. »Mit ein bißchen Glück können wir alle bis auf die extremsten Dickschädel davon überzeugen, daß Unnachgiebigkeit nichts nützen wird. Nebenbei entziehen wir dem Saltini-Regime seine Existenzberechtigung, worauf es sehr wahrscheinlich stürzen wird, weil es sich nur mit Gewalt oben hält. Jedes neue Regime wird beinahe sicher eine Art Abkommen mit der Opposition treffen müssen – wir hätten etliche Vorschläge, darunter die Bestimmung, daß die Vertretung von Kongregationen proportional zur Bevölkerungsdichte …«

»Was bedeuten würde, daß Claritys Kongregation den Rationalisierungsrat beherrschen würde«, erläuterte Carruthers.

Aimeric nickte. »Nur aus Neugierde – hätte Saltini erfahren, daß Sie den Fall gewonnen haben?«

»Er hätte es zum gleichen Zeitpunkt erfahren wie wir in der Botschaft, da der Streit in einem Gerichtshof des Humanitären Rates ausgetragen wurde, und die Entscheidung gleichzeitig an alle Beteiligten erging.«

»Um wieviel Uhr ist das geschehen?« Aimeric beugte sich gespannt vor.

»Warten Sie – wir bekamen die Nachricht um vierzehn Uhr …«

Aimeric schnalzte mit den Fingern. »Das ist es. Er bewilligte die Expedition um fünfzehn Uhr dreißig.« Er sah unsere verblüfften Gesichter und fuhr fort: »Versteht Ihr denn nicht? Wir haben den fehlenden Teil des Puzzles. Wir wissen jetzt, warum er unsere Führerschaft zerstreuen und aus der Stadt haben will. Wenn er diesen Befehl befolgen will, wird die Öffentlichkeit empört aufschreien, und da wir uns im Out befinden werden, wird der Aufschrei von seinen hartnäckigen Anhängern kommen. Wenn er es geschickt einfädelt, wird er behaupten können, daß die Bevölkerung beinahe einstimmig hinter ihm steht. Wenn ich mich richtig an die den Adel betreffenden Gesetze in Nou Occitan erinnere – wenn ihn die Bevölkerung beinahe einstimmig unterstützt …«

Shan starrte ihn verdutzt an. »Ja, dann könnte er erreichen, daß der Befehl annulliert wird. Aber einer der Gründe, weshalb wir gewartet haben, bevor wir den Fall vor Gericht brachten, war, weil wir sicher sein wollten, daß im Hintergrund eine ansehnliche, starke Opposition wartet …«

Aimeric schüttelte den Kopf. »Wenn es so funktioniert, wie Saltini es geplant hat, wird die Opposition in der Umkleidekabine eingesperrt sein. Du hattest absolut recht, Margaret; wir müssen eine Art Geheimkanal für die Kommunikation zwischen der Expedition und unseren Leuten hier einrichten. Sonst wirft sich Saltini zum heroischen Verteidiger der kaledonischen Unabhängigkeit auf und bleibt ewig an der Macht.«

5

Als die Expedition aufbrach, gab es drei verschiedene Wege für unsere Leute, uns zu kontaktieren, und zwei Wege, über die wir sie erreichen konnten. Wir hofften, daß das genügen würde. Wir hatten uns auf eine Außenübertragung von St. Michael aus geeinigt, so daß der Kontakt nur mündlich über Novarkhangel erfolgen konnte. Daß ich Angestellter des Humanitären Rats war, lieferte Shan einen Vorwand, in der Katze, die ich fahren würde, eine direkte Sprechverbindung mit der Botschaft zu installieren. Schlußendlich hatten wir ein geheimes Konto für eine Videoantenne mit großer Reichweite auf einem Synchronsatelliten oberhalb des richtigen Gebiets. Normalerweise verwendeten die abgelegenen Farmen in Nineve und Gomorrah die Antenne, um Zugang zu den Medienprogrammen zu haben, doch es gelang uns, einen freien Kanal zu mieten, und wir erhielten einen Zerhacker dafür; die Reichweite des Senders schloß die Pessimals ein.

Wir waren nicht imstande gewesen, eine geheime Methode zu finden, durch die wir uns Video-, Stereovisuelle- oder Holovideo-Kanäle für den Empfang oder die Übertragung sichern konnten, aber wenn Saltini die gesetzlichen Kanäle sperrte, würden wir imstande sein, öffentliche Erklärungen abzugeben, auch wenn es dazu keine Bilder von uns gab. Wir hofften, daß dies reichen würde.

Obwohl wir alle vier Katzen am vorhergehenden Abend beladen hatten, beschlossen wir, den Morgensturm abzuwarten, so daß alle im Zentrum Zeit hatten, miteinander zu frühstücken und die unvermeidlichen Anfälle von ›Ich hätte fast vergessen‹ zu bekommen. Wir waren sieben- oder achtundzwanzig, je nachdem, wie man Valerie/Betsy zählte. Margaret hatte tagelang geschwankt und dann beschlossen mitzukommen.

Paul mußte mitfahren und wollte ohnehin nicht darauf verzichten, während Thorwald auf keinen Fall teilgenommen hätte – die Idee interessierte ihn praktisch nur als Knüttel, mit dem man dem PÖP eins überbraten konnte. Aimeric hatte die Achseln gezuckt und gesagt, daß er an dieser Reise nicht teilnehmen, aber noch eine Weile in Kaledonien bleiben würde; angeblich wollte er nicht ohne Clarity Peterborough fahren, die noch unter Hausarrest stand.

Die größte Überraschung war, daß Bieris nicht mitfuhr, aber sie wollte eine neue Serie von Gemälden fertigstellen und daher im Sodom-Becken bleiben.

Als die Sonne herauskam und der letzte Rest des eiskalten Wassers von dem Zentrum abfloß, hatten wir endlich alle auf der Straße. Seit ich hier war, konnte ich mich an dem eleganten Schwung des Gebäudes nicht sattsehen, das von dem klaren Wasser bedeckt war, an den Ecken widerstrahlte und überall kleine Regenbogen erzeugte. Es hob sich von dem tiefblauen Himmel ab, der das Ende des Morgensturms verkündete – vorausgesetzt, der Wind war stark genug. Ich atmete die scharfe, eiskalte Luft tief ein, und mir fiel ein, daß ich zum ersten Mal ohne Kater zu einer Reise in die Wälder startete, seit … seit ich bei meinen Eltern gelebt hatte. Als ich dann im Quartier lebte, waren die Ausflüge in die Wälder selten geworden.

»Bring sie lebend zurück«, sagte Aimeric, legte mir den Arm um die Schultern und drückte sie unerwartet stark.

»Ich werde mein Bestes tun.«

»Was für eine Menschenmenge«, stellte Thorwald fest. »Man könnte annehmen, daß ihr zu einem unerforschten Planeten aufbrecht.«

Er hatte recht; Freunde und Familien umstanden die Katzen; auf jeder von ihnen stand:

PAUL PARTON
AUSRÜSTUNGSLIEFERANT UND
EXPEDITIONSDIENST

in leuchtendem Blau auf der orangefarbenen Oberfläche (den Kaledoniern war die Farbentheorie noch genauso fremd wie einem Antialkoholiker der Weingenuß). Man umarmte sich, machte gutmütige Witze, und manchmal lachten die Menschen etwas zu laut, als wären sie nervös oder neidisch. »Das bedeutet den Kaledoniern mehr als sie zugeben wollen«, sagte ich plötzlich und fragte mich dann, ob ich vielleicht jemanden verärgert hatte.

Offenbar nicht. »Wir tun es einfach, weil es schön und lustig ist«, sagte Thorwald. »Es ist unwesentlich; was immer geschieht, seit das Unwesentliche eine gebilligte Tendenz ist, kann man hoffen, daß das Leben etwas mehr als Arbeit, Gebet und Vernunft ist. Wenn ich mich umsehe, denke ich, daß wir bereits gewonnen haben. Sieh dir die Kinder an, die um die Fahrzeuge herumlaufen und spielen, die Flaggen und Fahnen auf den Katzen. Diese Kinder werden sich ihr Leben lang daran erinnern, und niemand wird ihnen erklären können, daß sie an die falschen Werte gebunden waren, oder daß der äußere Schein unwichtig ist. Ob Saltini schon weiß, daß er verloren hat? Von hier an ist alles nur noch ein ›Aufwischen‹, wie Major Ironhand es genannt hätte.«

Ich war nicht sicher, ob er recht hatte, aber ich hätte ihn auf keinen Fall danach gefragt oder mit ihm gestritten. Ich hatte eine seltsame Vision: Einerseits sah ich, daß diese improvisierte Parade in den häßlichen grauen Straßen von Utilitopia beinahe klein und verwahrlost wirkte – vier Vehikel, die normalerweise Intercity-Fahrgäste, oder Möbel, oder Brot beförderten, mit auffallenden Farben gestrichen und mit bunten Fahnen geschmückt waren, während ein Haufen Leute in warmer Arbeitskleidung um sie herumstand. Doch ich sah die gleiche Straße, die durch das frische Schmelzwasser glänzte, die herausfordernd leuchtenden Farben, die sich von dem Grau und den Pastellfarben abhoben, und das freie Lachen der Jugend, der Menschen, die sich nicht länger sagen lassen wollten, was ihnen warum und wie sehr gefiel.

Neben mir winkte Margaret plötzlich und rief: »Garsenda!«

Sie kam die Straße herauf; sie trug einen langen, pelzbesetzten Umhang, der aufging und ein dazu passendes purpurrotes Kostüm mit dunkler Weste und weiter Hose enthüllte; letztere hing über die schwarzen, kniehohen Stiefel, in denen sie steckte. Um mich entstand Bewegung; das Kostüm war deutlich die okzitanische Version der kaledonischen Kleidung, doch mit dem schwarzen Haar, das hinter Garsenda flatterte, und der weichen Komposition, die im Wind raschelte und Falten warf, wirkte sie spektakulär.

Um mich brach Applaus aus. *»Bella, donzelha, trop bella!«* rief Aimeric.

Garsenda grinste zufrieden und knickste leicht, während sie den Umhang sorgfältig vor der schlammigen Straße hütete. Die Leute kehrten zu ihren Gesprächen zurück, warfen jedoch immer wieder heimliche Blicke auf sie.

»Companhona«, sagte Margaret. »Ich bin sehr froh, daß du Zeit hattest, vorbeizukommen, aber ich muß dir zwei Fragen stellen. Wo hast du die schöne Kleidung her, und glaubst du, daß ich etwas Ähnliches für mich finden würde?«

Garsenda warf lächelnd die Haare zurück; vor einigen Monaten wäre ich gefesselt gewesen, aber ich bezweifelte, daß sie vor mir etwas so Formloses und Jungenhaftes getan hätte. »Durch den okzitanischen Stand im Basar kann man jetzt eine ganze Kollektion erstehen,

Maggie. Einige der bekanntesten jungen Interstellar-Modeschöpfer haben sich entschlossen, nur aufgrund von Girauts schriftlichen Beschreibungen Kleider zu entwerfen. Ob du es glaubst oder nicht – nach okzitanischem Standard ist das da sehr einfach und unauffällig; wahrscheinlich konnten sie kaum glauben, was man ihnen sagte. Da ich deine Maße kenne, werde ich einfach das Modell bestellen, so daß es dich bei deiner Rückkehr erwartet – ein Geschenk für dich.«

»O nein, nein, das ist zuviel…«

»Ich verstehe reason noch immer nicht.« Garsenda blinzelte mir über Margarets Schulter hinweg zu. »Und ein häßliches Wort wie Nein auch nicht. Und schon gar nicht von jemandem, der mich hier so herzlich begrüßt hat.«

»Du reist zurück?« fragte Margaret; Garsenda hatte sie erfolgreich abgelenkt.

»Auf zwei Dutzend Tage. Das Geschäft geht so gut, daß ich Ewigkeiten hin und her reisen werde; der kaledonische Handel erweist sich als Königsstraße zum Reichtum, und mir gefällt es allmählich, reich zu sein. Vor allem wenn man bedenkt, was ich zu tun habe, um auf diese Art reich zu werden, und was ich hätte tun müssen, um reich zu werden, indem ich den Reichtum heirate. Mach dir keine Sorgen, Mag, wir werden einander noch oft genug sehen. Und nimm dein Geschenk wie eine *companhona* entgegen, nicht wie ein Dickschädel.«

Während ich darüber nachdachte, wie schnell das Wort ›companhona‹ für erwachsene Frauen akzeptabel geworden war, umarmten die beiden einander, und Garsenda erklärte weiter: »Sobald ich in Noupeitau den Springer verlasse, muß ich mehrere Reden halten. Einige große Unterstützungsdemonstrationen für die Bewegung in Kaledonien sind gerade unterwegs, und ich soll zu ihnen sprechen. Die Okzitaner haben sich nicht sehr verändert – wenn ich nicht wirklich blendend aussehe, *tropa zenzata,* werden sie überhaupt nicht zuhören. Und ich habe ihnen so viel zu erzählen … ach, wir müssen jetzt gehen. In drei Stunden werde ich in Noupeitau sein; ist das nicht seltsam?« Sie wandte sich mir zu. »Irgendwelche Botschaften für zu Hause?«

Ich grinste. »Grüße Pertz und jeden anderen alten Freund, den du siehst; sage Marcabru, daß die Herausforderung, die ich ihm geschickt habe, eine Untertreibung war und daß ich Rache will, weil seine Mutter meinen besten Jagdhund mit Filzläusen verseucht hat. Ach ja, und die armen Jovents, die ich in Entrepot erledigt habe …«

»Wage es nicht, dich zu entschuldigen! Sie verdanken dir ihre gesellschaftliche Karriere!« Ihre dunkelblauen Augen funkelten; wie konnte ich soviel Zeit mit ihr verbracht haben, ohne sie jemals zu kennen? »Sobald ich zurückkomme, werde ich bei Hof vorgestellt werden; ich werde Marcabru deine Botschaft öffentlich ausrichten. Hast du der Idiotischen Königin etwas zu sagen?«

Ich schüttelte den Kopf. »Es ist bestimmt nicht Yseuts Schuld, daß ihr *entendedor* ein roher, betrunkener Narr ist, oder daß er sie nur deshalb haben wollte, weil er als Muttersöhnchen auf Brustwarzen fixiert ist. Ihr bin ich nicht böse.«

»Ich werde dich bestimmt wörtlich zitieren«, versprach Garsenda. »Sie soll nicht annehmen, daß du für sie *malvolensa* empfindest, deshalb bin ich sicher, daß beide deine Erklärung hören wollen.«

Margaret und Thorwald starrten uns mit offenem Mund an, und Aimeric mischte sich ein. »Ihr schockiert unsere Kaledonier.«

Ich wollte eine wirre Erklärung anbieten, aber Garsenda war schneller. »Dann kann ich euch mit noch mehr Abscheu erfüllen. Es geht um die Karriere. Giraut muß unbedingt einen bestimmten Ruf erlangen, und eine Blutfehde, die er gegen den Prinzgemahl austragen muß, ist genau das Richtige dafür. Es kommt euch vielleicht dumm vor, aber das sind die Regeln, nach denen wir uns richten. Sie sorgen wenigstens dafür, daß Hitzköpfe und Menschen, die sich leicht aus der Fassung bringen lassen, keine Aufstiegschancen haben, was ein Aktivposten für die Führungsschicht ist.« Sie packte mein Gesicht und gab mir, bevor ich reagieren konnte, einen raschen, harten Kuß, der überhaupt nicht erotisch, sondern nur ein heftiges ›Ich mag dich‹ war. »Gib auf dich acht und komm ganz zurück«, sagte sie. »Und wenn du es zum Premierminister schaffst, möchte ich *Manjadora d'Oecon* sein. Hindere diesen Wahnsinnigen daran, Maggie, euch alle zu töten. Ich besuche euch einige Tage nach eurer Rückkehr.«

Sie umarmte alle noch einmal und dann war sie fort; Umhang und Haare wirbelten und wehten hinter ihr.

Einige Minuten danach hatten wir tatsächlich alle, die in die Katzen gehörten, untergebracht und fuhren langsam die Straße hinauf. Eine Gruppe lief spontan neben uns her und wünschte uns Glück. Ich wagte nicht, den Blick von der Straße vor mir abzuwenden, denn einige der Enthusiasten waren kleine Kinder und ich hatte Angst, daß eines vor die Katze laufen würde. Maglevraupen machen es, wenn auch unangenehm, möglich, ruckartig stehenzubleiben, aber dazu muß man mit voller Kraft sofort auf die Bremse treten.

Während wir weiterfuhren, gingen ständig Türen auf und die Menschen stürzten heraus und winkten. Margaret, die neben mir auf dem Klappsitz saß, winkte begeistert zurück.

»Ich hatte nicht gewußt, daß du Garsenda so oft getroffen hast«, sagte ich. »Da du jeden Tag in den Basar gingst …«

»Wir haben wirklich viel Zeit miteinander verbracht.« Sie sprach leiser, so daß nur ich sie hören konnte; Paul saß in unserer Nähe. »Sie ist irgendwie wie Val ohne Neurose und dem häßlichen, aggressiven Trend. Ich habe sie wirklich gern.«

»Wo ist Valerie?« fragte ich und schaltete die Außenmikrophone auf größere Lautstärke, damit alle den Lärm der Menschenmenge hörten und wir unser Gespräch abschirmten.

»In der letzten Katze. Bestimmt winkt sie wie eine Königin. In Begleitung eines prächtigen Jungen, der glücklich ist, weil er erst vor zwei Tagen von der Warteliste aufgenommen wurde. Ich meine die Warteliste für die Expedition, nicht Vals privates Adreßbuch. Die ist länger, aber die Warteschlange bewegt sich schneller.« In ihrer Stimme lag angenehme Bosheit.

Ich kicherte, wandte den Blick aber nicht von der Straße ab. Margaret entsprach überhaupt nicht der Vorstellung eines Okzitaniers von einer *donzelha,* aber sie konnte tratschen wie eine von ihnen. Wäre ich in einer freundlicheren oder scheinheiligeren Kultur wie zum Beispiel der kaledonischen aufgewachsen, so wäre ich vielleicht entsetzt gewesen, aber so liebte ich sie deshalb noch mehr.

»Ich habe nicht gewußt, daß die Leute dich Maggie nennen«, sagte ich.

»Meine Familie tut es. Meine Mutter schaute im Basar vorbei und Garsenda übernahm es von ihr. Ich mochte es früher nicht, weil meine Familie es tat, und außerdem habe ich bemerkt, daß du uns für gewöhnlich mit unseren ganzen Namen ansprichst.«

»Margaret ist nicht nur hübsch«, stellte ich fest, »sondern es wird beinahe genauso ausgesprochen wie das okzitanische ›Magritza‹.«

Sie lehnte sich an mich und gefährdete dadurch bestimmt das Leben von Kindern, aber es störte mich nicht sehr. »Wie immer du mich nennst – ich werde es mögen.«

»Doch wenn du mich jemals Gary nennst, ganz abgesehen von ›Raut‹«, zitierte ich die beiden Spitznamen, die von Leuten erfunden worden waren, die behaupteten mich zu kennen, »werde ich wahrscheinlich …«

»Schreien«, unterbrach sie mich. »Das tue ich, wenn dich die Menschen mit diesen Namen anreden. Die Kaledonier sind die geborenen Abkürzer und Spitznamenerfinder; was ich wirklich hasse ist ›Thorry‹ für Thorwald.«

Darüber mußte sogar ich lachen.

Als wir die Stadt verließen, kam es zu einem unangenehmen Zwischenfall. Ich fuhr die zweite Katze, während Anna Terwilliger die Leitkatze steuerte; in ihren vier Arbeitsstunden arbeitete sie als Lastkatzenfahrerin. (Ich konnte nur hoffen, daß sie besser fuhr als sie dichtete.) Plötzlich wurde sie langsamer, ohne daß ich sah, warum, aber ich hatte ohnehin einen Sicherheitsabstand eingehalten. Annas Katze schüttelte sich zweimal heftig, und dann sah ich, daß sie die Raupen parallel hart nach links schwenkte; nach einigen scharfen Rucken fuhr die Katze in einem Winkel von neunzig Grad von ihrer ursprünglichen Richtung fort und direkt auf die Gegenfahrbahn. Ich wußte nicht, warum sie es tat, aber ich folgte ihr; ein Blick in den Rückspiegel zeigte, daß alle Fahrer es ihr nachmachten.

Dann hatte sie genügend Platz, bog auf die Gegenfahrbahn ein, und als ich ihr folgte sah ich, was los war.

Es waren beinahe fünfzig Mann, die sich an die Laternenpfähle gekettet hatten und auf der Straße lagen; die PÖP-Bullen standen um sie herum und beobachteten sie. Jeder hatte Tafeln oder Flaggen, und sie riefen uns etwas zu, aber sie sprachen reason, das die Extremisten neuerdings ausschließlich verwendeten, und ich konnte ihnen nicht folgen. Als wir ihnen auswichen und dabei beinahe auf den Gehsteig gerieten, warf ich Margaret einen fragenden Blick zu, und sie übersetzte. »Sie sind in Hungerstreik getreten. Sie sind arbeitslos und wollen lieber sterben als das ›Almosen‹ entgegennehmen, wenn ihre Versicherung zu Ende ist. Einige von ihnen verlangen, daß die Versicherung abgeschafft wird, damit die ›Unfähigen‹ schneller sterben können.«

»Meinen sie es ernst?« Wir waren an den letzten vorbei und ich fuhr auf die richtige Fahrbahn zurück.

»Einige bestimmt.« Sie seufzte. »Ein Teil der übrigen will es nicht, wird aber dazu gezwungen werden.«

»Wie können sie sich als die ›Unfähigen‹ bezeichnen, wenn sie fromm genug sind, um zu sterben ...«

Margaret schüttelte seufzend den Kopf. »Mein Vetter Calvin verlor seinen Job vor zehn Tagen und erschoß sich mit einer Jagdpistole. Es ist dabei keine Sünde zu erkennen, wenn man nicht in Gottes Evolutionsplan für das Universum paßt, und daß man sich selbst beseitigt, bevor man seine Unfähigkeit verbreitet, ist absolut rational. Als Calvin auf den Abzug drückte, war er bestimmt davon überzeugt, daß seine Augen Sekunden später das Himmelreich erblicken würden. Einige der Protestierer vor der Botschaft trugen Calvins letztes Vu und hoben es zu den Fenstern des Schwebewagens, als wir das Gebäude betraten und wieder herauskamen; wahrscheinlich hatte er das Vu einen Tag, bevor er es tat, machen lassen.«

»Wie können sie ... ich meine ...«

»Sie sehen es nur als ihre Pflicht, Giraut. Das ist alles. Wir wurden dazu erzogen, daß man praktisch alles tun kann, vorausgesetzt, man erfüllt damit seine Pflicht Gott gegenüber.«

Ich nickte; diese verbohrte Frömmigkeit war mir genauso fremd wie ihr mein *enseingnamen*. Wir hatten gelegentlich wegen beider Auffassungen gestritten, und ich wollte den Tag nicht durch eine Auseinandersetzung verderben. »Es tut mir leid, daß wir das gesehen haben.«

»Mir nicht.« Paul kam zu uns nach vorn. »Es erinnert mich an den menschlichen Abfall, den wir seit Ewigkeiten in Kaledonien erzeugt haben. Ich gebe vor, ein apolitischer Geschäftsmann zu sein, aber die Realität ist, daß ich wie jeder, der daran interessiert ist, Menschen mit den Dingen zusammenzubringen, die sie brauchen und wollen, ein Notizbuch habe. Ich will, daß die Leute bekommen, was sie wollen – ideal wäre es, wenn sie es von mir bekämen –, aber vor allem möchte ich, daß sie das Recht haben, es zu wollen, und daß sie mir Angebote machen, um es zu erwerben. Diese armen, idiotischen Fanatiker sind mit der Idee hereingelegt worden, daß sie die Fähigkeit haben möchten, einander pedantisch dazu zu gratulieren, daß sie das Richtige getan haben. Sie möchten lieber recht behalten als glücklich sein. Noch lieber wäre es ihnen, daß auch ich recht hätte, statt glücklich zu sein, und sie überlassen die Wahl nicht mir. Ich sage, laßt all diese verklemmten Frömmler sterben, und ich hoffe, daß es langsam geht und daß es schmerzt.«

Margaret verkrampfte sich; vielleicht kam jetzt der Streit zwischen ihr und Paul, den ich vermieden hatte. Ich mußte zugeben, daß ich Pauls leidenschaftliche Reaktion auf das Thema nicht nachvollziehen konnte; sie kam mir dumm, aber nicht verachtenswert vor.

Doch Margaret sagte nichts. Paul merkte, daß er Anstoß erregt hatte; er hatte jedoch nicht vorgehabt, Margaret zu verärgern, deshalb blieb er eine Zeitlang unbeholfen stehen und kehrte dann nach hinten zurück. Dort begann jemand, etwas zu singen, das ich für ein altes okzitanisches Wanderlied gehalten hatte, doch ich habe es inzwischen an verschiedenen Stellen gehört. ›*Valde retz, Valde retz*‹ bedeutet, ›die realsten Dinge bildet man sich am ehrlichsten ein‹. Es ist eines der ersten Sprichwörter, die okzitanische Kinder lernen. Ich hatte es als natürlich empfunden, durch taillenhohes Fichtengebüsch zu wandern und mir die hohen, moosbedeckten Eichen vorzustellen, die man ein Jahrhundert nach unserem Tod pflanzen würde; dabei sangen wir diese Worte.

Nach einer langen Pause erklärte Margaret: »Tut mir leid. Folgen der Erziehung.«

»Keiner von uns entgeht ihnen«, ergänzte ich. Statt

abzuwarten, was wir im freien Land jenseits von Nineve und vor den Pessimals finden würden, hatte ich den Text bereits erfunden und schrieb ein Lied darüber.

Nachdem wir einen Tag damit verbracht hatten, das Nineve-Becken zu durchqueren, waren die ersten vier Tage so ereignislos, daß wir uns kaum an sie erinnerten. Wir fuhren während des Zweiten Lichts und erforschten unsere Umgebung zu Fuß während des Ersten Lichts. Das Wichtigste, das wir entdeckten, war etwas, das man vom Satelliten aus sehen konnte, das man wahrscheinlich gesehen, das aber niemand aufgezeichnet hatte. Die riesigen Hennen im gut sichtbaren orangefarbene Federkleid konnten Flechten fressen, aber sie bevorzugten Getreide – und entkommene Spielarten von Weizen und Mais bedeckten jetzt die Felder östlich von Nineve. Es gab überall Hühner in ungeheurer Zahl; gelegentlich scheuchten wir eine Schar von ihnen auf, und sie verdunkelten den Himmel mit ihren Flügeln.

Die Bachufer waren das ideale Gelände für Birnbäume, auf denen riesige, saftige, feinkörnige Birnen wuchsen, die süßer waren als alles, was ich vorher gegessen hatte – vielleicht hatte man die verwilderten Bäume wegen ihrer Unempfindlichkeit gegen Kälte ausgewählt. Nach zwei Tagen hatten wir alle Reisedurchfall und mußten anhalten, wenn die beiden Toiletten in jedem Wagen nicht mit den sechs bis acht Leuten fertigwurden. Aber wir schafften es zu überleben, obwohl zumindest Paul bei den schlimmsten Anfällen bestimmt darauf verzichtet hätte, wenn man ihm die Wahl gelassen hätte.

Die beiden Medienmänner, die sich uns kaum anschlossen, zeichneten alles fröhlich auf, obwohl Margaret sie daran hinderte, die Reihe von kauernden Männern auf einer Seite und die Reihe von kauernden Frauen auf der anderen Seite der Katzen zu filmen.

Am Abend gab es auf dem Grund der Bäche soviel

Treibholz, daß es nicht schwer war, ein Lagerfeuer zu machen, so daß wir in jeder Dunkelheit ein Feuer brennen hatten. Ana Terwilliger sagte ihre neuen Gedichte auf; sie verfaßte sie auf reason, und aus einem seltsamen Grund sorgten die Medienleute immer dafür, daß sie sie filmten, während sie die Gedichte am Feuer oder in einem Fichtenwäldchen oder am Bachufer bei einem Spaziergang aufsagte.

Ich sah einige ihrer Fotos, die irgendwie hübsch waren, obwohl Anna es bestimmt nicht war. Ihre Gedichte wirkten viel besser, wenn sie in einer Sprache verfaßt waren, die ich nicht gut verstand, doch da Margaret von ihnen begeistert war, sagte ich nichts.

Ich bat Margaret, mir zu erklären, was sie daran anzog, doch es war anscheinend die Tatsache, daß reason auf eine ganz neue Art verwendet wurde, was bedeutete, daß ich nicht nur die Neuerung nicht verstand, sondern daß ich nicht einmal verstand, wodurch es innovatorisch war.

Andererseits verstand ich sehr gut, warum sie Valerie gern vor dem gleichen Hintergrund spielen und singen ließen. Paul fand, sie habe seit Beginn der Reise schon soviel durch die verkauften Aufzeichnungen verdient, daß sie die Reise bereits bezahlt hatte. Sie ließ Betsy immer einige Minuten lang mit den Reportern über Politik sprechen, aber das verwendeten sie in ihren Programmen kaum.

Sonst schlief ich viel, wanderte zwischendurch, trainierte bei jedem Aufenthalt sehr leichtes *ki hara do* mit zwei Studenten, die eine gewisse Geschicklichkeit entwickelten, und liebte Margaret bei jeder sich bietenden Gelegenheit. Ich trank überhaupt nicht, aß kräftig, schlief wie ein Kind und fühlte mich allgemein so wohl, daß ich glaubte, es könne nie eine Störung geben.

Thorwald und Aimeric fiel es nicht schwer, uns direkt anzurufen, wenn sie Lust dazu hatten. Saltinis Leute äußerten immer mehr immer größere Proteste gegen den Humanitären Rat, und vor der Botschaft saßen jetzt schon beinahe hundert Hungerstreikende. Einige unserer Leute gingen nicht mehr in den Basar, weil sie den Anblick eines Freundes oder eines Verwandten nicht mehr ertrugen, der vor Hunger hager geworden war und bewußt dort starb.

Bis jetzt hatte es vierzehn Tote gegeben, obwohl alle technisch gesehen nicht verhungert, sondern an Unterkühlung gestorben waren, und es kam selten vor, daß es während des Sonnenlichts in Utilitopia keine Demonstrationen gab, bei denen die Fotos der Märtyrer herumgetragen wurden. Betsy übertraf sie, indem sie darauf hinwies, daß sie es sich nicht ausgesucht hatte, tot zu sein, und ihre Äußerung wurde tatsächlich verteilt. Als sie am nächsten Tag ihre elektronische Post durchsah, enthielt sie über tausend Briefe, von denen die meisten an ›Betsy die Hure, Irrationale Waldexpedition‹ gerichtet waren. Valerie war natürlich zornig, aber Betsy war begeistert, weil sie eine solche Reaktion ausgelöst hatte.

»Ich weiß nicht«, sagte ich zu Margaret, als wir uns auf einem hohen Felsblock sonnten und die seltene Gelegenheit ausnützten, beinahe ganz nackt zu sein. »Ich weiß nicht, was geschehen wird, wenn Betsy in einem Kinderkörper steckt und keine Möglichkeit hat, sich zu wehren; sie war eine heldenhafte Märtyrerin – *que enseingnamen* –, wir hätten uns keine bessere wünschen können, aber ich will nicht, daß ihr so etwas noch einmal zustößt.«

»Du glaubst doch nicht, daß der PÖP ...«

»Nicht so sehr er als vielmehr die Leute, die diese Briefe schickten. Ich möchte wetten, daß Saltini wegen der Vergewaltigung und des Mordes durch seine eigenen Bullen angewidert war, aber sobald man den alles wissenden Diktator spielt, muß man seine Leute schützen. Doch die Menschen, die diese Briefe schicken und sie ... wir wissen ja, was sie sagten ...«

Margaret nickte und streckte sich; die Art, wie ihre kleinen, weichen, hängenden Brüste sich bewegten, lenkte mich ab. Sie entsprachen weder den okzitanischen noch den kaledonischen Schönheitsidealen – sie war wegen der feinen Haare, die sich um ihre Brustwarzen ringelten, so verlegen gewesen, daß wir einander schon einige Male geliebt hatten, bevor ich sie völlig nackt sah – aber ich hatte sie sehr lieb gewonnen.

Sie grinste mich an. »Werden wir weiter über die deprimierende Politik sprechen, oder wirst du aufhören, mich zu beäugen und zur Sache kommen?«

Es gehört sich nicht, wenn man eine höfliche Einladung ablehnt, es ist oft direkt *ne gens,* und ich würde es nie ertragen, so unhöflich zu sein, ganz gleich, wie viele andere okzitanische Bräuche ich verletzte. Als wir fertig waren und die erforderliche Zeit geflüstert und gekuschelt hatten, zogen wir uns an und kletterten hinunter, um das Lagerfeuer für die einsetzende Dunkelheit zu entfachen.

Bei jedem Sonnenuntergang war jetzt die scharfe, hohe Kette der Pessimals näher. Sie waren hoch – nach geologischen Gesichtspunkten war Nansen erst kürzlich aus dem festen Kern seines gasförmigen Riesen zusammengesetzt worden, und die tektonischen Platten waren erst kürzlich emporgestiegen. Der Zusammenstoß – eigentlich das Überfluten einer kleinen Platte, das diese Kette geschaffen hatte, war im Vergleich zu dem abgleitenden Schlag auf der anderen Seite, der die Optimals geschaffen hatte, wild gewesen. Einige der höheren Gipfel ragten bis hinaus in den Weltraum, und es gab einige Pässe, die Paul bei späteren Reisen untersuchen wollte, doch dazu wollte er in der Katze lieber einen Vorrat an Luft mitnehmen, als sich auf Kompressoren zu verlassen. Außerdem erhielten sie von den Wolken, die von der nassen Seite der Optimals kamen, durch die Verdunstung der Inlandmeere und durch die Stürme, die vom Ozean auf der anderen Seite hereinbliesen, viel mehr als ihren gerechten Anteil an Wasser; dazu kamen die Gletscher, die tiefe Schluchten und Kanäle in sie gegraben hatten, so daß das Gebiet zerklüfteter war, als Menschen es je erlebt hatten.

Beim nächsten Licht würden wir den warmen inneren Teil des Kontinents verlassen, und das bedeutete, keine Sonnenbäder oder Liebesspiele im Freien mehr. Ich war froh, daß wir uns ausgiebig die Zeit dazu genommen hatten.

Bei dem Sammeln von Feuerholz mußten wir es eigentlich nur zerschneiden; der Fluß beschrieb in der Nähe des Lagers eine große Schleife und dort hatte sich ein Stoß Treibholz aus den Gebirgs-Kletterpflanzen angesammelt. Wir schnitten mit der vibrierenden monomolekularen Säge einen großen Haufen in Stücke, ließen die Ladung von den wartenden Robotern fortschaffen und ins Lager bringen. Etwas würde ich hier bestimmt nie einführen: die primitive Campingbewegung – ich hatte einige Male eine echte Axt verwendet, und die Vorstellung, daß ich Stunden brauchen und literweise Schweiß produzieren würde, um zu bekommen, was man in zwei Minuten erhalten konnte, war absurd.

Zu Beginn der Dunkelheit hatten Margaret und ich gerade das Feuer angezündet, aber die Leute hatten sich noch nicht versammelt und hinter den blauen Gipfeln der Pessimals war noch ein kleiner rötlicher Streifen zu sehen, als in den Nachrichten mitgeteilt wurde, daß Saltini Arbeitslosigkeit als Beweis für Unfähigkeit betrachte und bekanntgab, daß man jeden, der keine Arbeit fand, einsperren würde.

»Gerissen«, sagte Margaret. »Jetzt können die Hungerstreikenden essen, weil Gefangene immer Mahlzeiten bekommen. Und gleichzeitig kann er das Rationale Christentum wieder stärken, indem er die Leute einsperrt, die dagegen verstoßen.«

»Im Zentrum gibt es drei oder vier Leute, die ins Gefängnis kommen werden«, sagte ich, während wir uns hinsetzten und zusahen, wie das Feuer in Gang kam. »Obwohl ich nicht glaube, daß sie für unsere Arbeit lebenswichtig sind.«

»Was werden sie mit Valerie anfangen?« fragte Margaret.

»Ich habe nicht gewußt, daß sie arbeitslos ist. Haben sie …«

»Sie haben mich bereits angerufen.« Valerie setzte sich neben uns auf einen Baumstamm. »Sobald ich zurückkomme, befinde ich mich unter Hausarrest. Dann komme ich ins Gefängnis, nachdem sie Betsy in ihren neuen Körper übertragen haben, was etwa vier Monate dauern wird.« Ihr Gesicht wurde einen Augenblick lang schlaff, und dann sagte Betsy angewidert: »Sie stecken mich im körperlichen Alter von zwei statt von sechs Jahren in den neuen Körper, damit sie das Verfahren um sechs Monate abkürzen und Valerie umso früher ins Gefängnis bringen können. Ich werde jahrelang mit einer kaputten feinmotorischen Kontrolle leben müssen, und ich weiß nicht, wie lange es dauern wird, bis ich wieder Geschlechtsverkehr haben kann – ich sollte mich nach Pervertierten umsehen.« Ihr Gesicht wurde wieder schlaff. »Angeblich spürt man den Drang erst wieder, wenn der Körper die Pubertät durchmacht. Habe ich erwähnt, daß sie mich noch einmal durch die Pubertät schicken?«

Wir lachten beide darüber, und es war schwer zu sagen, ob uns Valerie oder Betsy anlächelte. »Ihr werdet euch gegenseitig fehlen«, sagte Margaret.

Ich wußte nicht, welche »Ja, das werden wir« sagte.

6

Es gab keine Straße durch den Paß, und die Satellitenaufnahmen hatten uns nur gezeigt, wo er flach und nicht durch Schlingpflanzen verstopft war; es hatte nie einen Grund gegeben, die Oberfläche durch Fernerkundung zu untersuchen. Die Schlingpflanzen gab es hier seit zwei Jahrhunderten – einige waren dicker als die Taille eines Mannes und hatten sich zu verblüffenden Verwicklungen verknotet, die die doppelte Höhe der Katzen erreichten. Sie hatten auf den sanfteren Hängen sehr viel Schotter und lose Felsbrocken festgehalten, die jetzt nach außen spritzten, tiefer sanken, rutschten und den Katzen das Vorwärtskommen erschwerten. Wir übernahmen abwechselnd die Führung und wechselten die Position der Katzen an jeder standfesten Stelle, die breit genug war. Die Reise fühlte sich nicht mehr wie eine lässige Fahrt durch den Wald an, sondern viel mehr wie eine echte Expedition. In zwei Tagen hatten wir die Hälfte der Strecke zurückgelegt, die wir am ersten Tag hatten hinter uns bringen wollen, und wir hatten bereits beschlossen, daß wir auf dem Rückweg den Kontinent im Süden am Strand entlang umkreisen wollten, bis wir ein flaches, sanftes Flußtal fanden, mit dem wir ins Innere zurückgelangen konnten.

Der Anfang dieses Lichts unterschied sich nicht von den bisherigen; die Gipfel um uns leuchteten im Sonnenschein auf, goldenes Feuer prallte von den Gletschern ab, Eisblöcke und Wasserläufe schimmerten silbern, während sie hinunterstürzten. Die Katze roch ein wenig zu stark nach Küche und menschlichen Körperausdünstungen, denn im Schatten war es bitter kalt; niemand wagte sich ins Freie, und keiner wollte die

Katze öffnen, um sie zu lüften. Nach einem schnellen Frühstück aus Getreideflocken und Eiern – ich fand den einheimischen Brei noch immer ein wenig widerlich, aber der Hunger erwies sich nach wie vor als der beste Koch – waren wir wieder unterwegs; Annas Katze führte.

Wir hatten versucht, Verbindung mit dem Zentrum in Utilitopia aufzunehmen, konnten aber niemanden erreichen. Man teilte uns mit, daß der Kanal nicht zur Verfügung stehe, und das konnte von der Übernahme des Zentrums durch den PÖP bis zu dem viel wahrscheinlicheren Problem, daß wir uns nicht im richtigen Winkel zu einem synchronen Satelliten befanden, der seine zusätzliche Antenne auf uns scharf einstellen konnte, bedeuten. Da die Verständigung mit uns nicht als dringend galt, würde die Kommunikationsgesellschaft keine Neuorientierung vornehmen; daher lösten wir bei jedem Geräusch, das wir von unserem Teil der Welt auf unserer üblichen Frequenz aussandten, einen Sturm von Teilnehmern aus, die uns erklärten, daß sie nicht mit uns sprachen.

Der Cañon war so eng, daß sich zwar etliche der Gipfel vor uns im Sonnenschein befanden, daß man jedoch, wenn man senkrecht hinaufsah, einige der helleren Sterne einschließlich des großen, feurigen Arkturus erblickte. Er war knapp sechseinhalb Lichtjahre entfernt – ein Augenblick mittels des Springers und eine Lebenszeit an Erfahrung. Ich hatte einige Reime und ein Bild und suchte ein Motiv, das zum Bild paßte, so daß ich ein Lied darüber entwerfen konnte, wie man Arkturus von den Pessimals aus sah. Ausnahmsweise gab es hier wenig Schotter oder lockere Steine, und das Felsgesims, auf dem wir entlangfuhren, war vor Steinschlag geschützt, so daß wir nur auf Eis- und Schneeflecken achten mußten.

Meine Katze war gerade an die zweite Stelle vorgerückt. Wir schafften nur zwanzig Stundenkilometer, aber seit wir den ebenen Boden verlassen hatten, mußten wir uns damit begnügen, und das Fahren war relativ einfach. Anna wurde langsamer, um sich zu vergewissern, daß sie auf einem Schneefleck Bodenhaftung hatte.

Ihre Katze verschwand. An ihrer Stelle klaffte ein großes Loch. Vor uns gähnte eine Lücke in dem Gesims, die nicht mehr von der dünnen Eis- und Schneeschicht verdeckt wurde.

Ich muß ins Mikrophon geschrien haben, bevor sie aufprallten; Anna hatte das ihre eingeschaltet gelassen, daher hörten wir alle die Schreie, die widerlichen dumpfen Schläge, das Aufprallen, das lange Scharren, während die Katze die hohe Wand der Schlucht auf dem Dach hinunterrutschte und alle an Bord schrien, und schließlich hysterisches Schluchzen. Ich stellte die Raupen auf Schneepflug um, so daß meine Katze fünfzig Meter vor dem Loch stehenblieb, riß das Handmikrophon vom Armaturenbrett, sprang durch die Wärmeschleuse hinaus und ließ in meiner Eile beide Türen offen.

Die abstürzende Katze hatte wahrscheinlich nach zehn Metern begonnen, gegen die Wand zu prallen, und war nach etwa sechzig Metern auf dem Dach zum Stillstand gekommen. Eine Raupe lag weiter oben auf den Felsen; die andere drehte sich noch immer träge oberhalb der Heber – ein Hinweis darauf, daß zumindest das Haupt-Energiesystem in Ordnung war und daß die Seneschal-Röhren weiterhin Antiprotonen erzeugten, um den Generator zu füttern.

»Kann mir jemand antworten? Melden Sie sich, Führungskatze. Kommt schon, jemand soll nach dem Scheißmikrophon greifen, ich kann einige von euch hören ...«

Valeries Stimme antwortete; mir fiel ein, daß sie, Paul und die Medienleute in diesem Wagen sein mußten. »Ich habe Angst.«

»Das ist klar«, sagte ich in dem Tonfall, den ich vor Jahren zu Hause beim Such- und Rettungsclub gelernt hatte. »Was ist unten los? Wir helfen euch, sobald es uns möglich ist.«

Sie begann zu weinen, und lange, keuchende Schreie unterbrachen sie jedesmal, wenn sie zu sprechen versuchte. Ich bekam zum ersten Mal Angst, denn jetzt konnten wir erst etwas unternehmen, wenn sie antwortete. »Valerie?« fragte ich, und es gelang mir, *deu sait* wie, ruhig zu sprechen. »Valerie, sprich mit uns. Komm schon, Valerie, wir müssen wissen, was bei euch los ist.«

Jetzt befand sich Margaret neben mir; ihr Mund war vor Entsetzen weit aufgerissen, und sie starrte nur zu der zertrümmerten Katze hinunter. »Halte die übrigen zurück«, sagte ich ihr. »Wir wollen keine Panik oder Menschen, die hierher stürzen und etwas Idiotisches machen.«

Sobald man Margaret etwas tun ließ, war sie wieder funktionsfähig. Sie drehte sich um und ging zurück.

»Komm schon, Valerie, bitte antworte.« Ich hörte weitere Stimmen weinen oder stöhnen. Warum hatte sich kein Antwortsender aktiviert – wo waren die Rettungsvögel und warum waren sie noch nicht hier ...?

Weil wir uns auf Nansen befanden, weil es hier keine Retter gab, und keine Springer-Krankenwagen, und wir nicht nur allein hier waren, sondern weil es am Morgen keinen Kanal gegeben hatte, und die Geräte für unsere beiden geheimen Kanäle sich in der zerstörten Katze befanden.

Diese Erkenntnis versetzte mir einen Schlag in die Magengrube. Ich holte tief Luft: schlimmer hätte es nicht kommen können. Ruhige Stimme, sprich weiter, suche jemanden, der antwortet, hatten sie vor Millionen Jahren im Such- und Rettungsclub gesagt, deshalb sprach ich einfach weiter: »Valerie? ... Irgendwer?«

»Giraut, ich bin B-Betsy, t-tut mir leid ich k-k-kann

nicht g-gut sprechen, k-kämpfe mit Valerie um K-kontrolle über ihre St-Stimme.« Die letzten Worte überstürzten sich. »Versuche, sie zu beruhigen. Ich glaube, Anna ist tot, sieht wie ein g-gebrochenes Genick aus. Sie war nicht angegurtet, wurde g-gegen das D-Dach geschleudert. Ich-wir sind die einzigen nicht sch-schwer verletzten bei den M-medienleute hinten klang es so, als hätte sich das Zeug verschoben kann die Tür nicht öffnen zuviel Gewicht gegen sie die andere Stimme die du hörst ist P-Paul und ich glaube sein R-Rücken ...« Ein langer, rasselnder Atemzug folgte, ein Geräusch wie ein Asthmaanfall, und als Betsy wieder sprach, beherrschte sie Valeries Stimme vollkommen. »Giraut, Pauls Rücken ist gebrochen, vielleicht eine Niere gerissen, sicherlich innere Verletzungen, er leidet starke Schmerzen. Valerie ist anscheinend ohnmächtig geworden oder so, ich scheine jetzt in ihrem Körper allein zu sein. Ich habe den Erste-Hilfe-Koffer herausgeholt und einen Neurostat auf Paul gelegt. Der Schaum bildet sich jetzt rings um ihn, um ihn stillzuhalten. Wir haben Elektrizität und die Kabine ist warm.«

»Sprich weiter, Betsy«, sagte ich, »und versuche, dich an Valeries Körper festzuhalten. Ich werde deine Hilfe brauchen.«

Margaret war zurückgekommen und hatte zugehört.

»Hol die Kletterausrüstung von der letzten Katze«, sagte ich ihr. »Ich muß hinunter. Fahr die Katze bis hierher; es sieht bis zum Rand fest aus, und ich werde etwas brauchen, um die Sicherung zu befestigen.«

Betsys Stimme unterbrach uns wieder. »Es tut mir leid, Giraut, ich habe Anna mit dem Neuro-Leser untersucht ... sie ist tot. Anscheinend hat ihr der Aufprall nicht nur das Genick gebrochen, sondern auch den Schädel zertrümmert. Und aus der hinteren Kabine kommt noch immer keine Bewegung und kein Geräusch.«

»Wie geht es Paul?« *Deu, deu,* wir müßten ihn nur in

ein modernes Krankenhaus bringen, und er wäre nach einer Woche wieder auf den Beinen, aber wenn er in diesem Zustand hierblieb, konnte er genauso gut sterben ...

»Der Blutdruck ist jetzt konstant, aber niedrig. Vielleicht nur Schock; die Instrumente zeigen keine Blutung. Ich s-spüre jetzt, daß Valerie sich bewegt; ich werde v-versuchen, sie ruhig zu halten – es tut mir l-leid, aber wenn ich versuche, neurale Beruhigungsmittel zu verwenden, könnte ich ...«

»Denk nicht einmal daran«, unterbrach ich sie. »Du könntest durch einen Zufall deinen Psychespeicher auslöschen. Du bist genauso wichtig wie alle anderen, Betsy; Valerie wird mit der Situation fertigwerden müssen.«

Zu Hause hätte ich an die Kletterausrüstung nicht einmal gedacht – es wäre leicht gewesen, mit einer einfachen Dreipunkt-Kletterei hinunter zu gelangen, und das tat ich dann auch größtenteils, aber als der einzige erfahrene Kletterer in der Gruppe ging ich kein Risiko ein. Ich brauchte dennoch gute zehn Minuten, um die Katze zu erreichen, und als ich endlich dort war, hatte Valerie wieder die Macht über den Körper übernommen, saß auf dem Verdeck der umgestürzten Katze, schluchzte und war vollkommen nutzlos. Ich sah sie drinnen, aber sie rührte sich nicht einmal, als ich versuchte, die äußere Tür der Wärmeschleuse zu öffnen und es nicht schaffte.

Die Sonne war wahrscheinlich nie bis hierher gelangt, und da ich jetzt keine schwere körperliche Arbeit leistete, war es unglaublich kalt; wenn ich nach Hause kam, versprach ich mir, würde ich während der ersten Woche bei Tag auf dem Strand im Sand schlafen, dann die heißeste Dusche nehmen, die ich ertragen konnte, dann unter einer Daunendecke schlafen ...

Ich hatte gerade die Mahlzeit zusammengestellt, die Margaret und ich bei Pertz bestellen würden, und einige Einzelheiten der Massagen festgelegt, die wir einander vor dem Feuer im Gästehaus meiner Eltern verpassen würden, als es ihnen endlich gelang, das Seil dort hinunterhängen zu lassen, wo ich es erreichen konnte. Ich wünschte mir in diesem Augenblick Johan und Rufeu und ein Dutzend weiterer Angehöriger des alten Clubs hierher.

Doch sobald ich das Seil hatte, war es sehr einfach; sie schickten mir die Bohrgeräte herunter, und ich installierte ein gutes, sicheres Rettungsseil zwischen mir und ihnen. Margaret kam herunter, gefolgt von Männern mit elektrischen Geräten, und kurz darauf hatten wir Valerie herausgeholt und brachten sie nach oben; nach der Art, wie sie die Augen schloß und sich an den Sitz klammerte, nahm ich an, daß sie eine Zeitlang an erstklassiger Akrophobie leiden würde, aber das war ihr Recht.

Paul schien nicht in Lebensgefahr zu sein; wenn es unbedingt notwendig gewesen wäre, hätten wir ihn transportieren können – der Schaum war fest geworden, und wir hätten eine elektrische Säge gebraucht, um sein zertrümmertes Rückgrat um einen Millimeter zu bewegen –, aber solange wir oben keine besseren Geräte hatten als hier unten, gab es keinen Grund, ein Risiko bei Verletzungen einzugehen, die unsere beschränkte Ausrüstung nicht ausmachen konnte.

Der größte Alptraum waren die beiden Medienleute, die tot waren, als wir sie endlich erreichten; wir waren alle in bezug auf das Verstauen der Ausrüstung sehr nachlässig geworden; zwei Tonnen ihres Zeugs waren auf ihnen gelandet und hatten sie zermalmt.

Als es dunkel wurde, saßen für den Fall, daß Paul zu sich kam, zwei Männer bei ihm; Valerie/Betsy hatten ein Beruhigungsmittel bekommen, Anna und die Medienleute lagen im Freien, damit die Kälte die Leichen konservierte – und überhaupt keine Reaktion von Utilitopia. Nicht einmal ›Kanal nicht verfügbar‹. Die Geräte zum Erreichen der geheimen Empfangsstationen waren hoffnungslos zertrümmert; Prescott Diligence durchsuchte mit einigen Helfern langsam das Durcheinander und versuchte herauszufinden, was für einen Sender wir zusammenstellen konnten.

»Wir verfügen über eine Menge Energie«, rief ich Prescott ins Gedächtnis, als er, ich und Margaret nachts in unserer Katze saßen. »Und Utilitopia verwendet noch immer den Rundfunk für eine Menge Kanäle. Wir könnten doch einen Rundfunksender zusammenbauen und auf einer Frequenz, die nahe bei einer Handelsstation liegt, um Hilfe schreien, so daß die Leute, die einzelne Kanäle absuchen, uns hören müssen.«

»Das geht nicht, weil Nansen keine der Rede werte Reflexionsschicht besitzt«, erklärte Prescott. »Die Rundfunkwellen können nicht über den Horizont gelangen.«

Ich brauchte eine Weile, bevor ich begriff. »Sie meinen also … wir können mit niemandem sprechen?«

»Es sieht so aus, als würden wir uns genau zwischen den Stellen befinden, von denen aus wir synchrone Satelliten anrufen könnten.« Seine Stimme klang so kalt, daß ich einen Augenblick lang überlegen mußte. Er hatte stundenlang über dieses Problem nachgedacht und hätte viel lieber von etwas anderem gesprochen. »Die Berge blockieren eine Menge Winkel, und der ganze Planet besitzt nur zwei Satellitengruppen, und zwar beide auf der anderen Seite über Utilitopia und Novarkhangel. Wenn wir eine Katze eine Licht-Reise weit zurückschickten, könnten sie vielleicht einen Satelliten erreichen, aber wenn sie sicher sein wollen, müßten sie weiter fahren.«

Wahrscheinlich schlief in dieser Nacht niemand, aber um der anderen willen rührte sich keiner. Prescott rasselte und klopfte die ganze Nacht an den Rundfunkgeräten und den Einzelteilen herum, und ich vermutete, daß er die Menschen in dem engen Raum der Katze störte, aber ich brachte es nicht über mich, ihm zu befehlen, damit aufzuhören.

Am nächsten Morgen war ich froh, daß ich es nicht getan hatte. Er kam mit einer Sensation daher, die wenigstens etwas Hoffnung bot. Der Mond war groß und ein guter Wellenreflektor; wir kannten unsere und Utilitopias Positionen und besaßen zwei Parabolantennen. Mit einer Reihe von Verstärkern konnten wir ein entsprechend starkes Signal aussenden, das vom Mond abprallen würde, wenn er etwa alle zehn Stunden auf einer Frequenz, in die jeder geraten mußte, der Wetter und Nachrichten hören wollte, über den richtigen Teil des Himmels zog. Die Fenster, durch die die Technik funktionieren würde, hielten etwa zwanzig Minuten lang. Bald darauf hatten wir eine Fünf-Minuten-Botschaft zusammengestellt, die alle notwendigen Informationen enthielt, und einen Roboter so eingestellt, daß er unsere Hilferufe aussandte. Wenn man die bürokratische Langsamkeit in Betracht zog, sollten sie einige Stunden nach der ersten Botschaft eine Antenne zu uns herumgeschwungen oder einen temporären Satelliten hinaufgeschickt haben, so daß wir besprechen konnten, was geschehen mußte.

Ich hatte zuviel Zeit zum Nachdenken. Was immer ich von Anna Terwilligers Werk gehalten hatte, sie war die Dichterin dieses Volks, und jetzt lag sie steifgefroren unter einer Decke neben der zerschmetterten Katze. Sie war beliebt gewesen und hatte auf der richtigen Seite gestanden.

Die traditionelle okzitanische Kultur hatte Leben nicht nur durch die Duelle vergeudet. Bis es den Springer und die Zentrale Rettung gab, waren verblüffend viele Wanderer und Kletterer, Rennbootfahrer und Segelflieger gestorben. Serra Valor war für eine Kultur mit einer bewußt geringen Bevölkerung, die erst seit wenigen Jahrhunderten existierte, überfüllt; wir waren die Kultur des *Canso de Fis de Jovent,* weil wir unsere Jugend abschlachteten, nicht nur, indem wir sie schrecklichen Gefahren aussetzten, sondern auch, indem wir sie lehrten, diese Gefahren zu lieben, sie zu suchen, sich für minderwertig zu halten, wenn sie es nicht ständig riskierten sich wegzuwerfen.

Hatte ich die Idee wie ein Virus hierhergebracht?

Wenn ich diesen Gedanken vor meinen kaledonischen Freunden äußerte, würden sie mir mit nein, nie, überhaupt nicht antworten … und ich würde noch immer darüber nachdenken. Ich sehnte mich verzweifelt nach jemandem von einer anderen Welt, Aimeric oder Bieris oder sogar Garsenda oder Botschafter Shan, um mit ihnen darüber zu sprechen.

Endlich kam der Zeitpunkt für das Signal. Ich hatte nichts damit zu tun; Prescott spielte die aufgezeichnete Botschaft sechsmal ab, begann zu früh und schloß zu spät, für den Fall, daß es in bezug auf die Berechnung oder die Navigation zu Fehlern gekommen war, und der helle weiße Mond hing im Osten wie immer; in seinem Licht leuchteten Schnee und Eis, und die Falten und Schluchten der Berge verwandelten sich in bodenlose schwarze Tümpel.

Ich trug Kisten und versuchte, nicht zuviel darüber nachzudenken. Für den Fall, daß das Radiosignal nicht funktionierte, hatte ich begonnen, eine der noch vorhandenen drei Katzen auszuräumen, so daß ich zurückrasen – gut, so daß ich schnell in die Ebene gelangte, von der aus wir Verbindung zu Utilitopia aufnehmen konnten. Wenn wir es ohne Hilfskatze machen wollten, die uns folgte, drohten uns eine Menge Gefahren.

Ich hatte mich genauso automatisch wie ich atmete oder ging freiwillig bereit erklärt, die Katze zu fahren, und dachte grimmig, daß dies für die okzitanische Tradition sprach – wir ließen unsere Freunde nicht für uns Risiken eingehen, und obwohl uns das *enseingnamen* manchmal zu Torheiten verleitete, hinderte es uns daran, uns dabei wie Narren zu benehmen.

Die Stunden schlichen dahin, Mufrid stieg in seiner feurigen gelben Pracht auf, ein Hagelschlag prasselte auf die Katzen und trieb alle hinein, und der Zeitpunkt für die nächste Übertragung rückte näher. Von Utilitopia war keine Antwort gekommen.

»Es könnte sein, daß das Radio nicht so funktionierte, wie ich annahm«, sagte Prescott, der bei Margaret und mir saß. Seine Haut wirkte infolge der roten Haare durchscheinend weiß, und er hatte dunkle Ringe unter den Augen. Er trank einen Schluck Kaffee. »Die Sensoren fingen den Text in einer Entfernung von zweihundert Metern in der richtigen Stärke auf, aber all das bedeutet nur, daß wir die richtige Seitenfrequenz haben, nicht jedoch, daß das Hauptsignal tat, was wir wollten. Dieses Mal werden wir einen Sensor auf einer ausziehbaren Stange genau in den Pfad des Hauptsignals schicken. In Utilitopia trifft es nach der Mitte des Zweiten Lichts ein – es werden nicht sehr viele Leute zuhören – beim letzten Mal war es viel wahrscheinlicher, daß eine Reaktion erfolgte.«

»Sie arbeiten großartig«, sagte Margaret. »Sobald Sie überprüft haben, daß das Hauptsignal tut, was es sollte, werden Sie sich ausruhen. Und nein, Sie fahren nicht mit Giraut in der Katze, genauso wenig wie ich, obwohl wir beide es gern täten. Sie müssen sich um das Radio kümmern, und jemand muß hier die Leitung übernehmen.«

Prescott nickte düster. »Ich befürchte, daß wir laut und deutlich empfangen werden, daß es aber in Utilitopia große Veränderungen gegeben hat. Daß sie uns einfach hier draußen lassen, weil wir keine Rolle mehr spielen. Wenn wir noch die geheime Verbindung hätten und versuchten, das Zentrum zu kontaktieren – wer würde sich dann melden?«

»Thorwald«, erwiderte ich entschieden, weil Prescott meine Ängste ausgesprochen hatte.

Als er zu übertragen begann, diesmal bei hellem Tageslicht, gingen Sonne und Mond gleichzeitig auf, und in dem Cañon westlich von uns entstanden zwei einander überschneidende Regenbogen: durch die Sonne ein kräftig leuchtender und durch das strahlende Stückchen Mond ein gespenstisch blasser. Ich stand auf dem steinernen Sims, hatte wieder eine Kiste mit Vorräten in den Armen, betrachtete rings um mich die ungeheuren Wände aus Fels und Eis, die zerrissene, zerbeulte Katze unterhalb von uns, und unsere kleine Gruppe, die sich gerade im Freien befand, unser Bettzeug ausbeutelte und versuchte, genügend frische Luft in die beiden übrigen Katzen zu bekommen, damit sie etwas besser rochen. Zum ersten Mal seit ich sechzehn war rief ein solcher Anblick in mir keine einzige Zeile Poesie oder Musik hervor.

7

Auch auf die nächste Botschaft war nach einigen Stunden keine Antwort erfolgt, obwohl Prescott behauptete, das Hauptsignal sei stärker als er gedacht hatte. Die Katze, die Hilfe holen sollte, war beinahe abfahrtbereit, aber ich war so schläfrig, daß ich nicht imstande war zu fahren, und außerdem war es vernünftiger, bei Beginn des nächsten Lichts aufzubrechen, da der Mond zu Beginn der darauf folgenden Dunkelheit zunehmen würde, so daß wir um zwei Stunden länger Licht haben würden, bevor er im Osten unterging. Ich legte mich daher hin, um zehn dringend benötigte Stunden zu schlafen, und Susan und Robert, zwei unserer überlebenden Reservefahrer, taten das gleiche, obwohl wir mit ein wenig Glück aus den Bergen draußen sein würden, bevor einer der beiden übernehmen mußte.

Ich schlief nur sieben Stunden und war dann nicht mehr imstande, wieder einzuschlafen. Margaret, mit der ich eine Koje teilte, war offenbar erst vor kurzem zu Bett gegangen und schlief jetzt tief und fest. Ich stand auf, ohne sie zu stören, zog mich an und ging hinaus, um frische Luft zu atmen und nachzudenken.

In der abgestürzten Katze war Licht, also ließ ich mich mit dem Seil hinunter und löste Petra ab, die bei Paul Wache hielt. Sie war mir dankbar, was nicht überraschend war, da die beiden einander nie gemocht hatten; Paul hatte jetzt das Bewußtsein wiedererlangt, wachte zu den unmöglichsten Zeiten auf und war abwechselnd aufsässig und mitleiderregend abhängig. Ein Teil des Problems war, daß der Schmerz unvorhersehbar durch das Neurostat drang, oft als unerträglicher Juckreiz in den ruhiggestellten Teilen seines Körpers.

Er schlief, als ich hinkam, wachte jedoch kurz danach auf und war wesentlich besser aufgelegt als in den letzten beiden Tagen. Eine Zeitlang sprachen wir nur über Utilitopia, welche Mahlzeiten er im Krankenhaus bestellen und welche wir ihm hineinschmuggeln würden, und er machte eine Menge Witze über den Schaden, den dieser Unfall dem Image seines Geschäftes zufügen würde. »Vielleicht sollte ich das Expeditions- und Ausrüstungsunternehmen jemand anderem überlassen und statt dessen Paul Partons Ferngesteuerten Springer-Ambulanzdienst ausbauen.«

»Diese Idee ist gar nicht so schlecht«, antwortete ich. »Aber ihr Kaledonier seid nicht sehr abergläubisch, und die meisten von euch werden diese Idee wegen eines außergewöhnlichen Unfalls, auch wenn er noch so verlustreich war, nicht aufgeben. Ich bin davon überzeugt, daß du ihre Abenteuerlust geweckt hast; sobald der Rettungsdienst funktioniert und du eine verläßliche Verbindung hergestellt hast, wirst du in der Lage sein, diese Fahrten regelmäßig zu unternehmen. Ich bin sehr froh darüber, daß ihr alle kurz vor dem Ausbruch Psychogramme von euch machen ließt. Mit ein bißchen Glück wird Anna eine leichte Amnesie haben und eine Menge Aufzeichnungen ihrer letzten Tage durchsehen können, so daß die Lücke minimal sein wird.«

Er grunzte; er war daran gewöhnt, alles, was er sagte, durch nachdrückliche Kopfbewegungen zu unterstreichen, und jedes Mal, wenn er es versuchte, wurde er daran erinnert, daß er jetzt in den erhärteten Stützschaum eingesperrt war. »*Wenn* ihr Psychogramm in Ordnung ist. Ich habe noch nie so etwas wie Valerie und Betsy gesehen.« Wir hatten ihn langsam und vorsichtig ein wenig aufgesetzt und dabei die Körperfunktionen berücksichtigt, aber er konnte weder nicken noch den Kopf schütteln, und das war für ihn genauso frustrierend wie es für einen Okzitaner frustierend wäre, mit gefesselten Händen zu reden.

»Hm – Giraut.«

»Ich bin neben dir.«

»Es tut mir leid, daß ich es tun muß, während du hier bist, aber ich muß wirklich… hm… Stuhl haben. Er kommt jedenfalls immer dann, wenn ich das Gefühl habe, auf den Waden Fußpilz zu bekommen.«

»In Ordnung – kein Problem. Nur eine halbe Sekunde…« Ich schob einen wartenden Eimer unter das Loch in seinem Stuhl. »Es ist soweit.«

Für Paul war der Vorgang demütigend, weil wir den für diese Funktionen zuständigen Neurostat kontrollierten und Schmerzen blockierten, so daß er davon abhängig war, daß wir einen Schalter umlegten, damit er den Eimer brauchte. Wir taten es für gewöhnlich mehrmals täglich, ob er das Bedürfnis hatte oder nicht. Wahrscheinlich war es ein gutes Zeichen, daß er das Bedürfnis in irgendeiner Form hatte.

Der Vorgang war keinesfalls feinreguliert. Als ich den Schalter umlegte, entleerte er sich vollständig und heftig, und ich war froh, daß er es nur andeutungsweise mitbekam. Der Geruch war überwältigend. Wahrscheinlich hatten wir seinem Darm zu wenig Peristaltik gegeben, deshalb machte ich eine Notiz und verstärkte sie ein wenig. »Wenn du dich dadurch wohler fühlst, würde ich jetzt die Blase entleeren«, schlug ich vor.

»Klar.«

Ich schob den Entleerungsschlauch über seinen Penis und schaltete die sanfte Saugleistung ein, dann wandte ich mich wieder dem Schaltbrett zu.

»Glaubst du, daß du die Maschine dazubringen könntest, Val zu unterrichten?«

Das kam so unerwartet, daß ich einen Lachkrampf bekam; dann meinte ich: »Es wäre vielleicht einfacher, Betsy zu unterrichten so daß Valerie aus ihrer Erfahrung lernen kann.«

Er schnaubte zustimmend. »Leider haben wir ein Abkommen geschlossen. Valerie betreut meinen Körper,

Betsy alle anderen.« Laut den Gerüchten stimmte der zweite Teil keinesfalls, aber ich hatte keinen Grund, es Paul gegenüber zu erwähnen. »Und beide behaupten, daß sie nie hinschauen. Okay, Giraut, laß es los.«

Ich legte den Schalter um und eine erstaunliche Menge Urin verschwand durch den Schlauch hinauf; Paul hatte offenbar viel aus seinem Trinkschlauch gesaugt. Ich füllte das Reservoir wieder auf, während er weitersprach. »Im Augenblick bin ich anscheinend vor allem ein Gerät zum Verunreinigen von Wasser.« Als er fertig war, machte ich mich ans Großreinemachen.

Ein bißchen vom Inhalt des Eimers verschwand im Stuhlanalysiergerät des Arztes, und den Rest spülte ich durch das WC hinunter, das wir teilweise ausgebaut und wieder instandgesetzt hatten; es platschte leise, als das Recycling begann, und der sterilisierte Block fiel in den Spülkasten.

Am peinlichsten war für Paul jedoch, daß ich jetzt seinen Mastdarm ausspülen und seinen After reinigen mußte. Für mich war es nicht schrecklich, aber ich konnte mir vorstellen, wie er sich dabei fühlte. Während ich es tat – der Winkel war sehr eng, so daß ich ihm schließlich mit dem Gesicht wesentlich näher war als vorgesehen – sprach Paul wieder. »Giraut?«

»Ich bin hier, *companhon*.«

»Ich bin wirklich froh darüber, daß du nach Kaledonien gekommen bist. Trotz allem, was geschehen ist.« Er verstummte; ich nahm an, daß er eingeschlafen war, und begann ihn abzutrocknen. Doch nach einiger Zeit sprach er weiter. »Uns stand viel Schlimmeres bevor als die letzten Ereignisse. Irgendwann hätte Saltini die Regierung übernommen, und dann hätte es keinen Ausweg, nicht einmal einen Gedanken an Widerstand gegeben. Die meisten von uns hätten sich einfach als unfähig selbst getötet.« Er seufzte schwer. »Tut das gut. Man sollte annehmen, daß gewöhnliches Unbehagen angenehmer ist als echte Schmerzen, aber das stimmt nicht. Du wirst es ohnehin sehen. Anna wird dank dem Psychespeicher zurückkommen, und mich werden sie innerhalb kürzester Zeit wieder auf den Beinen haben.«

Ich war in bezug auf ersteres nicht so sicher, und wenn wir nicht bald Hilfe bekamen, konnte es zur Degeneration kommen, so daß seine Wirbelsäule nicht so gut nachwuchs wie sie sollte, aber ich stritt nicht mit ihm, sondern trocknete ihn weiterhin sorgfältig ab.

»Giraut.«

»Ja.«

»Warum besucht mich Valerie nicht?«

Der wahre Grund war, daß sie in einer der Katzen lag und unter Beruhigungsmitteln stand; einmal im Tag weckten wir sie mit einer Injektion, damit Betsy die Chance bekam, mit einem funktionierenden Gehirn zu arbeiten, aber nach einer oder zwei Stunden war Valerie wieder hysterisch, und wir mußten sie wieder abschalten.

»Valerie hat dich nach dem Unfall zusammengeflickt, und einigen Leuten fällt es nicht leicht, ihre verletzten Liebsten anzusehen«, log ich. Ich wußte, daß ich Margaret nie meiden würde, ganz gleich, wie schwer sie verletzt wäre, und als Azalais, meine *entendora* vor Garsenda aus Versehen von einem Neuroducer getroffen wurde, wich ich während der ersten Tage nie von ihrem Bett. Schwerverletzte können sich meist nicht vorstellen, wie wenig Mühe sie jenen bereiten, die sie wirklich lieben.

Leider spürte Paul genau, wann man ihn belog, und traute mir mehr als den übrigen Leuten, die ihn betreuten. »Niemand will es mir sagen, Giraut, aber ich weiß es. Es war Betsy, die mich hier versorgt hat?«

Mir blieb nur die Wahrheit, also sagte ich: »Ja.«

»Es spielt keine Rolle«, behauptete Paul, »wirklich nicht. Valerie muß fürchterliche Angst gehabt haben, und ihr fällt es schwer, sich der Angst oder auch nur der Erinnerung an die Angst zu stellen.«

Er schwieg lange, und ich dachte inzwischen darüber nach, wie die Situation tatsächlich war. Beinahe hätte ich ihm die Wahrheit gesagt, doch mir war klar, daß es keinen Sinn hatte. Er würde sich einfach Sorgen um Valerie machen, und das wäre zuviel für ihn.

»Es spielt keine Rolle«, wiederholte er leise. Dann schlief er ein. Ich setzte mich so hin, daß ich ihn bequem beobachten konnte und sah dabei, daß sein Gesicht tränennaß war.

Nach einiger Zeit kam jemand, um mich abzulösen, und ich fuhr wieder hinauf, stieg zu Robert und Susan in die Katze und fuhr los. Wir hatten noch immer nichts von Utilitopia gehört; wir hätten genauso gut auf dem Planeten allein sein können. Meine beiden Beifahrer schliefen wie vorgesehen hinten sofort ein; ich war jetzt mit den schwachen, etliche Tage alten Spuren der Expedition allein. Ich arbeitete mich vorsichtig weiter, vergewisserte mich, daß mir kein Fehler unterlief und gelangte dennoch rasch tiefer.

Ich war noch keine fünf Kilometer gefahren als mir klar wurde, daß es schlimmer war als ich befürchtet hatte. Die Spuren, die wir hinterlassen hatten, waren oft undeutlich, und die Kolonne von vier Katzen, die sich über eine Schotterbank erstreckte oder einen Hang mit lockeren Steinen hinunterfuhr, hatte die Oberfläche wesentlich ungefestigter hinterlassen als zuvor. Manchmal waren wir einen Hang hinuntergerutscht, den wir jetzt nicht hinaufklettern konnten; manchmal hatte unser Klettern der Oberfläche soviel Schaden zugefügt, daß wir nicht dem gleichen Pfad bergab folgen konnten, weil wir dabei vielleicht die Kontrolle verloren hätten. Je länger ich der Spur folgte, desto mehr bewunderte ich Annas Fahrkünste, die uns so weit gebracht hatten – daß der Weg unter ihr zusammenbrach, war einfach Pech gewesen. Wenn ihre Geschicklichkeit ausschlaggebend gewesen wäre, hätten wir uns immer in Sicherheit befunden.

Als nach einigen Kilometern die Sonne aufging, hatte ich mich dem Rhythmus der Landschaft angepaßt und mir war klar, daß sie zwar erschreckend aber kontrollierbar war.

Zweimal konnte ich nicht über den Schotter zurückfahren, über den wir gekommen waren, und mußte Flecken von Schnee und Eis überqueren, die ich zuerst zu Fuß mit Ultrasound ausprobierte und dabei eine lange Stange für den Fall mittrug, daß etwas unter mir durchbrechen würde. Soweit man es beurteilen konnte, war der Fels unter mir fest, obwohl stellenweise das Eis zehn oder zwölf Meter dick war. Trotzdem blieb ich bei der Weiterfahrt zwischen den Linien meiner Fußabdrücke, und es fiel mir schwer, die Luft nicht anzuhalten.

Trotz aller Probleme war meine Zeit beim Hinunterfahren etwas besser als bei der Fahrt hinauf, und als Robert aufwachte und nach vorn kam, um mir Gesellschaft zu leisten, war ich bereits am vorhergehenden Lager vorbei. Er versuchte es mit dem Sender, aber wir empfingen nichts, nicht einmal ›Kanal nicht verfügbar‹. Es waren noch immer viele Kilometer bis zu dem Lagerplatz, auf dem wir beim Aufstieg zum ersten Mal gerastet hatten und bei dem es keine Probleme mit der Kommunikation gegeben hatte.

Wenn der Schotterhang, den wir hinunterfahren mußten, durch die hinauffahrende Kolonne nicht so schlimm zerfetzt worden wäre, wären wir nie so weit zu den Klippen ausgewichen, wie wir es taten – es war gefährlich, weil das ständige Tauen und Gefrieren darauf hinwies, daß von oben langsam aber stetig Felsbrocken nachrutschten – schließlich mußte der Schotter von irgendwo herkommen. Aber da wir keine Wahl hatten, fuhren wir an den Felsen entlang, als Robert ruhig sagte: »Halte einen Augenblick an.«

Ich tat es, weil ich glaubte, er habe eine Gefahr gesehen, doch er sagte: »Sieh dir das an. Was ist das?«

Ich hatte nur Augen für den Weg gehabt, doch als ich sah, wohin er zeigte, erschrak ich ebenfalls. Wir waren an einer Palisade aus wild durcheinanderliegenden, zerbrochenen Felsbrocken entlanggefahren, die vielleicht viermal so hoch war wie die Katze; die Palisade verlief parallel zur Cañonwand; ich hatte den Eindruck von einer riesigen Felstreppe.

Aber links vor uns war eine Öffnung und zwei verblüffende Ansichten. Erstens war eindeutig klar, wie die Öffnung entstanden war – mit Lasern zerschnittener Fels sieht, auch nachdem Zeit und Wetter ihr Werk getan haben, anders aus als alles natürlich Entstandene. Jemand hatte durch den meterdicken Felsen einen Weg zu der Senke geschnitten, die der Wall einschloß.

Der Kanal führte zu einer Steinmauer, die doppelt so hoch war wie eine Katze, einen großen Bogen in ihrer Mitte besaß und zu beiden Seiten des Bogens je einen Turm aufwies. Das Ganze sah wie eine Burg in einem alten Bilderbuch aus.

Robert und ich blickten einander an und wußten nicht, was wir sagen sollten. Seine Finger glitten über die Tastatur und sorgten dafür, daß der Standort aufgezeichnet wurde – die Trägheitsnavigation der Katze war kaum vollkommen, aber sie würde jedenfalls jeden, der die Aufzeichnungen fand, in die Nähe dieses Ortes führen.

»Was ist los? Warum haben wir angehalten?« Susanne kam nach vorn und rieb sich den Schlaf aus den Augen. Als sie durch die Windschutzscheibe der Katze blickte, schnappte sie nach Luft.

»Wir haben heute noch einen weiten Weg vor uns«, begann ich, aber die beiden griffen bereits nach Kameras und Recorder und es war klar, daß sie nicht auf mich hören würden. Außerdem bekam ich Gelegenheit, meine Muskeln zu entspannen, und es sah aus, als hätte die Sonne diesen kleinen Fleck soweit erwärmt, daß er angenehm war – jedenfalls angenehmer als der Ort, an dem wir uns während der letzten Tage befunden hatten.

Auf der anderen Seite des Bogens fanden wir die Stadt – eigentlich eine Kleinstadt, aber irgendwie dachte man dabei an eine Stadt. Die meisten Gebäude klebten an den Wänden der natürlichen Senke – manchmal erinnerten sie mich an Bilder von Felsbewohnern auf der Alten Erde, aber in der Mitte waren zwei lange Steingebäude, deren Dächer schon lang eingebrochen waren, und ein großes, rundes Becken, das ich für einen Brunnen hielt. Susan fotografierte das Ganze Schritt für Schritt, wandte sich dann mir zu und sagte: »Es tut mir leid – aber wir konnten es uns nicht leisten, so etwas zu verpassen. Wir können jetzt weiterfahren – ich mußte mich nur vergewissern, daß die Aufzeichnung genügen wird, um jemanden hierher zu locken.«

Wir liefen zur Katze zurück; der Aufenthalt hatte uns nur Minuten gekostet, aber so gerechtfertigt die Verzögerung gewesen war, sie blieb eine Verzögerung. Wir begannen wieder, uns so rasch wie möglich einen Weg über den Hang zu suchen.

»Was ist es eurer Meinung nach?« fragte Robert.

»Vielleicht einige verrückt gewordene Eremiten aus St. Michael?« Susan klang nicht überzeugt. »Für sie wäre es hinreichend unbequem gewesen. Aber warum sollten sie unseren Kontinent widerrechtlich betreten? Sie haben auf ihrem Erdteil jede Menge nackter Felsen. Und die Dachsteine, die eingestürzt sind? Das Dach war ursprünglich bestimmt kein Gewölbe und auch keine Kuppel. Sie mußten Stützbalken oder etwas Ähnliches gehabt haben, und ich habe nichts dergleichen gesehen.«

»Und das würde heißen?« fragte ich, ohne die Spur vor mir aus den Augen zu lassen, aber ich war froh, daß mich etwas von den Gedanken ablenkte, die mich stundenlang gequält hatten.

»Vielleicht waren die Stützbalken zu wertvoll, um

zurückgelassen zu werden, also nahm sie jemand mit. Oder sie bestanden aus einem Material, das vermoderte, bevor wir daherkamen.«

»Hier ist seit Jahrtausenden nichts vermodert«, wandte Robert ein. »Alles war gefroren. Seit dem Asteroiden-Einschlag haben die Pessimals Eis verloren, aber nur von hohen Gipfeln und Oberflächen, die viel Sonnenschein bekommen. In diesem kleinen Taschenformat-Tal hat sich nichts jemals so weit erwärmt, daß es anfangen konnte zu vermodern, vor allem keine Stützbalken. Wenn es in den Häusern oder Höhlen oder wie immer ihr es nennt, zur Zeit des Asteroiden-Einschlags Kleidung oder sogar Leichen gegeben hat, dann befinden sie sich vermutlich gut erhalten noch hier.«

Unter den Raupen rutschte Schotter weg und beide verstummten und beobachteten, wie ich die Maschine langsam um eine Ecke manövrierte. Sicherlich hatten beide länger als ich Katzen gefahren …

Aber wahrscheinlich nie über etwas Ähnliches wie die Sodom-Spalte. Ja also – wenn ich eine Entschuldigung dafür brauchte, daß ich eine Zeitlang nicht selbst fahren wollte, mußte ich nur sagen, daß ich müde war – und ich war es nicht.

»Wenn die Stützbalken allerdings vermodert waren, bevor der Planet gefror …« Susan ließ den Rest in der Luft hängen.

»Aber Nansen ist seit langem gefroren – meiner Meinung nach seit der Faju-Fakutoru-Effekt ihn aus den Knochen eines Gasriesen formte und er abkühlte«, wandte Robert ein. »Ich nehme allerdings an, daß er nicht immer gefroren war …«

»Ihr beide deutet etwas an«, mischte ich mich ein, »und im Augenblick habe ich in meinem Gehirn keinen Platz für Rätsel.«

»Vielleicht war die Ansiedlung bereits alt, bevor der Planet gefror. Vielleicht haben wir herausgefunden, woher die Verrückten kamen, die Nansen vor uns terraformten.«

In jedem anderen Fall wäre ich wahrscheinlich aufgesprungen oder zusammengezuckt oder so was; aber aufgrund der Lage der Dinge ließ ich die Hände auf den Hebeln und meine Blicke auf der Spur. »Wenn das wahr ist, wäre es ganz schön beeindruckend.«

»Es würde ein Riesenloch in den Selektivismus schießen«, meinte Robert, »und Saltini in große Schwierigkeiten bringen. Wenn es sich tatsächlich um den ersten nichtmenschlichen archäologischen Fundort handelt, würden Tausende Sachverständige von anderen Welten hierherkommen, und ich würde gern zusehen, wenn Saltini versucht, den zahlreichen Angestellten des Humanitären Rates das Marktgebet aufzuzwingen. Im Augenblick ist es wichtiger, in Kommunikationsentfernung zu gelangen, aber es könnte vieles in Kaledonien ändern.«

»In allen Tausend Kulturen ändern«, stellte Susan richtig. »Es ist beinahe komisch; wir haben vielleicht soeben etwas gefunden, das die Menschheit seit Jahrtausenden sucht, und unglücklicherweise haben wir etwas viel Dringenderes zu tun. Aber ich nehme an …«

Ich erfuhr nie, was sie annahm, weil Robert in dem gleichen Augenblick, in dem ich die Katze mit einem Schneepflugbogen rasch zum Stehen brachte, einen lauten Schrei ausstieß.

Auf der Spur kam uns eine weitere Katze entgegen – und ich erkannte sie sogar, bevor ich imstande war, einen Blick durch das grelle Licht vor der Windschutzscheibe zu werfen und zu bestätigen, daß Bruce der Fahrer war.

8

Ich nahm an, daß vier transportable Springer zuviel sein könnten«, sagte Bruce, »aber sie wiesen darauf hin, daß ich sicherlich keinen wollte, der kaputt war, wenn ich hinkam, und wir brauchten wirklich sowohl einen großen, um die Mannschaft nach Hause zu bringen, und einen spezialisierten medizinischen Springer für Paul und die … hm … Überreste, und sie gehören nicht zur normalen Einsatzausrüstung, und wir haben niemanden, der sie reparieren kann, deshalb mußte ich zwei von jedem Typ mitnehmen. Was bedeutet, daß wir wenig Schlafplatz haben.«

Er sah erschöpft aus, und daran, wie Bieris sich an mich klammerte, erkannte ich, daß sie in einem elenden Zustand war. »Könntest du in etwa acht Stunden die Springer bedienen, wenn du bis dahin schlafen kannst?« fragte Susan.

»Ich könnte sie wahrscheinlich im Schlaf bedienen, was im Augenblick eine großartige Idee wäre«, antwortete Bieris. »Es handelt sich nicht um an Ort und Stelle gebaute Notlösungen, sondern um okzitanische Standardmodelle, die der Humanitäre Rat herübergebracht hat.«

»Dann nehmen Bruce und du die Kojen in unserer Katze, ich fahre die Leitkatze. Robert fährt eure und Giraut sitzt bei mir und weist mir den Weg. Wir können in etwa acht Stunden im Lager eintreffen und jeder kann in zehn Stunden zu Hause sein.« Susan war nicht der Typ, der viele Worte machte, sobald sie einen Entschluß gefaßt hatte, also ging sie zu der Katze, in der wir gekommen waren.

»Sie hat recht«, sagte ich, weil Bruce im Begriff war,

einen Einwand zu murmeln. »Susan und Robert sind vor nicht einmal drei Stunden nach einem langen Nachtschlaf aufgewacht. Ich bin nicht mehr zu viel zu gebrauchen, aber ich kann Susan sicherlich zeigen, wo es Schwierigkeiten gibt. Wenn sich Robert an unsere Spuren hält, sollte es keine Probleme geben. Ihr beide seht halbtot aus – jetzt verschwindet in eure Kojen; wenn wir dort sind, könnt ihr uns erzählen, was los ist. Wie lang wart ihr überhaupt wach?«

»Mehr als einen vollen Tag«, murmelte Bruce, während er zur Katze und der Koje stolperte. »Etwas länger als über ein Licht – mehr oder weniger ...«

Mindestens zweiundvierzig Stunden? Und eine Rettungsexpedition, die anscheinend von Bruces Farm aus und der Hintertür der Botschaft ausgerüstet worden war?

Wahrscheinlich begriffen in diesem Augenblick Susan, Robert und ich, daß Schreckliches geschehen war, wir sahen aber auch ein, daß es keinen Sinn hatte herumzustehen und darüber zu sprechen. Zumindest gab es Springer und auch einen Ort, zu dem wir springen sollten.

Als das helle Licht des Mondes im Westen aufging, fuhren wir wieder zurück. Susan war eine gute, sogar sehr gute Fahrerin, weil sie wußte, daß man schneller vorwärtskommt, wenn man vorsichtig fährt, also mußte ich ihr sehr wenig sagen. Hinten erwachten Bruce und Bieris nicht – sie regten sich nicht einmal. Sie hatten beim Schlafengehen kaum etwas gesprochen, hatten sich voll bekleidet auf die Decken gelegt und schliefen, noch bevor Susan und ich sie angeschnallt hatten.

Der Mond stieg gleichmäßig höher, nahm dabei zu, und bald waren nur noch die hellsten Sterne zu sehen. Arcturus war nicht mehr beeindruckend, sondern nur ein roter Stern, der heller war als die meisten anderen. Der Cañon hätte ein schönes Motiv für Bieris abgegeben – Silber-, Schwarz- und Blautöne –, dazu die gezackten Felsränder, die ins Leere stachen, doch wenn alles in Ordnung kam, dann würde sie zweifellos Zeit haben, wieder hierher zu kommen, und wenn nicht, dann spielte es keine Rolle.

Ich hatte angenommen, daß wir alle Neuigkeiten erfahren würden, sobald wir das Lager erreichten, aber dem war nicht so. Bieris richtete den Hauptspringer so schnell ein, daß die Gruppe gerade erst aufgewacht war, sich angekleidet und gepackt hatte, als sie erklärte, daß der Springer bereit sei; Bruce trat in ihn und verschwand. Einen Augenblick später kam er in Begleitung von einem halben Dutzend Ärzten zurück. Sie brachten einen weiteren tragbaren Springer mit, nämlich einen medizinischen – »Wir brauchen uns keine Sorgen darüber zu machen, ob die Leute, die wir transportieren, durch die Vibration Schäden erleiden«, erklärte der Sanitätsoffizier kurz – und sie waren in wenigen Minuten unten bei Paul. Ich stand plötzlich gemeinsam mit allen anderen verwirrt in der Gegend, vergewisserte mich zum zehnten Mal, daß ich meine Laute, meine Gitarre und meinen Matchbeutel bei mir hatte, erinnerte Betsy daran, sich zu vergewissern, daß Valeries Instrumente ordentlich verpackt waren, sah vorsichtshalber nicht in die Spalte hinunter, als das Ärzteteam die gefrorenen Leichen abdeckte und mit ihnen sprang … wohin? Nicht einmal uns hatte man gesagt, wohin wir gebracht wurden.

Paul befand sich bereits irgendwo in einem Krankenhaus, und ich würde diesen Ort in wenigen Minuten verlassen. Ich sah mich um, suchte vielleicht ein Bild, das ich mitnehmen konnte, aber es gab nur die geparkten, abgeschalteten Katzen zu sehen, die langsam auskühlten, die hellen Lichter des Ärzteteams in der Spalte und die unruhige Menschenreihe.

Das Rettungsseil jaulte und das Ärzteteam war wieder oben. »Kein Grund mehr zu bleiben, was?« fragte der Sanitätsoffizier. »Der Springer wurde überprüft, wir haben in ihm einen Testsprung gemacht. Also, alle stellen sich mit ihrem Gepäck in einer Reihe auf, und wir schicken euch in Gruppen von drei oder vier hinüber.«

Ich weiß nicht warum, aber ich schlurfte automatisch zum Ende der Reihe, und Margaret kam mir nach. »Schlechte Reise?« fragte sie.

»Erschreckend. Harte Arbeit. Ich kann kaum glauben, daß das Schlimmste hinter uns liegt.«

Susan, die vor uns stand, schoß aus der Linie, lief zu der ausgeweideten Katze und kam einen Augenblick später mit mehreren Datenblocks unter dem Arm zurück. »Das ist das Zeug, das wir bei den Ruinen aufgenommen haben«, erklärte sie mir. »Jemand wird es haben wollen.«

Dann ging ihre Gruppe hinein und verschwand, und die letzten von uns außer dem Ärzteteam gingen in den Springer, die Botschaft erschien rings um uns, und Botschafter Shan erwartete uns persönlich, um uns zu begrüßen. Aimeric und Carruthers waren bei ihm.

»Folgen Sie uns bitte«, begann Botschafter Shan, »in einen Sitzungsraum, in dem ich Ihnen einen Teil von dem, was geschehen ist, erzählen kann. Leider ist ein Großteil davon schlechte Nachrichten.«

Keiner sprach, als wir durch den Korridor gingen; wir paßten auch nicht sehr gut in eine Botschaft. Eine erstaunliche Zahl von Stadtpolizisten war unterwegs, und die meisten sahen aus, als hätten sie etwas zu tun.

Man gab uns heiße Getränke – was wirklich unnötig war, denn wir waren weder hungrig gewesen, noch hatten wir gefroren – und wir mußten uns setzen, und als der Botschafter sprach, tat er es mit so wenigen Worten wie möglich, um uns die reine Wahrheit zu erzählen.

»Zu allererst: Der Humanitäre Rat hat die kaledonische Charta aufgehoben und in der Stadt Utilitopia das Kriegsrecht ausgerufen. Elemente der früheren Regierung – hauptsächlich Gruppen des PÖP – setzen in isolierten Nestern den Widerstand fort, aber die Stadt ist in unserer Hand und wir rechnen damit, daß der letzte Widerstand vor Sonnenuntergang gebrochen sein wird. Reverend Saltini ist verhaftet worden und wird bis zu seinem Prozeß auf einer anderen Welt festgehalten.

Zweitens gab es während der zivilen Unruhen und Kämpfen, die zu dieser Situation führten, in den zivilen Bezirken sehr viele Tote und Verwundete – in diesem Augenblick dienen mehrere öffentliche Gebäude als Hilfs-Krankenhäuser, um den Überschuß aufzunehmen, während schwere Fälle, einschließlich Ihres Freundes Paul Parton, in die Einrichtungen in Novarkhangel in der Kultur von St. Michael gesprungen wurden, wo ihnen die bestmögliche Pflege zuteil wird. Einige wenige schwer verwundete Patienten und einige Opfer neuraler Mißhandlungen befinden sich in Noupeitau, wo Ärzte mit größerer Erfahrung in der Behandlung von Körper- und neuralen Traumata vorhanden sind. In wenigen Augenblicken werden wir Ihnen Kommunikationsmöglichkeiten zur Verfügung stellen, damit Sie Ihre Freunde und Familien kontaktieren können, und wir werden Sie dabei, soweit es uns möglich ist, unterstützen.

Schließlich muß ich Ihnen schweren Herzens berichten, daß die Unruhen mit dem Angriff eines bewaffneten Mobs auf das Zentrum für okzitanische Künste begannen. Das Gebäude wurde praktisch ausgeweidet, und während des Kampfs wurde Thorwald Spenders getötet, als er den Mob daran zu hindern versuchte, die Menschen anzugreifen, die in dem Zentrum Zuflucht gesucht hatten.

Darüber hinaus gehört zu den verschiedenen Verbrechen, deren Reverend Saltini beschuldigt wird, daß er während der letzten Stunden seiner Amtszeit PÖP-Agenten befahl, bei verschiedenen Versicherungsgesellschaften die Persönlichkeitserhaltungs-Aufzeichnungen zu beschlagnahmen, und bewußt alle Kopien vieler Persönlichkeiten vernichtete, die mit der Oppositionsbewegung in Kontakt standen. Unter den offensichtlich für immer verlorenen Persönlichkeiten befinden sich die Thorwald Spenders' und Anna K. Terwilligers.«

»Sie sind tot«, sagte Margaret neben mir. »Wirklich, *wirklich* tot.«

Für uns schienen Jahrhunderte zu vergehen, bis wir die ganze Geschichte erfuhren. Teilweise, weil ich sehr viel schlief und deshalb nicht alles gleich erfaßte, und teilweise, weil es Dinge gab, die ich eigentlich nicht hören wollte.

Im Zentrum hatten sich etwa zehn Leute befunden, die verhaftet werden sollten, weil sie arbeitslos waren. Thorwald hatte versucht, ihnen eine Zuflucht zu bieten, weil die Behörden bis dahin das Zentrum nicht angerührt hatten.

Das hatte der PÖP dazu ausgenützt, um die Wut über die ›unerwünschten Leute von anderen Welten‹ anzufachen und das Zentrum von fanatisierten Protestierern einkreisen zu lassen, so daß jede Katze und jeder Schwebewagen, die hinein- oder herausfuhren, mit einem Hagel von Steinen und Flaschen begrüßt wurde. Angeblich als Schutz für das Zentrum hatte der PÖP Aufruhr-Reihen aufgestellt, doch Leute, denen Saltini es gestattete, durchschritten sie ungehindert; sie waren vor allem daran interessiert, die Kommenden und Gehenden zu identifizieren. Zwei Routinelieferungen von Nahrungsmitteln wurden von den PÖP-Wachen zerrissen und in den Schlamm geworfen, und das Zentrum erhielt eine gesalzene Strafe wegen ›unzureichender sanitärer Maßnahmen‹.

Die Menge nahm beinahe stündlich zu; sie wurde nicht einmal während des Morgensturms kleiner. Zuerst hatten die Leute gespottet und geschrien; dann hatten sie Steine geworfen. Während des letzten Lichts hatten sie laut den Leuten, die mit Thorwald im Zentrum gewesen waren, kaum noch gesprochen und sich erst bewegt, wenn jemand in das Zentrum oder hinaus fahren wollte. Dann drängten sie sich um das Fahrzeug, stießen und schoben die Katze oder den Schwebewagen, bis die PÖP-Wachen sehr, sehr langsam herüberschlenderten und einen Weg freimachten.

Die Leute sagten, daß die Gesichter vor Haß und einem unheimlichen Hunger verzerrt waren, der sie an Horrorfilme in den Medien erinnerten.

Das dauerte an, bis die Fahrzeugtür aufging und Fahrer sowie Passagiere die letzten sechs oder sieben Meter zum Tor rannten; dann flogen etliche Steine, die scharf und niedrig geworfen wurden, um zu verletzen oder zu töten.

Wieder bewegten sich die PÖPs langsam, so langsam, daß allen klar werden mußte, was sie empfanden, stellten sich vor das bereits geschlossene Tor, hoben die Aufruhr-Schilde und taten, als würden sie die schweigenden Beobachter zurückhalten.

Drinnen zeigte Thorwald nur Mitleid für die Verletzten und Verängstigten und auch eine kalte Wut, von der jemand sagte, daß sie »erschreckend war – aber mich froh darüber machte, daß ich bei ihm war«.

Während der letzten zwei Stunden des Zweiten Lichts hatte der Mob begonnen, sich enger um das Zentrum zu drängen. Tausende Empfänger in Utilitopia hatten unseren Notruf aufgeschnappt, und irgendwie war in der Menge das Gerücht entstanden, daß ein großer Protestmarsch oder eine Rettungsexpedition sofort nach Einbruch der Dunkelheit aus dem Zentrum aufbrechen würde. Sie hatten es nicht gewußt, aber die Rettung war schon unterwegs; Bruce und Bieris waren unter den letzten gewesen, die aus dem Zentrum hinausfuhren, und Bruce hatte ein Wurf voll getroffen; es stellte sich später heraus, daß seine Rippen gebrochen waren. Sie waren zu einem Lagerhaus in der City gefahren, in das Shan sie geschickt hatte, und dort warteten irgendwie die Springer und Lieferungen auf sie. Zu dieser Zeit rasten sie bereits das Flußtal hinauf, wobei sie sich am Steuer ablösten, und fuhren so schnell es ihnen möglich war zu uns. »Shan muß die Vorschriften nicht genau genommen haben, wenn er das aus dem Botschaftsbudget finanzierte«, sagte ich zu Bieris, nachdem sie es mir erzählt hatte.

»Shan verschanzte sich hinter der Ausrede, daß du sein Angestellter bist, und dann erklärte er dem Humanitären Rat einfach, daß die Public Relations unerträglich schlecht werden würden, wenn er nicht die ganze Gruppe rettete. Ihnen war es ohnehin gleichgültig, solange er ihnen Ausreden lieferte, die gut genug klangen.« Bieris seufzte. »Er tat sein Bestes, Giraut. Ich glaube, daß er Thorwald wirklich mochte … vielleicht auch das Zentrum als Ganzes. Er schien es wirklich zu genießen, wenn er bei uns war, und er wollte anscheinend Thorwald für den Dienst beim Humanitären Rat rekrutieren. All dies verletzte ihn zutiefst.«

Ich nickte; auf abstrakte Art wußte ich, daß auch ich verletzt war, aber auch, daß es vielleicht Monate oder Jahre dauern würde, bis ich die zerrissenen, zerfetzten Ränder der riesigen, schmerzenden Leere spüren würde, die das Zentrum – und Thorwald, und sogar Anna in meiner Seele hinterlassen hatten.

Bieris verließ mich, ohne mehr zu sagen, und ich schlief wieder ein.

Das Ende der Geschichte erzählte mir ausgerechnet Major Ironhand beinahe zehn Tage später. Er war vorbeigekommen, sagte er, weil ich ihm am ersten Tag das Gefühl gegeben hatte, daß er willkommen sei, und weil er es für eine Ehrensache hielte, mir Dinge zu erzählen, die ich wissen sollte und die mir vielleicht niemand erzählt hatte.

Als feststand, daß das Gebäude gestürmt werden würde und daß man mit den Wachen nicht rechnen konnte, hatte Thorwald einige Neuroducer aus den

Duellierkunst-Behältern genommen, die Sicherungen von einem Techniker ausschalten lassen, so daß sie wirklich gefährlich waren, und sie auf Besenstiele montiert. »Als improvisierte Aufruhrwaffen waren sie verdammt gut«, versicherte mir Ironhand. »Aber sie waren einfach zu viele. Niemand hätte dieses Gebäude gegen diesen Mob halten können. Über tausend Mann stürmten das Zentrum. Es war nie als Festung gedacht gewesen, und Ihre Freunde besaßen keine Schußwaffen, mit denen sie sie abwehren konnten. Ich selbst hätte die Menge in diesem Gebäude nur mit einem voll bewaffneten Zug zurückschlagen können.«

Der Mob hatte die PÖP-Linien überrollt wie ein Rasenmäher eine Schlange; vier Wachen waren gestorben und etliche schwer verletzt. Das Tor hatte einfach dem Druck der Körper nachgegeben.

Thorwald und einige der größeren Studenten hatten versucht, die Wendeltreppe zu halten, die zum Hauptturm führte; es war so ziemlich der einzige Ort in dem Gebäude, der für eine Verteidigung eng genug war.

»Sie töteten ihn mit einem Stein.« Ironhead blickte zu Boden, als wäre er nicht sicher, wie ich reagieren würde. Ich war genauso unsicher. »Mit dieser Besenstielwaffe hatte er sechs getötet – wirklich erstaunlich für einen praktisch unausgebildeten Jungen. Ihr sagt vielleicht ›*que enseingnamen*‹, und wir sagen vielleicht ›Mumm‹, aber wir alle würden damit meinen, daß wir nicht verstanden, wie er es schaffte. Aber schließlich konnte er sie nicht aufhalten, das hätte keiner können, und sie trafen ihn mit einem Stein so schwer, daß er stürzte, und – ja also, sie erschlugen ihn mit zerbrochenen Möbelstücken. Dann gingen sie auf den nächsten Jungen los, wie hieß er noch, Peterborough, der noch immer im Krankenhaus liegt, und hätten das gleiche getan, doch da griffen endlich die Okzitanier ein.«

Durch eine sehr elastische Auslegung der Vorschriften war es Shan endlich gelungen, das Zentrum unter seinen Schutz zu stellen, offenbar indem er behauptete, daß sich meine persönlichen Habseligkeiten dort befanden, und da einige der Leute, die dort arbeiteten, für mich arbeiteten … es spielte keine Rolle. Wahrscheinlich billigte der Rat hinterher sein Eingreifen; er hätte genauso gut sagen können, daß er es getan hatte, weil er Lust dazu hatte.

Er hatte bereits aus Thorburg etliche Truppeneinheiten einschließlich der okzitanischen Legion angefordert. Diese Einheit bestand nur aus sechs Kompanien, aber sie waren für Straßenkämpfe ausgebildet und, was vielleicht noch wichtiger war, sie wirkten in ihrer Aufmachung beeindruckend. Sie waren abrufbereit, als Shan Hilfe verlangte, und Minuten später waren die Helikopter, die ihre tragbaren Springer beförderten, durch den Springer in der Botschaft gerollt, hatten ihre Rotore ausgestreckt und waren zum Zentrum geflogen. Aus den Springern ergossen sich okzitanische Truppen in das Zentrum …

Und fanden einen zornigen Mob vor, der bereits einen tapferen jungen Mann totgeschlagen hatte und im Begriff war, jeden Wandteppich und jedes Gemälde zu verbrennen, jede Heldenwand auszulöschen und Musikinstrumente zu zertrümmern.

Ich erfuhr später, daß laut einem Bericht des Humanitären Rats in diesem Augenblick Shan zwar über keine Alternative verfügte, daß es aber trotzdem ein Fehler gewesen war, den man irgendwie hätte vermeiden müssen, okzitanische Truppen in eine solche Situation zu schicken.,

Etwa zehn Minuten lang brach die Disziplin zusammen. Berichte bezeichneten es später als ›Polizeiunruhen‹, eine jahrhundertealte technische Beschönigung für ›die Streitkräfte, die für Ruhe und Ordnung sorgen sollten, laufen Amok und greifen die Zivilisten an‹. Als es vorbei war, befanden sich die Leute, die im Turm Zuflucht gesucht hatten, in Sicherheit und wurden rasch aus dem Gebäude geschafft; die okzitanischen Truppen wurden von den Thorburger Offizieren zurückgerissen und in ihre Reihen zurückgeprügelt …

Achtzig Menschen aus dem Mob waren tot, und infolge des Zeitverlustes konnte das Zentrum nicht vor dem Feuer gerettet werden.

Ob es wahr ist oder nicht, ein Gerücht, das durch die Reihen des PÖPs raste, besagte, daß Saltinis Agitatoren den Aufruhr ausgelöst hatten – und es stimmte, daß der PÖP die ersten Toten verzeichnet hatte. Zwei Stunden später, immer noch innerhalb dieser langen Dunkelheit, meuterte mindestens die Hälfte der städtischen Sicherheitskräfte offen, und die Stadtpolizei, die durch den Handstreich noch immer verbittert war, schloß sich den Rebellen an. Als die Kämpfe sich verstärkten, erteilte Saltini eine Reihe von Befehlen; er ließ die Aufzeichnungen löschen, die erforderlich waren, um Dissidenten wieder zum Leben zu erwecken, schickte loyale Einheiten des PÖP zu einem Angriff auf die Botschaft aus und riegelte das immer aufrührerische Hafengebiet ab; offenbar hatte er vor, einen Teil seiner eigenen Stadt zu belagern.

Das war der Vorwand, auf den Shan seit Tagen wartete. Der Humanitäre Rat packte sofort zu, und die Stadt stand jetzt unter Kriegsrecht. Die Kulturcharta wurde widerrufen und der Rationalisierungsrat aufgelöst. In wenigen Tagen würde Aimerics Vater eine Regierung bilden, mit ihm als Präsident und Staatsoberhaupt. Es war ein offenes Geheimnis, daß Aimeric der erste Premierminister von Kaledonien sein würde.

Ich hörte all das, lag da und starrte zur Decke. Sie kamen gelegentlich und hängten mich an Maschinen oder gaben mir Pillen, und ich gehorchte. So oft sie es zuließen, gingen Margaret und ich hinaus in den Hof des Krankenhauses, in dem sie uns behandelten, setzten uns hin und hielten einander in dem grellen gelben Sonnenlicht fest. Wenn wir konnten, weinten wir.

Ich verstehe, daß Thorwald und Anna in den Regenerator geschoben wurden, während Hunderte Menschen seine Version des *Canso de Fis de Jovent* sangen. Ich glaube nicht, daß es ihm unangenehm gewesen wäre. Ich werde es natürlich nie wissen.

VIERTER TEIL

M'ES VIS, COMPANHO

1

Es gab ein neues Verfahren, das in der Inneren Sphäre der besiedelten Welten gerade von der Forschung freigegeben worden war und ›beschleunigter Kummer‹ hieß. Sie brachten eine Spezialistin dafür zu uns, Dr. Ageskis, eine hochgewachsene blonde Frau, die sehr wenig sprach. Ich erinnere mich daran als eine Zeit, in der ich sechundzwanzig oder siebenundzwanzig Stunden täglich schlief und schreckliche Alpträume durchmachte. In ihnen stritten Thorwald und ich erbittert, Raimbaut war hinter mir her und verfolgte mich mit seinem Selbstmitleid, und Anna erklärte in der Öffentlichkeit, daß ich ihre Poesie nie verstanden hätte ... so ging es ununterbrochen weiter. Hundertmal sah ich, wie die führende Katze in die Spalte stürzte, und Thorwald kroch aus dem Regenerator, während wir uns gerade zum Frühstück setzten, und sein Kopf war genauso zertrümmert wie der Betsys. Ich weinte und schrie, erwachte, um gefüttert zu werden und Bewegung zu machen, und kehrte zu weiteren Alpträumen zurück.

Allmählich wurden die Alpträume weniger. Die Neuroproben bauten gesunde, wenn auch bekümmerte Hinnahme um die Verluste, lösten die Wellen des Zorns aus und verhinderten dann, daß sie sich an die Erinnerungen banden, fanden die verrückten Stellen und merzten sie aus dem natürlichen Verlust aus. Ich weiß nicht, wie lange es dauerte, bis sie begannen, mich nur für zwei Stunden täglich zur ›Instandhaltung‹ in ihre Obhut zu nehmen, aber zu dieser Zeit schlief ich während der ›Instandhaltung‹ ohne Schwierigkeiten, und nach weiteren Tagen begannen sie, nur eine Sonde als ›Beobachtung‹ für mich einzusetzen.

Offenbar gefiel ihnen, was sie an mir und an Margaret mochten, aber sie mußten noch einige Tage warten, um sich zu vergewissern, daß nichts mehr schreiend auftauchen würde.

Ich hatte gerade den Punkt erreicht, an dem ich mich im Krankenhaus wirklich langweilte und mich allmählich für Aimerics Maßnahmen als Premierminister interessierte – viele Halsstarrige gingen unauffällig zu ihm über, weil er so intensiv daran arbeitete, die kulturelle Autonomie wieder herzustellen – als plötzlich viel zu viele Besucher im Krankenhaus auftauchten. Alle waren Menschen von anderen Welten – Botschaftsangehörige, Wissenschaftler, Gelehrte der unterschiedlichsten Art, und alle wollten über die Ruinen sprechen, die Susan, Robert und ich oben in den Pessimals gesehen hatten. Gab es, soviel ich gesehen hatte, einen Hinweis darauf, daß das Tor in die Stadt jünger war als die Gebäude? Oder war es älter? Obwohl ich mich den Gebäuden nicht genähert hatte – für wie hoch hielt ich die Tore? Hatte ich an den Schatten, der Steinmetzarbeit, den regelmäßigen Kurven der Eingänge, den Abständen der Türen etwas Ungewöhnliches bemerkt? Lag irgendwas auf dem Boden? Log ich und hatte ich wirklich eine der ›Behausungen‹ betreten? War ich sicher, daß ich nicht log, wenn ich sagte, daß ich nicht log? Die Teilnehmer an dieser endlosen Prozession stellten immer wieder die gleichen Fragen, als spräche keiner von ihnen jemals mit den anderen.

Am Tag unserer Entlassung aus dem Krankenhaus brachte der Humanitäre Rat Margaret und mich in dem besten Hotel am Ort unter, ein Gebäude, das es noch nicht gegeben hatte, als wir zu unserer Reise aufbrachen – irgendeine Hotelkette aus Hedonia hatte es inzwischen wachsen lassen, und es roch noch leicht nach dem Staub eines neuen Hauses. Es war jetzt das höchste Gebäude in Utilitopia, aber gemäß der Hoteltradition war es rechteckig und sah wie der Bauklotz eines Kindes aus, den man hochkant mitten in die Stadt gerammt hat.

Doch das Zimmer war behaglich – in dieser Hinsicht kann man sich auf die Hedonier verlassen! –, wies ein riesiges, temperatur- und widerstandskontrolliertes Bett auf, verfügte über je zwei Bäder mit Toiletten und Duschen sowie über weitere Annehmlichkeiten. Wir hatten es erst wenige Minuten erforscht, als es an der Tür klingelte; vor ihr stand Aimeric.

»Hat der Premierminister nichts Besseres zu tun als teure Hotels zu besuchen? Wissen das die Steuerzahler?«

Er grinste. »Noch dazu bringt er teuren Wein mit« – er hob die Flasche hoch, und ich sah, daß es sich um eines von Bruces besten privaten Erzeugnissen handelte –, »und er hat bereits eine teure Mahlzeit bestellt, die hier heraufgebracht wird. Korrupt wie alle – er hat es von seinem Vater gelernt. Darf ich hereinkommen, oder soll ich draußen im Korridor alles allein essen und trinken?«

Das Abendessen traf kurz darauf ein, so daß unsere Konversation eine Zeitlang dürftig war, doch Aimeric sagte endlich: »Euch ist vielleicht aufgefallen, daß es für einen Premierminister sehr merkwürdig ist, soviel freie Zeit zu haben, auch wenn die Kultur seines Landes derzeit von dem Humanitären Rat geleitet wird. Die erste Neuigkeit, die ich für euch habe, gehört zu der Erklärung, wieso das stimmt – und ich kann euch damit auf die großen Neuigkeiten vorbereiten.

In Kaledonien wird es keine gekoppelte Depression geben. Das heißt, sie ist schon vorbei.« Er ließ uns kurz darüber nachdenken und fuhr dann fort. »Der Grund dafür ist, daß große Geldmengen von anderen Planeten hier ausgegeben werden, und der Grund, warum das geschieht, ist, daß wir etwa achttausend Wissenschaftler und Gelehrte hier haben, die in den Ruinen herumkriechen, die du auf dem Paß in den Pessimals gefunden hast, Giraut.«

»Schließt das die zweitausend ein, die mich interviewten und immer die gleichen Fragen stellten?«

Er kicherte. »Ich verstehe, daß es dir so vorgekommen ist. Dafür gab es einen Grund. Sie mußten sich vergewissern, daß du genau die Wahrheit erzähltest, wie du sie kanntest. Sie gingen zu weit – es verstieß sehr gegen meine Wünsche, und ich reichte in deinem Namen einen Protest ein –, denn sie störten die Nervenbehandlung, der du gerade unterzogen wurdest.«

Ich erinnerte mich undeutlich an Träume von den Ruinen. »Und jetzt haben sie entschieden, daß ich kein Lügner bin. Wie tröstlich.«

»Ich weiß, daß du die Wahrheit sagst, Giraut, und das gilt für alle, die dich kennen, aber diese Entdeckung war für die Sachverständigen des Rats zu wichtig, um sich nur auf dein Wort zu verlassen. Glücklicherweise sagten auch Robert und Susan die Wahrheit, sonst hätten sie alle drei im Krankenhaus behalten, bis sie herausbekamen, wer es nicht tat. Es war für sie lebenswichtig, sich zu vergewissern, daß die Ruinen nicht nachgemacht waren. Worüber du gestolpert bist – ich übertreibe nicht – ist unter Umständen viel wichtiger als alles, das mit Kaledonien oder der Politik des Rates zusammenhängt.

Da sie jetzt sicher sind, daß sie dir jedes bißchen Zeugnis entlockt haben, unternimmst du morgen eine Tour zu den Ruinen – tut mir leid, das ist ein Befehl, und Shan wird mich dabei unterstützen, falls es notwendig ist – um zu sehen, ob dort irgend etwas deinem Gedächtnis nachhelfen wird. Sie müssen dich sofort hinbringen, bevor du Gelegenheit hattest, irgendwelche Gerüchte zu hören – und glaub mir, davon gibt es jede Menge. Ich hoffe also, daß ihr nicht vorhattet, heute abend auszugehen …«

Margaret grinste geil und sagte mit rauchiger Stimme: »Hast du dich hier umgesehen? Wir werden uns sehr beeilen müssen, um alle Oberflächen in diesem Raum zu benützen.«

Aimeric verzog das Gesicht; er nahm das Ganze sehr ernst. Da er es offensichtlich nicht humorvoll betrachten konnte, sagte ich: »Also: bei welchem Springer melde ich mich morgen und zu welcher Zeit?«

Er sagte es mir; es überraschte mich, daß es so spät am Tag sein sollte, bis ich begriff, daß ich zwei Zeitzonen nach Westen überspringen würde. Man konnte die Pessimals von der Sodom-Spalte aus sehen und daher empfand ich sie als ›nahe‹, während die Teile von ihnen, die man sah, über die Atmosphäre hinausragten.

Danach gab es nicht mehr viel zu sagen, aber Aimeric und ich waren Okzitanier, daher dauerte es eine Stunde, bis wir uns das Wenige gesagt hatten. Nachdem er gegangen war, gönnten Margaret und ich uns einige sehr langsame Massagen, liebten uns, aßen eine leichte Mahlzeit und schliefen schließlich ein wie zwei Liebende, die keine anderen Sorgen haben. Es war wunderbar. Ich träumte von Thorwald und Raimbaut, doch obwohl es traurig war, daß sie nicht da waren, als ich erwachte, war der Traum an sich angenehm. Im Aufwachen sagte ich: »Ich liebe dich« – und wußte nicht, wem ich es sagte, doch ich weckte Margaret damit und sagte es noch einmal, um sicher zu sein, daß es ihr galt.

Unser Führer war ein Mann in mittleren Jahren, der al-Khenil hieß und aus dem Neu-Islamischen Palästina kam, einer Kultur auf Streseman. Er war ein angenehmer, gelehrter Mann, der nicht viel dafür übrig hatte, Fragen zu beantworten. Nach kurzer Zeit wurde mir klar, daß er sie beantworten wollte – wahrscheinlich konnte er es nicht erwarten, mit jemandem zu sprechen, der die Ruinen noch nicht so gut kannte wie er – aber den Befehl erhalten hatte, mir keine Informationen zu geben, die meine Antworten auf seine Fragen färben könnten.

Alle drei Meter hatte er eine Frage. Sie hatten alle unsere Fußabdrücke im Staub gekennzeichnet, und zuerst hatte er mich den Weg, den ich eingeschlagen hatte, nochmals langsam abschreiten lassen, aber ich sah nichts Neues; damals hatte ich vor allem versucht, Susan wieder in die Katze zu bringen, damit wir weiterfahren konnten. Im besseren Licht sah ich, daß der Brunnen sehr alt war, aber das war das einzige, was sich änderte. Ich hatte nicht bemerkt, daß die Steinmetzarbeit auf dem Brunnen und den Gebäuden mit Lasern verschmolzen worden war, aber angesichts des mit Lasern durch die Mauer geschnittenen Wegs überraschte mich das nicht mehr sehr.

Was mich jedoch überraschte, war die Tatsache, daß die Räume wesentlich kleiner waren als wir glaubten; die Türöffnungen waren nur etwa anderthalb Meter hoch, und die Decken in den Räumen dahinter nicht viel höher. In allen Türöffnungen gab es an den gleichen Stellen identische Löcher, als hätte man hier eine Art standardisierter Hardware angebracht. Al-Khenil erzählte, daß sie in den tieferen Löchern Spuren von Kupfer und Zink gefunden hätten, was wahrscheinlich bedeutete, daß sie Messingbeschläge gehabt hatten.

In einem großen, niedrigen Raum fand man Schnitzereien, die teilweise mit Ruß bedeckt waren. »Vielleicht verbrannten sie später, als sie degeneriert waren, hier Opfer. Oder sie verwendeten Talglampen als Licht. Doch Röntgenstrahlen haben durch den Ruß geschaut und Allah sei gelobt, daß der Ruß vorhanden ist.«

Er zog ein Bündel Fotos heraus und zeigte uns die Schnitzereien, die der Röntgenstrahl enthüllt hatte. »Sehen Sie – das hier scheint das periodische System der Elemente zu sein, aber von rechts nach links angeordnet. Das da scheint das Zahlensystem zu sein, offenbar mit der Grundlage sechzig und immer als wissenschaftliches Bezeichnungssystem – dieses Drei-Pfeile-Zeichen ist offenbar gleichbedeutend mit der Fünf in unseren Zahlen. Von dem Übrigen verstehen wir noch nicht viel, aber sie versuchten offensichtlich, uns Hinweise zu hinterlassen.«

»Sie sagten, daß der Ruß, der die Schnitzereien bedeckte …«

»Ich sagte, Allah sei gelobt, weil der Ruß hier ist. Eine mikroskopische Untersuchung beweist, daß er sich Jahr um Jahr, Schicht um Schicht auf den Schnitzereien ablagerte und in all der Zeit nie gestört wurde. Mindestens zwei Nansen-Jahrtausende lang kamen sie hierher und verbrannten irgendein tierisches Fett, obwohl die rasche Abnahme der Mengen in den letzten dreihundert Jahren darauf hindeutet, daß etwas schrecklich schiefging. Das Nansen-Jahr entspricht drei komma zwei Standardjahren, also stehen wir hier vor über sechstausend Jahren beglaubigter Besitznahme.«

»Deu!« sagte ich erschrocken. »Dann waren sie zur Zeit der alten Sumerer …«

Er schüttelte den Kopf. »Da waren sie schon lange fort. Wer immer sie waren, was immer sie waren – die unterste Rußschicht ist etwa vor 20000 Jahren entstanden – um 17000 vor Christus.«

»Aber wie – dieser Planet ist nicht alt, er verfügte als einzige Lebensform über Einzeller, und …« Ich stotterte; ich wagte nicht zu hoffen, was das bedeuten konnte.

Al-Khenil schüttelte wieder den Kopf. »Man wird mir zweifellos Schwierigkeiten machen, weil ich Ihnen all das erzähle, aber ich halte es für schrecklich, wenn der Entdecker im dunkeln gelassen wird. Weil Nansen bereits lebte und weder Kaledonien noch St. Michael eine weitere Terraformung wollten, wurden hier viele Routine-Untersuchungen nicht durchgeführt, und noch viel mehr wurden durchgeführt und aufgezeichnet, aber nie analysiert. Jetzt wissen wir, wo wir nachsehen und was wir suchen müssen. Indem wir die Daten noch einmal analysierten, fanden wir in den Meeren Korallen und an Land Reihen von Aufprallkratern, um Flüsse abzulenken; wir hoffen, daß wir in der Oort-Wolke oder auf den Asteroiden einen Teil ihrer Maschinen finden werden. Nansen wurde, wenn auch erfolglos, bereits einmal terraformt, bevor unsere Zivilisation es tat. Nun stellt sich die Frage, ob wir zwanzig Jahrtausende zu spät eine Zivilisation gefunden haben, die auf der gleichen Ebene stand wie wir, oder möglicherweise die Reste einer bis jetzt unbekannten hohen menschlichen Zivilisation, die irgendwie vor der letzten Eiszeit auf der Erde zusammenbrach.«

Er muß an seiner Heimatuniversität ein großartiger Lehrer gewesen sein; er verfügte über sehr viel Autorität und Charisma, als er mit einer umfassenden Bewegung seiner ausgestreckten Arme auf den Fundort zeigte und sagte:

»Jetzt, da wir wissen, daß es sich um keine Fälschung handelt, stehen wir vor der Frage, welches der von der Menschheit gesuchten Ziele wir gefunden haben – ob wir die Relikte der Marsianer oder der Atlantiden betrachten.«

Nach unserer Rückkehr hatte ich eine lange Besprechung mit Shan; er wollte mich als Angestellten des Humanitären Rates im ständigen regulären Dienst haben, was mir sehr merkwürdig vorkam, wenn ich die Zahl der Dinge betrachtete, die in meiner Gegenwart zertrümmert worden waren. Er sagte, daß seiner Meinung nach es niemand hätte besser machen können, und wies darauf hin, was ich versäumt hätte, wenn ich nicht hierher gekommen wäre.

Ich weiß nicht, warum ich das Angebot ablehnte – vielleicht, um mehr Zeit zu haben, es mir zu überlegen – doch er erwähnte, daß ich infolge der Strapazen und meiner Verletzungen Sonderurlaub und einen Gratis-Springer-Transfer nach Nansen angesammelt hatte und daher Noupeitau für einige Wochen besuchen konnte, wenn ich wollte. Und wenn ich erklärte, daß Margaret meine Verlobte sei, konnte sie mitkommen. Ich fand, daß es eine gute Ausrede war, und sie war neugierig darauf, Nou Occitan kennenzulernen.

2

Garsenda holte uns vom Springer ab und umarmte uns herzlich. »Du trägst mein Geschenk«, sagte sie zu Margaret.

»Ja. Das einzige, wodurch ich vielleicht präsentabel werde. Wir werden angeblich vorgestellt.«

»Natürlich werdet ihr«, bestätigte Garsenda. »Der Prinzgemahl ist von der Idee zwar nicht begeistert, aber bedeutende Menschen von der Kultur eines anderen Planeten, und noch dazu ein allgemeiner Held wie Giraut, stehen zu hoch, als daß er sie ignorieren könnte. Wenn ihr möchtet, können wir direkt zum Palast springen, aber die Vorstellung erfolgt erst in einer Stunde, und die Zeit reicht für einen Spaziergang, falls ihr etwas von Noupeitau sehen wollt.«

Ich war Garsenda sehr dankbar dafür, daß sie uns abgeholt hatte, denn während wir von der Botschaft den Hügel zum Palast hinaufgingen, holten sie und Margaret alles nach, worüber Freundinnen sprechen, und ich konnte mit meinen Gedanken allein sein. Arcturus brannte genauso rot wie immer, und die Farben und Schatten leuchteten, aber ich hatte nie zuvor gesehen, in welchem Umfang die Landschaft von Wilson eigentlich nur aus drei Farben bestand: pechschwarz, wo die Schatten mit den scharfen Rändern lagen, tiefrot auf Steinen oder Erde, und ein seltsames Blaugrau, wo Pflanzen wuchsen. Wenn ich nach der langen Zeit auf Nansen meine Heimat betrachtete, gab es hier zwar mehr Abwechslung, doch sie bestand nur aus Feinheiten; wenn ich nicht hier aufgewachsen wäre, hätte ich die Landschaft beinahe als monochrom empfunden.

Die Menschen gingen an uns vorbei, aber die wenigen, die uns erkannten, wurden mit einem drohenden Blick von Garsenda abgewehrt; zumindest die okzitanische *merce* war noch nicht ganz tot. Margarets verändertes kaledonisches Kostüm wurde von vielen jungen Frauen getragen, die wahrscheinlich zu der neuen Mode der Interstellaren gehörten, die Garsenda beschrieb. Sie erwähnte, daß jetzt die kleinen Waffen für Projektilneuroducers so allgemein getragen wurden, daß ›Derringer-Taschen‹ unentbehrlich für den Stil waren. Ich nahm amüsiert zur Kenntnis, daß Margaret sieben Stellen hatte, an denen sie je eine kleine Kanone trug.

Ich mußte zugeben, daß die *modo atz Caledon* die besonders Schönen nicht noch schöner machte, aber den meisten übrigen Frauen schmeichelte – die Straßen von Noupeitau waren nicht mehr von einigen wenigen strahlenden Schönheiten, die von den Männern angestarrt wurden, und einer großen Menge ›aller anderen‹ gefüllt, die sie übersahen.

Als wir durch das Quartier gingen, erblickte ich niemanden im altmodischen Kostüm, und kam mir allmählich mehr als prähistorisch vor. Ich mußte zugeben, daß das, was ich trug, in den letzten Jahren vor meiner Abreise nach Kaledonien immer weniger gefragt gewesen war, aber ich hatte dennoch nie erwartet, daß es vollständig verschwinden würde.

Oder daß es mir so gleichgültig war. Mir war derzeit am wichtigsten, daß wir nach der Vorstellung einige Einkäufe erledigten, damit ich die absolut unmoderne Kleidung loswerden konnte.

Als ich jünger war, hatte mich mein Vater oft an den Hof mitgenommen, und ich kannte die Vorstellungs-Zeremonie, aber es gab auch hier Dinge, die ich als Kind nie bemerkt hatte – die gelangweilten Gesichter vieler Höflinge, die protzigen hohen, verzierten Bögen der Kammer, sogar die Fanfaren, die hoffnungslos übertrieben waren, so daß das Ganze aussah wie der Hof des Feenreichs in einer schlechten Inszenierung einer schlecht gemachten Show für Kinder.

Yseut sah noch dazu gräßlich aus. Sie war recht gut gekleidet – das Kleid betonte ihren großen Busen mit dem tiefen Brustansatz und verbarg das fliehende Kinn geschickt mit einer sanften, einzelnen Rüsche. Wer immer sie gekleidet hatte, hatte sein Bestes getan, aber Yseut schien nicht genau zu wissen, wo sie sich befand; sie wirkte so desorientiert als wäre all das ein Traum.

Garsenda beugte sich zu mir und flüsterte mir ins Ohr: »Er schlägt sie angeblich und hat ihr solche Angst eingejagt, daß sie ihn als Prinzgemahl behält.«

Bei Yseut war ich nicht sicher, merkte jedoch während der Zeremonie, daß alle Höflinge, vor allem aber Marcabru, zumindest mäßig betrunken waren. Menschen, die nicht mehr klar sahen, strahlten Langeweile und Unaufmerksamkeit aus.

Mir fiel all das zum Teil deshalb auf, weil der Hof mir in meiner Kindheit so prachtvoll vorgekommen war. Margaret erzählte mir nachher, daß sie vollkommen bezaubert gewesen sei, und außerdem hatte sie sich alle Formalitäten zu merken, wann sie knicksen mußte und so weiter, daher sah sie außer dem Glanz nicht viel.

Ich war froh für sie und noch froher, weil etwas am modifizierten kaledonischen Kleid sie – nicht hübsch oder schön, das würde sie nie sein – stattlich und würdevoll aussehen ließ, und niemand über sie spotten würde.

Endlich war die Zeremonie vorbei, und wir durften den Palast durch eines der privaten Südtore verlassen. Ich mußte Marcabru allein finden, da Aimeric nicht da war und nicht mein Secundo sein konnte, und ich die Herausforderung durchspielen mußte, aber das hatte Zeit. Denn jetzt gingen Garsenda, Margaret und ich zum Dinner ins Blaue Schwein, einem meiner Lieblingslokale am Rand des Quartiers, von dem mir Garsenda und der letzte Brief meines Vaters versichert hatten, daß es sich überhaupt nicht verändert hätte.

Doch ich konnte nicht wählen. Als wir aus dem Palast auf den Mandelbaumhof traten, erwartete uns Marcabru mit einem halben Dutzend Anhängern in altmodischen Kostümen. Ein Blick zeigte mir, daß alle ein *Patz*-Abzeichen trugen; Marcabru hatte wenigstens vor, allein zu kämpfen.

Ich zog den linken Arm zurück, fand jedoch nur leere Luft; aus dem Augenwinkel sah ich, daß Garsenda Margaret bereits zu einer Bank zog und ihr befahl (ich hörte sie flüstern): »Sitz still und lenke ihn nicht ab; er wird großartig sein.«

Da sich die unter meiner Obhut stehenden *donzelhas* in Sicherheit befanden, richtete ich meine Aufmerksamkeit auf dringendere Angelegenheiten. Ich vergewisserte mich, daß mein Standplatz in Ordnung war, daß sich hinter mir eine glatte Wand und keine Steinbank befand, über die ich stolpern konnte, und wandte mich auf okzitanisch an ihn. »Ah, wie angenehm, und ah, welch eine Heimkehr, den Prinzgemahl in seiner ganzen betrunkenen Pracht zu sehen. Weißt du, Marcabru, du lieber, alter Freund, daß ich mich nie für deinen Brief bedankt habe, in dem du die interstellaren Parodien deines kurios geschmacklosen Kostüms beschriebst... Du erinnerst dich doch zweifellos an den Brief und die Parodien, der riesige Phallus, der vom Hinterteil baumelte? Wenn ich daran dachte, lachte ich stundenlang, denn wenn sie gewußt hätten, daß sechs oder sieben von uns Jovents dich in dein Schlafzimmer im Haus deines Vaters brachten und dich als unsere Frau benützten und daß du weintest und kreischtest, weil nicht genug Freunde da waren ...«

Es war unnötig, denn ich hatte ihn bereits in meinem Brief hemmungslos herausgefordert, aber die alte, wilde Kampfeslust brach in meinem Herzen auf, und die betrunkene Wut in seinen Augen trieb mich zu neuen Höhen der Kreativität. Seine manische Hetero-Männlichkeit war das einfachste Ziel, das man treffen konnte; dieser *toszent* hatte sich selbst zur Parodie des okzitanischen Jovent gemacht, die uns alle störte, und als diese Parodie wollte ich ihn erledigen.

»Weißt du, du ältester Freund meiner ältesten Freunde, du Besitzer des besten Hinterns, der je gebumst wurde, du bist im Bett bestimmt besser als die idiotische Königin, und dich haben tatsächlich mehr Männer gevögelt, obwohl man sich das nur schwer vorstellen kann.«

Er zog, der Neuroducer sprang mit einem lauten Knall aus dem Degengriff und glänzte im Schatten, und Marcabru sagte auf terstad: »Deine Hure ist von ekelhafter Häßlichkeit, und ich fickte Garsenda immer eine halbe Stunde, bevor sie zu dir ging.«

»Und deine Worte, die Poesie deines Okzitanisch, *que merce,* alter Freund.« Ich wechselte die Sprachen nicht, denn es fiel ihm schwer, seine eigene Sprache zu verwenden, und alles, was seine Verwirrung vergrößerte, war zu meinem Vorteil. Ich war zwar sicher, daß ich ihn besiegen konnte, aber ich wollte, daß es so aussah, als strenge es mich überhaupt nicht an. Er machte einen Schritt auf mich zu, aber ich ließ meinen Neuroducer hinausspringen, und er blieb für einen Augenblick stehen, was mir Gelegenheit bot, ihn noch wütender zu machen. »Ein anderer Mann hätte sich einen klugen Satz einfallen lassen und damit angegeben, aber unser Prinzgemahl zeigt uns, daß er den einfachen erklärenden Satz zwar langsam und spät aber doch begriffen hat – er ist sogar fähig, zwei solche Sätze durch eine einfache Konjunktion zu verbinden. *Que merce,* sage ich, *que merce.* Du mußt einen Teil des Geldes, das du verdient hast, indem du mit Yseut auf der Straße hausieren gingst, für einen Lehrer ausgegeben haben, mein Kluger, mein Liebling, du Lieblingshure aller meiner Freunde.«

Ich hatte ihn dort, wo ich ihn haben wollte. Seine Wut trieb ihn direkt auf mich zu, ohne Finesse oder Strategie. Wie viele Trinker war er außergewöhnlich stark, weil seine gesättigten Nerven ihm nicht mehr genügend Feedback gaben, damit er merkte, daß er seine Muskeln überanstrengte. Doch mit dem Degen ist Stärke unwichtig, Grazie und Schnelligkeit sind alles, und diese befanden sich ausschließlich auf der Seite meines gesunden, durchtrainierten Körpers.

Ich drehte seine Spitze weg wie der Torero den Bullen, schleuderte seinen Arm zur Seite und schlitzte seine Wange auf, bevor er wieder in Deckung ging.

Vor Wut brüllend schlug er mit noch größerer Stärke zu, so daß sich mein parierender Degen beinahe ganz zurückbog, bevor er wieder durchglitt und die andere Wange aufschlitzte.

Er sprang dramatisch zurück und tat, als wäre er nicht verwundet, doch seine Gesichtsmuskeln verrieten ihn; er mußte das Gefühl haben, daß von jeder Wange ein großer Fleischlappen herunterhing.

Ich kam langsam näher und verzichtete auf etwas Reaktionszeit, um ihn aus der Fassung zu bringen.

Wieso hatte ich ihn je für furchterregend gehalten? Wahrscheinlich nur deshalb, weil ich und alle unsere Gegner sich in demselben Zustand befunden hatten wie er jetzt.

Ein Augenblick äußerster Klarheit trat ein; sein schwarzer Schatten fiel auf die Pflastersteine, seine Anhänger blickten mit offenem Mund auf die rasche Zerstörung, der er anheim fiel, seine blutunterlaufenen Schweinsäuglein starrten mich und die reichen Falten der Kostüme an. Einen Augenblick lang war es wie ein romantisches Schauspiel vor zwei Jahrhunderten, ein Augenblick reinen okzitanischen Dramas und okzitanischer Grazie ...

Er griff wieder an. Ich drehte ihn wieder zart zur Seite und zerschnitt dann mit sicherer Endgültigkeit die

Sehnen seiner Schwerthand. Seine Waffe klirrte auf das Pflaster, spürte, daß seine Hand sie nicht mehr hielt und zog sich einen Augenblick später zurück. Ich schlitzte seine Brust leicht auf, damit er zurückwich, und stieg über seinen auf dem Boden liegenden Degen. Er war entwaffnet, verwundet, hilflos.

Ich mußte etwas anerkennen. Obwohl er bereits das Wrack eines menschlichen Wesens war, besaß er noch genügend *enseingnamen*. Er trat einen weiteren Schritt zurück, verschränkte die Hände hinter dem Rücken, hob das Kinn und blieb mit gespreizten Beinen stehen. Da es ein unbegrenzter Kampf war, erwartete er, daß er jetzt gefoltert, gedemütigt oder beides werden würde, und machte aus der Not eine Tugend, indem er sich weigerte, um Gnade zu bitten.

Ich sprach jetzt terstad. »Du hast Dinge von mir verlangt, auf die du kein Recht hattest, und hast mich verurteilt, weil ich nicht so war, wie du mich haben wolltest. Wenn ich dich beschimpft habe, geschah es, weil du mir sonst nicht zugehört hättest. Wenn ich deinen Namen in den Schmutz gezogen habe, geschah es nur, damit du dich mir stellst, mir wie ich bin, und nicht darauf bestehst, daß ich eine Maske deiner Wahl trage. Ich wünsche, daß dieser Kampf zwischen uns *non que malvolensa, que per ilh tensa sola* sei. Daher biete ich dir ehrenhafte Bedingungen – entweder ehrenhafte Ergebung oder ehrenhafter Tod, deine Wahl, doch zuerst der Händedruck des Friedens zwischen uns.«

Nach okzitanischem Standard war es von mir großzügig, aber meine Großzügigkeit war berechnet, denn wenn er mein Angebot annahm, dann hätte ich ihn in *merce* weit übertroffen, und wenn er ablehnte, obwohl er damit großes *enseingnamen* zeigte, würde meine *merce* noch jahrelang gelobt werden. So gesehen war es ein zynischer Schachzug von mir.

»*Ages atz infernam*«, sagte er entschieden.

»*Per que voletz.*« Ich trat zu ihm, zog einen Strick aus

dem Gürtel und fesselte seine Hände, beschämte ihn dadurch, indem ich andeutete, daß ich annahm, er könne sie nicht selbst in dieser Haltung bewahren.

Die Menge keuchte entsetzt, als ich ihm dann die Hose herunterzog, ihn über eine Bank legte und mit der bloßen Hand auf seinen Hintern einschlug, bis ich sicher war, das er grün und blau sein mußte. Dann – und an diesem Punkt fand die okzitanische öffentliche Meinung, daß ich zu weit gegangen war – ging ich fort, ohne ihm den *coup de merce* zu versetzen. Damit lieferte ich ihm keinen Vorwand dafür, sich für die wenigen Tage, die es dauerte, bis er wiederbelebt war, in einem Krankenhaus zu verstecken. Er mußte sich jetzt selbst aufrichten, sich bedecken und nach Hause gehen. Er mußte seine Nachmittagsverabredungen einhalten, während die Demütigung noch frisch war.

Als wir später beim Lunch saßen, starrte Margaret auf den Teller und stocherte in ihrem Essen; mir wurde klar, wie sie es gesehen haben mußte. Wir sprachen kaum; gegen Ende der Mahlzeit schlug Garsenda vor, daß sie und Margaret einen Einkaufsbummel unternahmen, und damit war der Stoß an Gefälligkeiten, die ich meiner alten *entendedora* schuldete, wieder größer geworden. Ich ging zu Pertz hinauf, das jetzt ein prominenter Treff der Interstellaren war, kaufte mir aber vorher konservative Straßenkleidung. Da ich jetzt nicht mehr so aussah wie auf den alten Bildern von mir, erkannte mich nur Pertz, und wir verbrachten eine angenehme Zeit, indem er mich über den Tratsch auf das laufende brachte.

Der meiste Tratsch betraf Leute, die den Degen an die Wand gehängt hatten und aus dem Quartier ausgezogen waren.

Margaret sprach nie über den Kampf mit Marcabru. Ich weiß nicht, was Garsenda ihr gesagt hatte, aber einen Tag später war Margaret wieder die alte.

Ich gebe freiwillig zu, daß ich nicht den Mut hatte, sie zu fragen.

An dem Tag, an dem wir mit der Küstenfähre zu meinen Eltern nach Elsinorien fuhren, begleitete uns Garsenda zum Hafen. »Übrigens«, flüsterte sie mir ins Ohr, »ich weiß, daß du kein Wort von dem geglaubt hast, was er dir sagte, aber ich wollte mir das Vergnügen machen, dir zu erzählen, daß Marcabru mehrere Male Annäherungsversuche unternahm, während du und ich in *fin'amor* waren, und daß ich ihn jedes Mal abwies.«

Ich grinste sie an. »Das habe ich angenommen.«

Margaret und ich unterhielten uns während der Fahrt mit der Fähre glänzend, und sie verstand sich mit meiner Mutter großartig. Ich ging viel mit meinem Vater spazieren, über die zahlreichen Wege, die von der Küste zu den Bergen führen, und er brachte mich sogar dazu, ihm ein wenig im Garten zu helfen. Er wollte alles über die Berge und Pfade von Nansen wissen; zu meiner Überraschung wurde mir klar, daß er erst Anfang fünfzig war, und daß, falls Shan recht hatte und die Preise für Springer in zehn Jahren für den Routine-Tourismus erschwinglich sein würden, mein Vater und ich vielleicht Gelegenheit hatten, zusammen durch die Sodom-Spalte zu wandern.

Margaret und meine Mutter verbrachten die ganze Zeit an der Universität; meine Mutter war der einzige Grund, aus dem man den Namen ›Leones‹ in der Inneren Sphäre kannte, denn sie war eine Autorität für archivierte Kulturen – die Gruppen, die nicht imstande gewesen waren, schnell genug hinreichend Geld aufzutreiben, um während der Diaspora Schiffe fertigzustellen. Sie wurden ausführlich dokumentiert und dann bedauernd, aber unerbittlich assimiliert. Während ich aufwuchs, hatte meine Mutter ständig über die Amish, die Salish, die Samoaner gesprochen … und jetzt wiederholte es Margaret jede Nacht im Gästebungalow, obwohl es sie mehr faszinierte, wie die Aufzeichnungen gemacht worden waren.

Erst nachdem wir etwa eine Woche dort gewesen waren, fiel mir auf, daß meine Mutter immer wieder andeutete, sie und mein Vater könnten wegen der Hochzeit unmöglich nach Kaledonien kommen. Ich wollte schon sagen, daß wir uns schließlich nur verlobt hatten, um für Margaret ein Ticket hierher zu bekommen – dachte nach und stellte fest, daß das nicht stimmte.

Es war nicht gesetzlich verbindlich, weil gemäß den okzitanischen Gesetzen keiner von uns mündig war, aber wir hatten eine sehr angenehme Zeremonie im Garten meines Vaters, von dem aus man über die Tomaten hinweg das graue Meer sah, während Arcturus in Totzmare versank. Garsenda sprudelte plötzlich heraus, sie verspreche, daß sie auch bei der Hochzeit in Utilitopia anwesend sein würde und strahlte soviel Energie und Lärm aus, daß sie allein die ganze Familie der Braut vertrat. Pertz kam, und auch einige der alten Jovent Freunde, aber das Fest galt vor allem meinen Eltern und ihren Freunden.

Die Party danach war wunderbar. Es überraschte mich ein wenig, wie interessant alle Freunde meiner Eltern nach all dieser Zeit waren. Irgendwann im Lauf des Abends kamen die Gäste auf die Idee, daß dies gleichzeitig die Abschiedsparty war, und als Margaret und ich in der Nacht endlich dazugekommen waren, die Ehe zu vollziehen, fanden wir, daß es Zeit war, zurückzufahren.

Ich wußte noch immer nicht, was ich Shan antworten würde; Margaret war von der romantischen Idee, in den Tausend Kulturen herumzustreifen, fasziniert, und diese Tatsache war ein weiteres Argument dafür, daß ich den Posten annehmen sollte, aber ich hatte das Gefühl, daß ich die Romantik hinter mir hatte.

Aber keinesfalls das frühere Glück, dachte ich. Als ich in der Dunkelheit mit dem Gesicht zum Fenster lag, das auf die See hinausging, kam Mufried gelb und strahlend in Sicht. Er war der hellste Stern an unserem Himmel, so wie Arcturus der hellste an ihrem Himmel war. Ich legte den Arm um Margaret, ohne sie zu wekken, und ließ mich vom warmen Bett und dem tiefen Frieden in den Schlaf wiegen.

3

Garsenda hatte den Vertrag aufgekauft, der ihr ermöglichte, das Zentrum zu betreiben, wobei Pauls Gesellschaft die örtliche Leitung übernehmen würde, aber es würde erst beziehbar sein, wenn die Roboter damit fertig waren, es zu reinigen, das Innere in Ordnung zu bringen, und dann das Gebäude an sich wieder herzustellen. Es gab jedenfalls hier zu viele Erinnerungen. Also wurden wir in der legislativen Kammer von dem die ganze Zeit über grinsenden Vater Aimerics, dem Präsidenten der neuerlich mit einer Charta versehenen Kaledonischen Republik getraut. Es paßte irgendwie, daß wir in Nou Occitan, wo die gesellschaftliche Stellung alles war, eine kleine, private Zeremonie mit Freunden und Familie gehabt hatten, und daß wir in dem wesentlich weniger gesellschaftlich bewußten Kaledonien von dem Präsidenten getraut wurden, daß der Premierminister mein Trauzeuge war und daß ein riesiges Aufgebot von prominenten Politikern anwesend war.

Valerie war bei der Hochzeit Brautjungfer, und ich erfuhr, daß sie mit einem attraktiven jungen Mann von dem Empfang verschwand und Paul wieder einmal allein sitzenließ. Wir wären wahrscheinlich enttäuscht gewesen, wenn sie etwas anderes getan hätte.

Betsy war in ihrem zwei Jahre alten Körper ein entzückendes Blumenmädchen, obwohl sie ein auffallend häßliches Kind war. Vielleicht würde es in Kaledonien eine gute plastische Chirurgie geben, wenn sie in die Pubertät kam, oder sie konnte nach Hedonia oder Nou Occitan zu einer Gesichtskorrektur fahren. »Vielleicht wird jedoch der Charakter wichtiger sein, und sie wird eine der gut aussehenden Frauen werden, die dank ihrer Charakterstärke vernichtend attraktiv sind, die Sorte, für die sich nur vernünftige, urteilsfähige Männer interessieren«, sagte ich in dieser Nacht zu Margaret, während wir vom Balkon des Parton Grand, des ersten Kurhotels an der Westküste, zusahen, wie der Mond aufging. Es war das erste mit einem Springer ausgerüstete Hotel in Kaledonien und die erste Million von Pauls Schulden. Zur Zeit war es mit Archäologen und Paläontologen aller Art ausgebucht, aber irgendwie hatte sich eine Suite für uns gefunden.

Ich war nur froh, daß Margaret nicht stolperte und hinfiel wie bei der Probe. Meine Mutter hätte damit eine Geschichte gehabt, die sie noch jahrelang erzählen konnte – das reizende kleine Blumenmädchen, das auf das Gesicht fiel und beim Aufstehen sagte: »Diese verdammten kurzen Beine!«

Ich lehnte mich lachend zurück. »Hast du dich jemals gefragt – wenn die Katze nicht abgestürzt wäre, wenn die Expedition fahrplanmäßig zurückgekommen wäre – was wäre dann geschehen?«

»Das kann man nie wissen, nicht wahr?«

»Ja.« Ich bot ihr meinen Arm, und wir gingen in unser Zimmer hinauf.

Am letzten Tag, an dem wir da waren, besuchte uns Shan. »Nachdem Sie jetzt Ihre persönlichen Entscheidungen getroffen haben«, begann er, »hätten Sie dann beide gern einen Job? Ich bin jetzt in der Lage, Sie als Paar anzustellen. Bevor Sie antworten, möchte ich sagen, daß Sie sicherlich wissen, Aimeric oder Paul Parton oder ein Dutzend anderer Leute würden jeden von Ihnen sofort anstellen, und vermutlich mit einem höheren Gehalt als es Ihnen der Humanitäre Rat bezahlen kann. Sie wären irgendwann reich. In wenigen Jahren könnten Sie zwischen Ihren Heimatwelten hin und her pendeln. Deshalb gestehe ich Ihnen offen, daß ich mein Angebot machen möchte, bevor Sie eine Ahnung haben, was Sie wert sind.«

Sein freundliches Grinsen erleichterte die Frage.

»Was können Sie uns also anbieten? Vermutlich Reisen.«

»Überall hin. Wir haben festgestellt, daß Leute von Grenzwelten dazu tendieren, auf anderen Grenzwelten gut zu arbeiten, also würden wir Sie natürlich dort einsetzen. Aber wenn Sie für den Humanitären Rat gut arbeiten sollen, müssen Sie die Probleme des Rats verstehen, die hauptsächlich in der Inneren Sphäre entstehen, also würden Sie auch dort Zeit verbringen. Überall.«

»Um was zu tun?« fragte Margaret.

Shan lehnte sich zurück und nahm den Drink entgegen, den ich für ihn eingeschenkt hatte. »Offiziell werden Sie alle Arten von Funktionen in den Tausend Kulturen verwalten und überwachen. Bürokraten sein, wenn Sie wollen. Sie werden auch einen ›sekundären Kontaktjob‹ haben, was nur heißt, daß wir von Ihnen erwarten, soviel Zeit wie möglich außerhalb der Botschaften und in der Kultur, die Sie besuchen, zu verbringen.«

»Das klingt nicht wie etwas, wofür Sie uns besonders brauchen«, sagte Margaret. »Aber Sie sagten ›offiziell‹, und das ist Ihre Geheimphrase für ›Glauben Sie es nicht‹.«

»Inoffiziell«, fuhr er gleichmütig fort, »würden Sie in dem Büro für spezielle Projekte arbeiten. Mir berichten, ganz gleich, wo Sie gerade sind. Über meine Rolle im Büro darf ich nicht sprechen, aber Sie werden das Büro in dem Organisationsplan des Humanitären Rats finden; es berichtet nur dem Generalsekretär und dem Exekutivkabinett.«

»Und was tut das Büro?« fragte ich. »Ich möchte erwähnen, daß ich kaum Lust habe, Polizist oder Spion zu sein, seit ich mit zu vielen von ihnen zu tun hatte.«

Shan verzog das Gesicht. »Das nicht. Wenn wir die Menschheit zusammenhalten wollen, müssen wir sicher sein, daß die Bindungen locker genug sind, um nicht zu scheuern.« Er seufzte. »In gewissem Sinn begannen wir, bevor wir ein Ziel hatten, vor zweiunddreißig Jahren, als der Springer aus dem Nichts auftauchte. Damals gab es wahrscheinlich weniger Physiker auf der Erde als tausend Jahre zuvor; es war eine aufgelöste Wissenschaft. Niemand erwartete vom Rat, daß er mehr als eine zeremonielle Körperschaft war.

Wir hatten seit vierhundert Jahren kein Ersuchen um eine neue Kolonie erhalten – wir hatten ohnehin keinen Ort, auf dem wir eine hätten einrichten können. Die Menschheit hatte sich in sich verkrochen, und wir trösteten uns mit dem Gedanken, daß, falls jemand dort draußen lebte, er zweifellos genauso lebte wie wir.

Doch in dem Augenblick, in dem die Reisen möglich wurden … haben Sie jemals bedacht, daß ein Roboterschiff seinen Treibstoff durch einen Springer bekommen kann, so daß es der Lichtgeschwindigkeit sehr nahe kommt? Alle strukturellen Probleme mit der Handhabung von Antimaterie in größeren Mengen sind beseitigt. Und wenn das Schiff eintrifft, kann ein anderer Springer an Bord eine ganze Expedition durchschleusen, und sie können jemanden zurückschicken, der alles bringt, was sie noch brauchen. Sobald Sie ein Schiff haben, das einen Springer besitzt und sich mit Lichtgeschwindigkeit auswärts bewegt, kann es während der Fahrt Sonden abwerfen und Expeditionen absetzen und muß nie langsamer werden. Es wird in alle Richtungen neue Expeditionen geben, und in sehr kurzer Zeit wird die Menschheit wieder in Bewegung sein und mit Lichtgeschwindigkeit nach außen expandieren.

Inoffiziell befinden sich über zehntausend vorgeschlagene neue Kulturen auf dem Weg durch unser Prüfungsverfahren. *Inoffiziell* ist uns eingefallen, daß, wenn wir den Springer finden können, es jeder da draußen auch kann, und daß wir bereit sein müssen, in nächster Zukunft die auf dem gleichen Niveau befindliche gleichwertige Zivilisation kennenzulernen – das Geheimnis, wo sie sind und warum wir sie noch nicht kennengelernt haben, ist noch viel größer. Und *sehr* inoffiziell, die Tatsache, daß es jetzt Milliarden unkontrollierter Kommunikationskanäle in der Form von Springer-zu-Springer-Kontakten gibt, bedeutet, daß nun eine ungeheure zentrifugale Kraft auf die Menschheit einwirkt; wir werden sehr wahrscheinlich auseinandergerissen und zerstreut werden, genau während wir uns dafür bereitmachen, zum ersten Mal andere intelligente Spezies kennenzulernen. Daher hat das Büro für Spezialprojekte eigentlich nur *ein* Spezialprojekt verfolgt – die Menschheit zusammenzuführen, sanft und wenn möglich aus eigener Wahl, aber sie zusammenzuführen.« Er zeigte auf die Pessimals östlich von uns. »Und jetzt stellen wir fest, daß dieses Spezialprojekt dringender ist als je zuvor. Wer waren sie? Und wohin gingen sie?«

»Und woher kamen sie?« ergänzte Margaret.

»Ach, das wissen wir. Zumindest scheint ein sehr obskurer und unbedeutender, zwanzig Lichtjahre entfernter G-Stern sehr oft in den Schnitzereien auf; warum würden sie sonst so viele Hinweise auf ihn enthalten? Das erste der neuen Springerschiffe wird in weniger als einem Jahr von hier dorthin starten. Aber warum sind sie nie zurückgekommen? Und wie konnte ein terraformter Planet eine zu Raumreisen fähige Zivilisation überwältigen und zu einem beinahe ursprünglichen Zustand zurückkehren? Sie sehen, wieviel man hier erfahren muß.«

Wir schwiegen beide lange. Shan nippte an seinem Drink und beobachtete uns aufmerksam.

»Ich hätte nichts dagegen, den Rest der Tausend Kulturen kennenzulernen, so lange es nur tausend von ihnen gibt«, stellte Margaret schließlich fest. »Und wenn man dort draußen jemanden findet, dann könnte ein älterer, erfahrener Diplomat – der ich in zwanzig Jahren sein würde – zu den ersten gehören, die sie kennenlernen.«

Shans Lächeln vertiefte sich. Ich stand auf und ging ans Fenster, ohne zu wissen, was ich sehen wollte; ich mußte meine Augen auf etwas außerhalb des Raums ausruhen lassen. Die gezackten, grausamen Gipfel der Pessimals stachen direkt hinauf in den Raum. Mufrid ging bereits im Westen unter, und bald würden Arcturus über den Pessimals und der Mond über dem Meer aufgehen.

»Stil und Grazie«, sagte ich schließlich, und weil ich mich nicht umsah, wußte ich nicht, ob sie sofort verstanden oder mich die Idee entwickeln ließen. »Die Frage ist nicht nur ›Wird die Menschheit vereinigt sein?‹, sondern ›Wird sie um etwas vereinigt sein, das diese Vereinigung wert ist?‹ Sie wissen natürlich, daß ich aus einer künstlich geschaffenen Kultur komme; sie wurde von einer kleinen Gruppe Exzentrikern gegründet, die von der Romantik der *trobadors* fasziniert war. Diese Leute suchten einen weit entfernten Ort, an dem ihre verrückten Romantiker das Leben führen konnten, das ihnen das beste und schönste schien.

Doch die *trobadors,* das Modell, nach dem wir geformt wurden, waren Wanderer, Kulturträger, Lehrer und Neuigkeitenübermittler. Sie lehrten Europa Mode und Trends, Kunst und Liebe, Stil und Grazie zu schätzen… alles Eintagsfliegen, die uns menschlich machen, und nicht nur die Politik und die Wirtschaft, die der Ausdruck für das Bedürfnis zu ficken und zu essen sind.

M'es vis, companho, daß eine nur von den Bürokraten und Verwaltern zusammengehaltene Menschheit nur aus kleinlichen Beamten bestehen wird; eine Menschheit, die nur um Banken und die Staatskasse organisiert ist, wäre es nicht wert, daß man sie auch nur kennenlernt oder kennt.«

»*M'es vis, companho,* daß zwischen den Sternen ein wenig Stil und Grazie gebraucht werden. Wir werden bald Gäste bekommen und müssen so gut wie möglich aussehen. Ich wäre glücklich, die Aufgabe übernehmen zu dürfen, Botschafter Shan.«

Margaret stand neben mir und ergriff meine Hand, und hinter uns hörte ich Shans trockenes Kichern, aber als es länger anhielt, wurde mir klar, daß er wirklich amüsiert war und nicht nur seine üblichen höflichen Diplomaten-Geräusche von sich gab. »Man sagte uns, daß wir bei der Suche nach Agenten für das Büro für Spezialprojekte nicht nur einfach tüchtige oder talentierte Leute suchen sollten, sondern Leute, die uns eine Vision bringen können – denn jetzt wird die Menschheit ihre Blicke wieder nach außen wenden, und da werden wir die Vision brauchen. Sie fügten hinzu, daß solche Leute vielleicht nicht die idealen Angestellten sein würden. Ich weiß jetzt, daß ich recht hatte, als ich Sie rekrutierte. Ich habe bereits begonnen, es zu bereuen.«

Nachdem bei einer Tasse Kaffee alles besprochen worden und Shan in die Botschaft zurückgesprungen war, setzten wir uns mit einem Glas Wein auf den Balkon, hörten zu, wie die Menge plauderte, und betrachteten den Sonnenuntergang und Himmel und See, die sich ewig veränderten.

Wir blieben lange dort, sprachen nicht, lächelten über Dinge, die wir belauschten, blickten in die ungeheuren leeren Räume um uns. »Glaubst du, Giraut, daß wir sehr oft für einen solchen Abend Zeit haben werden?« fragte Margaret schließlich.

»Stil und Grazie, *companhona. M'es vis,* daß es nicht wichtig ist, wie oft wir sie haben, solange sie so sind wie heute, wenn wir sie haben. Aber hier – laß mich dir nachschenken, gib mir deine Hand und sorgen wir dafür, daß die Leute lächeln werden, wenn sie uns sehen und merken, wie glücklich wir sind.«

Wir warteten, bis der Mond aufging, trödelten dann jedoch nicht mehr.